世紀末ウィーンの知の光景

西村雅樹

鳥 影 社

目次

世紀末ウィーンの知の光景

序章　ウィーンでの体験から

聖シュテファン大聖堂との出会い

ウィーンの街は、古い歴史の跡を伝える旧市街を取り囲んで大きく広がっている。旧市街の中心部、つまりウィーンの街全体の核とも言える位置に、中世の時代に創建された聖シュテファン大聖堂がある。双頭の鷲が色鮮やかにモザイクで描かれた大屋根と、天へ向かって高くそびえ立つ尖塔が印象的な、ゴシック様式の堂々たる教会である――と、こういう風に、今の私は、この建物を対象として捉え書き記すことができる。しかしこの建築物に初めて出会ったとき、私は言葉のない世界に突然投げ込まれていた。

一九七九年の秋から二年にわたるウィーン留学期間は、私にとって生まれて初めてヨーロッパの地で過ごす日々だった。ウィーンに着いたその日、私は宿をとったペンションを出て、初秋の明るい陽ざしを受けて華やぐグラーベン通りを歩いていった。とその時、急に視界が開け、圧倒的な大きさの何かが押し寄せてきた。音の洪水があり、溢れかえる色があった。現象として立ち現れてくる世界は確かにあった。しかしそれを、あれは何、これは何と分けることはできなかった。私はただ目や耳を通して感じ

聖シュテファン大聖堂

取るだけであった。そこには言葉もなかった。いわば生《なま》のむき出しの世界に、知性の防御壁を取り払われて向かい合っていたとでも言えようか。このような体験がありうるということは、ものの本で読んで頭で理解してはいた。しかし自らの体験の強烈さは、読書による経験の比ではなかった。

　どれほどの時が経ったのであろうか。私の目の前には、絵や写真で何度も見たことがある教会が広場越しにそびえ立っていた。聖シュテファン大聖堂と、それは認識できた。この建物を前にして、私は、ものが分節される以前の世界、文字どおり言葉のない世界に入り込んでいたのだった。このようにして世界が立ち現れてくるのは、実はまったく初めてというわけではない。ごく幼いころ、世界はこのように未分化のものとしてあったことを、私は思い出していた。

　留学中、この日と同様の体験をすることはもはやなかった。しかしウィーンで日々の生活を送るうえでの生の振幅の激しさは、日本での生活とは比べものにならなかった。異なる環境にあって神経が鋭くなっていたからであろうか。私は日々、折にふれさまざまなことに心揺さぶられ感動し、一方で、時に、憂いに沈み苦悩の内にあった。その状態はちょうど、ウィーンで生み出された一連の交響曲の、弱音から強音にいたるダイナミックな振幅の大きさが、日本の芸術とは比べようもないのに似ている。ウィーンの闇は深く、しかしまた、光もまぶしかった。

魅惑的な建築群

聖シュテファン大聖堂よりもやや小さめのゴシック風の教会が、旧市街を取り囲む環状道路に面して立っている。ヴォティーフ教会、日本風に言えば奉献教会である。環状道路からは、緑の芝生の植えられた広場越しに、優美な二本の尖塔を望むことができる。正面の入り口も、その上の薔薇窓も、まさに建築史の教科書に見るような典型的な中世風の教会だ。ウィーン到着後二日目にこの建物を初めて目にしたとき、私はこの教会が数百年前からこの位置にあるものと思った。後に知ったところでは、実は十九世紀も後半になってからの建築だとのこと。リング通りという環状道路に面した建物はそれほど古いものではないということは、本で読んではいたが、この建物までそうだとは思いがけなかった。

十九世紀半ば過ぎから数十年にわたって、ウィーンでは、旧市街を取り囲んでいた市壁を撤去して造られたリング通りという大通り沿いに新たな建物が次々に建てられたということは、一応知ってはいた。ただしそれらの建築群に対しては、ある評論を通して私は先入観を抱いていた。その評論とは、二十世紀オーストリアの前衛的作家ヘルマン・ブロッホの『ホフマンスタールとその時代』である。そこには次のような一節がある。

ある一つの時代の本質的特徴は、一般に、その時代の建築物の外観から読み取れるものだが、十九世紀の後半、すなわちホフマンスタールが生を享けた時代の建築物の外見は、世界史上最もみすぼらしいものの一つであろう。そのころは、折衷主義、つまり、疑似バロック、疑似ルネサンス、疑似ゴシックの時代だった。（……）貧しさが豊かさによって覆い隠されるようなことがかつてあったとすれば、それはまさにここで起こったのであった。[1]

しかし、実際に初めてリング通りを歩き周辺の建物を目にしたとき，ブロッホのこの文章は私の頭の中から消えていた。奉献教会に次いで、幅の広い美しい並木道沿いに、大学本部、ブルク劇場、高い尖塔を持つ市庁舎、国会議事堂と、堂々たる建築群が緑豊かな公園を間にはさみつつ展開するさまに、私は魅了された。石造りの重量感あふれる建物は、木造建築や現代のコンクリート建築とは異なる印象を与える。大地とつながっているような建築群は、それ自体の百年ほどの歴史に加えて、背景をなすヨーロッパの悠久の歴史ともども、無言のうちに私に迫ってくるようであった。

リング通り沿い建築の一つであるウィーン大学の本部に足を踏み入れたとき、その感はいっそう強くなった。静謐にして威圧するような階段や廊下のたたずまいが、西洋の大学という言葉から思い浮かべ

ウィーン大学本部構内

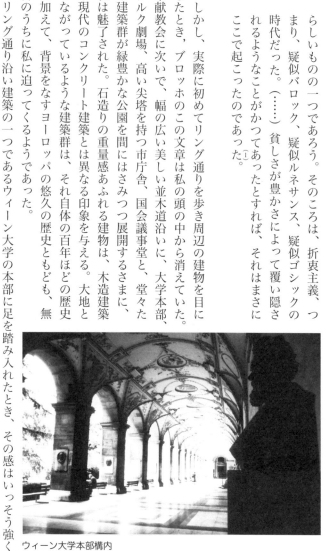

るものにまさにふさわしい。自分が立っているのと同じ場所に、専攻する世紀末ウィーンの文学者たちもかつてたたずんだのだということに、私は不思議な感覚をおぼえた。彼らが学んだ十九世紀末から二十世紀初めの時期は、六百年余を数えるこの大学の歴史の中でも、ことに国際的な声価が高かった時代である。当時、さまざまな分野で、ウィーン学派、オーストリア学派の呼び名は知られていた。ウィーン大学のかつての教授たちの一部は、中庭を取り囲む回廊に胸像が設置され顕彰されている。その中には、ジークムント・フロイトの像もある。フロイトは、リング通りにほど近い建物に診察室と自宅を構えていた。明晰な合理的思考によって造り上げられた石造りの建築物に囲まれながらも、夢や無意識の世界への思索を彼が展開したのは興味深い。いや、むしろこのような明晰な意識の世界の中でこそ、フロイトの思索は可能だったのであろうか。

リング通り沿いの建築は、それらが建てられてから間もない時期の主要な建築家たちから批判を受けた。批判をした一人であるオットー・ヴァーグナーをめぐる講義を聴いたのは、ウィーン工科大学でのことであった。大きく映し出されるスライド写真を通して見る彼の建築は、その合理主義的主張にもかかわらず、非合理の要素をはらむことを強く感じさせる。ことに、実現させたもの、させえなかったもの共に、彼の描いた完成予想図からは、現実とは異なる夢、それも夜の夢の気配が漂ってくる。講義を聴き終えて外に出ると、すでに日はとっぷりと暮れていた。旧市街中心部のペンションに戻る途中、繁華街からほんの少し入った路地は暗かった。狭い通りに面する建物の上方の階の窓明かりは、闇の深さをいっそう際立たせている。暗い石畳の道に靴音が静かに響いた。

古書と古美術

ウィーンの秋は短い。十一月ともなると、ゆうに冬の寒さである。しかも連日雲が低く重くたれこめる。そのような気候もあってか、この時期から春にかけては、室内でのさまざまな催しが続く。「美術・骨董品展示会」という古美術品の展示販売会も、その一つであった。

展示会会場は、リング通りに面して並び立つ美術館と博物館の間のマリア・テレジア広場から道一つ越えた所にある。かつて宮廷付属の厩舎として使われていた二百数十年の歴史を持つ建物を改装したとのことだが、厩舎という言葉から思い浮かべられるのとは大違いの立派な造りの建物。展示会そのものも、予想以上に豪華で高級な出品物の並ぶ催しであった。どこかの美術館に収められていてもおかしくないような物が何気なく展示されている。かつて貴族の館を飾っていた十八世紀製の戸棚や書き物机などの家具、十七、十八世紀のフランドルやフランス製の絨毯、十八世紀のマイセンのヘロルト作の中国趣味を窺わせる食器類、十九世紀オーストリアの写実的な風景画や風俗画、アール・ヌーヴォーのブローチやスタンドなど興味深い品々が並んでいる。世紀末ウィーンで活躍したヨーゼフ・ホフマンがデザインした格子状の家具には、日本の美術に通じる感覚が見て取れた。広重の東海道五十三次の版画も出品されている。日本の刀剣を置いているコーナーでは、のぞいていると、日本人と見てか声をかけられたりもした。

この展示会で美術史上最も注目すべき出品は、世紀末ウィーンを代表する画家グスタフ・クリムトの二十歳の折の自画像だと、出品者によって説明されている作品だったと思える。自画像を描かないタイプの画家クリムトにあっては珍しい作品である。ところが、オーストリアの有力紙『クリーア』の文化

ウィーンの街が描かれた蒔絵

欄で大きく取り上げられていたのは、十八世紀に日本で作られた蒔絵であった。江戸時代という鎖国の時代に、なんとウィーンの街並みが取り上げられているのである。黒地に金で昔日のウィーンがシルエットで描かれている。長崎の出島の商館長を務めていたレーデという男爵の依頼で作られたとのこと。ヨーロッパで描かれた絵を参考にしたのであろう。ウィーンの街そのものはそれらしく描かれている。しかし、川にかかる橋や周辺の山々はどこか日本風だ。この小品の前で私はしばしたたずんだ。

二十世紀への世紀転換期にウィーンをはじめドイツ語圏で日本に対して関心が寄せられていたことを具体的に示してくれる書物に出会ったのは、「ドロテーウム」というオークション会場に足を運んだ折であった。旧市街の一角にあるこの競売会場の歴史は、十八世紀初めに宮廷によって設立された公設の質屋にまでさかのぼるとのこと。今ドロテーウムの建物がある場所には、かつてドロテーアという聖女を記念して中世に建立された修道院があった。それが十八世紀末に他の修道院に統廃合された際、この種の施設として転用されるようになった。以来、バロック風の様式は残しつつも、数度にわたり手が加えられてきたという。これまた、公設の質屋だったという言葉には似つかわしくない、小規模の宮殿とでも言える堂々たる建物。競売にかけられる美術品や骨董品のたぐいと建物が渾然一体となって、往時のオーストリアの繁栄を語りかけてくるようである。

私が参加したのは、数ある部門のうちの古書のオークション。このオークションで、ラフカディオ・ハーン、日本名小泉八雲の著作のドイツ語訳本が競売にかけられる機会が一度ならずあった。薄茶色の地に金と黒で東洋風の文様があしらわれた人目を引く表紙である。この装幀を担当した人物は、世紀末ウィーンの分離派の美術運動にも関わっていたエーミール・オルリクといい、注目すべきことに、明治時代に自ら日本を訪れ版画の修業をしている。数冊の訳本のうちの一つ『心』の序文には、世紀末ウィーンの代表的な作家の一人フーゴー・フォン・ホフマンスタールの名が記されている。この序文は、すでに彼の全集で読んで知ってはいたものの、掲載された当の書物そのもので読み直すと受ける印象がいっそう深い。オークションでは、日露戦争を扱った書物も目についた。その中には、ドイツで出版された、全三巻、総ページが千六百を超える大冊もある。しかも、第一巻は戦争が終わったその年に、第二巻以降も翌年には出版されている。この戦争に対する当時の反響の大きさを強く感じ、戦況がこと細かく記されたうえ、日本や周辺地域の解説も付されている。

E・ツー・レーヴェントローの『日露戦争』第一巻

じさせる書物であった。

ただし、古美術にせよ古書にせよ、日本とオーストリアやドイツとの関係という関心を抱かずに接したとすれば、ここに記したものも、あるいは見過ごしてしまったかもしれない。古美術や古書全体の中では、この種のものも決して特別多いというほどではない。それゆえ、日本との関係を過大評価するのは考えものであろう。しかし、予期せぬほどに少なからず出会ったのも確かではある。

ニューイヤー・コンサート

リング通りがウィーン随一の繁華街ケルントナー通りと交わる位置に、国立歌劇場がある。平土間の周りに幾層にも配された豪華な桟敷席が、オペラハウス特有の雰囲気をかもし出している。客席を取り囲むロビーはさらに豪華な造りで、この種の施設が社交の場でもあることを思わせる。ロビーには、二十世紀への世紀転換期にこの歌劇場のために貢献したグスタフ・マーラーとリヒャルト・シュトラウスの胸像が相対している一室もある。九月一日から六月末までほぼ一年中、ごくわずかな数日を除き連日オペラやバレエが上演される。そのわずかな例外の一つにあたるのが、クリスマス・イヴの十二月二十四日だ。この日の晩、市内の商店、飲食店、娯楽施設はすべて閉じられる。開いているのはせいぜい、旅行客が利用する駅やホテルの食堂のみ。街全体が静謐さに包まれ、喜ばしさと共に厳粛な雰囲気が満ち溢れる。深夜、ミサの開始を告げる聖シュテファン大聖堂の鐘の音は、冷気を裂いておごそかに高らかに鳴り響きわたった。敬虔な祈りが捧げられ、『エッサイの根より』や『聖しこの夜』をはじめクリスマスの聖歌の歌声がパイプオルガンの伴奏と共に広い堂内を満たした。これに対し、新年を迎える時期には、宗教性抜きの明るさが支配する。大みそかに国立歌劇場でかけられる演目は、この歌劇場で上演される唯一のオペレッタ、ヨハン・シュトラウス二世の『こうもり』である。この夜、国立歌劇場の舞台には世の楽しみの粋をこらした大輪の花が開き、客席もそれに応え、華やいだ気分は舞台がはねた後も続いた。

ウィーン楽友協会

一夜明けて元旦恒例の行事が、ウィーン・フィルハーモニー管弦楽団によるウィンナ・ワルツの演奏会ニューイヤー・コンサートである。このオーケストラが本拠とする楽友協会の大ホールは、音響のすばらしさに加え、黄金をふんだんに使った内装の豪華さでも知られる。そのホールが、この日いつにも増して華やぎに満ちる。オーケストラが演奏する舞台前面には、この日のために用意された花が列をなして飾られている。いくつもの白い大きなシャンデリアも、この日を祝うかのように、色合いを次々に変えながら宝石のような七色の光を放っている。一九八〇年のニューイヤー・コンサートで私が座ったのは、舞台上のホルン奏者たちの後ろといういささか晴れがましい席。開演まぎわになるとテレビ中継のためライトが強烈に照らされ、緊張感が高まる。と、二階席の一角から平土間に何枚も紙が舞った。この新年演奏会恒例の行事なのであろうか。定刻になった。しかし指揮者ロリン・マゼールが現れない。数分後ようやく登場したマゼールの顔には、緊張の面持ちが読み取れた。演奏が始まったとたん、私は身震いするほどの感動におそわれた。世界が新たに生まれ出るかのように、音楽が瞬間瞬間に立ち現れてきたとでも言おうか。すぐそばでウィーン・フィルが奏でる音は、私を深く揺り動かした。ワルツやポルカの軽快な曲が次々に奏でられた。湧き立つようなリズム、軽やかなメロディー、絶妙のハーモニー。そしてウィーン・フィル独特のつやと輝かしさを持つ音色。正直なところ、ウィンナ・ワルツの演奏会で、これほどの感激を味わうとは予想していなかった。長大な交響曲の名演から受ける感動に優るとも劣らぬ感銘を受けた演奏会であった。

ウィーン・フィルにとって、一九八〇年のこのニューイヤー・コンサートは、かつてコンサートマスターを務めていたこともあるヴィリー・ボスコフスキーによる指揮から、国際的に活躍するスター指揮者による指揮へと変貌する節目にあたる演奏会であった。その際マゼールが選ばれたのは、近く国立歌劇場の監督に就任するお披露目の意味合いもあったからであろう。翌日の新聞各紙の演奏に対する批評は、一様ではなかった。『プレッセ』紙ではあまり好意的に評価されていないのに対し、『クリーア』紙の批評家カール・レーブルは、ウィーン・フィルのプロのオーケストラとしての水準の高さを示した演奏という評を与えていた。しかしその点以上に目を引いたのが、演奏会が始まる直前撒かれた紙片への次のような言及である。「十一時ごろ、反ユダヤ的傾向をほぼ公然と示すビラを一つかみ、誰かがバルコニー席から撒いた(2)」。それは、ウィーンっ子の伝統的な行事の指揮を、ユダヤ人の指揮者の手にゆだねたことから来る反感の表明らしかった。これに対しレーブルは、「ヨハン・シュトラウスもユダヤ系の出自という事実への無知の表れ」と言葉を継いでいた。

ユダヤ人問題

シュトラウス一家がユダヤ系だということは、私はこの時まで知らなかった。しかし一九六〇年代にウィーンで発行された書物には、この点について詳しく調べた結果がすでに明らかにされている(3)。それによれば、ヨハン・シュトラウス一世の祖父の代にユダヤ教からキリスト教への改宗が行われたとのこと。しかもナチス支配期には、聖シュテファン大聖堂に残るその記録文書が、わざわざベルリンに運ばれ改竄《かいざん》までされたそうである。メンデルスゾーンをはじめ、キリスト教に改宗した者をも含めユダヤ系の作曲家の音楽を演奏禁止にしたナチスも、広く愛好されているシュトラウス一家の曲までそうすることはかなわなかったのであろう。ナチス支配期の一九四〇年に発行されたエーリヒ・シェンクというウィーン大学教授の執筆したヨハン・シュトラウス伝においても、彼がユダヤの血を引くということには触れられていない(4)。ただし、シュトラウス一家の先祖がユダヤ人ではあったにせよ、彼らが創り出した曲は、まさしくウィーンの音楽だった。シュトラウス一家の人々が作った曲と、同時代の他のウィンナ・ワルツ作曲家の曲に続けて耳を傾けるとき、感じられるのは、それらの曲がいずれもウィーンで生まれたまさに同質の音楽だという点である。

それにしても、シュトラウス一家の人々によって作曲されたワルツといえば、これはもうウィーン文化の典型ともいえるもの。専攻する世紀末ウィーンの文学の世界ではユダヤ系の作家が多く、それ以外でも世紀末ウィーン文化では多くの分野でユダヤ系の人々の果たした役割が大きく、この文化の半ばはユダヤ系の人々によって創造されたと言っても過言ではないのは承知していたものの、一時代前からすでに分野によっては同化したユダヤ人によって一端が担われていたということには、改めて驚かされた。

しかも、ナチスによるあのユダヤ人虐殺という未曾有の経験を踏まえているはずの時代にあってなお、一部の者による行為とはいえ、公の場で反ユダヤ的ないやがらせが行われたというところに、ユダヤ人問題の根の深さを感じさせられた。そういえば、大学構内や市電の中で反ユダヤ的な落書きを目にすることが少なからずあった。ただし一方で、オーストリアでは当時長年にわたり、ユダヤ人ブルーノ・クライスキーを首相として仰いでいたのも確かなことであった。長い歴史的背景を持つユダヤ人問題に対するオーストリアの人々の意識は、よそから来た者には容易におしはかれない複雑なところがある。しかし、ユダヤ系の人々が関与した状況をもはや同様によみがえらせるのは不可能な世紀末ウィーンという文化を知れば知るほど、そのような複雑でなおかつ微妙な問題への関心はますます強くなってくる。

　留学生活も終わりに近づいたころ、私はオーストリアにもナチス支配期に厳存したマウトハウゼン強制収容所の跡を訪ねた。ウィーンから列車で三時間ほどの所にある。その日、強制収容所跡の上空には雲が低くたれこめいつまでも晴れることがなかった。痩せ衰えた体にくい込むような重い石を背負って坂道を登る強制労働は、「死への行進」と呼ばれていたという。かつて囚人たちがなめた辛酸は筆舌に尽くしがたい。今や雑草が生い茂る無人の地には、沈黙が支配していた。

フランクルの『ある心理学者が強制収容所を体験する』（邦訳書名『夜と霧』）

　苛酷な強制収容所生活を生き延びたヴィクトーア・フランクルは、『ある心理学者が強制収容所を体験する』と題した書物を、解放された翌年に「オーストリア現代史記録集」というシリーズの第一巻として著していた。日本語の訳書では『夜と霧』と題されたこの本によって、人間がなしえた極限的なおぞましさを知らしめると共に、それをなおかつ超える人間精神への信頼をもたらしてくれた彼の講演会は、ウィーン大学の大講義室で行われた。留学生の集まりがあったため、わずかに遅れて着いたその会場は満員の人で溢れ、中には入れなかった。講義室の外にいても、話に耳を傾ける人々の真剣さは伝わってきた。

長い厳しい冬がまだ続いてはいるものの、春のきざしがわずかに感じられるようになるころ、イエス・キリストの受難を覚える四旬節が始まる。この時期、その直前の明るい雰囲気はなりをひそめ、街にはことのほか静けさが支配する。それが最も強くなるのが、復活祭直前の聖金曜日だ。イエス・キリストの十字架上での死を記念するこの日、娯楽施設はすべて閉鎖され、街は憂いに沈み、人々は己が罪に思いをいたす。二局あるテレビの夜の主な番組も、一局が、留学中その名を意識させられることがよくあった戦前の作家アントーン・ヴィルトガンスの戯曲に基づく、罪を犯した人間への裁きとその更生を扱ったドラマ、もう一局が、障害者の自立をテーマとしたドキュメンタリーであった。寮の部屋からは、一面の闇の中に、かつてブルックナーがそこのオルガンを見事に弾いたと伝えられるピアリステン教会をはじめ、教会の塔だけが照明を浴びて浮かび上がるのが見えた。

ウィーン祝祭週間

国民のほとんどがキリスト教徒であり、ことにカトリックの信者が多いオーストリアでは、クリスマスと復活祭に次いで、聖霊降臨祭も特に大事なものとして祝われる。この祝日を間にはさむ五月から六月にかけて、ウィーンでは、一年中で最も穏やかな天候が続くこの時期に、一か月余りにわたって祝祭週間の行事が催される。楽友協会のホール、あるいはコンツェルトハウスのホールをメイン会場として、市内のオペラハウス、劇場、映画館などさまざまな場所で芸術上の催しがくり広げられる。それらに加え、郊外の丘の上では仮ごしらえの小さな遊園地で、学生が演じるピエロたちが子供たちを楽しませたりもする。

クラウスの『人類最期の日々』（1919年刊）から

一九八〇年の祝祭週間の催しで最大の呼び物となったのは、世紀末ウィーンにあってその厳しい批評で知られた作家カール・クラウスの戯曲『人類最期の日々』の公演であった。あまりの長大さゆえ火星の劇場での上演に向いていると作者自ら記している上演困難なこの作品を、相当はしょって、しかしそれでも二日がかりで舞台は展開された。公演が行われたのは、元来オーケストラなどの演奏会が催されるコンツェルトハウスの大ホール。平土間のふだん使われる客席はすべて取り払われ、歌舞伎の花道のような細長い舞台が縦と横に設けられ中央で交差している。四か所に分かれた客席には、コーヒー店にあるようなテーブルと椅子がいくつも置かれている。開演時間になると、「号外、号外」の声と共に新聞が客席に向かって撒かれた。それには、一九一四年に起こった大きな出来事が記されている。一九一四年というこの年、そう、この戯曲は第一次世界大戦を題材にとっているのだ。ハプスブルク帝国崩壊のひきがねとなったこの戦争での人々の行動の醜さ愚かさを、クラウスは活写している。平土間の十字型の簡素な舞台に加えて時に上部の階も巧みに利用した想像力に訴える演出手法で、この長大な劇は小気味よいテンポで壮大に沈鬱に続いていった。

帝国崩壊後新たに生まれた共和国の首都となったウィーンでは、文化活動は質を変えつつも盛んに続けられていた。音楽の分野では、労働者のための交響楽コンサートもあった。その一つを再現する催しが、ハンス・グラーフの指揮により、オーストリア放送交響楽団の団員らによって楽友協会大ホールで試みられた。再現される元のコンサートを指揮したのは、新ウィーン楽派の音楽家の一人で、極度に音を切りつめた独特の音楽宇宙を創造したアントーン・ヴェーベルン。演奏曲目は、ベートーヴェンの『コリオラン序曲』、リストの『死の舞踏』、そしてマーラーの『嘆きの歌』である。これらいずれも死と関わり、しかもナチスが支配した時期には演奏禁止になった『嘆きの歌』をも含む曲目の選択。その後の時代をまるで予感させるかのようである。一九三四年、オーストリアはファシズム体制に入り、この種のコンサートも実現不可能となった。世紀末ウィーン文化の長大な流れも断ち切られようとするころであった。

留学生のためのウィーン市内の名所旧跡めぐりはよく催された。夏の気配も感じられるようになったある日の午後、郊外のラインツァー・ティーアガルテンという広大な森林公園の中にあるヘルメス・ヴィラを見学したこともあった。一八八〇年代に皇帝フランツ・ヨーゼフ一世が皇妃エリーザベトのために建てた別荘である。この建物を見学した後、そこからそう遠くない所にあるホイリゲという新酒のワインを飲ませる店に私たちは案内された。広い中庭には大きな木のテーブルがいくつも並んでいる。思い思いにテーブルについた一同は、チーズやソーセージをさかなにワインを味わい、話に花を咲かせた。頭上では、木の葉が静かに風に揺れ、初夏の光の中をゆったりと泳いでいた。時間がひときわゆっくりと流れた。

夏、人々の装いも軽やかになるころ、街は、乾いた透明な空気の中で明るい陽ざしを浴びて、くっきりとした輪郭と濃い影を見せる。しかし陽が西に沈もうとするわずかな時間、リング通りの建物もウィーン川の水面《みなも》も、赤みを帯びた紫色の淡いヴェールの光に包まれる。ウィーン川にかかる小さな橋の上で、「たそがれのウィーン」という言葉が脳裏をよぎった。

世紀末ウィーン文化

オーストリア政府の奨学留学生に対しては、この国の歴史や文化を紹介するさまざまな企画が用意されていた。その一つに、ウィーン近郊へのバス旅行があった。市の中心部を出発したバスは、しばらくするとすでに、中心部とは異なった景観の中を進んでいった。低層の住宅や工場や郊外型の販売店などが、次々に姿を現しては遠ざかっていく。やがてバスは地平線を見はるかす平原に出た。田園の中にところどころ一本二本と立つ木の向こうには、空間がはるかに広がっている。目に入るものがすべて珍しかった。私は窓の外にひたすら目をこらした。しかし私とは対照的に、窓外には目もくれず一心不乱に本を読みふけっている学生がいた。顔だちからすると、ヨーロッパの他の国かアメリカあたりの出身のようだ。この学生にとっては、窓外に展開する風景も、なじみのある風景の延長上の格別目新しいものではないのだろうか。

古いロマネスクの教会や丘の上に立つ城を見学した後、城のふもとのレストランで昼食をとることになった。簡素な木のテーブルを数人ずつで囲み、くだんの学生と私は隣り合わせた。歴史専攻のアメリカ人というその学生は口数少なかったが、世紀末ウィーン文化の研究では誰を評価するかという自ら発した問いについては熱弁をふるった。私は、『ヴィトゲンシュタインのウィーン』の共著者の一人アラン・ジャニク、あるいは留学にあたって携えてきた『オーストリア精神』(邦訳書名『ウィーン精神』)の著者ウィリアム・ジョンストンの名を思い浮かべ、結局ジョンストンの名を挙げた。[5] その学生の評価は違っていた。彼の挙げた名はカール・ショースキー。当時、ショースキーの主著『世紀末ウィーン』はまだ出ておらず、私は、この書物にも後に収められることになる文学関係の論文一つを彼のものとしては読んでいただけであった。[6] しかしこの学生はさすがにアメリカ人だけあって、ショースキーの書いたものすべてに目を通しているようだった。

それにしても、ここに挙げた人々は皆アメリカ人である。留学生活も残りの月日を意識するようになったころ、『世紀末ウィーン』がアメリカとイギリスで出版された。その話を聞いて足を運んだなじみの書店では、どこも皆売り切れていた。ウィーンでは、英語の本を扱っている書店は少なくない。初めて入る書店で私はようやくこの書物を手に入れることができた。ウィーンと英語圏との近さを如実に感じさせられたものである。世紀転換期のウィーンの文化を政治状況の変化と関わらせて独自の視点から捉えようとしたこの優れた書物の中でも、私にとって最も興味深く思えるのが、「リング通り、その批判者と近代的都市計画の生誕」と題された、十九世紀半ばから二十世紀初頭にかけてのウィーンの建築史が扱われている章である。ただしこの章も、オーストリアの研究者による先行研究の蓄積があってこそ可能になったということは見逃せない。

十九世紀末から二十世紀前半にかけてウィーンで花開いた文化は、「世紀末ウィーン文化」の名で知られている。「世紀末」という言葉によって普通思い浮かべられるのは、十九世紀末とか二十世紀末といった、ある世紀の末であろう。しかし、「世紀末ウィーン」が意味する時間的な幅は少し広い。十九世紀末だけではなく、二十世紀の初頭、もしくは二十世紀に入ってからの二、三十年間をも含めて、この言葉は使われている。この時期にウィーンで生み出された文化は、ウィーンの街の枠をはるかに越えて同時代に国際的に受容されただけではなく、その後の世界の文化動向にも大きな影響を及ぼしている。この世紀末ウィーン文化への関心を、私は留学する前から抱いていた。そもそもウィーンを留学先に選んだのもそのためであった。これまで記してきた留学中の体験は、私の関心の幅を大いに広げてくれたと言える。それではこのあたりでそろそろ、諸々の体験から触発されたテーマについて、「世紀末ウィーン」の時期を中心にして、時には、時期や地域に関してその枠も少し超えて述べていくことにしたい。

第一章　夢をはらむ建築家

ヴァーグナーのシュタインホーフの教会

ウィーンの中心部から西へ向かって数キロ、家並みもまばらになりウィーンの森にさしかかる所に、ウィーン市によって運営されている、精神や神経を病んでいる人々のための治療・療養施設がある。広大な敷地の中に点在する建物と豊かに生い茂った木々の間を縫うゆるやかな上り道をたどっていくと、一段と小高くなった丘の上に、あたりを圧する風情の教会が目に入ってくる。世紀末ウィーンの建築家オットー・ヴァーグナーの代表作の一つ、シュタインホーフの聖レーオポルト教会である。水平と垂直の軸を強調した白堊の基層部の上に乗る緑青をふいた大きな丸いドーム。入口の上には天使像が四体、さらにドーム前方の左右の塔には守護聖人像も配されている。ウィーンのカール教会を連想させるところもあるが、疑似バロック風というわけではなく、東方ビザンティン様式をも偲ばせる独特の趣だ。今、写真で何度も見直しなじみのものとなったこの教会は、私をひきつける。しかし初めて目の前にしたときに感じたのは、違和感であった。未生のものを感じ取らせるような響き、地底から湧き上がる管弦楽の響きを轟かせているかのようなこの建物から感じさせられたのは、意識も定かでない未明の世界から忽然と真昼の意識の世界の中に生まれてきた建造物に出会ったとでも言うべき感覚であった。シュタインホーフのこの教会は、見る者に衝撃を与えずにはおかない。

　この建物が一九〇七年にでき上がったときに、不満をもらした人は多かった。ある国会議員は、「精神病院には人生の航路で難破した人たちがおり、平安を求めている。ところがこういう教会を目にしては、波がさかまくばかりだ[1]」と述べたという。人種や民族への偏見を根に持つ批判も多かった。いわく、「インドの大王の墓標とでも言うべきしろもの」、「アッシリア・バビロン風の珍奇な様式[2]」。ヴァーグナーはユダヤ人ではなかったものの、「ユダヤ芸術」というあざけりも浴びせられた[3]。ただしこのような批判も、教会側がこの建物を受け入れるとなっては力を失った。一九一三年に教会内部の祭壇が完成した際に、聖別を行った枢機卿は次のように語ったと伝えられる。「この教会に足を踏み入れたとき、建物の壮麗さに文字どおり捉えられました。ここはまさに神聖な場所だという感覚に襲われました。こう言うしかありません[4]」。

シュタインホーフの教会

　確かに、この教会の内部に入ると印象は大きく異なってくる。聖堂を満たす穏やかな光は、昼でもほの暗いウィーンの普通の教会に慣れた目には新鮮に感じられる。一部に金色があしらわれ薄く黄色みを

シュタインホーフの教会の内部

帯びた壁が、ゆるやかに曲線を描きながら高い天井へと達している。正面の金色の祭壇の奥には、モザイク画を連想させる様式化された絵が描かれている。左右の壁にそれぞれ設けられたコロマン・モーザー作のステンドグラスには、「憐れみ深い人々は幸いである。その人たちは憐れみを受ける」等の聖句が記されている。これらの言葉を囲む天使と聖人の像は、朝陽や夕陽を受けると鮮やかに浮かび上がる。世紀末ウィーンのこの傑出した宗教建築が、闇ではなく光に包まれていることを強く感じさせる瞬間である。

オットー・ヴァーグナー自身がこの教会建築計画に応募するにあたってまとめた説明書には、それまでにない近代的な工夫や配慮が記されている。ヴァーグナーは、「ここ数十年間の教会建築においては、教会内部空間の視覚、音響、衛生面への配慮がまったくと言っていいほど払われてこなかった(5)」ことを問題だと批判し、次のような具体案を提示している。まず視覚面では、礼拝出席者にミサが執り行われる様子がよくわかるよう主祭壇を高い位置に設け、会衆席の床もそれと気づかれぬ程度に後ろから前へ向かって傾斜をもたせること。十分な明るさが得られるように窓を大きくし、照明には電気を用いること。音響については、残響が多くなりすぎぬよう天井高を二十メートルにおさえること。また、有害な反響が生じるのを防ぐため壁に凹凸をつけることなどが提案されている。教会の内部空間に光を十分行きわたらせようとするのは、衛生面に配慮してのことだとも説明されている。こうした新たな試みの基本にある思考を、ヴァーグナーは、「形態とモチーフを、目的と構成と素材に基づいて作り上げる」[6]考え方に置いている。それは合理主義的な思考であり、現実の問題解決にあたっての優れた能力を持ったヴァーグナーの実務家としての姿勢を示すものである。この建物は、彼が解説するところではそのような実務的な発想によって設計されている。確かに、この建造物の内部を部分的に個々に検討するかぎり、その説明は納得できる。しかし必要とされる天井高の倍以上の高さに及ぶその外観からは、実務的な思考からはみだすもの、合理の枠を超える夢や無意識とでも言うべきものが強く喚起される。合理性に基づきながらも、非合理なものもこの建築物は感じ取らせる。

夢をはらむ実務家

ヴァーグナーの実務家としての主張は、主著『現代建築』によく表明されている。この書物は、彼がウィーンの造形芸術アカデミーの建築科教授に就任してから二年後に教科書としても役立てるため出版された。一八九六年に初版が刊行され、以後版を重ねている[7]。初版では縦長の判型で活字だけの書物であったものが、第二版では正方形に近い判型となり、序文や各章の初めにヴァーグナーの作品の写真が配され、建築関係の書物という趣きを深めている。そのうえ、序文や各章の表題の文字は赤い色で印刷されてもいる。さらに第三版になると、ページごとに写真が掲載され、全体として写真の数が大幅に増え、しかもその両側には世紀末風の図案も配され、ページ数も相当増えており、それまでの版とはずいぶん異なったものになっている。この時代に刊行された書物の中には、版を重ねるたびに増補されているものも珍しくはない。ただ、ヴァーグナーの『現代建築』ほどに、版ごとに見かけを変えた書物はあまり例を見ない。このように、版を重ねるたびにそのつど体裁も変更しているところからは、実現させた自分の作品を世に問おうという、この書物に寄せるヴァーグナーの思いのほどが伝わってくる。その内容も、教科書風とはいっても、通説を述べているわけではなく、彼の主張がもっぱら展開された興味深いものである。

オットー・ヴァーグナーの肖像（エーゴン・シーレ作）

　ヴァーグナーはまず序文で、自分たちが生きている時代に適合した建築を創り出す必要性を説き、この書物全体に命を吹き込んでいるのは、「建築芸術に関して今日支配的な見解の基にあるものは入れ替えられなければならず、我々の芸術創造の唯一の出発点は現代的生活以外にはありえないという認識を貫き通す[8]」という考えだとしている。

　本文に入ると、現代性について次のようにも言われている。

> 現代的な形態はすべて、現代人にふさわしいものであるべきならば、新たな素材に、我々の時代の新たな要求に応えなければならない。それらは、我々に固有の、より良き、民主的で、自覚した、理想のあり方を、また技術上学問上の多大な成果を、目に見えるものとして示さなければならない。

さらに、人間誰しもが実際にどう動くかということも顧慮されていなければならない。——これは自明のことであるはずだが[9]。

実際の必要に即した芸術創造の重要性については、次のようにも言われている。

欲求、目的、構造ならびに理想主義は、それゆえ、芸術的生命の原萌芽である。いずれの芸術であれ、成立し存在するにあたっては、これらの芽が、ある概念の中で一つになって一種の「必要性」を形づくる。これが、「芸術が知る支配者とは、ただ必要のみ」という言葉の意味するところなのである[10]。

またこうも言われている。

人間が今日ひたりきっている実用的要素は、取り除いてしまうことなどできはしない。そして芸術家なら誰しもついには、「実用的でないものは決して美しくありえない」という信条に同意せざるをえないであろう[11]。

このような、実用性に即した機能を重視する機能主義と呼べる考え方が、この書物全体から見て取れる。ヴァーグナーの考えるところでは、この主張を実践することにより、彼のもとで学ぶ者たちは

「時代の子となり、作品は独自の刻印を帯びるであろう。彼らは習熟した者として課題を達成し、まぎれもなく創造的に活動することになろう[12]」というのである。そして、自分たちにとっての美の理想としての「現代建築」という言葉が強調されて結びとされている[13]。

『現代建築』の刊行に先立つ一八九四年十月に行われたウィーン造形芸術アカデミー教授就任演説においても、ヴァーグナーはすでに同様の主張をしていた[14]。「芸術と芸術家はその時代を代表する」必要があると述べられ、「時代の子」たることが強調されている。「芸術創造すべての出発点は、我々の時代の要求、能力、手段、成果に置かれなければならない」とされ、時代の要求、要請に応えることが熱く説かれている。さらに注目されるのは、この主張と同等の比重で「空想する力」「想像力」の重要性が述べられている点である。『現代建築』においても、想像力が重要だということは言われている。しかし要点だけを強調した比較的短いこの演説草稿の方が、ヴァーグナーの想像力重視の姿勢をより明確に伝えるものと言える。彼が語るところでは、建築家になろうとする者には生まれつき二つのものが備わっていなければならない。一つは美的感覚であり、そしてもう一つが想像力である。この生来の想像力については、それによって人は「日常性の水準をはるかに超えて出る」という表現も見られる。時代の要求に現実的に応えることが説かれているのに加え、現実をあえて超えることが要求されているのは興味深い。

演説の最後では、三年にわたって想定されたカリキュラムについて言及されている。まず一年目では、現実的な問題を解決する能力を養うために小規模の賃貸住宅の設計が課せられ、二年目では、公共建造物の設計が課せられることになっている。三年目は、注目すべきことに、想像力のトレーニングにあてられるとされている。「生涯まず直面することはない課題の解決、しかしその訓練は、学生たちの中でかすかな光を放っているはずの想像力の神々しい火花をして、光輝く炎と燃え上がらせるのに役立つ」。このようなたぐいの課題解決訓練が行われるという。現実には実現されることのない、いわば夢想の建築の設計を最終課題とするという彼の教育理念。ここには、夢見る建築家としてのヴァーグナーの特質がよく表れている。しかも彼は単なる夢想家ではない。もろもろの現実的問題を解決するという姿勢がまずあっての夢想である。現実家である夢想家、夢をはらむ実務家、このような両面性の並存がヴァーグナーの魅力の源であろう。

郵便貯金局

都市改造実現に向けて

時代の要求に応じ、目的にかなうよう努め、新しい素材を用いるべきだというヴァーグナーの主張が最もよく実現されたのが、郵便貯金局の建物であろう。一九〇四年から〇六年にかけて一期工事が、一九一〇年から一二年にかけて二期工事が行われて完成したこの建築では、新しい素材が巧みに用いられている。大理石と花崗岩の平板で覆われた外壁は、アルミニウムのボルトで留められている。等間隔で配されたむき出しの無数のボルトは、この建物を特徴づけるのに大いに役立っている。二十世紀初頭の建造物としてはモダンな外観であるが、ほぼ同時期に建てられた周囲の建物と比べても、きわだって異質というわけではない。貯金や振替利用者のための内部ホールは、ことのほか印象深い。ガラスが用いられた天井からは柔らかな光が射し込み、床にも用いられたガラス素材が明るさをさらに補っている。ヴァーグナーやクリムトら新しい傾向を推し進める芸術家を支持していた批評家ルートヴィヒ・ヘヴェシは、一九〇七年二月に郵便貯金局長とヴァーグナーじきじきにこの建物を案内された折の印象を書き残している。特定の目的を有したこの業務用建築が壮大なことにまず触れた後、彼は、この建築には「どこをとっても教科書風のところはなく、そのうえ広く一般に〈分離派風〉とみなされている奇妙な様式も見られない[15]」と述べている。分離派風の建築としては、当時、郵便貯金局に先立つヴァーグナーの諸作品に加え、ヴァーグナーの弟子にあたるヨーゼフ・オルブリヒの設計した分離派会館が知られていた。俗に黄金のキャベツと呼ばれる丸屋根を冠し、入口はじめ外壁には多少の装飾が施され、白を基調とする幻想的な建築である。これらに比べ、郵便貯金局をヘヴェシは実用性を重んじた現代的建築だとし、探訪記をこう結んでいる。

現代建築芸術はここウィーンで実用の場において大いなる成功を収めた。この成功は、いずれにせよ今後の時代に対しても決定的であるにちがいない。こういう印象を抱いて我々はこの最新の公共建造物を後にすることになる[16]。

ヴァーグナーは公共建造物だけでなく、彼個人の住宅や数多くの集合住宅の設計にも携わった。関わった建築は多くの領域に及び実に多様である。なかでもウィーンの都市改造への貢献は特筆すべきもの

ヨーゼフシュテッター通り駅

とみなせる。独立した特定の建築物ではなく都市全体にまたがる仕事を進めるにあたっては、実際的な問題解決のために妥協や工夫がいっそう求められる。この種の仕事に彼は進んで関わりを持とうとした。このような点から考えると、ヴァーグナーには現実に即して事を運ぶ資質が大いにあったと見られる。彼が活躍した十九世紀末から二十世紀初頭にかけての時期は、ウィーンの都市基盤整備が進められた時期でもあった。ウィーン市営鉄道の敷設とドナウ運河の改修整備工事という二つの大きな事業に、ヴァーグナーは中心人物として深く関わったのである。ウィーンの市営鉄道が現実のものとなる二十年ほど前の一八七〇年代に、ヴァーグナーはすでに他の人々と共同で計画を練っていた。一八九二年になってウィーン総合整備計画の設計競技が実施され、九四年にヴァーグナーは一等賞を獲得した。多数の図版とともに詳細な説明が施された計画案には、モットーとして『現代建築』の本文中にも見られる「芸術が知る支配者とは、ただ必要のみ」という意味のラテン語が掲げられている[17]。取り上げられている項目は、ウィーン各地区の整備から始まって、道路、公園、水道等都市基盤のあらゆる分野に及び、交通網と運河の整備で結ばれている。ここでヴァーグナーが提案した市営鉄道網のうち、その一部が実現に移されることになった。三六を数える駅舎に加え、高架橋、鉄道橋等多くの鉄道施設の計画に彼は関わっている。

一八九四年から始まった建設は七年がかりで完成した。建設されてからその後も長く使われ続けた一群の駅舎のうちで、私には、留学中利用する機会が時々あったヨーゼフシュテッター通り駅が一番思い出深い。ただ、この事業の象徴的存在と言えるのは、カール広場の駅舎である。鉄骨を構造に生かしたものながら、その点よりもむしろ、黄金色と緑色の配色と細やかな装飾が世紀末特有の時代色を感じさせる建築物である。同様のことは、ドナウ運河改修整備にあたって設けられたヌスドルフの水門にもあてはまる。機能性を重視しながらも獅子像を両脇に高く配したデザインは、その後の時代ではまず採用されなくなったものであろう。この時期にヴァーグナーが残したものには、必要性に従いながらもそれにとどまっていない魅力が感じられる。

しかし、ヴァーグナーは晩年合理主義的傾向を強め、七十歳になろうとする一九一一年の春には、『大都市』という論考を著している[18]。そこに見られる提言は、大都市に一般的にあてはまるとされている。ただし記述の内容からすると、ヴァーグナーの念頭にあったのはウィーンである。それによれば、大都市の整備は一定の体系に従ってなされるべきであるとされる。すでにできあがっている市街については、美観を保つことに主眼が置かれている。問題はこれから整備されるはずの新しい市街地である。

ヌスドルフの水門

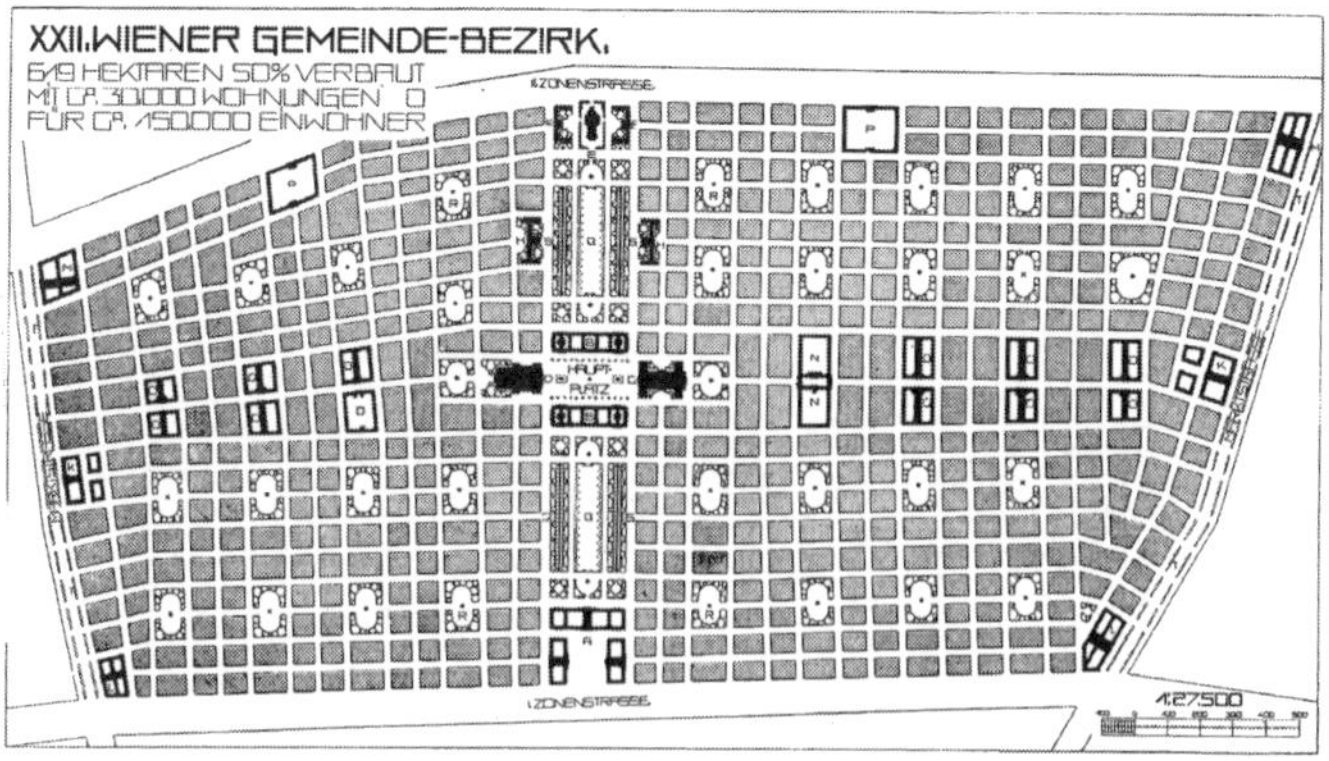

ヴァーグナーの『大都市』から

この論考が発表されたころ、ウィーンはハプスブルク家が支配する帝国の首都として人口は増大の一途をたどるものと考えられていた。実際にはわずか数年後に帝国は崩壊し、数多くの大都市のうちで例外的にウィーンはその後人口を減らすことになった。ヴァーグナーは、ウィーンが拡大を続けるという前提に基づいて提案をしている。現在の市街地よりもはるかに広い地域について壮大なプランが提示されているのである。中心部から放射線状に延びる道路と同心円状に輪を描く道路によって、各区は区切られている。各区の人口は十万ないし十五万と設定されている。現実的な案というよりも、観念的に考えられた幾何学的な案という傾向が強い。ある新しい一つの区については、地図と俯瞰図が添えられている。整然と碁盤目に区画が配置され、同じ高さのほとんど同じ形のビルがどこまでも連なっている。区中央部の公園の木々も人工的にすべて同じ形に揃えられている。見事なまでに合理的な発想に基づく計画と言えよう。実用、機能の重視というレベルを超えた徹底的に合理主義的な発想が、この案には見られる。しかしあまりにも合理主義的なこの計画は、実現性を超えた夢を感じさせなくもない。

夢想の建築群

一八八〇年、ヴァーグナーが三十代の終わりごろに描いた『アルティブス』と題する一群のスケッチがある。一八九〇年代の初めに他の作品ともども公にされた際の彼のコメントでは、これらのスケッチは「青年期の着想に端を発している。自由な時間と過剰なまでの創造力により、それらは部分的に熟成された[19]」と言われている。実現の可能性を度外視して夢想されたものだということは、スケッチそのものから見て取れる。遠くには海が見える。港の手前には街並みが続き、さらにその手前には街の大きさとは不釣り合いなほど広大な美術館区域が広がっている。左手にはウィーンのシェーンブルン宮殿の見晴らし

『アルティブス』

台に似た建物が描かれ、道一つへだてた入口はローマのサン・ピエトロ広場を思わせる。右にも左にも長く伸びた翼棟の奥のひときわ目を引く一角は、ウィーンのカール教会を連想させるが、屋根の上にあるのが騎馬像だというところから世俗の建物だということがわかる。

このように、この美術館計画の部分部分はすでに存在する建築の借用である。ところがそれが全体を形成すると、未だ姿を現していない未生のものを予感させる趣を帯びてくる。夢想の気配が漂うのだ。しかも海と山を控えた架空の都市とともに描かれているだけに、夢のスケールは大きい。ヴァーグナーには若いころから理想の建築を夢想する性癖が、しかも都市の姿全体の中で夢見る傾向があったようだ。

『アルティブス』は、夢想の産物ではあるものの、街全体の俯瞰図は昼の光景として描かれている。美術館の建築詳細図には空の雲も描き込まれているほどだ。ところがヴァーグナーの活動の最盛期にあたる世紀転換期のころに描かれた建築計画案の完成予想図の中には、夜の気配を色濃く漂わせているものが少なからず見られる。建物の背後や上部の空にあたる部分が、黒をはじめ夜を思わせる濃い色で塗りつぶされている。その結果、描かれた建物は不思議な幻想性を帯びることになる。

「造形芸術アカデミー」新築案完成予想図

その代表例としては、一八九七年から九八年にかけて計画された造形芸術アカデミー新築案が挙げられる。[20] このアカデミーの建物が完成したのは一八七七年。したが

「我々の時代の芸術作品のための美術館」完成予想図

って、郊外に移転して建て直すことが検討されたのは建てられてからまだ二十年を経たばかりのころであった。ヴァーグナーは教授陣の一人として自らこの新築計画に熱心に関わったものの、それが実現されることはなかった。左右に長く広がる建物の中央部の完成予想図は、ことに目を引く。車寄せへの小さな張り出し屋根を持つ四角い建物には、各面それぞれ大きな窓がある。建物からわずかに離れた四隅には、先端が丸い棒のような塔が立っている。建物の上部の丸屋根には、月桂冠を手にして四方に向かい歓声を上げている勝利の女神像がいくつも見られる。そして忘れがたい印象を与えるのが、丸屋根の上に乗る大きな飾りである。鉄と金メッキされた銅によるこの装飾は、遠目には海の中に咲く花のようにも見える。ヴァーグナー自身は、建物の張り出し部分に言及して、「永遠に新たに開花する芸術美を象徴する一体の花の装飾[21]」と述べているが、私の目には建物の冠にあたる部分こそ花と映る。この案とほぼ同時期に、ヴァーグナーは、現在マジョリカハウスの名で知られる集合住宅の窓と窓の間の壁に花柄をあしらっている。それと同様の花への嗜好が、ここでは立体的な姿をとっているように思える。濃い茶色の地を背に浮かび上がる建物の予想図は、夜の気配を漂わせ、無意識の世界をかいま見させる。

　もう一つの例は、一八九九年に描かれた「我々の時代の芸術作品のための美術館」の完成予想図である。[22] この現代美術館は、ヴァーグナー自身によれば、「来るべき世紀（二十世紀）のそれぞれの時期の明確なイメージを得る」[23] ことを目的とする建物として計画された。しかしながらこれも陽の目を見ることはなかった。横長の正面の壁には、窓の上一面に大きく絵が描かれている。中央の入口のデザインは、ことのほか目を引く。入口階段の上のパリ地下鉄駅のギマールのデザインとも共通性を持つ半円状の覆いは、花が開いているようにも見え、貝殻をも想起させる。その上の屋根のひさしは、甲殻類の部分をも連想させる。これら各部が一体となって、幻想性を高めている。美術館ということもあってか、ヴァーグナーはここで、実用性を離れて来館者を夢の世界へと飛翔させようとしているように見える。

ヴァーグナーの夢想の中でのみ育まれたこのような作品だけではなく、実現された建築物の完成予想図の中にも、夜の気配を漂わせているものがある。たとえば郵便貯金局の完成予想図[24]。やや茶色みを帯びた黒一色に塗られた空は、現在見られるものとは異なる第一次案の屋根のデザインを際立たせる役割を果たしているだけではなく、人々が集う建物の前の広場を夢の光景と感じさせる効果を発揮している。そしてカール広場の駅舎の完成予想図[25]。その前に立つ塔の時計の針は十時十五分を指している。駅前にたたずむ人々の様子からすると、この時刻は午後ではなく午前なのであろう。人物や建物に影がつけられているところからしても、描かれている光景は昼のはずだ。とこ

「カール広場の駅舎」完成予想図

ろがこの駅舎は、現に見られるような金色と緑色と白色との特徴あるコントラストを伴っていない。白以外には、青一色で描かれているのである。背景の空も暗い青色で塗り込まれている。その結果、昼であるはずの光景が、夜の気配を漂わせることになる。黒に近い濃い青色の空の下で青い光を受けている駅舎は、実現されたものであるにもかかわらず、幻想の世界の一光景のように感じられる。計画だけに終わったもの、実現されたものを問わず、ヴァーグナーの建築完成予想図の数々は、想像力と深く関わる建築の芸術的側面を強く感じさせる。

『我々の時代の建築芸術』とリング通り沿いの建築

一九一四年、七十代に達したヴァーグナーは、主著『現代建築』を『我々の時代の建築芸術』と改題して、その第四版を刊行した[26]。この時期には彼の代表作の大半が生み出されており、それらの写真がどのページにも掲載されている。現代性を標榜して苦闘する時代を経て自分たちの時代が訪れたのだという自負が、変更された表題からも窺われる。『現代建築』という表題に見られる「現代」すなわち「モデルネ」という表現は、一八九〇年代には新しい傾向の芸術にとって合言葉となっていた。それがこの時点ではもはや使われなくなっているのである。本文にも変更が加えられており、最終章「結語」では彼の主張がこれまで以上に明確にこう要約されている。一、目的の厳密な把握と完全な実現。二、施工素材の適切な選択。三、単純かつ経済的な構造。四、これらの条件から成立する形体[27]。

この主張によくかなった計画として挙げうるのが、一九一二年の末に提案された「フランツ・ヨーゼフ皇帝・ウィーン市博物館」への『作品四』と名づけられた第四次案である[28]。ヴァーグナーはこの博物館の実現に執念を燃やし、何度も案を練り直しては提案をくり返した。それらの案に関するものだけで一冊の書物が編まれているほどである。[29] その案の中には前述の造形芸術アカデミーや現代美術館の計画案に近い幻想性を帯びたものもあったが、最終的に提示された第四次案で示された図案は、合目的性、機能性を重視したものとなっている。先に取り上げた大都市改造計画案を含め、最晩年のヴァーグナーは、合理主義的傾向を強く打ち出すようになったと言える。しかし彼の仕事全体は、合理主義という名ではくくれない。ペヴスナーとリチャーズ共編の『反合理主義者たち』では、ヴァーグナーもその一人に数えられているほどである。[30] 合理主義的でありながら同時に反合理主義的であるという矛盾が、否定的な方向に働かずむしろ豊かさを生み出すことになった人物として、その作品への興味はつきない。

「ウィーン市博物館」第四次案

　ヴァーグナーが活動し始めたころ、ウィーンでは、ヨーロッパの他の国々と同じく、歴史上の建築に規範を求め過去の様式の再現を目ざす歴史主義が主流であった。この時代、建築家たちの関心は、それまでにない新しい独自の様式を創り出すことには向かわなかった。この傾向が典型的に見られるのが、ウィーンのリング通り沿いに建てられた公共建造物の一群である。それらはまるで野外でくり広げられる建築史絵巻の観を呈している。リング通りは、ウィーンの旧市街を取り囲む円環状の大きな並木道である。十九世紀の半ば、それまで市街の周囲にめぐらされていた市壁が撤去され、新たに道路が敷設され、その周囲に公共建造物をはじめ公園や多数の高級集合住宅が建設されることが決定された。即位してからまだそれほど年月が経っていないフランツ・ヨーゼフ一世治下のことである。いくつもの案が周到に検討され、現在見られるような街並みが形成されることになった。一八五〇年代末から始まった市街整備は、十九世紀末までに大きく進展し、最終的には二十世紀初頭にまで及んだ。

主要な公共建造物には、建築史上のさまざまな様式が採用された。まず古典古代様式。これは国会議事堂に取り入れられた。建物の前には、古代ギリシャのアテネで民主政治が栄えたということを想起させるアテナの像も見られる。ただし、帝政下にあっては民主主義が完全に実現されていたわけではなかったが。中世のゴシック様式は、ヴォティーフ教会と市庁舎の建物に取り入れられた。ゴシック期の各地の教会建築の粋を寄せ集め、教会建築の理想像を創り出すことが目ざされたこの教会を建てるにあたって、中世の様式が採用されたのは、その時代にキリスト教が精神生活の中心にあったことから容易に理解できる。これに対し、市庁舎の建物に同じくゴシック様式が取り入れられた理由はすぐには思いあたりにくい。中世の時代に市民の自治が始まり、その活動の場が市庁舎におかれたからと理由づけされることがあるものの、設計競技に際しては、ゴシック様式を用いるよう条件が課されていたわけではなかった。ルネサンス様式は、元来旧市街にあったウィーン大学本部の新たな建物に生かされている。また、植え込みや銅像のある広場をはさんで向かい合う美術館と博物館も、その様式で建てられている。学問研究の場と芸術品展示の場にこの様式が採用されたのは、ルネサンスが学芸復興の時代であったというところから理解できる。近世のバロック様式も、新たな場所に建て替えられた宮廷付属のブルク劇場で用いられた。なかには、さまざまな様式が重ねて用いられているものもある。宮廷歌劇場、後の国立歌劇場がそれにあたり、ルネサンス様式を主としてはいるものの、それ以外の様式も取り入れられている。このようにリング通り沿いの公共建造物は、いずれも過去の特定の様式を規範として建てられている。時代固有の新しい様式は、この時代、すなわち十九世紀後半には創り出そうとされなかった。

ウィーン市庁舎

『我々の時代の建築芸術』には、『現代建築』にはなかった新たな章が二つ付け加えられている。そのうちの一つ「芸術批評」には、このようなリング通り沿いの公共建造物に対して批評が加えられている。ただしその批評は個々の具体例に即しており、全面的な否定が見られるわけではない。最も厳しい批判はフリードリヒ・シュミットに向けられている。シュミットの代表作は、高い尖塔を持つゴシック風のウィーン市庁舎である。今ではウィーンの風景に欠かせぬものとなっているこの建造物も、ヴァーグナーの筆にかかると、「美的感覚と独創力が明らかに欠如している」[31]建築ということになる。当時一般の人々には評判が良かったシュミットではなく、ゴットフリート・ゼンパーやハインリヒ・フェルステルの方がヴァーグナーは優れているとし、彼らの設計したものには一応の評価が与えられている。リング通り沿いの建築には、ヴァーグナー自身も一部関与していた。先に言及した郵便貯金局がその一つである。他にもオーストリア連邦銀行の設計を彼は担当していた。一八八〇年代前半に建てられたこの建物の裏手の二十世紀建築を思わせる無装飾性は、リング通り沿い建築の詳しい写真集の中で他の建築物と見比べると、ことに異彩を放っているのがわかる。[32] ただしヴァーグナーは、歴史に範をとることに消極的ではなかった。『アルティブス』やシュタインホーフの教会はその例として挙げられる。また彼が残したスケッチには、世界各地の様々な時代の膨大な量の文様、装飾、建築様式の図が描かれており、歴史的な遺産に学ぼうとする姿勢が窺われる。[33] ヴァーグナーにあっては、創造性の重視は歴史に範を求めることを一概に否定するものではなかった。

ロースの『ポチョムキンの街』

リング通り沿いの建築を批判した建築家には、ヴァーグナーより一世代後に属するアードルフ・ロースもいた。一八九八年に芸術雑誌『ヴェル・サクルム』誌上で発表され、一九三二年に自選著作集『虚空へ向けて』の改訂第二版に多少修正が施されたうえで再録された『ポチョムキンの街』と題する文章で、彼はリング通り沿いの建築様式を辛辣に揶揄している。[34] 昔ロシアのエカテリーナ女帝の行幸に際して寵臣ポチョムキンは、張りぼての村を急ごしらえで造らせ見かけをつくろった。この故事にならって、ロースは、ウィーンのリング通り界隈をいわば芝居の書き割りのような表側だけ華やかな見せかけの街と言っているのである。ポチョムキンについて簡単に前置きした後、ロースはこう述べ始める。

ここで語ろうとするポチョムキンの街とは、我らが愛《うるわ》しのウィーンに他ならない。気の進まぬ告発だ。証拠立てるのもどうもうまくいきそうにない。というのも、そのためには敏感すぎるほどの正義感に溢れた聴き手が要るのだが、我らが街にはそんな聴き手は残念ながらまだほんのわずかしか見当たらないからだ。(35)

リング通りに沿って遊歩するとき、私にはいつも、現代にもポチョムキンがいて、正真正銘の昔のイタリアの貴族の街にまぎれ込んだとでも人に思い込ませる任務を果たそうとしているのではないか、という気がする。(著作集では、「正真正銘の昔のイタリアの貴族の街に」の前に、「ウィーンにいるはずなのに」という言葉が補われ、他にも多少の変更が加えられている。(36))

リング通り周辺の高級集合住宅が立ち並ぶ地区を、「昔のイタリアの貴族の街」にたとえる表現は、ヴァーグナーが『我々の時代の建築芸術』の中で、リング通り周辺の「居住用建築物はもっぱらルネサンスの様式で建てられ(37)」と評しているのと符合するところがある。ただしヴァーグナーにあっては、リング通り周辺の建築に対

リング通り周辺の街並み

する批判は、主に公共建造物に向けられ、しかも専門的な観点からなされている。それに対しロースが槍玉に挙げるのは、高級な集合住宅である。しかもその矛先は、独自の様式を打ち立てようとしない建築家に対する以上に、そのように建築家をしむけ貴族的生活を模倣しようとする住み手に向けられている。

リング通りに関しては、一九六〇年代の末から一九八〇年代の初めにかけて、専門的な研究に基づく一連の非常に詳しい書物が刊行された。そのうちの一巻には、リング通り周辺の建物の居住者の社会階層を調べた結果も載せられている[38]。それによれば、居住者の中には貴族も多少はいたものの、その数は減る傾向にあった。目を引くのは、企業や銀行、あるいは大商店の経営者などのブルジョアジーの割合の高さである。リング通り周辺に建物が次々に建設されていったころ、社会の実権は、貴族の手から、この書物で「第二社会」と呼ばれている新興のブルジョアジーの手に移ることになった。ロースの批判はそうした人々に対して向けられていたのだった。

ロースによれば、この時期リング通り界隈に建てられた豪奢な建物はまがいもの以外の何物でもない。このように主張した後、彼は次のように人々を促そうとする。

貧しいのは、恥ずかしいことではない。皆が皆、貴族の館で生まれたということなどありえない。しかし周りの者たちにそういう風に（著作集では「そんな館を所有しているように」）見せかけるなどというのは、ばかげたことだ、不道徳だ。ある一つの建物の中で、社会的に同等の他の多くの人たちと賃貸住まいをしているということを、恥じたりなどしないようにしよう。（……）十九世紀生まれの人間であることを、また、昔の建築様式を模した建物になど住みたいとは思わないことを、恥ずかしがったりはしないようにしよう。そうすれば、我々の時代にまさにふさわしい建築様式をどんなにたやすく手に入れることになるか、おわかりになるだろう。(39)

この論説は、十九世紀末の新傾向の芸術運動の機関誌『ヴェル・サクルム(聖なる春)』の第一年次第七号にまずは掲載された。芸術の専門家や裕福な芸術愛好家向けのこった装幀のこの雑誌に掲載されたロースの文章の前後に配されているのは、彼自身の建築図案ではなく、この時期のヴァーグナーの建築にも共通するところのある、ヨーゼフ・ホフマンやヨーゼフ・オルブリヒの世紀末的な様式の建築図案である。『ポチョムキンの街』が発表された前後の時期、一八九八年の春から秋にかけて、ロースは集中的に多数の論評を公にしている。二十代後半のこのころ、彼はまだ建築家というよりも評論家であった。

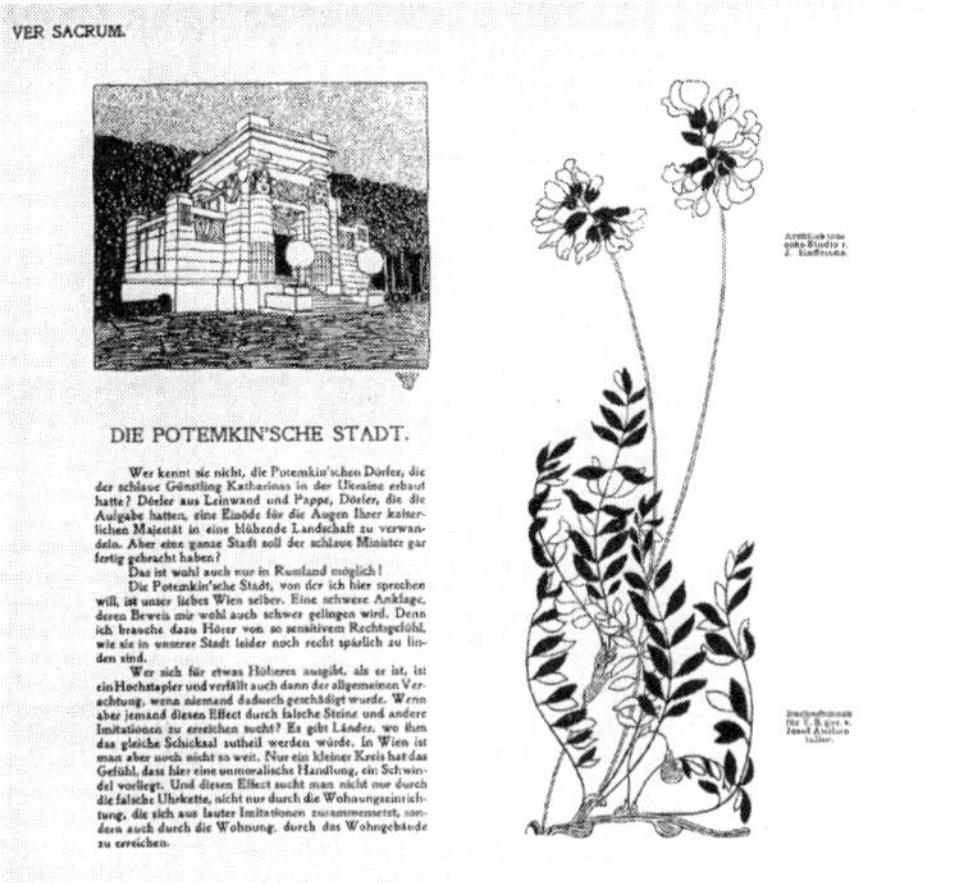
VER SACRUM.

DIE POTEMKIN'SCHE STADT.

Wer kennt sie nicht, die Potemkin'schen Dörfer, die der schlaue Günstling Katharinas in der Ukraine erbaut hatte? Dörfer aus Leinwand und Pappe, Dörfer, die die Aufgabe hatten, eine Einöde für die Augen Ihrer kaiserlichen Majestät in eine blühende Landschaft zu verwandeln. Aber eine ganze Stadt soll der schlaue Minister gar fertig gebracht haben?

Das ist wohl auch nur in Russland möglich!

Die Potemkin'sche Stadt, von der ich hier sprechen will, ist unser liebes Wien selber. Eine schwere Anklage, deren Beweis mir wohl auch schwer gelingen wird. Denn ich brauche dazu Hörer von so sensitivem Rechtsgefühl, wie sie in unserer Stadt leider noch recht spärlich zu finden sind.

Wer sich für etwas Höheres ausgibt, als er ist, ist ein Hochstapler und verfällt auch dann der allgemeinen Verachtung, wenn niemand dadurch geschädigt wurde. Wenn aber jemand diesen Effect durch falsche Steine und andere Imitationen zu erreichen sucht? Es gibt Länder, wo ihm das gleiche Schicksal zutheil werden würde. In Wien ist man aber noch nicht so weit. Nur ein kleiner Kreis hat das Gefühl, dass hier eine unmoralische Handlung, ein Schwindel vorliegt. Und diesen Effect sucht man nicht nur durch die falsche Uhrkette, nicht nur durch die Wohnungseinrichtung, die sich aus lauter Imitationen zusammensetzt, sondern auch durch die Wohnung, durch das Wohngebäude zu erreichen.

『ヴェル・サクルム』誌に掲載されたアードルフ・ロースの『ポチョムキンの街』(建築図案はヨーゼフ・ホフマン、カットはヨーゼフ・アウヘンタラー作)

『装飾と犯罪』

ロースの評論家としての活動の頂点をなすのが、一九〇八年、もしくは一九〇九年の末か翌年の初めにまとめられた『装飾と犯罪』という文章である[40]。この草稿をもとに、彼はウィーンやミュンヘン等各都市で講演を行った。原稿がすぐには活字化されなかったため、ロースの主張は曲解をも含め口伝てに広まり、耳目を引く題名もあずかってセンセーションを巻き起こした。今日『装飾と犯罪』は、建築史上最も有名な宣言文の一つに数えられている。それというのも、この講演が行われたころから、ロースは装飾を排した建築の設計に自ら携わり、その傾向がよく知られるようになったためであった。しかし実のところ、『装飾と犯罪』そのものを読むと、意外に思えるほど建築における無装飾性ということは話の中心に置かれていない。せいぜい「どの街のどの街路も、白い壁のように輝く[41]」という表現によって都市の景観が言い表されている箇所で、装飾を排した一群の建物が思い浮かべられる程度である。『装飾と犯罪』では、むしろ、シガレットケースの例をはじめ、工芸品での装飾の排除について多くが語られている。彼の批判は、アール・ヌーヴォーもしくはユーゲントシュティールの名で知られる応用芸術作品の作り手に向けられていた。ロースは随所でそれらの人々をあえて挑発しているふしがある。

ロースの主張は、簡単にまとめれば、人間は進歩すればするほど装飾を必要としなくなる、したがって高度に発達した段階にある現代人には装飾は不要である、現代生活のいずれの分野においても装飾を撤廃しよう、というものである。彼はまた、労働力あるいは資本の無駄使いという観点からも装飾を非難している。そして文章全体はこう締めくくられる。

装飾が無いのは、精神の強さの証しだ。現代人は、昔の文化や異国の文化の装飾を気の向くまま役立てる。自分たち独自の創意工夫を、現代人は別のことに集中させるのだ。[42]

このように主張するにあたってのロースの論の立て方には、問題だと感じさせる箇所もある。パプア人の精神年齢を、ドイツ人やオーストリア人等ゲルマン民族の精神年齢よりも低いとして論を進めているのである。『装飾と犯罪』は、文明は進歩するものという歴史観に基づいており、ロースも当時主流であった思想の制約から逃れてはいないことを窺わせる。ただ、こうした熱っぽい主張が展開される中で、笑いを誘う大げさな言い回しも見られる。評判となった講演会に足を運ぶ聴衆の中には、ロースのパフォーマンスを楽しみにする向きも少なくなかったのではなかろうか。また一方で、この論では自らの説を主張するにあたって、「言う」とか「思う」とかいうような言葉は用いられず、「教えを説く」という言葉が使われている。ロースはあえて預言者風に自説を述べようとしている。それも人気を博す一因だったのであろう。

カフェー・ムゼーウム

ロースの装飾否定の精神は、この文章に先立って一八九九年に早くも示されていた。リング通りにほど近く音楽会場や美術学校などからも遠くない所にある「カフェー・ムゼーウム」の内装を彼は手がけている。壁や天井にあえて装飾を施していないこのコーヒー店の内部は、それが一般的になった今の目から見るとそれほど驚くようなも

シュタイナー邸

ミュラー邸

のではない。ただ当時としては画期的であり、「カフェー・ニヒリズム」というニックネームもついたほどであった。ロースは言説で有名なわりには建築の依頼をあまり多く受けていない。その彼が主張する無装飾性が建物の外観全体にも徹底された代表的な例は、一九一〇年に建てられたものに見られる。それは、シュタイナー邸と称される個人住宅である。この住宅の、ことに庭に面した側にあっては、何の装飾もない壁が組み合わされ窓が左右対称に配置されている。戦後の日本で建築費を節約して建てられた研究所のたぐいを連想させるこの個人住宅は、依頼主の先進性と大胆さを感じさせる。同様の無装飾性は、一九二二年に建てられたルーファー邸の外観にも見られる。またこの住宅の内部を写した写真からは、空間を巧みに分割し構成するロースの技が伝わってくる。直方体を組み合わせ窓をつけたようなロース設計の個人住宅のなかで頂点をなすと思えるのが、一九三〇年に完成したプラハのミュラー邸である。左右対称の構成を基本としながらも破調の要素を取り入れたこの建物は、ロースの理念が最も美しく生かされたものであろう。

ところで、ロースはこれらの住宅の内装に加え、それと前後して、彼自身が設計はしていない建物

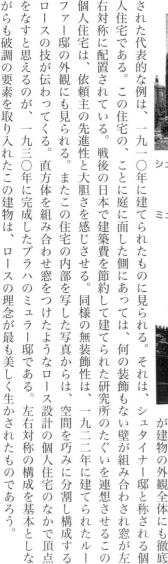

の内装も相当数手がけている。たとえば一九一三年の「カフェー・カプア」。この喫茶店の壁は豪華な大理石で飾られている。その大理石は北アフリカでロース自身が買いつけたものだという(43)。この店の内装には、先に挙げた「カフェー・ムゼーウム」とは異なり、装飾性が感じられる。装飾を厳しく否定したロースではあったが、素材の持つ自然な装飾性は決して否定されなかった。大理石の巧みな使用は、個人住宅の内装にも見られる。装飾を極度に排した簡素な外観とは大きく異なり、建物の内部には豊かさが見られる。外観が質素なだけにその落差も大きい。ウィーンの建築界にあっては、理論とデザインのこのようなくい違いが問題視されることもあった。少なくとも内装については、ロースは自然の素材の持つ装飾性をも排した無機質なものを造ろうとはしなかったようである。それは、依頼主の経済的な豊かさにも関係していた。ロースが設計したウィーン市内の個人住宅は、ヒーツィングと呼ばれるウィーン十三区や、十八区、十九区といった高級住宅街に位置していたことからも、その点は窺える(44)。ロースは厳しい社会批判をしながらも、裕福な人々を顧客にしていた。ただし、第一次世界大戦後の一時期、彼は社会主義市政に協力し、労働者のための住宅設計に携わったこともあった。また、パレスチナのユダヤ人入植地の建設指導者として彼を招こうとする動きもあったという(45)。

カフェー・カプア

ロースハウス

一九〇九年、ロースはウィーンの一等地で彼の主張を実現する機会を得た。「ゴルトマン・ザラッチュ」という紳士服店が、新たに造り直される建物に店を開くことになった。その設計依頼がロースに来たのである。下の階には店舗や作業場が入り、上の階は住居にあてられるという建築物である。すでに彼は、ウィーンでいくつかの商業施設の内装は手がけていた。ただし今回は内装だけではなく建物全体の設計も任されることになった。ところが仕事は順調には進まなかった。というのも、ロースが装飾否定の精神を生かそうとした建物が建てられる予定の場所は、広場をはさんで皇帝の居城であるホーフブルク宮殿と向かい合っているうえ、官庁街やウィーン有数の商店街にも隣接していたからである。彼の斬新な理念が実現されるとしても、それが街はずれであればそれほど問題にはならなかったであろう。しかしミヒャエル広場の宮殿の真向かいというのは、あまりに人目につきすぎる場所であった。ロースに対して批判の声が高まり、建設工事の途中で市当局からもクレームがついた。ロースの案に代えて、設計競技まで行われようとしたほどだった。この時期にしては古めかしい代案の建物の図案が、新聞の紙面をにぎわしたりもした(46)。

一九一一年、壁に幾何学的に窓が配され、当時としては珍しく窓の上にひさしのない、装飾否定の精神を体現した建築が完成した。しかしこの建物は揶揄のかっこうの対象になった。「眉毛のない家」、これが当時ロースの代表作につけられ有名となったあだ名であった。ひさしをはじめ何の装飾もないのっぺりとした建物は、当時の人々の感覚には余りに異質なものだったようである。工事中に表された新聞の漫画のなかには、この建物をマンホールの蓋の裏に見たてたものもあった[47]。人々の理解を求めようとして、ロースは一九一一年の年末にこの建築物について講演会を催している。有料であったにもかかわらず、世の関心は高く二千人収容の会場も満員になった。ロース自身の受けとめ方によれば、問題になっているのは都市景観の破壊ということであった。ところが彼はこの点に真っ向から反論している。議論がかまびすしかった一九一〇年の秋に新聞に載せた文章の中で、彼はこの建築物の持つ意味合いを、「皇帝の居所から、ある大貴族の館を経て、最高級の商店街コールマルクトへといたる橋渡しの役[48]」と認めている。そしてこう述べているのである。「この建物が、皇帝の居城と広場と街に調和するよう試みられた[49]」。調和を保つ試みというロースの弁明は、当時一般には挑発的とみなされたようである。しかし現在冷静に判断すると、彼の言葉が牽強付会とは言えないことがわかる。この建物を専門的に考察した書物によれば、一、二階部分の柱は、斜め向かいのミヒャエル教会の古典古代様式風の柱に調和すべく取り入れられているという[50]。しかもこの柱は、上層階の柱の位置と比べるとわかるように、建物を支える役には立っていない。実用のためではなく、デザインを重視して取り入れられているわけである。また二階部分の縦長の張り出し窓は、ホーフブルク宮殿の窓の形およびミヒャエル教会の入口の形に対応して設計されていることが、この書物に掲載

ロースハウス

された写真を見ると納得できる。今日ロースハウスの名で知られるこの建物は、彼の設計した個人住宅ほどには、装飾排除という理念を全体にわたって取り入れたものではないとも言える。紆余曲折の末、上層階に関してロースが多少の妥協をした結果、騒動は終息に向かうことになった。

ロースと『ブレンナー』

ロースハウスができあがったころ、この建物には訪問者の記帳簿が置かれていた。その中には、詩人ゲオルク・トラークルの名が次の言葉と共に記されている。「ある精神の相貌、石の厳しさと沈黙、大きく力強く形造られ――アードルフ・ロースを讃えて[51]」。この早逝の詩人とロースは、これが記されたころから短期間ながら親交を結んだ。トラークルは、『夢の中のセバスティアン』という彼の代表作の一つをロースに捧げてもいる。子どものころの記憶につながるこの詩には、たとえば次のような一節がある。

ばら色の復活祭の花が夜の納骨所に
そして星たちの銀色の声、
するとおののきつつ、眠れる者の額から暗い狂気がはがれ落ちた。

SEBASTIAN IM TRAUM
Für Adolf Loos

Mutter trug das Kindlein im weißen Mond,
Im Schatten des Nußbaums, uralten Holunders,
Trunken vom Safte des Mohns, der Klage der Drossel;
Und stille
Neigte in Mitleid sich über jene ein bärtiges Antlitz

Leise im Dunkel des Fensters; und altes Hausgerät
Der Väter
Lag im Verfall; Liebe und herbstliche Träumerei.

トラークルの詩集『夢の中のセバスティアン』所収の同名の詩（ロースへの献辞が見られる題名と冒頭部）

おお何と静かに、一つの歩みが青い流れを下っていったことか
忘れられたものを思いつつ、そのとき緑の茂みの中で
つぐみが見知らぬものを没落へと誘った。(52)

この詩からもその一端が窺われるように、トラークルは憂愁と生の輝きと絶望が交錯する一群の詩を残した。それらは、妹への宿命的な暗い愛や麻薬の常用をも機縁とする、深い罪の意識に貫かれており、頽落《たいらく》した極限的な生において、救済を志向する痛切な響きに満ちている。色彩を表す言葉を多用した詩行は、イメージを喚起する独特の力を持つと言える。裸形の精神性を追求した同時代のウィーンの画家エーゴン・シーレとの精神的類縁性をも感じさせる詩人である。

トラークルは、モーツァルトの故郷としても知られるザルツブルクで生まれ、一時期ウィーンで暮らした後、アルプスの山々に囲まれたチロル地方の中心地インスブルックとのつながりを深めた。当時この都市では、ルートヴィヒ・フォン・フィッカーによって『ブレンナー』という雑誌が発行されていた。トラークルが詩を寄稿するようになったころ、『ブレンナー』は、同時代の文化を批判する論説に加え、新しい傾向の詩も掲載するようになっていた。その中でも、トラークルは最も重要な詩人であった。

『ブレンナー』誌の発行者であるフィッカーは、哲学者のルートヴィヒ・ヴィトゲンシュタインとも交流があった。ヴィトゲンシュタインはフィッカーを通じて、オーストリアの経済的に恵まれない芸術家たちに匿名で寄付をしたことがあり、その中にはトラークルも含まれていた。トラークルの詩は、ヴ

イトゲンシュタインの心に響いた。フィッカーに宛てた書簡の中で、彼は、「私にはそれら（トラークルの詩）はわかりません。しかしその調べは私を幸せにします。それは、真に天才的な人間の調べです[53]」と伝えている。また、ヴィトゲンシュタインにはロースとの関わりもあった。ヴィトゲンシュタインが残した覚書には、影響を受けた数名のうちの一人としてロースの名も挙げられている[54]。しかも、それは精神面にとどまるものではなかった。建築家のパウル・エンゲルマンの助力を得てヴィトゲンシュタインが建てた姉の住居の外観は、ロースの影響を如実に示している。

『ブレンナー』と関わりが深かった人物としては、戯曲『人類最期の日々』をも著した批評家カール・クラウスの名も欠かすわけにはいかない。クラウスは『ブレンナー』の主催する朗読会を、インスブルックで一九一二年一月から一年おきに三度行っている。また、一九一二年から一五年にかけて、『ブレンナー』ではほぼ毎号、クラウスが発行していた雑誌『ファッケル（炬火）』あるいは彼の作品、さらにはブレンナー社刊行のクラウスに関する書物の広告が掲載されている[55]。一九三四年には、クラウスの生誕六十年が誌上で祝賀された。フィッカーとクラウスは、同時代への強い批判的傾向という点で軌を一にするところがあった。

トラークルやクラウスほどではないにしても、ロースも『ブレンナー』と関わりを持っていた。『ブレンナー』が企画したクラウスについてのアンケートには、ロースも回答しており、時折エッセイも寄稿している。特に目を引くのが、一九一二年十月一日付の号に掲載された『アードルフ・ロース』という大見出しの広告だ。そこには、自らが主宰する私的な建築学校開校の告知が見られる[56]。

ロースと『ブレンナー』との関係という点で、なかでもことのほか重要なのは、彼の著作集が「ブレンナー社」から刊行されたということであろう。一九三一年には、一九〇〇年から一九三〇年にかけての論説を収録した『にもかかわらず』が、一九三二年には、一八九七年から一九〇〇年にかけての論説を収録した『虚空へ向けて』の改訂版が出版された[57]。両者とも、表紙にはロース自身の写真が大きくあしらわれている。ことに、前者は強い印象を与える。ロースは左耳に手をやり何かを見すえている。彼は難聴ぎみだったという。それゆえこのようなポーズの写真が撮られたのであろう。しかし自ら編んだ『にもかかわらず』と題する著作集の表紙に使うのに、この写真をあえて選び取ったところからは、聴こえぬ「にもかかわらず」、見えぬ「にもかかわらず」、聴こう見ようとする精神が伝わってくる。この写真を眺めるとき、私には、『装飾と犯罪』の一節、「間もなくどの街のどの街路も、白い壁のように輝くことであろう。聖なる街、天の都シオンのごとく。その時、事は成就する[58]」が思い起こされる。現状に満足することなく、未だ実現していないことに思いをはせるロース。彼もまた、ヴァーグナーとは違った傾向ではあるものの、「夢をはらむ建築家」の一人であったと言えよう。

ロースの評論集『にもかかわらず』の表紙

第二章　芸術家たちの日本への関心

ハプスブルク家の日本趣味

オットー・ヴァーグナーが設計した駅舎が地上には今も残るカール広場の地下鉄駅から電車に乗ることしばし、郊外への散策にほどよい距離に、ハプスブルク家の夏の離宮シェーンブルン宮殿がある。女帝マリア・テレジアの時代に完成し贅をつくしながらもロココ風の雅なこの離宮は、今は一般公開され、世界遺産にも登録され、ウィーン有数の観光名所となっている。公開されている部屋の一部には、日本や中国の焼き物も飾られており、マリア・テレジアが国を治めていた十八世紀のころ、東洋趣味が流行していたことを窺わせる。伊万里の磁器が壁際にいくつも天井高くまで並べられた「中国の小部屋（日本の間）」は、マリア・テレジアお気に入りの部屋だったようで、重要な密談にこの部屋がよく利用されたという(1)。

ハプスブルク家は、他にも数多くの古伊万里を所蔵していた。マリア・テレジアの夫フランツ一世の弟ロートリンゲン公カール・アレクサンダーは、伊万里磁器の大変熱心な収集家だった。今のベルギーに相当するオーストリア領ネーデルラントの総督を務めていたこの大公の遺品は、ウィーンに移されて保管された。一九九五年から一般公開されることになったコレクションは、二年後の一九九七年に日本に里帰りし、大阪のナビオ美術館などでも展示された。[2] 十八世紀のころウィーンでは、日本の磁器を模倣しようとする傾向も見られた。現在ヨーロッパ有数の名窯として知られる「アウガルテン」の前身にあたる「ウィーン磁器工房」では、古伊万里に類似した製品がいくつも作られている。その一部はこの展覧会でも目にすることができた。

マリア・テレジア記念像

十九世紀後半にリング通りが敷設され周辺の整備が進められた折に、彼女の名を冠する広場が設けられ、記念像も建てられたマリア・テレジアは、日本の蒔絵にも興味を示していた。一九九五年に京都国立博物館で開かれた「蒔絵――漆黒と黄金の日本美」展のカタログには、後にフランス革命で断頭台の露と消えることになるマリー・アントワネットに、母親のマリア・テレジアが贈ったという蒔絵の小物一揃いの写真が収録されている。[3] 文箱などに日本の伝統の技で装飾が施された品々である。この展覧会では、サンクトペテルブルクをはじめヨーロッパの街並みが描かれたものも目にすることができた。カタログの解説によれば、十八世紀の末、出島のオランダ商館を経由して、銅版画を写し取った蒔絵がヨーロッパに向けて輸出されたことがあったとのこと。[4] 序章で触れたウィーンの街並みをあしらった蒔絵の壁飾りも、その種のものの一つらしい。

ウィーン万国博覧会

このように、西洋でもハプスブルク家をはじめ王侯や貴族たちには十八世紀ごろからすでに日本の文物がある程度親しまれていたとはいえ、一般の人々に日本の美術や工芸品が広く知られるようになったのは、十九世紀後半に入ってからだった。その際に万国博覧会が果たした役割は大きかった。一八七三年のウィーン万国博覧会は、明治維新以後日本が参加した初めての万国博だった。明治六年という維新後間もない時期だけに、日本製品の輸出振興をはかろうとする新政府の意気ごみは大きく、全国各地に号令が発せられ、当時の日本の最高レベルの技術による物品が集められ出品された。ただしそれらはもちろん、今とは違って伝統技術に基づく製品だった。このころの万国博は欧米各国の先端技術を人々に誇示するという傾向が強かった。しかし日本がその列に加わるのは、まだ先のことだった。ただ、それがかえって良かった。西洋のものとはまったく異質の展示品は、人々の目を引き評判を呼んだ。しかも、名古屋城の金のしゃちほこや鎌倉の大仏頭部の実物大の模造や人の背丈を上回る有田焼の大きな花瓶などの展示、仮ごしらえにしては本格的に造られた社殿や庭園、これまた仮ごしらえの茶室での茶会など、異国趣味を満たすには、日本館は十分な魅力を備えていた。広大な敷地の中では日本館の占めるスペースはささやかなものだったが、人気の点では一、二を争うほどだった。扇子や絹織物の端切れなどを、来館者がこぞって買い求めていったという。[5] しかも一般の来場者に評判が良かっただけではない。

主催者が出品物の質を評価して与える賞も、日本館の出品物に対しては、二百に上る賞やメダル、五つを数える名誉賞など、多数が授与された[6]。受賞目録に目を通すと、織物や各種の糸、木工竹製品、陶器や銅器や漆器、それに和紙などが多くの賞を受けているのがわかる[7]。和菓子をはじめ食品の中にも受賞しているものがあるのも興味深い。さらに目を引くことには、富岡製糸場の生糸や横須賀造船所の造船所設置などに対しても賞が与えられている。明治初年のこの時期、ウィーン万国博の会場で来館者に示されていたのは伝統的な日本の姿であったものの、当の日本においては近代化がすでに始まりつつあった。この万国博に派遣された人々の中にも、オーストリアやヨーロッパ各国の製造業などの技術を学び、日本に持ち帰って伝える役目を帯びた人々が少なからずいた[8]。

オーストリア芸術工業博物館

ウィーン万国博で展示された日本の工芸美術品のうち、少なからぬ数が、一部は寄贈され、多くは買い求められて、開館されてから日の浅いウィーンの「オーストリア芸術工業博物館」に収められることになった。この博物館は、現在の「オーストリア応用美術博物館」の前身にあたる。「芸術工業博物館」には、他にも日本の工芸品が収蔵されていた。万国博が開かれるよりもほんの数年前に行われた、オーストリア・ハンガリー帝国の東アジア探検旅行で、それらはすでに収集されていたのだった。この博物館は工芸学校と隣接しており、そこに収められている工芸品は、この学校で学ぶことになった分離派の芸術家たちに影響を及ぼすことになる。

分離派の造形芸術家たち

保守的な造形芸術家の集団から離れ、時代にふさわしい新しい芸術を創り出すことを目ざして、ウィーンでは「分離派」が一八九七年に結成され、翌九八年から本格的な活動を始めた。当時、このような分離派と称する動きは、ミュンヘンやベルリンなどドイツ語圏各地でも見られた。ウィーン分離派の会員たちは、独自の展覧会を企画し、拠点となる分離派会館を建設した。この会館で開かれた展覧会は、創作活動の成果を示す場であると同時に、作品の販売促進の場でもあった。たとえば第四回展のカタログには、出展作品一覧の前に「芸術作品の販売」というページがあり、購入の仕方が説明されている。(9)また、美術の世界では反旗を翻しはしたものの、ウィーン分離派は、ハプスブルク家の支配体制にはあえて組み入れられようとし、自らも権威となろうとする傾向を帯びていた。この派の第一回展覧会に行幸するフランツ・ヨーゼフ一世皇帝を、グスタフ・クリムトをはじめ主だった会員たちが正装して出迎える様子を描いた絵は、それを物語っている。(10)分離派の会員たちは、「聖なる春」という意味合いの

VER SACRUM.

Wieder draussen im weiten All
Wird es Frühling.
Mit dem blassen Gold
Der Primeln schmückt sich die Flur;
Der Weissdorn leuchtet,
Es leuchtet die rosige Pfirsichblüte —
Und im ergrünenden Wald
Singt die Drossel.

Aber in stillen,
Geheimnisvoll umzirkten Zaubergärten
Blüht die Kunst.
Dort, in ewigem Sonnenlicht,
Schattenlos überwipfelt,
Hauchen den schweren Duft,
Leuchten in durchsichtiger Irispracht
Weitkelchige Liliaceen und Tulipanen.
Falter, breitflüglig,
Stahlblau und flammenroth,
Umschweben sie,
Und auf des Rasens Smaragd,
Lastenden Silbergefieders,
Schreiten weisse Pfauen. —

『ヴェル・サクルム』誌第一巻第七号から（フェルディナント・フォン・ザールの詩『ヴェル・サクルム』とヨーゼフ・アウヘンタラーによるカット）

『ヴェル・サクルム』という機関誌も発行した。オーストリア独自の新たな芸術を広めようとして、分離派が結成された翌年の一八九八年から発行され始めたこの雑誌には、分離派の画家の絵や版画に加え、新進気鋭の文学者の詩や評論も数多く掲載された。文学作品の活字の周りをその内容に即した独特のカットで埋めるといった工夫も見られ、美術と文学を総合した芸術誌となっている。当時、ドイツ語圏ではこの種の芸術誌が盛んに刊行されていた。その中でも、『ヴェル・サクルム』は美術史上の重要性において際立っている。

クリムトの『アデーレ・ブロッホ＝バウアーの肖像』

この分離派の会員には、日本への関心が少なからず見られる。クリムトもその例外ではない。クリムトの作品に日本美術との関わりが窺われるということについては、日本やオーストリアの研究者によってすでに指摘がなされている[11]。具体的に指摘することができるのは、人物像の衣服や背景の地に描かれた文様である。日本の渦巻文様、鱗文様などの文様が、クリムトの作品に取り入れられたという。ただし、クリムトの絵画の文様風の装飾に影響を及ぼしているのは日本だけではない。ビザンティン美術をはじめ、さまざまな地域の影響も見られる。『アデーレ・ブロッホ＝バウアーの肖像』をはじめ、黄金をふんだんに使ったクリムト特有の絵画にも、日本の屏風絵との共通性を思わせるものがある。ただしこの点についても、彼がヨーロッパの金細工の伝統の中で育ったことは見逃せない。さらにまた、尾形光琳の絵画をはじめ琳派の芸術と類似しているのではないかという指摘もされている。(12) クリムトの絵画では、奥行きを感じさせない平面性が後期の作品において特に顕著に見られるようになる。この平面性こそ、直接の影響関係は指摘しづらいものの、日本の絵画との最も重要で興味深い共通点であろう。いずれにせよ、彼が日本美術に大いに関心を寄せていたのは間違いない。日本美術に関する書物、浮世絵版画、着物、さらには甲冑《かっちゅう》や能面にいたるまで、クリムトは所蔵していた。(13) クリムトの日本に関する所蔵品については、留学先のベルギーからの旅行の途中にそのアトリエを訪ねた日本人画家太田喜二郎が大正時代の初めに表した訪問記でも触れられている。太田喜二郎は京都出身の画家で、その作品は、京都市美術館をはじめ各地の美術館で今も時折目にすることができる。『美術新報』という雑誌に『維納《ウィーン》にクリムト氏を訪う』と題して掲載された文章には、ガラス戸棚に日本や中国の古い衣類がたくさん入れてあり、「先生は中から出して見せて、時々『良い』配合などと教えてくれました(14)」という一節が見られる。

このように、クリムトと同時代の日本人の中にも、彼に強い関心を抱く人物がいることはいたものの、日本でクリムトが広く受け入れられるようになるには時間がかかった。ところが近年、日本でのクリムトの人気には目を奪うものがある。クリムトの作品に対しては世界中で関心が示され、その展覧会がヨーロッパや北米など各地で開かれてはいる。ただ、一九八〇年代以降に開かれた会場数ということでいえば、オーストリア本国に次いで多いのは、何と日本なのである。(15) 欧米各国とは違って、日本では外国から借り出された作品による一つの展覧会が各地を巡回する傾向が強いため、開催地が多くなるということがあるにはしても、日本でのクリムトへの関心の高さを物語る数字と言えよう。

このクリムトの絵画以上に日本の影響を窺わせるものがある。それは、コロマン・モーザーの残した版画やテキスタイルパターンである。たとえば、分離派の機関誌『ヴェル・サクルム』の創刊号に掲載された『赤と緑の装飾的断片』と題するリトグラフに、その点は指摘できる。単純化された風景の手前に横向きの女性の顔を画面にはすべて入りきらないほどきわめて大きく描くという大胆な構図には、日本の浮世絵版画との類似が見て取れる。『ヴェル・サクルム』の第二巻第四号に見られるモーザー作の文様は、いっそう如実に影響を感じさせる。リズミカルに流動する波を思わせる文様、さまざまに組み合わされ変形していく文様いずれもが、日本の文様に範をとったことを示している。さらにモーザーは、日本の染物の型紙などを模したテキスタイルパターンや書物の装幀も手がけた。その中には、どちらがモーザーの手になるものなのか判別がつかないほど影響を歴然と示すものも見られる。

モーザーの『赤と緑の装飾的断片』

モーザーが布地や絨毯や壁紙のデザインを提供していたバックハウゼン商会には、建築家としても知られるヨーゼフ・ホフマンも関わりを持っていた。彼の手になるテキスタイルパターンの多くも、日本の影響をはっきりと物語っている。一九〇三年に、ホフマンとモーザーはフリッツ・ヴェルンドルファーの出資を得て「ウィーン工房」を設立した。この工房で、ホフマンは簡素で幾何学的な形態の家

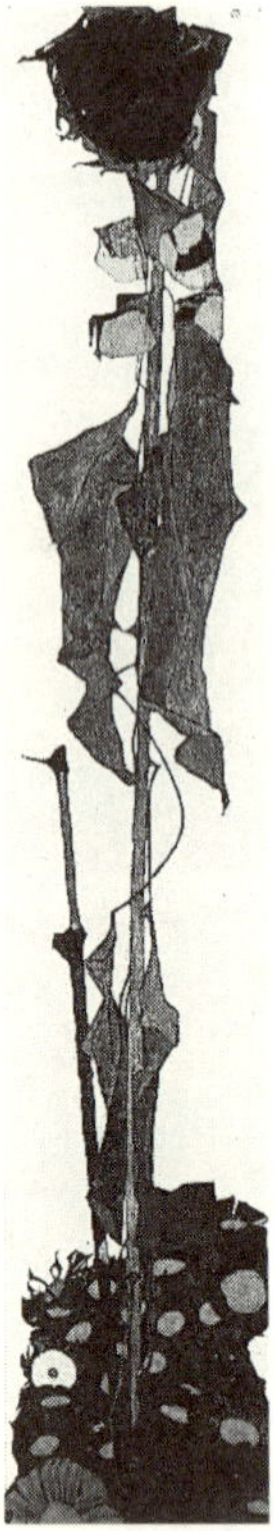

シーレの『ひまわり』

具を次々に生み出していった。これらの家具にも、日本の工芸品に通じる感覚が窺われる。「序章」で触れた「美術・骨董品展示会」で見かけた作品も、その一つだった。「ウィーン工房」では、モーザーも日本の市松模様に類似した製品を数多く作っている。この工房は、粗悪な大量生産と古い様式の無思慮な模倣を共に排し、良質で簡素な新しい感覚の手作りの製品を作るのを目的としていた。ホフマンが筆をとった製作綱領では、日本の工芸品製作が理想として讃美され引き合いに出されている。「我々が行おうとしているのは、日本人がたえず続けてきたことなのだ。日本のどの工芸品であれ、機械で作られたものなど、誰がいったい思い浮かべられよう[16]」。家具、壁紙、織物、食器、装身具、本の装幀、絵葉書など、「ウィーン工房」で生み出された製品は、応用美術の実にさまざまな分野にわたっている。

分離派が結成されたころの会員たちよりも一世代下にあたるエーゴン・シーレも、この派と関わりを持っていた。一九一八年に開かれた分離派第四九回展のポスターのデザインを彼は担当している。なお、これより十三年前の一九〇五年には、すでにクリムトやモーザーやホフマンらは退会していた。そのシーレの作品にも、日本美術との関係を窺わせるものがある。たとえば、『ひまわり』と題された絵の、ヨーロッパの美術作品にはあまり例を見ない縦長の形状は、日本の掛け軸や短冊を思い起こさせる。また、対象としての花だけを描き、地には何も描かないという表現方法からも、日本美術に通じるところがあると感じさせられる。ただし、地に何も描かれていないとはいっても、それは、日本の絵画において、描かれた対象よりも余白の方が時にいっそう大きな意味を持つのとは異なっている。枯れていくひまわりの花が描かれたシーレの絵を見るとき、強く意識させられるのは、地の部分ではなく、やはり、対象と対峙した人物の精神のありようを強烈に感じさせる花の方なのだ。シーレのそう多くはない蔵書の中には、北斎に関してドイツで出版された書物もあった。(17) 日本の美術に彼が関心を抱いていたのは確かなようだ。しかし、シーレにあっては、日本美術から影響を受けたにしても、彼自身の個性の方が強く感じられる。

『ヴェル・サクルム』誌の日本特集

分離派の機関誌『ヴェル・サクルム（聖なる春）』の第二年次の一八九九年には、二度にわたって日本特集が組まれている。一度目の第二巻第四号には、文学者エルンスト・シューアの『日本芸術の精神』という長編の評論が掲載されている。(18) シューアはまずヨーロッパとアジアを対比させ、アジアは「神聖にして幽暗なものすべてと、きわめて深く結びついている」(19) としている。彼の論の基調をなすのは、西洋近代合理主義への懐疑であり、それと表裏をなす、日本文化をはじめとする東洋文化への憧憬である。なかでも、彼の関心は静

gehen sich gegenseitig das Mass und den Charakter, die die japanische Kunst zu einer so vollendeten, schlechterdings nicht zu übertreffenden machen. Dieser Stil des Wahren und Höchstpersönlichen in glücklichster Vereinigung ist unübertrefflich. Niemals findet man ein Übertreten jener Grenze, wo Wollen und Können sich nicht mehr deckt und ein qualvolles, fruchtloses Ringen beginnt, — die Japaner erscheinen, und das ist das Rätselhafte — immer als Meister. Sie KÖNNEN immer. Sie gehen nie fehl. Mögen sie ihre Kräfte so genau kennen, mag ihre Fähigkeit und Begabung eine schrankenlose, ungemessene sein — immer ist dem, was sie bieten, der Stempel der Vollendung aufgedrückt.

Der Japaner giebt nie das, was wir Wirklichkeit nennen. Mir ist es nicht bekannt, ob das schon festgestellt ist, aber ich bin der festen Überzeugung, dass ein Japaner nie das Gesehene unmittelbar wiedergiebt, indem er Zug um Zug das, was er vor sich sieht — sein Vorbild — überträgt und nachzieht. Dazu ist er zu sehr Dichter. Und seine Beobachtungsgabe, die sorgfältig das Bild sich einprägt, bis in alle Einzelheiten, erlaubt ihm diese Freiheit. Denn er will mehr geben als ein blosses Wiedergeben des Gesehenen. Es ist ihm darum zu thun, die Wechselwirkung von Empfindung zu dem Ausser-Ihm zu bannen. Darum trägt er seine Kostbarkeiten trunken mit sich herum, kehrt immer wieder dazu zurück versenkt sich immer von neuem darin, bis es ihm zum bleibenden Besitz wird. Und so dauert es wohl Tage, Monate, bis das, was er, vielleicht ohne dass es ihm recht bewusst war, in sich aufnahm, zu einem Werk seiner Kraft sich gestaltet. Und dann ist es immer abgerundet, in sich bestehend;

ENTWURF FÜR WANDDEKOR IN GRÜN, VIOLETT UND GOLD. „HORTENSIENLAUBE."

⑫

シューアの評論『日本芸術の精神』とモーザーによるカット

謐な日本文化へと向かう。シューアは言う。

日本の美術作品ほどに、自らのうちに安らいながら存在する価値を常に証明している芸術作品は、他には思い浮かばない。日本の美術作品は、創造者を持たなかった。また、そこに沈潜してくる他者も必要とはしていない[20]。

これに続いては、「この芸術が人を魅了するのは、絶対的な確かさを持っているためだ[21]」という一節も見られる。日本人の自然への関わり方についても、次のように言われている。

自然への日本人のこういう対し方には、深く宗教的なところがある。日本美術は世界観を内に擁している、と言われるとするならば、それは当たっている。そこには汎神論的なものがある。人間は完全に消え去ってしまうのだ[22]。

日本の美術が自然を単に再現しようとはしていない点を、シューアは、自然の本質を直観する日本人に恵まれた能力のゆえと高く評価してもいる。

論の終わり近くには、ヨーロッパと日本を対比させた印象的な一節も見られる。

ヨーロッパ芸術は築き上げ、日本芸術は解きほぐす。ヨーロッパ芸術は天空へと物を積み上げようとし、よく見ると、力及ばず裂け目ができていることが目につく。日本芸術は貴重な物を隣り合わせに並べていき、よく見ると、何ら欠陥のない建物ができあがってしまっている。(23)

ヨーロッパの芸術は築き上げ、日本の芸術は解きほぐすという両者の対比の仕方は、詩人でもあったこの文学者の感性の鋭さを物語っている。それは、ヨーロッパと日本の文化の基本的な相違として敷衍できるであろう。ただ、この指摘からは、その対比が、西洋風に近代化した現代の日本にはすでにもう十全にはあてはまらないということも強く感じさせられてしまう。結びの部分で彼は、ヨーロッパの人間として日本の芸術にからめとられ自己を失ってしまう恐れを記しながらも、その魅力に抗することはできないとも述べている。

『ヴェル・サクルム』誌第二巻第九号（日本特集号）の表紙

シューアは『ヴェル・サクルム』第二巻第九号にも、『箱根湖畔の茶会』と題する作をはじめ小品を六篇寄稿している。(24)この号にはさらに、美術史家モーリッツ・ドレーガーによる『日本美術を高く評価して』という評論も掲載されている。(25)『ヴェル・サクルム』第二巻第九号の表紙は、日本美術の影響を随所に示すこの雑誌の中でも出色のできばえと言えるものだ。赤みを帯びた茶色の地に白に近い薄い青色で雁が飛ぶ様を描いた図柄は、日本の型紙に基づいているだけに、(26)日本的な感覚を強く窺わせる。なお、この号の発行に先立つこと四年前の一八九五年に、ウィーンでオーストリア芸術工業博物館編として刊行されていた日本人の画家による『日本鳥類素描集』の中の一葉にもよく似た図柄が見られる。[27]『ヴェル・サクルム』の他の号同様、シューアの小品にはカットが配されている。というよりも、カットを主体として活字が組まれているという趣きだ。カットとして使われているのは、いずれも日本の染物の型紙である。植物の図案を基に大胆に変形されリズミカルに構成された図柄は、今日の目から見ても新鮮さを失っていない。

分離派の「日本展」

『ヴェル・サクルム』で日本特集が組まれた翌年の一九〇〇年には、分離派の第六回展として、「日本美術特集展」が分離派会館で開催された。期間は一月二十日からおよそ一か月であった。分離派の展覧会はこの派に属する芸術家の作品を展示するのを常としていたところからすると、日本の美術品は破格の扱いを受けたと言える。宣伝のために作られたポスターには、菊川英山《きくかわえいざん》の色刷り木版画があしらわれている。これは、掛け軸を連想させる縦長の形をも含め、日本を強く意識させるものとなっている。

この展覧会に際して作られたカタログによると、分離派の主催者は、展覧会の趣旨として、自然を単に再現したのではない様式、自然主義を超える様式が求められていると述べ、それは日本の芸術に見出されるとしている。[28]このように、分離派の人々においても、造形芸術の領域で自然主義をいかに超えていくかということが問題にされていたのは興味深い。「自然主義の克服」という主張は、分離派の支持者でもあったヘルマン・バールが文学に関して唱えて以来、ウィーンではよく知られていたものであった。

主催者による序文の次には、この展覧会の展示品を一手に引き受けて提供したアードルフ・フィッシャーの文章が掲載されている。フィッシャーは、当時はベルリンに住んでいたオーストリア人で、日本を何度も訪れ、東洋美術の収集家として知られていた。フィッシャーが伝えているところによると、分離派の人々から、彼は当初、日本の色刷り木版画の歴史を概観できる展覧会を開きたいという依頼を受けたものの、企画が変更され、「時宜にかなって一般の参加も得られ、どの作品をとっても芸術家や工芸品製作者すべてに対して啓蒙的で刺激的であるような展覧会の開催［29］」に協力するよう求められたということである。その結果彼は、六百九十一点におよぶ大小実にさまざまな展示品を提供することになった。

カタログによれば、展示に使われた部屋は三室あった。展示品一つ一つに付された短い説明によると、第一室では、まず一番から五番までが仏教絵画を主とする絵画、六番は香炉、七番は銅製の置物という順で展示品が並べられていた。カタログでは、この後に日本の銅製品についてのかなり詳しい技法上の解説が続いている。八番から十三番までは、香炉を間にはさんで、漆塗りの家具や工芸品が並べられていた。八番の展示品についての説明の後には、日本の漆塗りの技法についての専門的な解説がまた続いている。ところどころに配されたこれらの解説は、工芸品の製作にあたっている専門家には有益だったであろう。ただ、日本の芸術にまだあまり通じていなかった当時の一般の来館者にとっては、日本の芸術の精神的な背景について解説されていた方がよかったのではなかろうか。展示品は、この後、十四番はまた絵画、十五番は花瓶、十六番は置物、十七番は襖絵、十八番は仏像、十九番から二十九番は

ホーエンベルガーの『蓮の花が見ごろの上野の池』

能面というように続いていく。[30] 以下同様にして、ジャンルごとというわけではなく、時代順ということでもなく、多様な美術品、工芸品が展示されている。カタログから見るかぎりでは、いささか統一に欠けた展示が行われたという印象を受ける。ただし、この展覧会の様子を写した写真を見ると、展示の仕方は優れており、すっきりとした印象を受ける。[31] 日本の美術になじみのない来館者にとっても、個々の作品や作品相互の関係について詳しくは理解しにくかったにしても、日本の美術品が全体としてかもし出す雰囲気は十分味わえたことであろう。また、フィッシャーの個人的な趣味も強く反映されていた。第一室の展示品のほぼ半数が、日本刀に関わるものなのである。浮世絵版画も結局は多数出品された。第一室だけでも、広重や北斎等の版画が展示され、第二室には、歌麿や写楽等、第一室を上回る数の浮世絵が展示されている。第三室には、分離派の正会員であり、フィッシャーの日本と中国への旅行にも同行したフランツ・ホーエンベルガーが旅行中に描いた絵が、『蓮の花が見ごろの上野の池』をはじめ二十五点展示された。

ホーエンベルガーは、『ヴェル・サクルム』第三年次の日本特集号にも寄稿している。一八九五年十一月に日光で書かれた書簡と題された日本旅行記として、彼は、日本人の信心、吉原の華やぎ、招かれた宴席の様子などを記した後、最後を辛辣にこう結んでいる。

しかし、老いたヨーロッパは今や日本のみずみずしさに触れて若返っているのに対し、我が方の洗練された文化に準備する間もなく接した日本は、没落へ向かっている。[32]

分離派第六回「日本美術特集展」の来館者数は、およそ六千二百人と記録されている。[33] 大きな話題を呼んだ第一回展の五万六千八百人は別としても、この展覧会の前後に開かれた展覧会が一部を除いて平均三万人程度の数を集めていたところからすると、[34] 日本美術を特集したこの展覧会は、一般にはそれほどの関心を引かなかったようだ。

ヘヴェシやムーターらの批評

このように、万国博とは違って人々の関心を広く集めはしなかったものの、この展覧会は分離派の画家や芸術の専門家にとっては有意義だったようである。『分離派の八年』という大部の批評集も著した批評家ルートヴィヒ・ヘヴェシは、会期初日の前日に関係者向けに開かれた展覧の様子を『分離派の展覧会』と題してこう伝えている。

昨日一日中展示室を満たしていた趣味の良い面々に共通していたのは、ひとえに、ここには第一級の美術品が展示されているという印象であった。その道の通も、収集家も、芸術家も、美術館員も皆、ただただ魅惑されていた。フィッシャー氏は選り抜きのものを提供してくれた。芸術面においいても技術面においても、興味を引かない展示品は一つもないと言えるであろう。[35]

『分離派の八年』の序文の中には「分離派を支持する私の八年間の闘い」[36]という言葉があるように、ヘヴェシはこの派の熱烈な支持者であった。それゆえこの一節は多少割り引いて読む必要があるものの、日本美術に強い関心を抱いた人も相当いたということも確かではあろう。

ヘヴェシの「日本展」への批評の中では、北斎や広重に対して「モデルネ」という言葉も使われている。[37]分離派の活動は、世紀末ウィーンにおいて芸術上の現代的改革を推進するモデルネの運動の一環であった。日本の浮世絵の中には、時代と地域を超えて、当時の最新の傾向に通じると受けとめられたものもあったようである。この批評は全体として見た場合、讃辞に貫かれていると言っても言い過ぎではない。「ここでは実際、これまでウィーンではできなかったほど、日本の美術を味わい学べるであろう」[38]とヘヴェシは語り、コロマン・モーザーの飾りつけを讃え、フィッシャーによるカタログの説明文を、来館者にとって有益なものと絶讃しているのである。

ところが、このカタログに対しては、厳しい批判も投げかけられた。それは、リヒャルト・ムーターの批評に見られる。ムーターはドイツのミュンヘンやブレスラウを活動の本拠としながらも、ウィーンとも関わりの深い美術史家だった。カタログには失望した、そこには制作年代がいつごろというたぐいの説明ばかりが見られ、生きた知識が与えられていない、「私たちが求めるのは、断片的知識や文献学的博識ではなく、むしろ生きた思想なのだ」[39]と、ムーターは述べている。展示そのものについても彼は批判的であり、展示品が多すぎると指摘し、展示の仕方が雑然としており一貫性が見られないと苦言を呈している。ただしモーザーによる部屋の飾りつけについては、日本的感覚に合致したものという好意的な評価も見られ、展覧会全体が否定されているわけではない。

展覧会に即した具体的な批評だけではなく、ムーターはこの展覧会が提示しているとみなす三つの側面についても指摘をしている。彼がまず指摘するのは、日本では生活の中に美術が溶け込んでいるという点である。二番目に彼が挙げるのは、日本とヨーロッパの美術の発展経過の類似であり、両者は並行関係にあるとみなされている。ムーターが三つ目に指摘するのは、ヨーロッパの美術への日本の影響の大きさであり、美術史研究者としての該博な知識を基にしたこの点についての記述は詳しい。日本の画家については、たとえばこう言われている。

彼らはたいへん鋭い目で現実に立ち向かっている。複製家の目ではなく、審美家の目で現実を眺めている。自然から受ける印象をまとめるのではなく、色彩を通して情趣を喚起しようとしているのだ。(40)

画面構成については、こうも言われている。

日本人が教えてくれたのは、画家の課題は、一個の現実を散文的に写し取ることにあるのではなく、わずかなもので「暗示的」効果を生み出すことにあるという点であった。また、いずれの対象も無数の仕方で眺めうるということ、対象は瞬間ごとに異なる印象を与えるということであった。(41)

ところで、ウィーンには女性がサロンを主宰するという伝統があった。世紀末のウィーンで重要な役割を果たす人々が交流する場となったサロンの女主人ベルタ・ツッカーカンドルは、美術批評家としても筆をふるっており、この展覧会を批評した文章も残している。日本美術を讃美する文章を続けた後、締めくくりの箇所で、ツッカーカンドルはこの展覧会そのものについて好意的な批評をしている。「展覧に供されたベルリンのフィッシャー氏のコレクションは、目ざす目的にきわめてよくかなっている」[42]と述べ、さらに次のような評価も下している。

一つのまとまりとして見て、この展覧会はたいへん好ましい印象を与えてくれる。いつもと同様、分離派はそのために、すばらしく芸術的なニュアンスに富む雰囲気を作り出した。[43]

ツッカーカンドルのこのような見方は、おおむねムーターよりもヘヴェシに近い。

バールの批評

この展覧会が開かれたころウィーンで有力な批評家として活躍しており、分離派の熱心な擁護者でもあったヘルマン・バールは、ヘヴェシやムーターらの批評よりもさらに注目すべき批評を、新聞紙上に二度にわたって掲載している。この批評は、その後間もなく彼の批評集『分離派』にも収められた。[44]バールが述べるところでは、一八六七年のパリ万国博覧会以降フランスの印象派の画家をはじめとして見られる日本趣味は、芸術の本質に関わるものだという。日本からの本質的な影響として、バールは三点挙げている。その一つは、錯覚を利用して絵を現実のように見せようと腐心してきたヨーロッパ絵画の技法の根本的な否定である。彼の見るところ、影や遠近法を無視する日本絵画の特性によって、これはもたらされた。二番目に挙げられているのは新しい色彩感覚であり、彼によれば、戸外での色彩の新鮮な発見も日本の影響だという。さらにバールが指摘しているのは、鑑賞者の想像力に働きかけるという芸術の最もすばらしい作用を、日本人がヨーロッパ人に思い出させてくれたという点である。

このような影響が指摘された後、バールの「日本展」批評の眼目とみなせる箇所が続く。彼は、世界のさまざまな現象は同じ一つのものが姿かたちを変えたのだということに関する日本人の感性を問題にし、それを「原感覚」という言葉で表している。美術品を鑑賞する者の想像力に触れて、バールはこう述べている。

> あらゆる事物の連関に関して日本人が持ち合わせている強い感性、花々も動物も、山も雲も、そして愛する人も皆すべて、同じものが姿かたちを変えたにすぎないという、世界へのあの原感覚とでも言うべき感性が、もちろんこれには関わっている。(45)

バールの言うところでは、ヨーロッパの人間もこうい

バールの批評集『分離派』

うことを知らないわけではない。頭ではわかっている。しかし日本人ほどには感じ取れないのだという。ただしゲーテのような人物にあってはそうではないということも、彼は、ゲーテの『西東詩集』の「個々のものすべてにおける神の現存[46]」という一節を引用してことわってもいる。なお、この一節はこの詩集の「酌童子の書」に見られるものである。バールはさらに次のように述べる。

観念としては、我々にもそれはよくわかっている。しかし生き生きとした直接的なものとして感じ取られることは、我々の場合まずめったにない。[47]

ヨーロッパ人にとっての観念を、日本人に備わるとされる感性と対比させたこの一節からは、頭だけでは捉えられない事態へのバールの強い関心が窺える。

この点に関連させて、彼はある日本画家の言葉を引用している。画家の名は鈴木松年《しょうねん》という。それは、バールが編集に携わっていた『ツァイト（時代）』という雑誌に一八九八年に掲載されたアードルフ・ホイトラーという人物の日本探訪記から採られている。[48]後に精神分析の運動に関わり銀行の経営にも携わったホイトラーは、このころ二十代半ば。世界一周旅行の途次、京都にも立ち寄ったのだった。[49]その記事には、日本家屋の特徴への印象や京都の白川沿いにあった松年の仕事場の様子が記され、彼との芸術上の問答も伝えられている。明治から大正の初めにかけて活躍したこの画家は、在世時には京都で一派をなす画家として日本の美術界で名高かっただけではなく、ウィーンの芸術関係者の間でも一部では知られていた。[50]

ホイトラーの、風景は人物の点景物かという問いに、鈴木松年は否と答え、こう言葉を継いでいる。

絵の中で、人物が自然の中の他のものより大事だとされるならば、それはもはや風景ではなく、季節の姿ではなくなってしまいます。(……)人物はせいぜい風景の点景物であり、それ以上ではありえないのです。(……)人物には固有の心情があってはいけません。人物はおそらくは一個の喜ばしい春であり、秋のある物悲しい風情なのです。[51]

このような説をバールはこう受けとめている。

人間も一個の自然にすぎず、自然にあるものは皆同じ一つの情趣を奏で、すべてはある同じ精神のさまざまな現れにすぎないという芸術全般に通ずる奥義が、これら一連の言葉には含まれている。[52]

鈴木松年の『春景色』

バールによってまとめられた鈴木松年の説は、抽象的な表現を使わないこの画家の言葉とは微妙に異なる。「すべてはある同じ精神のさまざまな現れ」というのは、あくまでもバール流の表現である。これを「芸術全般に通ずる奥義」だとし、「世界へのあの原感覚」によって捉えられるものとする彼の説からは、後にさらに展開されることになるこの種の事柄への萌芽的な問題意識が読み取れると言えよう。バールにとって重要であったこの問題については、バールが分離派をはじめモデルネの芸術運動を推進する立場からはすでに離れていた時期に発表したクリムトに関する評論の中で、「現象の交換可能性」という表現で言い表されているとみなせる。「日本美術展」への批評が表されてから十数年後にあたる一九一八年に発表されたクリムトに関する論においては、「現象は何一つとして本質たりうるわけではないが、現象すべてに本質は宿りうるという、現象全体の交換可能性が彼（クリムト）を魅惑する」[53]という文章が見られる。また、一九二二年に発表された別のクリムト論にも次のような一節がある。

彼（クリムト）の芸術にあれほど特有であり注目に値する、あらゆる現象の交換可能性。クリムトは、装飾品であるかのように女性を描く。ところが、その手を飾る環には命があるように見える。その口は花に等しく、それが言葉を発しうるとも思えない。ところが、ドレスの方はメルヘンを語っている。あるいは、彼がひまわりを一輪描くとき、その柔和な目は私たちに会釈している。[54]

バールの二回目の批評

日本についてさまざまなことを論じた批評を発表した後まもなく、バールは違う傾向の批評も表している。短期間のうちに二度にわたって批評を書き残しているところからすると、日本美術は彼の関心を相当呼び起こしたようである。一回目の批評が日本についての知識をもとにして読者を啓蒙する意図をもって書かれたのに対し、二回目のものでは、展示品に即した批評が見られる。ただしバールの芸術批評には珍しくないことだが、彼の筆は、対象についての専門的技術的解説には向かわず、対象から呼び起こされた思考の飛翔を伝えるものとなっている。

この第二の批評は、文明論風の主張で結ばれている。二回にわたって日本美術あるいは日本文化を高く評価する言葉を書き綴った後、バールは一転して日本に対し辛辣なまなざしを向けているのだ。

この高い文化を目にして、我々は恥じ入り、妬みさえ覚えるとも言えるほどのあれこれの理由を抱えているにはしても、その文化にも自らを維持していく力が欠けてしまっているということを決して忘れてはならない[55]。

このように言われているのは、持論としてバールは、文化は一定期間を過ぎると自ら崩壊してしまうという見解を抱いていたからであった。彼の説によれば、文化というものは人間の本性に逆らって獲得されたものであり、それが第二の本性と言えるほどに高度に発達したとき、持続させることはできず、それに逆らってまた別の新たなるものとして獲得されなければならない。日本の文化はすでにそういう段階に達しているという。

我々がこれほどにも讃美するこの日本の文化も、もはや生きてはいない。今日我々は、文化を作り直すにあたってまさに参考になるモデルを求めて、世界中くまなく探し回り、過去という過去を調べつくさなければならないのだとすれば、その状況は日本人の方がましだというわけではない[56]。

日本が古来の伝統を保ったまま存続しうるとはバールは見ていない。何らかの変化が必要である。ただそのさい日本が不幸だったのは、手本と仰いだ西洋文化も同様の問題を抱えていた点である。日本は、自らの問題に加えて、西洋が抱える問題をも取り込むことになってしまった。こうバールはみなしているのである。

日本の現状について、バールは、出版されたばかりのアードルフ・フィッシャーの『日本の芸術生活の変化』を参考にしたと述べている。この書物の末尾には、当時分離派のモットーの一つとしてよく知られていた次の言葉が引用されている。

分離派会館のステンドグラスの図案

芸術家よ、自らの世界を、自分と共に生まれ、未だかつてなく、今後もはやない美を描き出さんことを[57]。

これは、一八九八年四月にバールが『ツァイト』誌上に分離派第一回展への批評として掲載した文章の一節であった[58]。このモットーは分離派会館内部の大きなステンドグラスの枠を飾ることになり、来館者の目を引いていた。モーザーによるその図案は、『ヴェル・サクルム』第二巻第四号でも目にすることができる。このように分離派の活動が始まったころにはこのモットーはよく知られていたものの、それを記したステンドグラスが第二次世界大戦の末期に戦災で焼失してしまったこともあり、今となっては、「時代にはその芸術を、芸術にはその自由を」という、分離派会館の入口に掲げられているモットーほどには言及されることがない。バールは、この言葉にふさわしい手本と仰ぐに足る新たな芸術が同時代の日本には生まれていないと、フィッシャーの書物を通して感じ取ったようである。「日本展」への批評をしめくくるにあたって彼が主張したのは、日本文化はウィーンの芸術家にとってただいたずらに崇拝する対象であってはならず、自分たちの本質を確認するために役立てるべきものだということであった。

来日したオルリク

分離派の日本美術を特集した展覧会が開かれて間もなく、この派の画家の一人が日本に向けて旅立った。画家の名はエーミール・オルリクという。今のように行き来が簡単ではなかった明治時代にオルリクは単身来日し、版画の修業を一年近くにわたって続けている。そのころ日本美術に興味を抱いていた芸術家は少なくはなかったものの、遠い日本を訪れて技を学び取ろうというほどの熱意を示した彼のような例は稀である。オルリクは、当時オーストリア・ハンガリー帝国領内にあったプラハで生まれた。世紀末ウィーンでは実に多くのユダヤ系の人々が活躍したが、造形芸術の分野で才能を発揮した者は少なかった。オルリクはその数少ない一人である。なお、日本から帰った後、ユダヤ教からキリスト教のプロテスタントに改宗している[59]。彼は全生涯にわたってウィーンに活動の拠点を置いていたわけではなく、後半生においてはベルリンを中心に活躍している。ただし、日本を訪れた前後の時期にウィーンと最も深く関わっており、帰国後講演などを通してウィーンの芸術界に日本を紹介する役割も果たした。それゆえ、世紀末ウィーンと日本との関係を語るうえで、彼への言及は欠かせない。

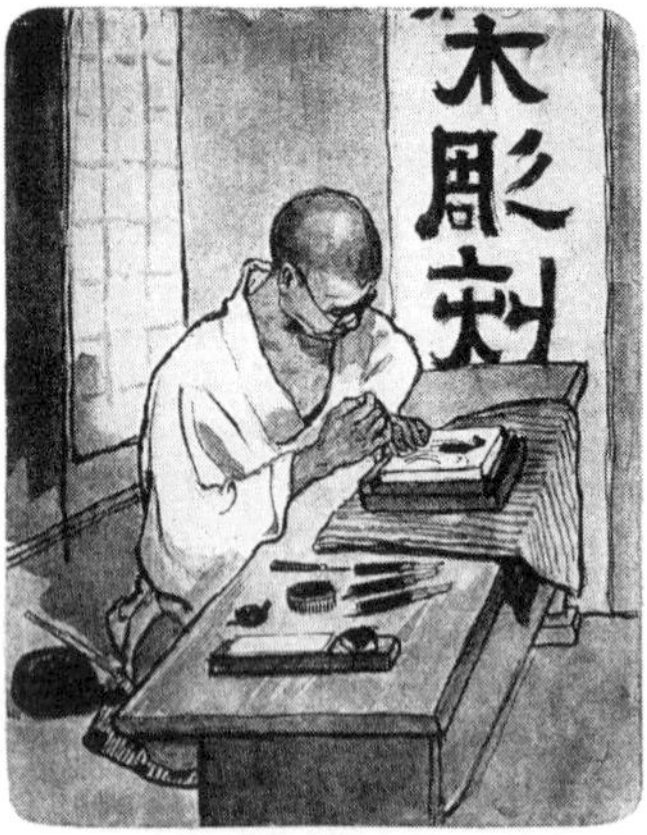

オルリクの水彩画『日本の版画彫師』

オルリクが日本にやって来たのは一九〇〇年、すなわち明治三三年のことであった。まずは東京で版画師のもとに弟子入りした。友人に送った葉書には、来日後わずか三か月で、「もう〈仕事のうえでは十分〉日本語が話せる[60]」と記すほどの日本への溶け込みようであった。その後京都でも修業を続け、さらには日光をはじめ各地を回って歩いている。日本滞在中にオルリクは相当数の木版画を制作している。彼が担当したのはおそらくは絵師にあたる部分の仕事で、彫り師と摺り師の仕事は人にまかせたとのことである[61]。しかしその点を割り引いて考えても、日本的なものを彼がいかに短期間に吸収したかを、それらの作品は物語っている。と同時に、日本人とは微妙に異なる感覚をも示す興味深いものでもある。「私は日本で、高い文化を持ったこの風変わりな国が与えてくれるありとあらゆる刺激を受けながら、大いに楽しく仕事をした[62]」と、後に彼は回想している。オルリクが日本に滞在している間に、日本側からも彼に対する関心は示されていた。オルリクに面会した折の様子を記し、彼の作品傾向を紹介した、『エミール、オーリック（本邦美術の視察者）』と題する評論が、明治三四年発行の雑誌『太陽』には掲載されている。[63] 当時この雑誌は、芸術に関心を持つ人々だけではなく、一般に幅広く読まれていたものだった。

帰国後オルリクは、十五葉のエッチングとリトグラフからなる『日本便り』という版画集を刊行した。障子越しに窺われる着物姿の二人の女の影、鳥居と社の森とその奥の雲一つない空。簡素な筆づかいで描かれた明治期日本の風物描写は、皆静けさを見事にたたえている。[64]「簡素という点で最高度に発展し洗練された単純さ[65]」を日本の版画芸術の精髄として称讃したオルリクが、それを自ら絵筆によっても示しえたということを、それらの作品は語りかけてくる。

オルリクと日本との関係については、近年ドイツ語圏で以前にも増して関心が高まってきており、二〇一二年から一四年にかけてハンブルクとオルデンブルクで、「まるで夢のよう――日本でのエーミール・オルリク」と題する展覧会が開かれた。[66] また、二〇一二年から一四年にかけてレーゲンスブルクとケルンで、「日本とアメリカの間で、エーミール・オルリク――世紀転換期のある芸術家」と題する展覧会が催された。[67] 一八九八年から一九三〇年にかけてのオルリクの旅行先を取り上げたこの展覧会では、日本の色刷り木版画が彼の創作に及ぼした影響が特に重視されていた。さらにまた、二〇一六年から一七年にかけてフランクフルトとウィーンで開催された「万人のための芸術――一九〇〇年前後のウィーンにおける色刷り木版画」と題する展覧会においても、オルリクの日本に関する作品が展示された。[68]

ラフカディオ・ハーンの『心』

オルリクは、日本に滞在した成果を書物の装幀においても示している。日本名小泉八雲の名で知られ

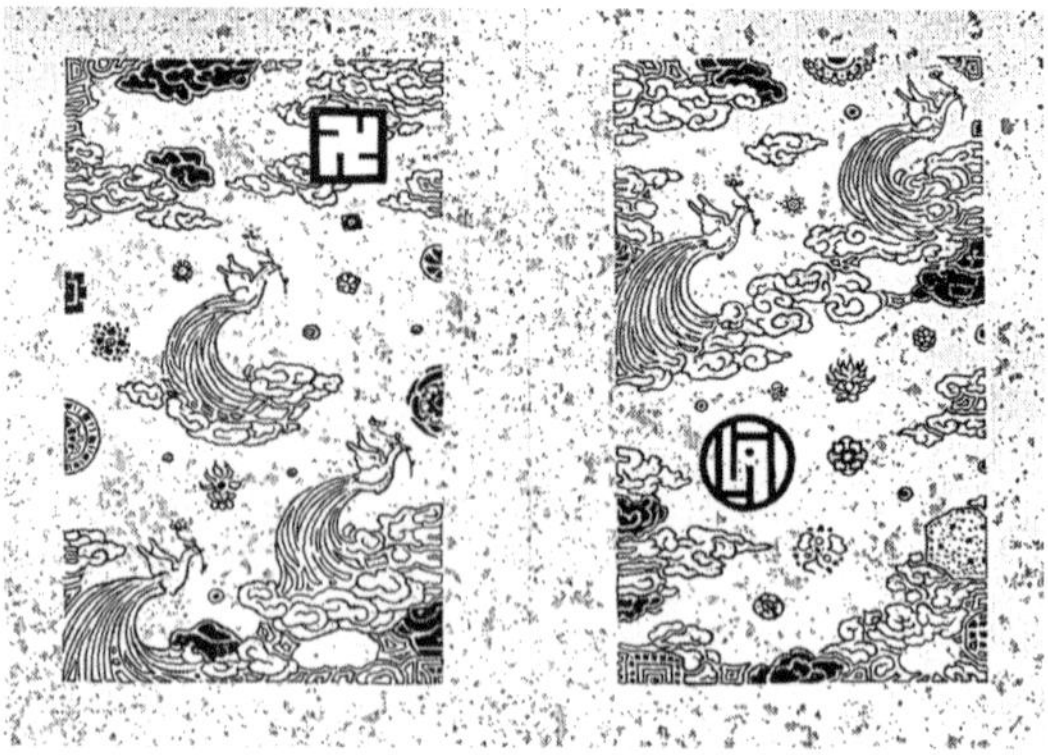

オルリクによるハーンの『心』のドイツ語訳書の装幀

るラフカディオ・ハーンが英語で著した著作のドイツ語訳著作集にそれは見られる。ドロテーウムのオークションで初めて目にしたそれらの書物のうちでも、ウィーン旧市街の古書店で後に手に入れることができた『心』の装幀が最も興味深い(69)。抽象的に図案化された花の文様が幾重にも流動的に続く東洋風の装飾が施された表紙は、文様に金色と黒色が配されている点で、蒔絵をはじめ日本の美術品の影響を窺わせる。表紙を開けた見返しの頁には、金箔をあしらった地に仏教美術風の図案が黒で描かれている。本文中にも随所に、表紙や見返しと同様の図柄があしらわれている。仏教風の装飾は、この書物の内容と合致している。たとえば「前世の観念」という章で、ハーンは仏教について論じ、その核心を「多は一《いっ》であり、生は渾一であり、有限なるものはなく、あるのはただ無限のみという、広大無量なる信念(70)」と表現しているのである。

ラフカディオ・ハーンの著作は、世紀末ウィーンの文学者たちにも大きな影響を与えていた。文学者グループ「若きウィーン派」を代表する作家の一人フーゴー・ホフマンスタールも、ハーンの著作には並々ならぬ関心を寄せている。ホフマンスタールはギリシャ悲劇をはじめ古典の改作を少なからず試みているものの、翻訳そのものを多くは残していない。その彼が、ハーンの『心』に関しては、自ら英語からドイツ語に翻訳しようとしたことがあった。第一章『停車場にて』の『逸話』と題された試訳が遺稿として残されている。[71] しかし別の訳者によるドイツ語訳が一九〇五年に出たため、結局ホフマンスタール自身が『心』を全訳することはなかった。オルリクが装幀を担当したこの訳書には、ハーンが亡くなったという報せを受けて一九〇四年の秋にホフマンスタールがしたため『ツァイト』誌に寄稿した追悼文が、序文として再録されている。『心』に収められた諸篇のうち、特に随筆や短編小説風の文章にホフマンスタールは言及し、次のように評している。

それらの文章には、深くて捉えるのが難しいものが、まるで深い海の底から光の中へ運び出されたように次々に並んでいる。私の間違いでなければ、それは哲学だ。しかし私たちを冷たいまま放っておくことはない。それは私たちを観念の荒地へ引き込むことはない。だからそれは宗教とも言える。しかし人をおどすことはなく、世界で自分だけが存在しようとすることもなく、心の重荷にもならないのだ。私はそれを福音と呼びたい。ある心から別の心への好ましい報せだと。[72]

バールの『マイスター』

「分離派」の支持者として活躍し、「若きウィーン派」のリーダー格としてホフマンスタールとも親しかったバールも、ハーンの『心』から影響を受けていた。「分離派」の「日本展」への批評を表してから三年後の一九〇三年に手がけた戯曲で、バールは日本人を一人登場させることにした。その作品の題名は『マイスター』といい、舞台はドイツのバイエルンに設定されている。この『マイスター』で重要な意味を持つ脇役の日本人医師の名を、バールは「こころ博士」と名づけているのである。[73] バールは備忘録にハーンの『心』を英語の原書で一九〇三年の一月に読んだと記しており、「こころ博士」という名前はこの読書から来ているらしい。[74] ただ、「こころ」という人名について、他の名も考慮したうえで、分離派の日本展の協力者であったフィッシャーに問い合わせることも検討している。[75] それゆえ、バールはおそらく、「こころ」が日本人の人名としてはおかしいかもしれないと気づいていたはずである。しかし彼はあえてこの名を選び取った。それは、ヨーロッパの文明に対して批判的な発言をバールがさせようとした日本人の登場人物には、この名がふさわしいと考えたからであろう。

劇中には、自らを「マイスター」、すなわち師匠であり達人であると自負する主人公ドゥーアと、こころ博士が意見を交わす次のような場面がある。

こころ　ええ……確かにこんなにたくさんすばらしい発明をあなたがたはなさってこられました。……ただし、それで人が幸せになるかというと。

ドゥーア　（はぐらかすように）いや、しかし。

こころ　（間をおいて、ドゥーアをしっかりと見つめながら真剣に）むしろ、いやむしろ。（頭を激しく振らずに）そう、つまりあなたがたが理性に重きを置きすぎている、そのためなんです。間違っているんです。

ドゥーア　（しだいに真剣になって）いいですか、これは我々が努力してようやく手に入れたただ一つのものなんですよ。理性によって生を統べる技を努力して獲得した。この点で我々は君たちに先んじているわけです。……わずかばかりの発明のおかげでね。[76]

この対話からは、西洋の理性と東洋の心を対照的に扱うことによって、「理性」の問題性を浮かび上がらせようとしたバールの意図が感じ取れる。こころ博士は脇役にすぎない。しかしこの戯曲の創作過程で、この登場人物は重要性を帯びるものとなった。『マイスター』にとって日本人の医師は私にはますます重要になってきている[77]」と、バールは備忘録の中で記しているのである。

ただし、この作品には、日本人として心穏やかには読み進めにくい面がある。こころ博士は、非常に有能な医師とされてはいるものの、主人公ドゥーアに対して忠実な犬のように仕える人物として描かれている。西洋に対し批判的であるにもかかわらず、ト書きでは、言語や服装の点では西洋を見事に模倣し、同時にまた日本文化を劣等文化と自嘲する人物とされているのである。さらには、こころ博士は「とても小柄で華奢、忙しそうによく動き回り、子猿のようにすばしこく愛嬌がある[78]」とも記されている。ちなみに、ウィーンで作家としてまた演劇人として活躍したフリードリヒ・シュライフォーグルによって改訂され、一九四〇年に刊行されたこの作品の新版では、日本との当時の政治的関係に配慮してか、ト書きのうち「子猿のようにすばしこく愛嬌がある」という箇所が省かれている[79]。ただ、日本人の登場人物こころ博士はこのように言い表されてはいるものの、マイスター・エックハルトの教えに関して主人公と対等に語り合える人物だともされている。日本美術展への批評と比べ、ヘルマン・バールという同じ作家が残したものながら、この戯曲からはいっそう複雑な読後感を与えられる。

ホフマンスタールの「日本人とヨーロッパ人の架空の対話」構想

ハーン追悼文執筆の少し前にあたる時期に、ホフマンスタールは、日本人とヨーロッパ人の架空の対話録、もしくは日本人の手になる書簡の形をとった日本に関わる作品の構想を立てている。「オーストリアのある若い外交官とヨーロッパに精通した日本の老賢人の対話」、「ある若いヨーロッパ人と日本の貴人の対話」、「日本の士官の話」、「ある日本の貴人がドイツにいる息子に宛てた書簡」などさまざまな案が検討されたものの、この作品は残念ながら完成されることはなかった。[80]

このような構想が立てられてから五年後の一九〇七年に執筆された『帰国者の手紙』という作品において、この計画は形を変えて実現されたとみなせる。[81]『帰国者の手紙』では、東南アジアや南アメリカでの生活を終えてドイツに戻った商社員が、ドイツの暮らしに強い違和感を覚え時代を批判するというテーマが扱われている。ヨーロッパの文明と対比させるにあたって、ホフマンスタールが当初格好の地と考えたのは日本だったが、結局それは他の地域に移されたということであろう。『帰国者の手紙』には、日本を扱おうとした作品の構想のメモに対応する箇所がいくつか見られる。なかでも注目されるのは、「全人一時に動くべし (The whole man must move at once)」という英語の格言が両者には共に見られるという点である。[82]しかも、日本人とヨーロッパ人の対話の草稿には、この格言と呼応する一節も見出すことができる。日本人の言葉として、「あなたがたは何かを体験するとして、たとえば、愛するにしても、所有するにしても、放棄するにしても、それを決して全一として体験しない[83]」という批判が記され、さらにこれと関連して、観念というものの西洋における神格化が問題にされているのである。

この「全人一時に動くべし」という英語の格言は、元来は、十八世紀の初めにイギリスの新聞『スペクテイター』に掲載された記事の中の一文であり、ドイツ語圏には、著作家リヒテンベルクの遺稿出版を通して伝わっていた(84)。ホフマンスタールはこの格言に強い関心を示し、何度も引用している。しかも、『ドイツの小説家』という四巻本のアンソロジーの序文では、自らドイツ語に訳してもいる。そこでは〈at once〉は〈auf eins〉と訳され、しかも隔字体で強調されている(85)。この訳からは、彼が「一《いっ》」ということを特に重要視していたことが窺われる。全にして一、かつ一にして全という全一性が問題とされていた。さらに、「動くべし」という表現も考慮に入れるならば、その全一性とは静的なものではなく、動的なものであり、ひいては動きが行われる「場」が問題となっていたと言えよう。ただし、「全人一時に動くべし」という格言と関連させて、『帰国者の手紙』では、帰国者とされる人物が滞在した非ヨーロッパ地域では、この格言が実現されており、そこでは精神と行動の乖離《かいり》が見られなかったとされている。しかし、日本人とヨーロッパ人の対話構想に触発されて、それを発展させて考えるならば、精神と行動の一致というにとどまらぬ問題、すなわち、全にして一というあり方における、動きが行われる場と動きが行われる時という問題、さらに言い換えれば、全にして一ということと、場所性と時間性の関係についての、日本とヨーロッパでの捉え方の相違と共通性という問題が浮かび上がってくる。ホフマンスタール自身の心覚えのためのメモにはそこまで記されているわけではない。ただ、元々が架空の対話

フーゴー・フォン・ホフマンスタール

構想というだけに、このメモはそのような思いを誘う。

ところで、日本に関わる作品が結局未完に終わったのも、時代の変化と無関係ではないと思われる。作品構想のメモは、一九〇二年の夏に書かれている。その後まる二年を経ずして一九〇四年の二月には、日露戦争が勃発した。一九〇五年にかけて一年半ほど続いたこの戦争、ならびにその後の日本をめぐる情勢の変化は、ヨーロッパの対極にある理想化された文明の地として日本を取り扱うことを困難にしたであろう。

ハーンの独訳一巻本選集の口絵

西洋化・近代化を進める日本への反発

『心』には『日本文化の真髄』という論説風の文章も収録されている。そこでハーンは、彼にとっての古き良き日本をほめ讃え、西洋の機械文明と対比させている。しかし、この文章を読んで考えさせられるのは、ハーンが、いかに近代化しようとも日本には生まれえないと見て対比させた大規模な工場や高層建築物の記述が、まさに現代の日本に見事にあてはまるという点である。ハーン没後七年を経て出版されたその独訳一巻本選集の序文にあたるシュテファン・ツヴァイクのハーン論では、この時点ですでに現代につながる見解が見られる。ツヴァイクは、バールやホフマンスタールなどの「若きウィーン派」の作家たちよりやや年少で、後にウィーンのみならずドイツ語圏全体を通じて有数の人気作家となった。この文章は、そのツヴァイクの若き日の評論である。その中で彼は、「もちろんすでに当時、ハーンにとっての日本の傍らで別の日本が育ってきていた。戦争の準備をし、ダイナマイトを生産し、魚雷を製造する日本、あまりにも急激にヨーロッパになろうとしたあの貪欲な日本が[86]」と述べ、ハーンとは異なる見方を示している。

ユダヤ人であったツヴァイクは亡命生活を送らざるをえず、イギリスの市民権を得、最終的にはブラジルに移り住んだ。ブラジルで暮らすようになってからそれほど日を置かず、ツヴァイクは、彼が新たに国籍を得たイギリスが統治するシンガポールの要塞が、ナチス・ドイツの同盟国である日本の軍隊によって陥落したことを新聞で知った[87]。それに先立って、マレー沖では大英帝国の戦艦プリンス・オブ・ウェールズが日本軍の攻撃によってすでに撃沈されていた。ツヴァイクが若き日に日本に対して抱いた危惧は、この時点において現実のものとなった。彼が自ら命を絶ったのは、シンガポール陥落から一週間後のことである。

ツヴァイクのハーン論によれば、「ラフカディオ・ハーンは、古き日本と、日本文化と、時を同じくして亡くなった[88]」のであった。古くからの日本が死に絶えた時とは、ツヴァイクに言わせれば、日本が日露戦争を始めた年であった。日露戦争がヨーロッパの人々に与えた衝撃は、日本の側から考える以上に大きなものがあったようだ。一九〇四年に始まり翌年に日本の勝利で終わったこの戦争に関しては、戦争勃発後わずか数年の間に、ドイツ語によるものだけに限っても二百余りの書物が発行されている[89]。このうちには翻訳やパンフレットのたぐいも含まれてはいるが、それにしても驚くべき反響と言える。序章でも触れ、帰国後ドロテーウムのオークションを通して私が手に入れた三巻本の書物は、その後わかったところでは、そのうちで最も大部のものということだった[90]。これらのうちの多くは、ドイツ帝国の首都ベルリンで発行されている。ただし、オーストリア・ハンガリー帝国の首都ウィーンにおいて出版されたものも約四十を数える。なかでも、軍事専門雑誌の別冊として日露戦争を専門に扱った『日露戦争叢書』という名の戦史研究書が、十年にわたって発行され続けていたのは注目に値する[91]。全八巻六七分冊におよぶ記述は詳細をきわめると共に、各巻にはそれぞれ、詳しい地図や図版や写真から成る別巻も付されているほどである。戦況を示す地図の中には、ドイツ系とおぼしき司令官の名も見られる。

十九世紀から二十世紀にかけての世紀の変わり目に、ウィーンの芸術家の間では日本に対して熱い関心が注がれたものの、日露戦争のころを境として熱は徐々に冷めていった。オルリクが一九一二年に再度日本を訪れた際に、様変わりした日本に失望し早々に引きあげているのは、この間の変化を示す象徴的な例である。それは何も日本側の変質のせいというだけではなく、異国趣味を満たす遠くの審美的対象であったものが、この戦争の結果、急に、政治的、軍事的に脅威を与えうる存在として捉えられるようになったがための拒否反応という面も多分にあった。

一九一四年に勃発した第一次世界大戦では、日本はオーストリアの敵側の陣営に加わって戦った。日本にも関心を寄せていた作家ペーター・アルテンベルクが記した文章には、その折のとまどいが表されている。アルテンベルクは、小品という形容がまさにふさわしい短い作品に折々の印象を巧みに綴るのを得意とし、ボヘミアン風の生活を送っていた作家で、その作品がもたらす感銘は、日本の短詩型文学が与える感動に通じるものがある。バールは彼の文学を評して、日本趣味を抜きにして考えることはできないとまで言い切っているほどである[92]。アルテンベルク自身も、彼の初の作品集に収めた小品の中で、登場人物に次のように言わせている。

日本人は花盛りの枝を一本描きます。するとそこには春のすべてがあります。私たちの方では春全体が描かれます。そしてそこには花盛りの枝が一本あるかどうか。賢明な節約こそすべてなのです。(93)

日本と西洋を対比したこの一節は、バールに強い印象を与えていた。分離派の『日本展』への批評で引用されているのに加え、明治時代にヨーロッパで一大旋風を巻き起こした川上音二郎一座の主演女優貞《さだ》奴《やっこ》のウィーン公演の批評の中でも言及されている。(94)

アルテンベルクはこのように日本の芸術に対して好意的であった。ところが、第一次世界大戦中に記された『日本』というエッセイの中では、「私はもちろん日本人の敵だ。日本人は人間として私を失望させた。ただし工芸家としてはそうではない」(95)という一節が見られる。さらに彼は、日本で作られた竹製のかわいい精巧な飾り棚を部屋に置いていると述べ、「それが好きだ。今やさげすむべき憎き日本人によってこしらえられたものではあるけれども」と続けているのである。

ワインガルトナーの日本への関心

しかし、日露戦争や第一次世界大戦の後にも日本に関心を寄せた芸術家がいなかったわけではない。音楽家フェーリクス・ワインガルトナーがその一人にあたる。ワインガルトナーは、今では二十世紀前半の代表的な指揮者の一人として知られている。だが、実は彼の活動は指揮だけにとどまらず、著作や

ベートゲの『日本の春』の扉

教育にも及んでいた。そして注目すべきことに、ワインガルトナーは作曲もしている。携わったジャンルは、オペラ、交響曲、管弦楽曲、室内楽、ピアノ曲、声楽曲と多方面にわたり、残された曲数も多い[96]。同時代のグスタフ・マーラーやリヒャルト・シュトラウス同様、彼は指揮もする作曲家だったと言えるほどである。

　ワインガルトナーが作曲したもので日本に関わりのある曲として、まずは、一九〇八年に発表され二六年に改訂もされた、パウル・エンダーリングのドイツ語訳に基づく『日本の歌』と題された九曲から成る歌曲集がある[97]。彼はまた日本だけではなく中国にも関心を寄せていた。マーラーが『大地の歌』の歌詞に使ったことで知られるハンス・ベートゲ訳の『中国の笛』を、ワインガルトナーも一九一七年に取り上げ、『東洋から来た花々』という七曲から成る歌曲集に仕上げている[98]。さらに、このベートゲによる『中国の笛』の日本版とも言うべき『日本の春』に基づく歌曲集が、一九二九年に作られている[99]。『日本小品集』と題された全十一曲の歌詞として選ばれたベートゲの自由訳の基になった和歌の詠み手は、山部赤人や紀貫之、在原業平、小野小町、西行法師、さらには詠み人知らずにいたっており多様だ。

　ワインガルトナーは、国際的に活躍する指揮者が日本を訪れることがまだ珍しかった戦前の一九三七年（昭和十二年）に、NHK交響楽団の前身にあたる新交響楽団を率いて日本各地で演奏を行ったことでも知られている。その折の印象は、『鎌倉の大仏の前で』や『銀座にて』など五曲から成る『日本のおもかげ』と題するオーケストラ曲を生むことになった。ただ残念ながら、この曲集は遺稿として残され、三曲目の『庭にかかる橋を娘が一人渡っていく』のピアノ版楽譜だけが日本で出版されるにとどまった。(100)

歌舞伎『寺子屋』のオペラ化

ワインガルトナーの日本への関心を示す作品の中でもことに注目されるのが、歌舞伎の『寺子屋』を原作とする一幕物のオペラを、彼が自ら台本も執筆したうえで作曲していることである。(101)『菅原伝授《すがわらでんじゅ》手習鑑《てならいかがみ》』の一幕にあたり、この幕だけが単独で舞台にかけられることも多い『寺子屋』は、カール・フローレンツによって『朝顔』と共にドイツ語に訳され、ライプツィヒのC・F・アーメラングという出版社と長谷川武次郎の営む東京の書店が共同する形をとって一九〇〇年（明治三十三年）に刊行されていた。(102) フローレンツは、草創期の東京帝国大学でドイツ語学ドイツ文学を講じ、日本文化をドイツ語で盛んに紹介もしていた。この訳書のうち、『寺子屋』の題名は、『寺子屋もしくは村の学校——一幕の歴史的悲劇』とされている。なお、一九〇七年には、人形浄瑠璃の『寺子屋』を別の人物が翻案した書物もドイツで出版されている。(103) この書物の序文で、オーストリアのグラーツ在住の翻案者のヴォルフガング・フォン・ゲルスドルフは、カール・フローレンツに加え、当時北京のドイツ大使館に勤めていたアードルフ・フィッシャーにも謝辞を述べている。多くの版を重ねたフローレンツの訳書に基づいて、ワインガルトナーが『村の学校』と題する曲を完成させたのは一九一八年のことであった。

フローレンツによる『寺子屋』の訳では、太夫《たゆう》による語りもすべてせりふに置き換えられ、掛詞《かけことば》をはじめ訳すのが無理な表現はあえてドイツ語化されてはおらず、幕切れなど一部改変された箇所もありはする。(104) しかし、日本人が深く関与しただけあって歌舞伎の雰囲気をよく伝える挿絵とともども、この翻訳は、ドイツやオーストリアの読者に歌舞伎の名作の魅力を伝えるには十分なものだったと思われる。

それに対し、ワインガルトナーの台本では、オペラ上演にふさわしいものにするためか、せりふが相当短縮され、女声合唱も新たに取り入れられている。(105) ト書きで示されているしぐさの中には、西洋人の感覚に合うよう変えられているものも見られる。たとえば、恩義ある人の子どもの命を救うため身代わりとして供することになる息子との別れの場面については、原作では、母親はすがるわが子の手をふり払い、わが子の方を思いを込めて振り返ることになっているのに対し、ワインガルトナーの台本では、すがるわが子を「きつくきつく抱きしめ、気持ちを押さえて優しくわが子の頭をなでる」(106) ことになっている。さらにそれ以上に重要と思われる原作との相違も指摘しうる。歌舞伎『寺子屋』では、恩義ある人の子どもの命を救うためには愛《いと》しいわが子を身代わりとして犠牲に供することもいとわぬ理屈抜きの忠義の精神が基本にあるのに対し、このオペラ台本『村の学校』では、菅原道真《すがわらのみちざね》にあたる管丞相《かんしょうじょう》は日本の先代の皇帝とされ、国の未来のために、政敵である今の皇帝から先代の皇帝の皇子の身を救うことになっている。そのため、この台本を読んでいると、

ワインガルトナー作『村の学校』の台本の表紙

歌舞伎『寺子屋』に加えて、ウィーンの劇場で観られる歴史劇や、歴史に題材をとったイタリア・オペラなども同時に想起される。歌舞伎『寺子屋』では、身代わりにされた子どもの生首の検分をめぐる凄惨な話も、様式化されることによってその印象が和らげられ、筋の展開とは関わりなく一貫して明るく照らし出された舞台は、そのために悲劇性をむしろいっそう深くする。一方このオペラ台本では、室内と室外の明暗の差が強調されている。

このオペラは、一九二〇年にウィーン国立歌劇場で初演され、同年に全部で四回上演された。ただし、その後再演されていない。[107] ワインガルトナーは多くの作品を残したものの、それらはあまり顧みられずにいた。ところが、彼の作品に対しては近年ある程度関心が高まってきており、『村の学校』もCDで聴けるようになった。[108] 台本を目で追いながらその音楽に耳を傾けていると、台本だけ読んでいるのに比べて、緊迫した雰囲気がいっそうよく感じられる。それと共に、歌舞伎に比べてオペラは、登場人物の心の動きを生々しく表現しようとする傾向の強い芸術だということも改めて感じさせられる。このように、有難いことに今ではこの作品の音楽の方も知ることができるようになった。ただ、やはりできれば舞台での上演に接してみたいものだ。

二〇一二年の秋にウィーン楽友協会創立二百周年を記念して、東京のサントリーホール小ホールで開催された『音楽のある展覧会――ウィーンに残る、日本とヨーロッパ四百五十年の足跡』という展覧会には、ワインガルトナーの『村の学校』の楽譜も展示されていた。また、ブラームスが日本の音楽に関心を寄せていたという興味深い事実も知ることができた。ブラームスは日本の年号でいえば明治三十年まで生きていた。その彼が、晩年に箏曲の『六段』の調べに耳を傾け関心を示したことがあったという。[109]

しかしブラームスのこの種の関心にせよ、ワインガルトナーが日本に関わる曲を作ったということにせよ、それらはいずれも、ウィーンひいてはヨーロッパの音楽から日本人が受けた圧倒的な影響と比べれば、エピソードと言えるものにすぎない。事は音楽という芸術上の一分野にとどまらない。今の日本では基本的な生活様式全般が西洋化され、しかもふだんはそれを意識することもなくなっているということ、このようなことを、展覧会そのものが大変有益であっただけに、いっそう強く感じさせられた。

第三章　音楽界の不協和音

ワーグナーの『ラインの黄金』

ワインガルトナーの名は、今では主に作曲家としてよりも指揮者として記憶されている。指揮者としての活動の場は、ウィーン・フィルなどのオーケストラと共演するコンサート会場にとどまらなかった。ウィーン宮廷歌劇場やその後身である国立歌劇場などのオペラハウスでの指揮や運営の仕事も、彼を語るうえでは欠かすことができない。

ワインガルトナーたちが活躍していた時代が過ぎてからも、ウィーンの音楽界では、コンサートと並んでオペラが重要な一つの柱であり続けた。新作の上演がほとんど見られなくなってからは、プレミエと呼ばれる新演出公演がかつての新演目初演に相当する意味を持つようになった。ウィーンにあるいくつかの劇場で上演される年間数百回にのぼるオペラ公演の中で特に大きな注目を浴びるのが、国立歌劇場で一シーズンに数

ウィーン国立歌劇場

回行われる既成演目のこのプレミエである。

一九八〇年から八一年にかけてのシーズンで最も大きな話題を呼んだのが、リヒャルト・ワーグナーの『ラインの黄金』のプレミエであった。[1] 何日も前からマスメディアはこの公演を話題にし、ある映画館では関連する映画を上映するほどだった。当日国立歌劇場は満員の観客で埋めつくされた。上演終了後カーテンコールでの観客の反応は特筆すべきものだった。歌手に対しては、それぞれそれなりの拍手と喚声が送られた。最も大きな拍手喚声を受けたのは、ペーター・シュライアー、次いでクリスタ・ルートヴィヒだった。主要な役を歌った歌手でも、ブラボーの声がほとんどかからない歌手もいた。ただ、ここまではふだんおなじみのカーテンコールの光景である。しかし、歌手たちに続いて指揮者のズービン・メータが幕の前に現れたとき、まさに場内を揺るがさんばかりのごうごうたるブーという非難のやじがいっせいに起こった。次いで、舞台装置と衣装ならびに演出を一手に手がけたフィリッポ・サンジュストが現れたときの、メータに対する非難のやじをさらに上回るすさまじいブーの嵐。演奏終了後のこれほどの非難の声は、後にも先にも聞いたことがない。この作品の生の舞台に接するという長年の夢がかなって感激していた私は、大いに驚かされた。

中学生のころ、ウィーン・フィルが演奏する『ラインの黄金』のレコードから、ホーン型のスピーカーを通して流れる音を恩師のお宅で生まれて初めて耳にして、世の中にはこんな音楽があるのかと衝撃とも言える感動を味わって以来、ウィーン・フィルの団員とほぼ同じメンバーが属しているウィーン国立歌劇場のオーケストラでこの曲を聴いてみたいものと、私は願っていた。その願いがかなえられ私は感激していた。最終場、神々のヴァルハルの城への入場の音楽には興奮を禁じえなかった。しかし同時に、目の前でくり広げられるワーグナーの世界に入り込めないとも感じさせられていた。その違和感は、『ラインの黄金』をレコードでくり返し聴いた際には感じなかったものだった。また、東京の日生劇場でのベルリン・ドイツ・オペラの日本公演や、大阪国際フェスティバルのバイロイト音楽祭の引っ越し公演で、ワーグナーの他の作品の上演に接した際にも感じなかったものであった。

この上演は、演出も演奏も、ウィーン国立歌劇場の水準としては確かに最上級のものではなかったであろう。サンジュストが造り上げる舞台には、天啓が欠けていたのかもしれない。第一場ラインの川底の場面では、紗を通して、川底というよりはむしろ海の底を思わせるような舞台が見える。ラインの乙女の扮装からは、宇宙のどこか一角という印象さえ受ける。幻想的な第一場とは異なり、第二場以降にいたって、岩山のリアリスティックな再現は、貧相という言葉があてはまるものとなった。積み上げられる黄金にも現実感がない。最終場、神々のヴァルハルの城への入場のシーンでは、舞台奥のスクリーンの暗い青色は、やがて抜けるような青い空の色に変わり、そこに薄く虹がかかった。ただし、舞台前面を覆う薄い紗が、舞台と観客とを隔てていた。メータの指揮から生まれる音楽には、強弱の幅がもう少しほしいと感じさせられた。ピアニッシモの微妙な表現があまりないせいだろうか、フォルティッシモでも音が鳴りきっていないように感じられる。

新聞各紙の批評も手厳しいものだった。しかし、この上演は失敗であったと片づけられるほど、ことは単純ではないように思える。この公演は観客からも批評家からも不興を買ったものの、実は、演出家サンジュストは、そのような感想をひき起こすことをねらっていたのではなかろうか。ワーグナーに関してあるべき姿を求める立場からは失敗と思えるこの舞台も、異なる立場に立てば、観客にワーグナーへの違和感をかきたてることによって、その世界への疑念を生じさせることに成功した舞台と言えるのかもしれない。観客の非難の声は、この演出家にとって覚悟するところ、いや、あるいは歓迎するところだったのかもしれない。強弱の幅を狭くとったメータの指揮も、ひょっとすると、弱音による神秘的な効果をも、強音によるあおりたてるような効果をも、共に避けるものだったのであろうか。この指揮も、新しいワーグナー像を求める試みだったと評価できるのかもしれない。演出も演奏も、見方によれば、ワーグナー作品の既成のイメージに異を唱える新しいワーグナー上演に挑戦した試みと言えなくもなかったのであろう。その結果としてのこれほどのすさまじい反応。かつてワーグナーがまだ活躍していたころ、ウィーンでは彼をめぐって二つの派が対立していたことへと、私の思いは向かった。

反ワーグナーの批評家ハンスリック

十九世紀半ば過ぎからウィーン大学で音楽美学と音楽史を講じていたエードゥアルト・ハンスリックは、ジャーナリズムの世界でも音楽批評家として盛んに活躍し、反ワーグナーの論陣を張った。実は彼は初めからワーグナーの敵対者だったわけではなく、『タンホイザー』の上演に際しては感激し、ワーグナーに対して、「現存する作曲家のうちで最大の演劇的才能の持ち主」[2]という熱烈な讃辞を送っていたほどであった。しかしワーグナーの作品がロマン派のオペラの伝統を超えるようになったころから、批判は激しさを増した。ハンスリックは『ラインの黄金』についても批評を残している。一八六九年にミュンヘンで初演されたこの作品についての彼の文章は、否定的で懐疑的な言葉によって埋めつくされている。ハンスリックによれば、まずは題材そのものが聴衆には縁遠い。ワーグナー自身が書いた台本で使われている表現は、「今日もはや誰にも理解できないしろものである」[3]。「こういう詩の化け物を読んでいると、怒りと笑いにもまれて船酔いしてしまう」[4]。ハンスリックが聴き取ったところでは、『ラインの黄金』の音楽は、一貫して「単調で不安な」[5]ものである。歌手はメロディーとも言えぬ味気ない旋律を延々と歌い上げ、オーケストラはといえばいつまでも終わることのない「無限旋律」をこれまた延々と奏し、聴く者の神経をすり減らしてしまう。「舞台上のあざとい仕掛けを取り去れば」、残るのは「おもしろくもない退屈な聖歌の詠唱だけだ」[6]。これが『ラインの黄金』の上演に初めて接してハンスリックが感じ取ったところであった。このような評は、この作品の性格をある程度まで確かに言い当ててはいる。しかし、序奏において変ホの単音が静かに低く鳴り始め、分散和音の響きが徐々にうねるように高まっていくあの音楽、単にライン川の水の流れを描写したというよりは、神話的世界の始原の生成状態を象徴的に表現したとでも言うべき音楽に、ハンスリックは未曾有のものを感じ取らなかったのであろうか。あるいは、終結部で雷雲が集められ虹の橋がかかり神々がヴァルハルの城へと渡っていくあの場面の壮大な音楽に、ハンスリックは心揺さぶられることはなかったのであろうか。

IV.

Richard Wagner's „Nibelungen-Ring" im Wiener Hofoperntheater.

Im Wiener Hofoperntheater wurde die „Walküre" schon im März 1877 gegeben, dann „Rheingold" im Jänner 1878, „Siegfried" im November 1878, endlich im Februar 1879 die „Götterdämmerung". Unsere viel angefochtene Vorhersage ist somit schnell in Erfüllung gegangen: der Prophet kommt zum Berge, und Bayreuth, nachdem es Europa bei sich zu Gaste gesehen, begibt sich nun auf die Wanderschaft nach Europa. Die Behauptung, auf welche man das kostspielige Wagner-Theater baute, es sei nur dort der „Ring des Nibelungen" darstellbar, ist durch die Wiener Aufführungen schlagend widerlegt.

Nicht Alles, was von Bayreuth aus glänzte, war gediegenes Gold. Wie Wagner's Musik selbst, so kranken auch seine genial ersonnenen Bühnen-Reformen an dem Fehler des Uebermaßes und der Uebertreibung. Ideen, an sich geistvoll und stichhaltig, mußten dort ihre eigensinnig überspannte Ausführung an ihrer Wirkung büßen. Daß man dieselben in Wien wieder auf richtige Grenzen zurückführte, gedieh der Aufführung nicht zum Schaden, sondern zum Vortheil. Vergegen-

『ニーベルングの指環』ウィーン初演についてのハンスリックの批評

『ラインの黄金』のウィーンでの初演は宮廷歌劇場で一八七八年に行われた。『ニーベルングの指環』四部作は順序通りには上演されず、二番目にあたる『ワルキューレ』が前年にすでに先立って上演されていた。この『ラインの黄金』ウィーン初演についても、ハンスリックは相当長い批評を書いている。(7) ただし、この公演そのものの演奏・演出評にはそれほど行数は割かれておらず、ワーグナー自身が造り上げた彼の音楽専用のバイロイトの劇場と比べ、ウィーン宮廷歌劇場の構造や設備がいかに優れているかということに紙幅の多くが費やされている。この作品を高く評価したくはないというハンスリックの気持ちが読み取れる次のような一節、「『ラインの黄金』は宮廷歌劇場での初演当日には拍手喝采で迎えられたものの、翌日にはもう半ば空席というありさまで上演された(8)」などは、当時のウィーンでのワーグナー受容の実情を知るにあたって参考になると言えよう。ハンスリックの批評は、『ラインの黄金』に関して述べられているかぎりでは、ワーグナーの音楽に虚心に耳を傾けるというよりも、彼自身の基準によって裁断を下すという傾向が強い。

ハンスリックは二十代の終わりごろにすでに『音楽美について』という理論的著作を著し、音楽の美しさは作品自体の中に内在的かつ固有の仕方で有るということ、また音楽は音楽そのもの以外の何ものをも表現するわけではないということを主張していた。(9) この主張は、音楽を聴いて深い感動を味わうとき、他のどの芸術にもまして音楽こそ最も純粋な芸術だということが強く感じられるところからすると、大いに説得力のある説だと言える。この理論に最もかなうと彼がみなした当時の作曲家はヨハネス・ブラームスであった。一方、ワーグナー崇拝者アントーン・ブルックナーに対しては、交響曲という絶対音楽に主として携わる作曲家であったものの、あまり高い評価は与えられなかった。絶対音楽ということでいえば、ハンスリックの主張からすると交響曲や室内楽が主な批評対象であってしかるべきはずであるが、彼の批評の半ば近くはオペラに向けられている。オペラというものが当時のウィーンの音楽生活でそれほどにも重きをなしていたということであろう。

ワーグナー支持者たち

ハンスリックとは違って、ワーグナーを支持する人々もウィーンには少なからずいた。そのような人々によって、一八七三年に「ウィーン・ワーグナー学術協会」が結成された[10]。ハンスリックが四十代後半のころのことである。協会結成十年後の一八八三年に、ワーグナーが亡くなってから間もなく、この協会は講演会を催した。講演者として招かれたのは、ワーグナーに関する書物の著者として、また『バイロイト通信』の編集者として知られるハンス・フォン・ヴォルツォーゲンであった。協会は講演草稿を『ワーグナーの思い出』と題する冊子として刊行した[11]。その中でヴォルツォーゲンは、ワーグナーの芸術によって、オーストリア人にはドイツ人という意識が呼びさまされ、「芸術上のこの巨匠は、政治上の境界を越えて、超政治的なあの真正な理想のドイツ性の輝ける象徴とみなされた[12]」と述べている。この冊子の巻末には、ヴォルツォーゲンの著作が紹介されている。その中に、人種が平等ではないということを表題に掲げるものもあるのは目を引く。また、この冊子の巻末では、ドイツのミュンヘンに事務局を置き、ドイツやドイツ周辺の国々の諸都市ならびにアメリカの一部の都市に連絡先を持つ「全リヒャルト・ワーグナー協会」も紹介されている。一八八三年というこの時期、ウィーンのワーグナー協会はオーストリアの国境を越えて、国際的な連携を強めていた。なお、裏表紙では一面を使って、バイロイト祝祭を断絶させないようにするために、「全リヒャルト・ワーグナー協会」が、入会と寄付の呼びかけをしている。現在この音楽祭が世界中で知られる催しとなり、そのチケットは入手困難となっていることを思うと、隔世の感がある。

十九世紀末から二十世紀初頭にかけてウィーンの出版社から発行されたワーグナーに関する文献の中には、ゲシュタルト心理学の創始者の一人として知られるクリスティアン・フォン・エーレンフェルスによるものもある。エーレンフェルスは、ブルックナーに個人的に指導を受け、ウィーン大学で彼の講義も聴講しており、音楽に関して専門的な知識を修得していた。[13] 若いころにはワーグナーに心酔していたものの、バイロイトで『パルジファル』の初演に接して、ワーグナー崇拝の疑似宗教性に疑問を抱くようになり、それ以来熱烈なワグネリアンではなくなったと伝えられている。[14] ただし、ワーグナー生誕百年にあたる一九一三年に著された『リヒャルト・ワーグナーとその離反者たち』という書物からは、エーレンフェルスが、ワーグナーを崇拝してはいないものの、その作品を特別視しているということが窺える。ワーグナーとニーチェとの関係を主に論じたこの小著で、彼は、ワーグナーの芸術はドイツ的であり、なおかつそれを超えているとし、[15]「『オランダ人』から『パルジファル』にいたる作品を創造したワーグナーに匹敵するほど、偉大な作品を生み出した芸術家が他にいるだろうか[16]」と、ワーグナーに最大級の讃辞を送っているのである。

この書物は、フーゴー・ヘラー社という、ウィーン旧市街の中心部に所在し、ライプツィヒにも拠を置く出版社から刊行された。この出版社の設立は一九〇五年、社主のフーゴー・ヘラーはユダヤ系でプロテスタントの洗礼を受けていた。[17] 裏表紙には、フーゴー・ヘラー社が発行していた『イマーゴ』と『国際医家精神分析雑誌』という精神分析に関わる二つの雑誌の広告が掲載されている。しかも、誌名だけではなく、編集者のジークムント・フロイトの名も強調されている。ナチスが支配した時代には、ワーグナーは称揚されたものの、フロイトは非難攻撃され、両者は同列に扱われはしなかった。一方、ワーグナーに敵対する立場に立って著されてはいないこの書物においては、それを手に取って、表題に見られるワーグナーの名を確認した後、裏返すと、フロイトが編集していた雑誌の誌名と彼の名が目に入ってくる。一九一三年という時点においては、ワーグナーとフロイトが相対立する陣営に属するとはされていなかった一例として、この書物の表紙と裏表紙からは強い印象を与えられる。なお、『国際医家精神分析雑誌』の一九一三年のある号には、フロイトが『日常生活の精神病理学』の中で「症状行為」と名づけている行為と舞台芸術との関わりを論じ、ワーグナーの『ワルキューレ』と『タンホイザー』ならびに『ローエングリーン』で使われている動機にも言及しているものが見られる。(18) この論を執筆したウィーン在住の医師アードルフ・ドイッチュは、フロイトの自宅で開かれていた「心理学水曜会」のメンバーでもあった。(19) フーゴー・ヘラー社では、冬場にこの出版社の小ぢんまりとしたホールで、「芸術サロン」という、文学者の自作朗読会も催されることがあった。リルケ、ホフマンスタール、ヴァッサーマン、トーマス・マン、ハインリヒ・マン、ヘッセらが朗読をしたこの会には、フロイトも一度講演者として登場して

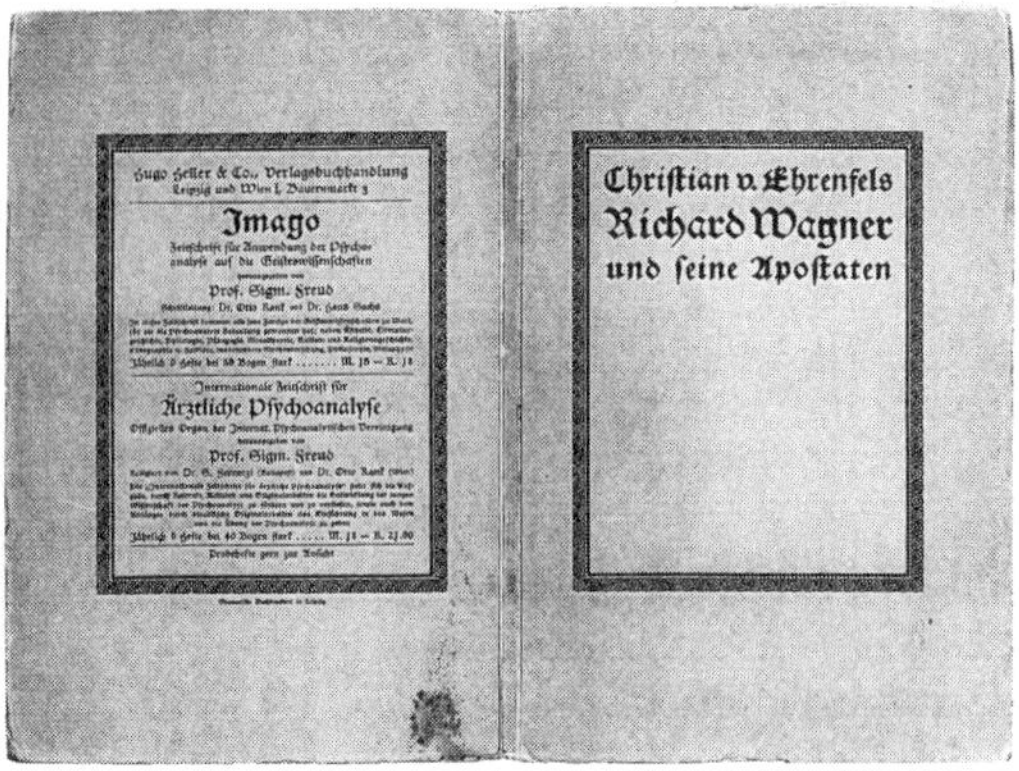

エーレンフェルスの『リヒャルト・ワーグナーとその離反者たち』の表紙と裏表紙

いる。[20]

『リヒャルト・ワーグナーとその離反者たち』に先立って一八九六年に、エーレンフェルスはある講演草稿を『ワーグナー論争の解明のために』という冊子として公にしていた。[21] ハンスリックが世を去る八年前のことである。出版したのはカール・コーネゲン社であった。カール・コーネゲン社は、「ウィーン・ワーグナー学術協会」によって編集されたヴォルツォーゲンの『ワーグナーの思い出』も刊行した出版社である。この冊子の冒頭で、エーレンフェルスは、過去数十年にわたって、ワーグナーをめぐっては、政治や経済などに関する問題のようにすぐにも解決しなければならない問題ではないというのに、熱く議論が闘わされてきたと述べ、こう言葉を継いでいる。

劇場や演奏会場をはるかに越えて、ワーグナーをめぐる問題は、高波となって打ち寄せ、新聞紙上で、溢れかえるほど多くの文芸書で、公の場で、会合の席で、家庭内で、いずれも同じように熱く議論されてきた。議論をするうちに友情がはぐくまれることもあったが、議論の末に仲たがいを招くこともあった。老いも若きも、男も女も、皆等しく、この問題によって激しく揺り動かされてきたのだった。[22]

モーロルトの『ワーグナーの闘争と勝利』

ワーグナー派と反ワーグナー派の対立が歴史として回顧されるようになった一九三〇年という時期に、ワーグナーとウィーンの関係を詳細に記述した二巻本の書物が出版された。表題は『ワーグナーの闘争と勝利』とあり、「ウィーンとの関係についての叙述」という副題を持つ[23]。著者はマックス・モーロルトである。モーロルトは本名をマックス・フォン・ミレンコヴィッチという。オーストリアでは珍しくないことだが、その姓はゲルマン風ではない。父親の父方がセルビア系であった。彼自身はウィーンで生まれているものの、若いころは軍人だった文学者の父親はハンガリー王国の南部で生まれている。文部省に勤め、第一次世界大戦の末期には短期間ながらブルク劇場の監督にもなった後、音楽家に関する評伝などを著していた。そのモーロルトのこの著作は、基本的に親ワーグナー派の流れを汲む内容ではあるものの、それほど一方的な立場から記述されているわけではなく、興味深いエピソードが散りばめられた書物である。ところが巻末近くの「ワーグナーとウィーンの新聞」という章になると、がぜん党派色が強くなる。反ワーグナーの論陣を張った批評家として、ハンスリックの他にルートヴィヒ・シュパイデルとマックス・カルベックも取り上げられてはいるものの、矛先は主としてハンスリックに向けられている。ハンスリックが展開した理論については比較的冷静に分析が進められているが、ことワーグナーへの批評に話が及ぶや批判の筆はとどまるところがない。「こういう男がどうして教授になれたのか、はたまたどうして批評家でいられたのか[24]」、「偉大にして卑小な、野暮ながらお上品な、抜け目なく間抜けなハンスリック[25]」。

モーロルトの『ワーグナーの闘争と勝利』第二巻の口絵と扉

この書物を著してから数年後、ドイツならびにオーストリアでナチスが支配するようになった時期に、クレメンス・クラウスを芸術監督としてミュンヘンで開かれた音楽祭に際して、モーロルトは、ドイツ民族主義を称揚する立場に立って、『リヒャルト・ワーグナーとナチズム』という論説を公表している。[26]そこでは、ワーグナーの主張について、その著作から引用もされたうえで、ナチズムの世界観に一致するものと述べられている。なお、この論説においてモーロルトが用いている筆名は、マックス・フォン・ミレンコヴィッチ＝モーロルトである。北方系のアーリア人が至上とされる時代風潮の中で、彼は、完全にその系統というわけではないことを窺わせる名をあえて添えている。ただし、ハプスブルク帝国時代には貴族であったことを示す「フォン」という称号を付けるのも忘れてはいない。

マーラー監督時代のウィーン宮廷歌劇場の上演演目

今日作曲家として名高いグスタフ・マーラーは、生前はむしろ指揮者としての活動に多くの時間を割いていた。このマーラーも、ワーグナーを支持する一人だった。学生のころにはウィーンのワーグナー協会の会員になっており、二十代終わりから三十代半ばにかけてはワーグナーの聖地バイロイトの音楽祭にも熱心に足を運んでいる。[27]念願がかなってウィーン宮廷歌劇場で初めて指揮をすることになった時の曲目も、ワーグナーの『ローエングリーン』であった。

マーラーは、一八九七年の十月に、ウィーン国立歌劇場の前身にあたる宮廷歌劇場の監督に就任した。三十七歳の若さであった。その後十年にわたって彼の時代は続く。マーラーは意欲に燃えていた。監督在任中に、アルフレート・ロラーと組んで画期的な舞台を作り上げたことをはじめ、上演の質を高め、観客には旧来の慣行を改めさせもした。しかしウィーンのこの歌劇場は大きな組織である。そのうえ聴衆の好みにも配慮しなければならない。上演演目に関しては、前任者、後任者の時代と比べてマーラーが監督を務めていた時代に、特別に目立つほどの大きな違いがあったわけではない。第二次世界大戦後の一九五五年にこの歌劇場が再建再開された折に記念出版された書物に収められた各年度ごとの上演演目一覧表などに目を通すと、その意外な事実に加え、いくつかの興味深い傾向も読み取れる。(28)

オペラハウスに欠かせない基本的なレパートリーは、一貫して上演され続けている。新作の初演もそれまでの時代と比べると多くはない。ただしマーラー監督の時代に上演回数がかなり増えた演目として、ヨハン・シュトラウス二世の『こうもり』と、ワーグナーの『ラインの黄金』ならびに『ニュルンベルクのマイスタージンガー』がある。すでに触れたように、ウィーンではワーグナーをめぐって対立が見られたが、宮廷歌劇場ではマーラーが監督に就任する以前からワーグナーの作品はよく上演されていた。それがマーラーの時代になってさらに強化されたことになる。

『歌劇場桟敷席からの眺め』(エマ・フルンチュルツのエッチング)

マーラーが監督を務めていた時代に上演回数が大幅に減ったかあるいはまったく取り上げられなくなった演目としては、コシャトの『ヴェルター湖畔』、マルシュナーの『聖堂騎士とユダヤの女』、マイアベーアの『アフリカの女』がある。このうち、『アフリカの女』は一九二〇年代から三〇年代にかけて再演されているものの、その後は上演されていない。また、民謡風の作風で知られておりウィーンとも関わりが深かったコシャトの作品、ならびに、マルシュナーのこの作品は、彼の他の演目はその後も多少は上演されたものの、誰が監督を務めたにせよいずれレパートリーからは外れる運命にあった。マイアベーアのオペラとしては他に、『ユグノー教徒』も、マーラー自身一九〇二年になって八回指揮してはいるものの、[29]監督就任直後の四年間は上演が途切れている。ワーグナーとそのライバルであったマイアベーアの二人に関しては、マーラーは明らかに前者にくみしていることがわかる。マルシュナーの作品は、ユダヤ人が主要人物として登場する点で注目される。同様のものとして、アレヴィの『ユダヤの女』も、マーラー自身一九〇三年になってから二回だけ指揮してはいるものの、[30]監督になってから初めの五年間は上演が途切れている。マーラーは、宮廷歌劇場の監督になる直前にユダヤ教からキリスト教のカトリックに改宗した。そのことを人々に思い起こさせる契機となるようなユダヤ人に関わる演目を、おそらく彼は遠ざけたのであろう。あわせて言えば、マイアベーアもユダヤ系の作曲家であった。

マーラーが監督を務めていた時期は、ウィーン宮廷歌劇場の栄光の時代と讃えられることがある。ただその一方で、確執も激しかった。一九〇七年、マーラーは監督の座を離れることになる。十二月七日の日付のある次のような書き出しで始まる挨拶文が、宮廷歌劇場の関係者には告知された。

私たちの協働の作業に区切りをつける時が来ました。好ましくなっていた仕事場を私は去り、皆様にここに永の別れを告げます。

夢見ていた完全にでき上がったものの代わりに、後に残すのは、半端で未完のものです。思うようにはいかないものなのでしょうが[31]。

ヴォルフの葬儀

マーラーが宮廷歌劇場の監督として盛んに活躍していたころ、ドイツ歌曲の歴史に名を残す作曲家がウィーンで世を去った。フーゴー・ヴォルフである。ヴォルフはマーラーと同じ年に生まれ、同じ音楽院に学び、一時期住まいを共にしていたこともあった。ヴォルフは若いころから逸話の種に事欠かぬふるまいをする人物だった。彼と一時期親しくつきあっていたヘルマン・バールは、『フーゴー・ヴォルフの思い出』と題するエッセイの中で、その様子を生き生きと描いている[32]。ヴォルフが三十七歳の秋、自分は宮廷歌劇場の監督に任命された、しかもマーラーが罷免されてそうなったと、彼は妄想を真顔で語るようになった。そのとき、周囲の者たちは彼を病院に入院させざるをえなくなった。

入院するほんの数か月前に作曲された作品に、『ミケランジェロの詩による三つの歌曲』がある。男性の低い声の歌手によって歌われるこれらの曲はいずれも、語るように歌われる箇所では、二十世紀を目前にした時代の作品だということを感じさせ、ピアノの高鳴る響きを通しては、十九世紀のドイツ歌曲に連なるものだと感じ取らせる。深く沈潜する思いにいざなうこれらの曲は、ヴォルフが、精神の闇に閉ざされる直前まで創作の力を保ち続けていたということを強く思わせる。

一九〇三年の二月に、ヴォルフは四十三年足らずの生涯を閉じた。葬儀はリング通り沿いのヴォティーフ教会（奉献教会）で執り行われた。精神病院に入院していたヴォルフの遺体は、近くのウィーン

ヴォティーフ教会（奉献教会）とその周辺

総合病院の霊安室にいったん移され、その棺はさらに、そう遠くない所にあるこの教会に運ばれることになった。葬儀ミサが行われた日は、謝肉祭が最も盛り上がる最終日にあたっていた。この日を最後にして、禁欲的に過ごさねばならない四旬節が始まる。通りには、仮面をかぶった者たちや仮装した人々が行き交っていた。その間を、ヴォルフの棺は進んでいった。

ウィーンでも有数の大きさを誇るヴォティーフ教会は参列者で溢れていた。その中には、ヴォルフとは縁もゆかりもない人たち、いやそれどころか、彼に対して肩をすくめてみせた人々も多数まじっていた。その様子を、当時の文章は皮肉っぽく伝えている[33]。しかしこの様子を知って、私には感じさせられるところがある。ヴォルフはオペラや管弦楽曲なども多少は残したものの、手がけた作品のほとんどは歌曲であった。ピアノ伴奏によって一人の歌手が歌う歌曲は、オペラや交響曲などに比べると、聴衆の数が限られる比較的地味なジャンルである。そのような分野の作曲家の死に際して、広い堂内を埋めつくすほど人々が参列したというところに、ウィーンの音楽界の質の高さを私は感じる。

葬儀ミサで通常歌われることになっている聖歌の歌声が静まった後、祭壇の奥から、混成四部合唱の歌声が無伴奏で響き始めた。歌われた曲は、ヴォルフが若いころに作曲し、生前ついに彼自身は耳にすることがなかった『アイヒェンドルフの詩による六つの宗教的な歌』の第五曲『信従』である。[34]十行足らずの詩に一通り曲をつけた後、ヴォルフはこの曲の後半では、キリスト教の信仰の原点を言い表しているとも言うべき「主よ、御旨《みむね》をなさせたまえ」という詩行だけを何度もくり返し歌わせ、曲の最後を「弱い上にも極度に弱く」を意味するピアニッシッシモで結んでいる。[35]合唱団が歌い終わった後、さらに、ブルックナーの『交響曲第七番』の緩徐楽章のうちの「葬送の音楽」が演奏された。[36]ヴォルフのこの合唱曲は、録音されたものをくり返し聴いても、聴くたびに感銘を受ける。その曲と、ブルックナーの『交響曲第七番』のアダージョの一節が、ゴシック風の堂内に、しかも亡くなった者を送る場で続けて響きわたったとき、参列者の受けた感銘はいかほどであっただろうか。葬儀の後、フーゴー・ヴォルフはウィーンの中央墓地に埋葬された。

音楽評論家シュテファンの『ウィーンの墓』

ヴォルフが亡くなってから十年近く経ったころ、ウィーンのある音楽評論家が次のような文章を書き記した。

そして、ブルックナーと気質や運命を共にしていたフーゴー・ヴォルフが逝った。その死によって、崇め奉られるようになり、芸術家たちや聴衆からいわば自由の身にされて。亡くなってからというもの、皆、彼の歌に耳を傾けた。もちろんいつも同じ歌ばかりだったが。[37]

これを記した評論家は、パウル・シュテファンという。本名のパウル・シュテファン・グリューンフェルトのうち、名の方だけを筆名として使っていた。シュテファンが評論家として活動し始めたころ、マーラーには敵が多かった。ただ一方で、熱烈に支持する人々も少なくはなかった。彼もその一人にあたる。シュテファンはマーラーより十九歳ほど年下だったが、マーラーがまだ生きているころにすでに彼に関する書物を著している。一九〇八年には、「ドイツの舞台とフェーリクス・フォン・ワインガルトナー氏をめぐる最新のできごとについて」という副題を持つ『マーラーの遺産』が刊行された[38]。一九一〇年に著された『グスタフ・マーラー――人物と作品に関する試論』は、その後増補もされ版を重ねた[39]。同じく一九一〇年には、マーラーが五十歳になるのを記念した祝賀文集の編集もしている[40]。当時活躍中の音楽家や文学者の献辞やエッセイに加え、ロダンやクリムトの作品の写真も収められているこの書物は、マーラーを世紀末ウィーンの文化的背景と関わらせて捉えるのに役立つ貴重な資料である。なおこの記念出版物に収録されている文章のうち、その一部は『マーラー頌』で日本語訳を読むことができる[41]。

シュテファンは、マーラーに関する書物に先立って、詩や紀行文なども発表しているところからも窺えるように、文才に恵まれていた。それがよく生かされているのが、一九一三年に著された『ウィーンの墓』である[42]。この書名だけからすると、これはウィーンの墓地を紹介した書物なのかと誤解されかね

マーラーの墓を描いた木版画（M・ヴェーラ・フリーベルガー＝ブルンナー作）

ない。ただ「一九〇三―一九一一年の記録」という副題も目にすれば、そうではないということがわかる。「ウィーンの墓」というのは、この書物で扱われている最後の年にあたる一九一一年にマーラーが葬られた墓のことなのだ。一九〇三年から記録が始まっているのは、この本よりも前に、一九〇二年までの見聞を記した小著を、シュテファンがすでに著していたためである。マーラーの死が強く意識されている書名ではあるものの、この年代記ではマーラーだけが取り上げられているわけではない。音楽をはじめ、演劇や文学や美術など多方面にわたって、二十世紀初頭のウィーンの文化上のトピックについて、シュテファン自身の見聞が記されている。一個人の目や耳を通したものではあるにせよ、一時代のウィーンについての貴重な記録集だ。先に引用したヴォルフについての一節も、この書物から引用したものである。

『ウィーンの墓』には、「アンゾルゲ協会」という団体の活動について記された箇所もある。[43]この協会は、一九〇三年にシュテファンが他の人々と共にウィーンで結成したものだった。ドイツのベルリンなどで活躍していたピアニストで作曲家でもあったコンラート・アンゾルゲの作品を中心に、音楽に加え文学なども含め、創造されて間もない芸術や不当に忘れられている少し前の時代の芸術を紹介する目的で設立された。しかし早くも四年後の一九〇七年には、この協会は「芸術・文化協会」と名を変え、アンゾルゲの作品よりも新しい傾向の作品を主に取り上げるようになった。二十世紀的な芸術は、二十世紀に入ってからすぐではなく、しばらく経ってから生み出されるようになったが、この協会の活動にもそのような動きとの関連が認められる。

シュテファンは、この年代記やマーラーに関する書物の他にも、音楽や文学に関わる数多くの著作を残した。『ウィーンの墓』から二十年余り後の一九三〇年代半ばには、二冊続けて指揮者に関する書物も著している。そのうちの一冊『アルトゥーロ・トスカニーニ』には、シュテファン・ツヴァイクが『肖像』と題する序文を寄せている。(44) また、この本の巻末には、ウィーン楽友協会の大ホールなどで撮影されたトスカニーニの指揮ぶりを伝える貴重な連続写真も掲載されている。もう一冊は『ブルーノ・ワルター』である。(45) こちらの方には、トーマス・マンとシュテファン・ツヴァイクがそれぞれ献辞を寄せているのに加え、ソプラノ歌手のロッテ・レーマンが『ピアノを弾くブルーノ・ワルターと共に……』という詩を寄せている。いずれの書物も、パウル・シュテファンが同時代の音楽家や文学者と広く交友していたことを窺わせるものだ。

シェーンベルクをめぐるスキャンダル

さまざまなエピソードが記録されている『ウィーンの墓』のうちでも、アルノルト・シェーンベルクをめぐるスキャンダルについての記述はことに興味深い。シェーンベルクの音楽は、作曲されてからほぼ百年を経た今聴いても、難解であり、かつまた新しい。ただ、その彼の曲の中で、『弦楽四重奏曲第一番』は比較的聴きやすいと思える。ところがこの曲が初演された時には、受け入れようとしない聴衆が多かった。ロゼー弦楽四重奏団によって一九〇七年二月五日に初演された折の様子について、『ウィーンの墓』では次のように伝えられている。

ロゼーは、一連の演奏会の一環として、「なんとか弾けそうな」シェーンベルクの弦楽四重奏曲第一番ニ短調を取り上げた。当時多くの聴衆にとって、これは聴くにたえない曲であり、『ペレアス』の時とほぼ同じひどい反応が示された。つまり、この曲は切れ目なく演奏されるはずのものだったが、演奏の最中に会場から出ていく者たちがいたのだ。しかもある男など、わざと「非常口」から脱出してみせた。その後もシーシーという耳ざわりなやじがおさまる気配はなかった。その時、聴衆にまじって座っていたグスタフ・マーラーが、不満の意を表しているある男にやおら詰め寄り、驚くほどはっきりと感動の意を示し、不当な扱いを受けている芸術のためにいわば燃え上がってこう言った。「やじるもんじゃありません」。どこの誰かわからぬ当の相手が、精神の王者たちを前にしつつも堂々と答えることには、(門番に詰め寄られたとしたら、へなへなとなってしまっていたかもしれないのだが)、「あなたの交響曲の時もやじってますよ」。この一件は、マーラーの評判をひどく落とすことになった。実のところ、彼に対する堪忍袋の緒はもうとっくに切れていたのだった。(46)

この曲の初演から二十年近くが経過した一九二四年、シェーンベルクが五十歳を迎えるのを記念して、音楽雑誌『アンブルッフ』の特別号が発行された。(47)「アンブルッフ」は、何事かの「始まり」を意味している。前衛的な音楽を推進する傾向が強いということがその誌名からも窺われるこの雑誌の編集の任にあたっていたのは、他ならぬシュテファンだった。この特別号には、注目すべきことに作曲家アルバン・ベルクが、『シェーンベルクの音楽はなぜこれほどにもわかりにくいのか』という論考を寄稿している。(48)『弦楽四重奏曲第一番』の出だしの箇所をベルクは詳しく分析している。その結果、シェーンベルクを擁護しようとするベルクが出す結論は、実はこの曲はそれほどわかりにくいわけではないというものであった。論考の表題の「これほどにも」という表現には、その音楽を頑として受け入れようとしない人々を非難し揶揄する気持ちが込められている。ベルクが見るところでは、この曲が難解だとされるのは、一般に言われているような「無調性」のためではなく、何世紀にもわたって展開されてきた音楽語法の可能性が実に豊かに取り入れられているがためであった。

WARUM IST SCHÖNBERGS MUSIK SO SCHWER VERSTÄNDLICH?

Von Alban Berg

Um diese Frage zu beantworten, wäre man geneigt, den Ideen in Schönbergs Schaffen nachzuspüren, seine Werke auf das Gedankliche hin zu untersuchen; also das zu tun, was so häufig geschieht: der Musik mit philosophischen, literarischen und sonstigen Betrachtungen beizukommen. Dies ist nicht meine Absicht! Lediglich um die musikalischen Geschehnisse innerhalb der Werke Schönbergs handelt es sich mir: Um die kompositorische Ausdrucksweise, die, wie die Sprache jedes Kunstwerkes, (was anzunehmen allerdings Voraussetzung ist:) als die dem darzustellenden Gegenstand einzig adäquate angesehen werden muß. Diese Sprache durchwegs zu verstehen und auch in ihren Einzelheiten zu erfassen, das heißt, ganz allgemein ausgedrückt: Einsatz, Verlauf und Ende aller Melodien zu erkennen, den Zusammenklang der Stimmen nicht als Zufallserscheinungen, sondern als Harmonien und Harmoniefolgen zu hören und die kleinen und großen Zusammenhänge und Gegensätze als solche zu spüren, kurz und gut: einem Musikstück ebenso zu folgen, wie man dem Wortlaut einer Dichtung folgt, deren Sprache man voll und ganz beherrscht, ist für den, der die Gabe besitzt, musikalisch zu denken, gleichbedeutend mit dem Verständnis des Werkes selbst; so daß die dieser Untersuchung vorangestellte Frage schon beantwortet erscheint, wenn es nur gelingt, eben diese musikalische Ausdrucksweise Schönbergs auf ihre Verständlichkeit hin zu prüfen und daraus Schlüsse auf den Grad ihrer Erfaßbarkeit zu ziehen.

Ich will dies, wissend, daß schon viel erreicht ist, wenn es im Detail gezeigt wird, auf Grund eines einzigen Beispiels tun, welches insofern aufs Geratewohl herausgegriffen ist, als es wenige Stellen in Schönbergs Werken gibt, die sich nicht ebensogut zu einer solchen Untersuchung eignen würden.

329

『アンブルッフ』誌シェーンベルク記念号に掲載されたベルクの評論

一九〇八年のクリスマス直前の時期に行われた『弦楽四重奏曲第二番』の初演は、さらに大きなスキャンダルを引き起こした。

この曲に敬意を払うどころか、にやにや笑っていた一部の聴衆は声を上げて笑い出し、不穏な空気が漂い、何人かの者は奏者に向かって演奏をやめるよう求めた。[49]

この曲は、通常の弦楽四重奏曲とは異なり、一部に歌唱を伴っている。シェーンベルクと同時代のドイツの詩人シュテファン・ゲオルゲの詩に基づく歌詞を担当した歌手については、こう記されている。

歌詞を歌うマリー・グートハイル＝ショーダーは、騒ぎに巻き込まれて舞台に立っていた。そして泣きながら歌い続けた(50)。

ウィーンでのリヒャルト・シュトラウスのオペラ初演

このようにシェーンベルクをめぐるスキャンダルが続いていたころ、ウィーンではリヒャルト・シュトラウスのオペラも話題になっていた。『ウィーンの墓』でも、『サロメ』の上演がウィーン宮廷歌劇場では許可されなかったということが伝えられ、それと関連させて、『サロメ』とマスネの『聖母の軽業師』が対比されている(51)。また、ドレスデンで行われた『ばらの騎士』の初演が見事だったとも記されている(52)。ただ、ウィーンでの一連のオペラの上演の様子についてはそれほど詳しく記されていない。それに対し、マーラーの支持者としてシュテファンと似た経歴を持つリヒャルト・シュペヒトは、編集に携わっていた『メルカー（鑑定人）——オーストリアの音楽・演劇誌』の一九一一年三月号で、『ばらの騎士』のウィーン初演に合わせてリヒャルト・シュトラウス特集を組み、これに先立つ号でもこのオペラの紹介をしている(53)。さらに、一九二〇年代の初めには、シュトラウスに関して、全二巻七百ページ余りに及ぶ本文に加え主題一覧表も付した浩瀚な著作も著している(54)。ちなみに、この書物の第一巻の巻頭には、同時代のウィーンの作家アルトゥア・シュニッツラーに対して、シュペヒトがシュニッツラーと親密な関係にあったことを窺わせる献辞が掲げられている。このシュペヒトほどの強い関心を、シュテファンはリヒャルト・シュトラウスに寄せなかったようだ。

ただしリヒャルト・シュトラウスの名は、世紀末ウィーンの音楽の世界を語るうえでは欠かせない。彼は元来ドイツ南部のバイエルン地方の中心都市ミュンヘンの出身で、この町やドイツの他の町との関係も深い。ただ一方で、共同して制作したオペラの台本作者がホフマンスタールをはじめウィーンゆかりの人々だったということや、ウィーン国立歌劇場ならびにウィーン・フィルとの関わりも深かったということ、それに加えて、代表作『ばらの騎士』でくり広げられる話の舞台がかつてのウィーンの貴族社会だということもあって、リヒャルト・シュトラウスとウィーンの間には浅からぬ結びつきがある。

『ウィーンの墓』でリヒャルト・シュトラウスのオペラがあまり大きく取り上げられていないのは、『サロメ』から『ばらの騎士』にいたる作品が、ウィーンではなくドイツのドレスデンで世界初演されたということにもよるのであろう。シュトラウスのオペラの中でもことに大きなセンセーションを巻き起こした『サロメ』は、一九〇五年十二月九日にザクセン王国のドレスデン王立歌劇場で初演された。実はこれと同じ日に、マーラーはウィーン宮廷歌劇場でもこのオペラを同時に初演することを計画していた。ところが『サロメ』の台本の内容が問題になり、宮廷歌劇場という体制においては、監督といえども、マーラーは上演の実現を断念せざるをえなかった。

ただしオーストリアでも、ウィーン宮廷歌劇場以外の劇場では『サロメ』を観ることができなかったわけではない。世界初演から五か月余り経った一九〇六年五月に、オーストリア南東部のシュタイアーマルク地方の中心都市グラーツの市立劇場で、オーストリアでの初演が行われた。[55] リヒャルト・シュトラウスが自ら指揮することになったこの公演は大変評判になったようで、『ノイエ・フライエ・プレッセ（新自由新聞）』紙が伝えるところでは、初日の上演は完売だったという。[56] また、『ノイエス・ヴィーナー・タークブラット（新ウィーン日報）』紙によれば、客席には、指揮者のマーラーやイタリアの作曲家プッチーニなどオペラの専門家の姿も見られたという[57]。この公演については、いずれの新聞も、大成功だったと伝えている。ただ、それらウィーンの新聞の記事は、地元のグラーツの新聞の詳しい報道と比べると短さが際立つ。それというのも、二十世紀初頭のこの時代、別の都市での出来事を速報する手段は電報だったからである。『ノイエ・フライエ・プレッセ』紙の後継紙『ディー・プレッセ』紙が、現在、ウィーン以外のオーストリア諸都市の最新の文化動向もいち早く詳しく伝えるのを思うと、時代の差を強く感じさせられる。

また、ウィーンでも、宮廷歌劇場以外の劇場では『サロメ』が上演されることになった[58]。一九〇七年の五月から六月にかけて、ふだんはオペラではなく演劇を上演する劇場で、当時はドイツ領内にあり現在はポーランドに帰属するブレスラウからやってきたオペラ団による公演が続けられた。会場として用いられたのは、「ドイッチェス・フォルクステアーター」であった。この劇場名は、強いて日本語に訳せば「ドイツ民衆劇場」となる。そう特に高い水準ではなかったと言われるこの公演に観客は熱狂し、一か月近くに及んだ上演の最終日の熱狂ぶりは、初日をしのぐほどだったと伝えられる。一九一〇年の末には、劇場名にやはり民衆・国民という意味合い

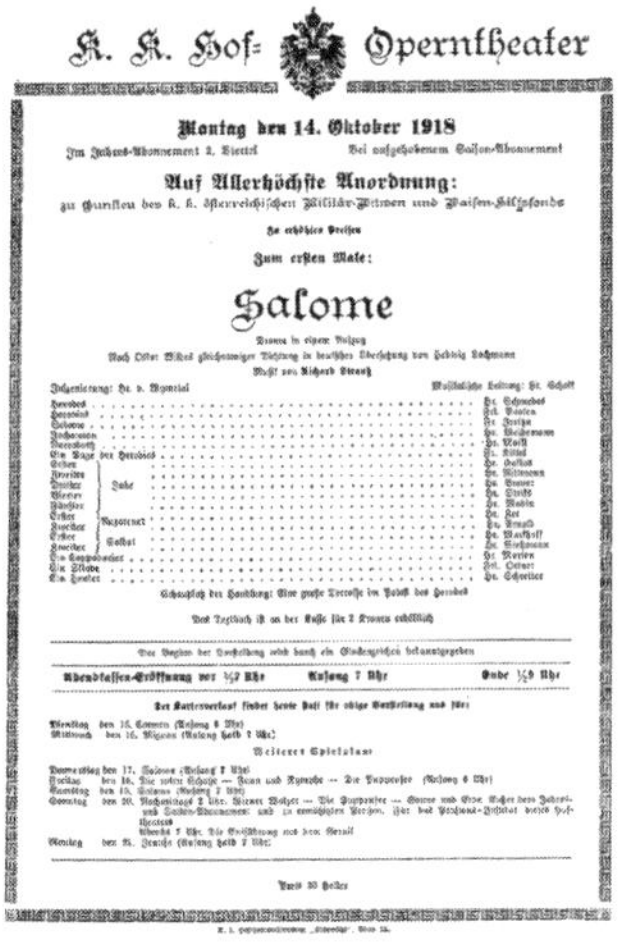

『サロメ』ウィーン宮廷歌劇場初演時のポスター

の「フォルク」という言葉を冠する「フォルクスオーパー」でも、この劇場独自の公演が始まった。ウィーン宮廷歌劇場でも、この歌劇場から「宮廷」という名称が外される寸前の一九一八年十月十四日に、ようやく上演されることになった。初演時のポスターには、第一次世界大戦で戦死した「オーストリア帝国軍人の未亡人と遺児の救済基金に寄付するため」、通常より高い料金設定がなされていると記されているような公演であった。[59]

リヒャルト・シュトラウスのその次のオペラ作品『エレクトラ』の初演も、ウィーンではなくドレスデンで行われた。その上演を観るためドレスデンまで出かけたヘルマン・バールは、この公演についての批評の中でこう心境を語っている。

公演当夜はすばらしかった。けれども、きらめきわたる喜びを感じつつも、わずかながら不満の思いがずっと居座っていた。隠れ潜んだねずみが一匹、かじり続けているかのように。かじるたびにその思いはこう告げるのだった。「自分たちの所ではなぜこれがないの」と。そう思っても当然だ。ウィーンではこういうものがなぜ全然できないのだろう。[60]

『エレクトラ』の世界初演につめかけるオペラ愛好家をドレスデンに持って行かれたウィーンでこの作品が初演されたのは、世界初演の二か月後のことであった。ウィーン宮廷歌劇場で行われたこの公演では、クリュテムネストラ役を演じたアンナ・フォン・ミルデンブルクが特に評判を呼んだ。ソフォクレスのギリシャ悲劇を基に台本を作成したフーゴー・フォン・ホフマンスタールも、上演数日前のリハーサルに接した後すぐに、ミルデンブルクに宛てて、彼女が演じるクリュテムネストラから、ドレスデンやベルリンでの公演では感じなかった「大変刺激的で予期せぬ印象を受けた」[61]と書き送ったほどであった。ミルデンブルクはこの公演の後、それほど時を経ずしてバールと結婚することになる。彼女にとって、この役はワーグナー作品の諸々の役と共に当たり役となった。二十年近くにわたって活躍したウィーン宮廷歌劇場を離れる際に演じたのも、ドイツの歌劇場での引退公演で演じたのも、『エレクトラ』のこのクリュテムネストラ役であった[62]。

『ばらの騎士』のウィーン初演

リヒャルト・シュトラウスとウィーンの関係を語るうえで欠かせない『ばらの騎士』も、世界初演はやはりドレスデンで行われた。ウィーン宮廷歌劇場で初演されたのは、それより二か月余り後の一九一一年四月八日だった。この公演を取り上げたウィーンの新聞各紙の批評は、このオペラに対して批判的な傾向が強い[63]。聴衆におもねたセンチメンタルな作品という批判に加え、『ばらの騎士』の大きな魅力の一つであるワルツに対しても否定的な言葉がつらねられている。しかしウィーン初演に接した人々の大多数には、熱狂的に迎えられたようだ。

当時ウィーンで影響力が大きかった新聞『ノイエ・フライエ・プレッセ』紙には、初演の翌日の号に、劇場内の様子を生き生きと伝える無署名の記事が掲載されている[64]。公演当日に先立って街の大きな話題となっており、チケットも手に入れにくかったこの初演には、ハプスブルク家の皇族をはじめ、貴顕や名士が数多くつめかけていたと報告されている。台本作者のホフマンスタールと作曲家のリヒャルト・

シュトラウスは、隣どうしに座ってはおらず、階の異なる桟敷席にそれぞれ席を取っていたとのこと。上演は夜の七時から宮廷楽長フランツ・シャルクが指揮をとって始まった。

歌劇場内のだれもが皆、まずは舞台装置に注目した。元帥夫人のあの噂の黄金の寝室を皆が眺め、その後また台本に目を転じた。ぶ厚いページをめくる音が一定の間隔をおいて場内に響いた。ぶ厚いピアノ用スコアや管弦楽版総譜に、頭を動かさぬよう気をつけながら目を走らせる人も多かった。(65)

第一幕が終わった後、それなりの好意的な反応が見られた。しかし第二幕が終わった後の盛大な拍手と喚声は、それをはるかに上回るものであった。ただしわずかながらやじも飛んだ。

ウィーン宮廷歌劇場の内部

しかし不満の声は大きな拍手喝采の中で消えてしまい、リヒャルト・シュトラウスがついに姿を見せたとき、嵐のような歓声がわき起こった。(……)シュトラウスは出演者にまじってお辞儀をし、一同と握手を交わした。その後彼は一人で幕の前に現れた。平土間や桟敷席の客も、今や天井桟敷の熱狂に呼応した。この作曲家には幾度となく大きな歓声がかけられた。(66)

長時間に及ぶ熱狂的なカーテンコールの後、休憩をとろうとする人々は皆、リヒャルト・シュトラウスのウィーン風のワルツの出だしの節を口ずさんでいたという。第三幕の幕が下り全曲が終わった時には、十一時十五分になっていた。「平土間の席は結構早々と空になった」。しかし立見席に陣取った人々は残り、拍手喝采を続け、カーテンコールが五回、六回と続いた。

七回目に、リヒャルト・シュトラウスも出演者の列の真ん中に登場したとき、最上階の天井桟敷から激しいやじの声が聞こえた。少人数の集団から発せられたようだった。立見席にいた若者が四人、急に手すりまでかけ下りた。そのうちの一人は家の入口の鍵を使って口笛を吹き、他の三人はシーシーというやじでそれに合わせた。すぐさまリヒャルト・シュトラウス崇拝者の一群がつめより、一瞬、これはちょっと殴り合いが始まるのではと思われた。だが、係の者が両者をひき離し、反対派の者たちは追い出され、すぐに灯りが消され場内は暗くなった(67)。

レハールの『メリー・ウィドウ』

リヒャルト・シュトラウスがその成功をうらやんでいた同時代の作曲家がいた。オペレッタ作曲家のフランツ・レハールである。シュトラウスも十分成功した作曲家ではあったが、大衆に広く受け入れられるオペレッタの人気作曲家と比べれば、こと収入に関しては差があった。レハールといえば、まず思い浮かぶのは『メリー・ウィドウ』であろう。一九〇五年の年末に「アン・デア・ウィーン劇場」で初

『メリー・ウィドウ』初演時のレハールと主役の歌手たち

演されたこのオペレッタは、ウィーンだけではなく、ドイツ各地でも評判を呼び、イギリス、さらにはアメリカと英語圏でも大成功を収めた。それもあって、日本では「陽気な未亡人」という意味合いのドイツ語の原題ではなく英語名の方が流布することになった。

ＬＰレコード全盛のころ、ヘルベルト・フォン・カラヤンがドイツ・グラモフォンに録音したこの曲のレコードが発売されたことがあった[68]。演奏にあたっているオーケストラはかのベルリン・フィルである。歌手ともども夢の組み合わせとして、発売当時大いに話題になった。ポピュラーな名曲の録音に積極的だったカラヤンのことゆえ、まったくありえない録音が登場したというほどではなかったものの、通常は指揮者やオーケストラにあまりスポットがあたらないオペレッタの録音を、カラヤンがベルリン・フィルを率いて行ったところから、『メリー・ウィドウ』が、ヨハン・シュトラウスの『こうもり』と並んでオペレッタとしては別格の存在だということを強く意識させられたものである。

ただしカラヤンは、その生涯にわたる詳細な公演記録に目を通しても、歌劇場で実際にこの曲を取り上げてはいないようだ[69]。それに対し、『メリー・ウィドウ』とはまず縁遠いと思われる指揮者が、意外なことにこの曲の指揮にあたっている。カラヤンと対比して語られることも多いヴィルヘルム・フルトヴェングラーである。『メリー・ウィドウ』の評判が高くなったころ、スイスのチューリヒでもこの曲が上演されることになり、指揮者として活動を始めて間もない若き日のフルトヴェングラーが指揮台に立つことになった。一九〇七年二月のことである。ポスターには、彼や歌手たちの名前よりも、舞台衣装を担当した人物の名前の方が大きく記されているような公演であった。[70] フルトヴェングラーの指揮ぶりは、ベートーヴェンの交響曲かワーグナーの楽劇でも振っているかのようであったという。[71] ただ何度か役目は果たしたものの、彼はこの曲を指揮することにはすぐに飽きてしまった。一方、フルトヴェングラーが指揮した演奏について話を伝え聞いたレハールは、フルトヴェンドラーならぬフルトヴェングラーのことを妻に宛ててこう書いている。

かの地ではフルトヴェンドラーとかいう楽長が、ふらつく暴れ馬たちを英雄交響曲・管弦楽団に仕立てようとして、夜中に馬を駆りたてる辻馬車の御者よろしく鞭を入れました。こう誤解されるなんて、これ以上まっぴらごめん。この軽薄才子がそんなことをしてくれたせいで、わが未亡人の色香は失せました。だからもうスイスでは誰も観てくれないことになるでしょう。[72]

フルトヴェングラー指揮の『メリー・ウィドウ』は、レハールによってこう酷評されている。だが私は、フルトヴェングラーのベートーヴェンの交響曲などの名演だけではなく、できることなら若き日の彼のこの演奏も聴いてみたいと思う。もちろん、この時代の録音など残されていないわけではあるが。

『メリー・ウィドウ』が成功した後も、レハールは次々に作品を世に送った。その中では、『微笑みの国』がよく知られている。ただし、テレビ放送で使われたことがある記録映像でレハール自身が語っているところでは、彼が一番気に入っていたのは、ゲーテの若き日の恋を扱った『フリーデリーケ』だということである。レハールが活躍した時代は、ヨハン・シュトラウス二世やスッペらが新作を表した、ウィーン・オペレッタの「金の時代」に対して、「銀の時代」と呼ばれることがある。多くの作品が生み出された中で、エメリッヒ・カールマーンの『チャルダッシュの女王』は、ウィーン・フォルクスオーパーの来日公演などを通して日本でもなじみ深い。

ベルクの『ヴォツェック』

レハールらのオペレッタが人気を博していたウィーンで、傾向のまったく異なるオペラを作り出そうとした作曲家もいた。アルバン・ベルクである。代表作の『ヴォツェック』は、耳に心地良い一夜の楽しみという形容からはほど遠い。私もふだん自宅でこの曲を聴こうという気にはなかなかなれない。しかし海外の歌劇場の来日公演で『ヴォツェック』が上演されるとなると、その公演に泊まり込みで出かけずにはおれない。そして、強い感銘を受けることになる。その際に感じさせられるのは、深淵が足下にせまるような戦慄とでも言おうか。しかも、音が鳴り響くのを止めた休止の無音の状態でそれはことのほか強く感じられる。この感覚は一時のものにすぎない。しかし、公演が終わってからもその記憶が消えることはない。

ベルクが『ヴォツェック』の作曲に取り組み始めたのは一九一四年。以来、中断の期間を含め八年を要してようやくこの曲は完成した。その一部は、フランクフルトでヘルマン・シェルヘンの指揮によって紹介されたものの、全曲が上演されるにいたるまでには、三年半の月日が流れた。世界初演は一九二五年の年末にベルリン国立歌劇場で行われた。指揮をしたのは、難解なベルクの曲に理解を示していたエーリヒ・クライバーであった。『ヴォツェック』はウィーンの舞台にはすぐにはかけられなかった。それがウィーン国立歌劇場で実現したのは、一九三〇年三月。その時点ではすでに、ベルリンのほかプラハなど五つの都市で上演が行われていた(73)。ウィーンで指揮の任にあたったのは、三十六歳という若さでこの歌劇場の監督の地位に就いて間もないクレメンス・クラウスであった。クラウスといえば、残された録音からはシュトラウス一家のワルツやリヒャルト・シュトラウスの管弦楽曲などを得意にしていた指揮者というイメージが強い。しかし、彼にはベルクのオペラのような前衛的な曲を取り上げる一面もあった。

『ヴォツェック』をベルリンで世界初演するにあたってクライバーが行ったリハーサルの回数の多さは語り草になっているが、ウィーン初演でもその回数は少なくなかった。クラウスが伝えるところによれば、オーケストラを交えたリハーサルが全部で二十回あまり、さらに、彼にも回数が把握できないほど個別のリハーサルが行われたという(74)。初演を終えた後、クラウスは次のような言葉を残している。

ウィーンの作曲家の作品でこのような成功を収められたのを、誇らしく嬉しく思います。『ヴォツェック』で面目をほどこすことになるということは初めから疑ってはいませんでしたが、劇場では思ってもみなかったことがしょっちゅう起こるものです。今回は嬉しい誤算でした。この「メロディーのないオペラ」はウィーンっ子には受け入れられないだろうと思っていた人たちは皆、間違っていたのです。歌劇場に通うウィーンの人々には、芸術家の真情から発する本物への大変優れた感覚があるということが、まさにまたしても明らかになったのです。[75]

ところで、ベルクが『ヴォツェック』というオペラを作る気になったのは、ゲオルク・ビューヒナーによる原作のウィーン初演の舞台に接して感銘を受けたからであった。その公演は、第一次世界大戦が勃発するほんの少し前の一九一四年五月に、「レジデンツビューネ」という劇場で行われた。この劇場は、ウィーンのほぼ中心部に位置し、街で随一の繁華街ケルントナー通りから聖シュテファン大聖堂前の広場を越えてドナウ運河に向かう、ローテントゥルム通りという通り沿いにあった。客席数はおよそ五百。演劇の鑑賞には適した規模の劇場である。この劇場は後に「カンマーシュピーレ」と名を変えることになった。[76]

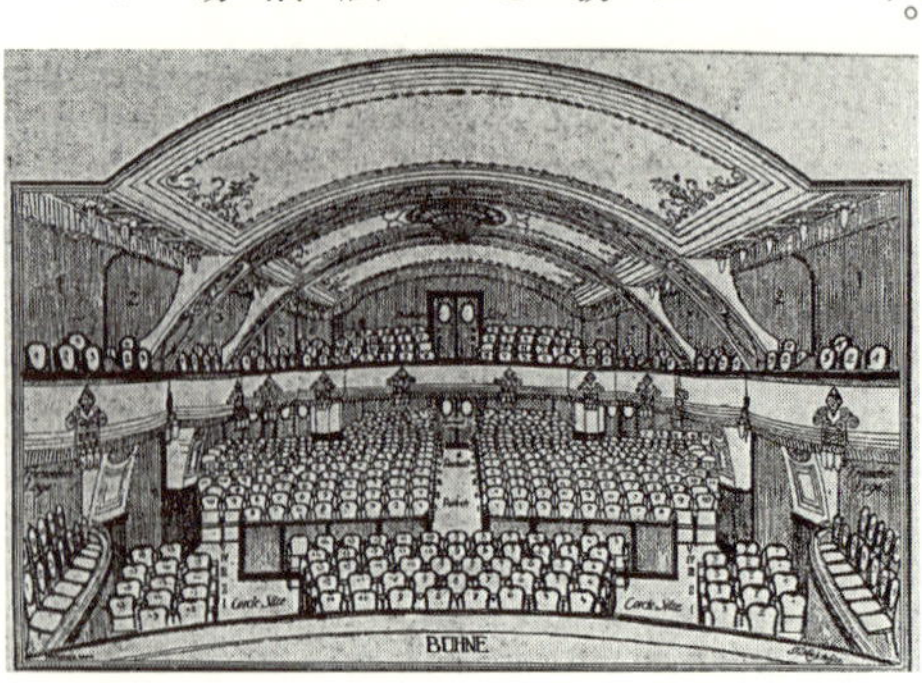

レジデンツビューネの客席図

ホフマンスタールと社会主義

ベルクに大きな影響を与えたこの公演が行われるより前に、ビューヒナーの原作をウィーンで世界初演しようと試みていた文学者がいた。フーゴー・フォン・ホフマンスタールである。ホフマンスタールはシュテファン・グロスマンという演劇関係者にその旨手紙で打診している。[77] しかしグロスマンが大きな影響力を持っていた「自由・民衆舞台」という演劇運動には、当時ホフマンスタールの提案を受け入れる力がなく、グロスマン自身もベルリンに移り住むことになったため、ウィーンで初演するという案は進展を見ることがなかった。このグロスマンが創設し率いていたウィーンの「自由・民衆舞台」の演劇運動は、大きなホールを有する労働者のための会館を使って、優れた演劇を鑑賞する機会を提供しようとするもので、オーストリアの労働運動あるいは社会主義政党と密接な関係にあった。[78]

ビューヒナーの戯曲の上演の可能性を、ホフマンスタールがまずは労働者のための演劇運動の一環として模索したというのは興味深い。彼の手になるリヒャルト・シュトラウスと共同制作したオペラの台本や詩や小説などからは、社会主義的な傾向は窺いにくい。しかし、ホフマンスタールには若いころから社会主義との関わりが多少はあった。一八九八年、二十四歳のころに『月刊社会主義――社会主義国際展望』と題する雑誌に詩を四篇寄稿している。[79] しかも、ホフマンスタールの詩が載っている号には、彼に関する評論と彼の写真も掲載されているのである。ただ、これらの詩はいずれも、シュテファン・ゲオルゲが主宰する高踏的な雑誌『芸術草紙』に発表済みのものではあった。[80] このうち、『世界の秘密』という詩は、芸術の専門家や裕福な芸術愛好家向けのウィーン分離派の機関誌『ヴェル・サクルム』にも再録されている。[81]

ホフマンスタールと社会主義の関係を示すものは、他にも見られる。オーストリアの社会主義政党の文化活動を記念して一九二三年に発行された書物に、ホフマンスタールは未発表の戯曲の一部を寄稿しているのである。[82] 作者名はフーゴー・ホフマンスタールと記されている。貴族を表す称号であった「フォン」が省かれているのは印象深い。ただし、『零落者』と題して発表されたこの断片が完成されることはなかった。実のところは霊界の王の息子である男が、今や落ちぶれてしまい、友人にも恋人にも見捨てられ、若い女性の姿をとった「希望」という寓意的な人物と対話するという話からは、社会主義的な傾向は感じ取りにくい。社会主義の文化活動を記念するこの冊子への寄稿に関しても、社会主義の雑誌への詩の寄稿に関しても、寄せられた作品の内容は社会主義の思想をうたうものではない。しかし、社会主義とは縁がなさそうに見えるホフマンスタールにもこの思想との接点があったということは、見過ごすわけにはいかない。

社会民主党の文化政策

ホフマンスタールが戯曲の断片を寄稿した書物は、『芸術と民衆』と題されていた。出版元はウィーンの「レーオポルト・ハイドリヒ社」。この出版社の流れを汲む「ハイドリヒ書店」は、私が留学していたころ、小規模ながら、良質の書物を扱う新刊書店兼古書店として知られていた[83]。市の中心部でありながらも大通りには面していないため比較的静かな一角にあるこの書店には、足しげく通ったものである。『芸術と民衆』の奥付を見ると、次のように記されている。

この冊子は、ドイツ・オーストリア社会民主党の「芸術の場」の一九二三年二月に催された第一千回目の劇場公演を記念して、その主宰者であるダーヴィト・ヨーゼフ・バッハ博士によって編集された[84]。

一九二三年というこの時期、オーストリアの社会民主党は「ドイツ・オーストリア社会民主党」と名乗っていた。また、社会民主党とはいっても、現在の「オーストリア社会民主党」と比べると、社会主義的傾向が強かった。

第一次世界大戦後の一九一九年からウィーン市の市政を担うようになった社会民主党は、税制改革や教育改革などの施策を次々に進めた。なかでも、社会民主党系初のウィーン市長ヤーコプ・ロイマンの名を冠したロイマン・ホーフや、全長一キロメートル以上に及ぶカール・マルクス・ホーフなどの労働者のための巨大な集合住宅は、「赤いウィーン」とも呼ばれるこの時期のウィーンを象徴するものとして知られている。

ロイマン・ホーフの一角

「芸術の場」というのは、社会民主党が企画した芸術鑑賞の活動である。一九一九年十一月に始まったこの活動では、演奏会、美術館見学、文学作品朗読会、文化政策講演会に加え、劇場で演劇やオペラを安い値段で鑑賞する機会も提供された[85]。劇場公演の主な開催場所は、フォルクステアーターとライムント劇場であった。さらに、ブルク劇場やウィーン国立歌劇場を含め、全部で十二の劇場が演劇鑑賞の場として選定されている[86]。

社会民主党がウィーンの市政を担うようになってから数年を経た一九二六年から二八年にかけては、その数年間の成果を示す『新たなウィーン』と題された大判の書物が四巻刊行されている。その中で最も大部の第二巻の巻末には、二百数十ページにわたって多くの企業や団体がそれぞれの活動を自ら紹介している。そのうちの一ページには、「芸術の場」の一九二五年から二六年にかけての年度の活動報告も見られる。[87] 特に目を引くのは、大勢の者たちが同じ言葉を唱和する「シュプレヒコール」の欄である。「大勢で声を合わせ言葉を発する技を磨くのを目的とする」このシュプレヒコールのための作品の作者としては、デーメルやトラーら五人の名が挙げられている。ただし、この種の催しも行われはしたものの、はるかに人気が高かったのは、オペラや普通の演劇だったようだ。それに関しては、一年間で五百回余りの公演に約二十万人が訪れたと記されている。列挙されている主だった演目からは、政治的色彩があまり強く感じられない。

この時期にオーストリアの労働運動を指導する立場にあった社会主義者たちは、文学や音楽にも造詣が深かった。文化を重視したという点で、オーストリアの社会主義政党である社会民主党の政策には特色が見られる。その推進役だったのがダーヴィト・ヨーゼフ・バッハであった。バッハは、『アルバイター・ツァイトゥング（労働者新聞）』の音楽批評家を長く務め、第一次世界大戦後の共和国時代にはウィーン市の社会主義的な文化政策の遂行にも深く関わった。彼が編集の任にあたった『芸術と民衆』の巻末に寄せた「芸術の場」の活動をふり返る文章の中で、バッハは、「すべての芸術、すべての真正で偉大な芸術は革命的である」[88]と記している。革命的な芸術の条件を真正さ偉大さに求めるという許容度の広さが彼にはあった。それは、この時期の社会民主党の文化政策にも強く影響を及ぼしている。

「労働者・交響楽演奏会」

二十世紀初めのころ、その数を大幅に増していた労働者たちにとっては、新作の上演も相次いでいたオペラやオペレッタの華やかな世界も、あるいは大規模な交響曲や管弦楽曲にも対応するように作られたホールで盛んに演奏が行われていたコンサートの世界も、縁遠いものだった。その状況を打破しようとする動きが、ウィーンでは見られた。なかでも目を引くのが、労働者に交響曲などのオーケストラ曲の本格的な演奏を鑑賞する機会を提供しようとする「労働者・交響楽演奏会」である。この演奏会を実現するのにきわめて大きな役割を果たしたのが、くだんのダーヴィト・ヨーゼフ・バッハであった。

「労働者・交響楽演奏会」の活動に先立って、労働者のための単発の演奏会はいくつか催されていた。そのうちで最も目を引くのが、一九〇五年五月に、フリードリヒ・シラーの没後百年にあたって開催された「ウィーン労働者・シラー記念祭」である[89]。開催場所は、ウィーンの街の中心部からは少しはずれたドレーアー公園の「ヴァイグルのカタリーネン・ホール」であった。当時サーカスの公演やボクシングの試合に使われることもあったというこのホールは、およそ四千人収容できた[90]。というところからすると、相当大きな催しが行われたことになる。記念祭の最初に演奏されたのは、ワーグナーの『マイスタージンガー前奏曲』。次いで、シラーの詩に基づく合唱曲が歌われ、シラーを記念する意義を説く講演などが続いた後、ベートーヴェンの『交響曲第五番』の演奏が最後を飾った。指揮をしたのは、作曲家としても知られるアレクサンダー・フォン・ツェムリンスキー。オーケストラ演奏には、フォルクスオーパー管弦楽団に臨時のメンバーも加わっていた。

ダーヴィト・J・バッハの肖像（オスカー・ココシュカ作）

バッハも関わっていたこの演奏会は、彼に大きな刺激を与えた。「労働者・交響楽演奏会」という定期的な演奏会活動が始められることになる。この演奏会は、一九〇五年にまず始まり、社会民主党が活動の停止を余儀なくされた一九三四年まで続いた。演奏会活動が二十七年目に達した一九三二年のある演奏会のプログラムには、次のような文章が掲げられている。

労働者・交響楽演奏会は、芸術としての音楽と民衆全体の間の溝を縮めるのに貢献しようとする明確な目的のもとに一九〇五年に創設された。ベートーヴェン、フーゴー・ヴォルフ、リヒャルト・ワーグナーが取り上げられた第一回目のコンサート（一九〇五年十二月二十八日）のプログラムは、見まちがいようもない傾向を帯びていた。というのも、当時ウィーンではどこであれ、フーゴー・ヴォルフが公開の場で歌われるなどということはまずほとんどなく、また同様に、いわゆるポピュラー・コンサートでは、ベートーヴェンの交響曲が全楽章演奏されることもまずなかったからである。労働者・交響楽演奏会の継続中、この演奏会には世界の第一級の芸術家が登場しただけではなく、多くの音楽家が公のキャリアをここから始めた。また同様に、現存の作曲家の数多くの作品がこのコンサートにおいてウィーンで初めて演奏され、その中には初演のものも多かった。[91]

一九〇五年の正しくは十二月二十九日に行われた[92]第一回目の演奏会の会場は、ウィーン・フィルの定期演奏会なども催される楽友協会の大ホールであった。演奏をしたオーケストラは、現在のウィーン交響楽団の前身にあたる「ウィーン・演奏会協会管弦楽団」。指揮とピアノ伴奏をつとめたのは、ブルックナーの音楽を世に広めるのに貢献したことでも知られるフェルディナント・レーヴェであった。レーヴェはその後もこの演奏会活動で大きな役割を果たすことになる。ほぼ三十年にわたって続けられた「労働者・交響楽演奏会」の指揮台には、二十世紀の演奏史に名を残す多くの指揮者が登場している。なかでも、後に活躍の場をアメリカに求めることになった若き日のゲオルク・セル、後のジョージ・セルの名が見られるのは感慨深い[93]。セルが亡くなったのは一九七〇年七月。クリーヴランド管弦楽団を彼が指揮した忘れがたい演奏会を京都会館で聴けたのは、わずかその二か月前のことだった。

バッハは、コンサートで取り上げる曲目を選択するにあたって、気軽に聴ける曲をもっぱら選ぶというのではなく、あくまでも質の高い曲を主に取り上げようとした。それもあってか、「労働者・交響楽演奏会」の聴衆には、交響曲などになじみのない労働者の姿はそれほど多く見られなかったようである。「労働者・交響楽演奏会には、労働者も通っていた[94]」と揶揄する言い回しが広まっていたとのことである。一連の演奏会で特に重視された作曲家はベートーヴェンだった。ことに『第九交響曲』は、この演奏会活動にとって象徴的な意味合いを持つ曲目であった。

ベートーヴェンと並んでバッハが重視していたのが、ワーグナーである。一九一三年に社会民主党の機関誌『カンプ（闘争）』に発表された『労働者と芸術』という論説の中には、次のような一節が見られる。

ワーグナーは、個々の文章を通してというわけではなく、その芸術の全体と総体を通して革命的なのである。彼は我々に、新しい音楽を、音と言葉が一体化した新たな劇作品をもたらした。彼は我々に、忘れがたい姿を、忘れがたい響きを贈ってくれ、我々を豊かにしてくれた。[95]

この一節のすぐ前には、「ワーグナーが、社会主義的だと理解しうる意味合いで書いた文章に対しては、別の、まったく反社会主義的な文章も難なく示されうるであろう」という断り書きも見られる。バッハは、ワーグナーの著作ではなく音楽作品そのものに革命的傾向を見て取ろうとしていた。それに対し、社会民主党の他の指導者の論説の中には、ワーグナーが著作で示した思想に重きを置くべきという主張も見られる。[96]オーストリアの社会主義運動においてこのようにワーグナーが肯定的に評価されたということに関しては、後にナチズムにおいてもワーグナーが称揚されたため、第二次世界大戦直後の時期には社会民主党の関係者の間でも伏せようとする傾向が見られた。バッハについて詳しく調べた研究者によれば、社会民主党の指導者であったフリードリヒ・アードラーは、バッハの死を悼む文章の中で、芸術と民衆の関係についての彼の思想に言及するにあたって、バッハが大きな影響を受けたはずのワーグナーの名は出さず、ドイツにおける社会主義の先駆者フェルディナント・ラサールの名を挙げているということである。[97]

バッハはシェーンベルクと関係が深かった。それもあって、シェーンベルクとその流れを引く楽派の人々の曲も、ベルクの『「ヴォツェック」からの断片』をはじめ、「労働者・交響楽演奏会」では積極的に取り上げられている。他にも、バルトークのピアノ協奏曲、ヤナーチェクの『シンフォニエッタ』、プロコフィエフのヴァイオリン協奏曲など、当時最新の音楽がいち早く紹介されている。[98]人々になじみ深いベートーヴェンやワーグナーなどのドイツ音楽に重きを置きながらも、ウィーンの作曲家の作品に加え外国の作曲家のものも含め、当時の新しい傾向の音楽を広めようとした点で、「労働者・交響楽演奏会」の果たした役割は小さくはなかった。

指揮者ヴェーベルン

演奏されるようになってからまだそれほど時が経っていなかったマーラーの交響曲を世に広めるのにも、この一連の演奏会は貢献するところがあった。彼の交響曲がすべて演奏されたということである(99)。その際に大きな役割を果たしたのが、指揮者というよりもむしろ作曲家として知られるアントーン・ヴェーベルンであった。マーラーの交響曲のうちでヴェーベルンが最初に取り上げたのは、『第三番』だった。一九二二年の五月に行われた演奏会を聴いて深く感銘を受けたアルバン・ベルクは、保養地にいる妻に次のように書き送っている。

> ヴェーベルンはマーラー以後（どの点においても！）最大の指揮者だと言っても、言い過ぎではありません。第一楽章と最終楽章を聴いた後、アドレナリン注射の後とまさに同じ感じがしました。じっとしてはいられませんでした(100)。

これを皮切りに、ヴェーベルンは、マーラーの交響曲

27. JAHR ARBEITER-SINFONIE-KONZERTE 1931/32

Dienstag, 21. Juni 1932, 19.30 Uhr
im Großen Musikvereins-Saal

ZU EHREN DES ZEHNTEN INTERNATIONALEN MUSIKFESTES

ORCHESTER-KONZERT

SCHÖNBERG a) Friede auf Erden (Gedicht von C. F. Meyer)
b) Begleitmusik zu einer Lichtspielszene
BERG Der Wein (Gedicht von Baudelaire) für Sopransolo und großes Orchester (Erste Aufführung in Wien)
MAHLER Zweite Sinfonie

Ausführende:
Ružena Herlinger (Sopran)/Enid Szantho, Staatsoper Wien (Alt)/Freie Typographia/Der Singverein der Kunststelle/Das Wiener Sinfonieorchester

Dirigent: ANTON WEBERN

PREIS DIESES PROGRAMMES 40 GROSCHEN

ヴェーベルンがマーラーの交響曲などを指揮した「労働者・交響楽演奏会」のプログラム

のうち、『第一番』、『第二番』、『第五番』、『第六番』、そして何と、大編成で知られるあの『第八番』の指揮もとっている。[101] 作曲家としては、極度に短く凝縮され緊張感に富む作風の曲を残したヴェーベルンが、指揮者としては、対照的とも言えるマーラーの長大な交響曲を進んで取り上げているのは興味深い。

一九二六年以降、ヴェーベルンは「労働者・交響楽演奏会」の最も主要な指揮者となった。[102] 社会民主党の政治的色彩の濃い演奏会でも指揮をとっている。ちなみに、序章で触れた演奏会は、この党の指導者であったヴィクトーア・アードラーを記念する演奏会を再現したものだった。この種の演奏会活動にこのように深く関わったところからして、ヴェーベルンが社会主義の運動に共感を寄せていたのは確かであろう。ただ、彼自身が社会主義の活動家だったというわけではないようである。

ところで、ヴェーベルンはどのようなタイプの指揮者だったのだろうか。それについて、ヴェーベルンのもとで学んだヴィリー・ライヒは、「彼は人目を引くような指揮者ではまったくありませんでした。自らの内に深く入り込んでいました」[103] と伝えている。ヴェーベルンの作風からして、この証言には違和感がない。一方、次女のマリーア・ハルビヒ＝ヴェーベルンは、「父は動きのある身のこなしで情感豊かに指揮をしていました。後にヘルベルト・フォン・カラヤンが指揮している姿を見て、父が指揮している様子をとてもよく思い出したものです」[104] と語っている。この二つの証言はいずれも、それぞれヴェーベルンの指揮の一面を伝えるものだ。ただ私には、「父が指揮をしたコンサートにはすべて出かけました」[105] という肉親が伝える思い出が、ことのほか印象深く感じられる。

左手のピアニスト、パウル・ヴィトゲンシュタイン

労働者のための文化的な催しがこのように進められていた一方で、経済上の成功を収めた大ブルジョアの暮らしには、労働者の生活とはかけ離れたところがあった。その一例をヴィトゲンシュタイン家に見ることができる。この一家が暮らしていたのは、大邸宅という言葉がまさにふさわしい住まいであった。中央に絨毯が敷きつめられた階段が格式の高い高級ホテルの瀟洒な入口を想起させる写真を目にすると、そのような表現があたっていると納得させられる。(106) 豪華な装飾に取り囲まれた音楽室には、ベーゼンドルファーの最上位のグランドピアノ「インペリアル」が二台置かれていた。その他さらに邸宅内にはグランドピアノが五台もあったという。(107) この点からもわかるように、鉄鋼業経営をはじめ実業の世界で財を成したカール・ヴィトゲンシュタインは、妻ともども大変熱心な音楽愛好家だった。ヴィトゲンシュタイン家では、ブラームスを客として招いて彼の室内楽の新作が演奏されたりもしている。

カール・ヴィトゲンシュタインの子どものうち、哲学者として有名なルートヴィヒの兄パウルはピアニストの道を選んだ。数多くの優れたピアニストを育てたということでフランツ・リストと並び称せられる、ウィーンの名ピアノ教師テオドーア・レシェティツキーのもとでも学んでいる。経済的には恵まれていたパウルにも、悲劇が訪れる。第一次世界大戦勃発後従軍して間もなく、右腕を負傷し切断せざるをえなくなったのである。ピアニストにとって過酷な事態であった。しかし彼は左手だけのピアニストとして再出発しようとする。その際、音楽上の師にあたるヨーゼフ・ラボアからは、左手のための新しい曲を作ってもらえた。だが、それだけでは演奏会を続けていくのに不足している。財力を頼りに、左手だけのピアノ曲の新作が数多くの作曲家に依頼された。しかも、その半ばはピアノ協奏曲だった。

フランツ・シュミット指揮のウィーン・フィルと共演するパウル・ヴィトゲンシュタイン

演奏の権利を独占的に保有できるという条件も含まれた作曲料は、破格の額だったと伝えられている[108]。

求めに早速応じたのは、ウィーンの二人の作曲家だった。フランツ・シュミットの『ベートーヴェンの主題による協奏的変奏曲』とエーリヒ・ヴォルフガング・コルンゴルトの『左手のためのピアノ協奏曲』が、ともに一九二四年に初演されている。その後各地で相次いで開かれた演奏会で共演した指揮者の顔ぶれは、そうそうたるものだ[109]。リヒャルト・シュトラウスの『家庭交響曲余禄』のドレスデンでの世界初演にあたって指揮したのは、フリッツ・ブッシュだった。その後この曲は、ヴィルヘルム・フルトヴェングラー指揮のベルリン・フィル、およびピエール・モントゥー指揮のアムステルダム・コンセルトヘボウ管弦楽団とも再演された。リヒャルト・シュトラウスの『パン・アテネの大祭』の世界初演でベルリン・フィルの指揮をとったのはブルーノ・ワルター、ラヴェルの『左手のためのピアノ協奏曲』のベルリン初演の指揮をつとめたのはエーリヒ・クライバーと続いていく。一九三五年二月には、フランツ・シュミットの『左手のためのピアノ協奏曲』の世界初演が、ウィーン・フィルの定期演奏会で作曲者自身の指揮によって行われた。この演奏会はシュミットが六十歳になったのを祝賀するものでもあった。そのような場での作曲者自身やウィーン・フィルとの共演は、パウル・ヴィトゲンシュタインのキャリアにおいて頂点をなすものだったであろう。

神童コルンゴルト

ヴィトゲンシュタインが公にデビューするコンサートを楽友協会大ホールで開いたのは、一九一三年のことだった。その際に彼は、エーリヒ・ヴォルフガング・コルンゴルトの父であるユーリウス・コルンゴルトによってどう批評されるかを気にしていた。当時ユーリウス・コルンゴルトは、ハンスリックの後を継いで『ノイエ・フライエ・プレッセ』紙の音楽批評欄を担当していた。その息子と、自ら依頼した曲で、指揮者とピアニストとして共演することになったとき、ヴィトゲンシュタインには感慨深いものがあったであろう。このコンサートが開かれたのは一九二四年九月。オーケストラはウィーン交響楽団だった。

『雪だるま』を作曲したころのエーリヒ・W・コルンゴルト

ヴィトゲンシュタインに献呈された『左手のためのピアノ協奏曲』が初演されたころ、エーリヒ・ヴォルフガング・コルンゴルトは、ウィーンで音楽に関心を持つ者ならば誰もが知っているような存在だった。コルンゴルトが作曲した曲が人々に初めて広く知られるようになったとき、彼はまだ十三歳だった。しかもデビューの仕方が華々しかった。一九一〇年十月四日皇帝フランツ・ヨーゼフ一世の聖名祝日にあたって、それを祝うコンサートという貴顕名士が一堂に会する場で曲が披露されることになったのである。そのうえ、会場の宮廷歌劇場には皇帝その人も臨席することになっていた。演じられた曲目は、『雪だるま』と題するパントマイム。ピアノ用に一年あまり前に作られていた曲をオーケストラで演奏できるようにしたのは、コルンゴルトが師事していたアレクサンダー・フォン・ツェムリンスキーだった。演奏は大成功に終わった。拍手喝采に応えて舞台上でお辞儀をするしぐさの初々しさも好評だった。

コルンゴルトは一躍寵児になった。モーツァルトの再来という言葉が人々の口の端にのぼった。その早熟ぶりは、モーツァルトにたとえられても確かにおかしくはない。たとえば、師のツェムリンスキーとコルンゴルト自身の『ピアノ三重奏曲』が共に収録されているボザール・トリオのCDに耳を傾けるとき、どちらがより魅力的かといえば、弟子にあたるコルンゴルトの曲の方なのだ。[110] これを作曲したとき、彼はまだ十三歳になっていなかった。思春期をようやく迎えようとする年ごろである。ところがこの曲から感じられるのは、成熟した大人の音楽、いやむしろ世紀末の雰囲気を濃く漂わせていると言う方がふさわしい音楽なのだ。同じ年ごろにモーツァルトが作った曲からは、まだ大人になってはいないころに書かれたものならではの良さが伝わってくる。その点でコルンゴルトは違う。この二人を比べるとき、天才児コルンゴルトは爛熟した文化の中でこそまさに生まれてきたのだと感じさせられる。

コルンゴルトの『死の都』

コルンゴルトが作曲した数多くの曲の中から代表作を一つだけ選び出すとするならば、それはオペラ『死の都』ということになるであろう。このオペラは一九二〇年十二月に、ケルンとハンブルクの二か所で同じ日に初演された。この時コルンゴルトはまだ二十三歳だった。ケルンでの初演にあたっては、オットー・クレンペラーが指揮をしている。

『死の都』の舞台は、十九世紀末のベルギーの古都ブリュージュである。主人公パウルは、亡き妻マリーのことが忘れられず、彼女を偲びつつ遺髪などを大事にして暮らしていた。ところがパウルは、ある日マリーとそっくりの踊り子マリエッタに出会う。マリーへの良心の呵責を感じつつも、パウルはマリエッタの魅力に抗しきれない。出会った翌日屋敷に招いたマリエッタが帰った後、パウルは幻影を見る。その中で、マリエッタたち一座の者は、マイアベーアの『悪魔のロベール』の、死んだ尼僧が生き返り男を誘惑するという場面も演じる。ブリュージュの伝統的な宗教行事である「聖血の行列」が行われる日、パウルを再び訪ねてきたマリエッタは、亡き妻マリーに執着し続けるパウルをからかう。逆上したパウルはマリエッタを絞め殺す。しかしそれは幻影であった。何事もなかったかのようにマリエッタが再び登場し、忘れ物の傘とバラを持って帰る。友人の勧める言葉にうながされ、パウルはこの「死の都」から出て行こうとするところで幕が下りる。

『死の都』の原作が収められているトレービッチュ訳の『ジョルジュ・ロデンバック戯曲集』

このオペラの原作は、十九世紀末のベルギーの作家ジョルジュ・ロデンバックが自身の小説『死都ブリュージュ』を戯曲化した『幻影』である。[11] 父親のユーリウス・コルンゴルトが伝えており、彼の友人のジークフリート・トレービッチュが書き残しているところによれば、一九一六年のある日、トレービッチュは街で出会ったユーリウス・コルンゴルトにこの作品のオペラ化を勧めたという。[112]『幻影』のドイツ語訳は、他ならぬトレービッチュ自身の手でなされ、もう一つの作品と併せ『戯曲集』として出版されていたのだった。[113]台本の作成はパウル・ショットにゆだねられた。ただしロデンバックの作品に基づいているとはいえ、『死の都』は、音楽と演劇の批評誌『メルカー』に寄稿した文章の中でエーリヒ・コルンゴルトが次のように述べているとおり、原作とは相当異なっている。

（ロデンバックの）『幻影』は、小説版と同じく夢とはほとんど関係がない。それどころか、幻想という筋立てや、生と死の闘い、死者を悼むにあたって必要とされる限度、全体へと目を向けることによって底なしの悲しみにとらわれている状態から救い出されるという基本理念は、パウル・ショットによって作成されたオペラ台本において、初めて見られるものだ。[114]

異なっているのは筋や基本理念だけではない。オペラ『死の都』のドイツ語で書かれた歌詞やト書きを戯曲『幻影』のドイツ語訳書の表現と比較すると、歌詞やト書きそのものの独自性も強く感じられる。ところで実は、パウル・ショットという台本作者は実在の人物ではなかった。そのような名前を使ってこの台本を作成したのは、ユーリウスとエーリヒのコルンゴルト父子だったのである。それが明らかにされたのは、彼らが亡くなってからのことだった。このオペラの歌詞やト書きに目を通すとき感じられるのは、コルンゴルト親子の台本作成能力の高さである。[115]

『死の都』には、キリスト教との関係で問題になる箇所がいくつか見られる。まず指摘しうるのが、このオペラ台本では、舞台設定は原作同様ブリュージュの町のままであるのに対し、登場人物に関しては、原作とは異なり、主人公の名前が使徒パウロを連想させる「パウル」に、亡き妻ならびに彼女と瓜二つの踊り子の名がそれぞれ、聖母マリアを連想させる「マリー」および「マリエッタ」にあえて変えられている点である。しかもマリエッタはパウルを誘う場面で、「接吻して」という言い方はせず、その意味合いで、唇を「取って、飲んで[116]」と言う。これは、最後の晩餐でイエスが弟子たちに、「取って食べなさい。これはわたしの体である[117]」と言い、さらに「皆、この杯から飲みなさい。これは、罪が赦《ゆる》されるように、多くの人のために流されるわたしの血、契約の血である[118]」と語る一節を思い起こさせる。しかもここでは、聖母マリアにあたるとも言える女性が使徒パウロにあたるとも言える男性を誘惑するという挑発的な構図が見られる。

次に挙げうるのが、パウルが大切にしている亡き妻マリーの遺髪やそれを保管している容器が、「聖遺物風の髪」ならびに「ガラスの櫃《ひつ》」と表現されている点である[119]。これらの表現は、イエス・キリストの磔刑の際に流され、十字軍によって聖地から持ち帰られたとされる血を讃える「聖血の行列」に際して歌われる「尊き聖血[120]」や、それを納めた「黄金の櫃[121]」という言い回しに対応している。「櫃」に納められた「聖遺物」にあたる髪を崇め続けるパウルに対し、マリエッタは「迷信[122]」という言葉を言い放つ。この言葉は同時に、聖なるものとして血を崇めるというこの町のカトリックの行事にも向けられていると言えるであろう。

ただ、この種の信仰のあり方を揶揄する言葉は、たとえキリスト教徒であっても多くの人々にはさほどの抵抗感を生まないかもしれない。しかしこのオペラの幕切れで歌われる次の歌詞についてはどうであろうか。

私に残されていた幸せよ、
かけがえのない愛《いと》しい人よ、さようなら。
生は死から切り離されている。
このむごい絶対的な掟。
光ある高みで私を待っていてくれ。
ここにはありはしない、復活など。(123)

「光ある高みで」に対して「ここには」と歌われる「ここ」とは、この地上の世界のことであろう。この地上の世界において死者の復活などありえないということ、これは誰しも認めざるをえない。しかし、礼拝のたびに、「使徒信条」の「からだの復活を信じます」という言葉、あるいは「ニケヤ信経」の「死者のよみがえりを待ち望みます」という文句を唱えるキリスト教徒にとって、「ここにはありはしない、復活など」という表現は、心穏やかに聞き流すわけにはいかないものであろう。しかもその歌詞が、オペラ全体の基調をなす甘美な旋律に乗せられて歌われるだけに、与えられる印象は強烈であろう。

コルンゴルトと宗教

ユダヤ人のコルンゴルト父子は、ウィーンひいては西欧の社会に十分同化してはいたものの、たとえばマーラーのようにキリスト教の洗礼を受けるようなことはなかった。ユーリウスはユダヤ教徒であり続け、エーリヒは『死の都』の初演から四年後、ユダヤ人共同体から離脱し、キリスト教に改宗することもなく宗教上の帰属なしとなっている。[124] エーリヒ・コルンゴルトがどの宗教にも帰属しないという道を選んだのは、結婚の手続きを宗教色抜きで行うためであった。結婚する直前に、彼はユダヤ人共同体から離れている。[125] それゆえ、無宗教者になったとはいっても、彼はかたくなな無神論者になったわけではなかった。アメリカに移り住んでから、一九四一年には、ユダヤ教徒の精神的指導者であるラビのヤーコプ・ゾンダーリングの求めに応じ、ユダヤ教の典礼で用いられる音楽として、『過ぎ越しの詩編』と『祈り』を作曲している。

ただ、このような宗教曲も残したとはいえ、作品全体に関して言えば、彼は宗教性を強く感じさせるような作曲家ではなかった。しかし、『死の都』の歌詞やト書きからは、前述したように、キリスト教に対する意識の強さが窺われる。台本がコルンゴルト父子によって共同で制作されたというところからすると、それは、エーリヒというよりも父親のユーリウスの思いを主に反映しているのかもしれない。ただ、その台本に示された表現に納得したうえでエーリヒが曲をつけたのも確かである。彼ら二人が、父のユーリウスは批評家として、息子のエーリヒは作曲家として活躍していたウィーンは、キリスト教の、なかでもカトリックの優勢な街だった。帝国から共和国へと体制が変わっても、キリスト教が社会全体の基盤を成しているということには変わりがなかった。このような状況にあって、キリスト教徒ではないコルンゴルト父子は少数派に属していた。『死の都』に耳を傾けるとき、私は、この親子が抱いていたキリスト教に対して距離を取った醒めた意識を感じずにはおれない。

ただし、エーリヒ・コルンゴルトが第二次世界大戦後に作ったある曲に接すると、また異なった感想を抱かされる。弦楽合奏のための『交響的セレナード』と題された曲の第三楽章の楽想指定は、「レント・レリジョーソ」すなわち「ゆっくりと・宗教的に」となっている。『交響的セレナード』の中でも最も印象的なこの楽章に対するこの指示からは、コルンゴルトが、ユダヤ教やキリスト教というような宗教や教派の相違を超えて、なおかつ宗教性を示そうとしたことが窺われる。そしてまた、第二次世界大戦での惨禍を悼む彼の思いも伝わってくる。

シュミットの『七つの封印の書』

パウル・ヴィトゲンシュタインの求めに応じて一番熱心に曲を提供し続けたのは、フランツ・シュミットだった。前述の二つのピアノ協奏曲の他に、シュミットは『ピアノ五重奏曲』をはじめ室内楽曲も作っている。二十代から三十代にかけて、シュミットはウィーン・フィルハーモニー管弦楽団のチェロ奏者も務めていた。ウィーン・フィルの創設一五〇周年を記念して、膨大な数におよぶ演奏会記録音源の中から選りすぐりのものにかぎって発売されたCDのセットの中に、シュミットの『ハンガリー軽騎兵の歌による変奏曲』が含まれているのに気づいた時には、この作曲家とウィーン・フィルの結びつきの強さを感じさせられたものである。[126] クレメンス・クラウスに捧げられたこの曲を、CDに収められた録音で指揮しているのはハンス・クナッパーツブッシュだった。

左手のピアノニストのためにシュミットが作曲した曲のうちで、私は『ベートーヴェンの主題による協奏的変奏曲』を愛聴している。この曲は、両手でも演奏できるように、パウル・ヴィトゲンシュタインの依頼によって別のピアニストによって編曲もされた[127]。導入部では、木管楽器群が、そしてピアノが、さらにはオーケストラと共にピアノが、郷愁をさそうような幻想的な雰囲気をかもし出し、聴く者をこの曲の世界に引き込む。続いて、ベートーヴェンのヴァイオリンとピアノのための『スプリング・ソナタ』からとられた主題が提示され、時に激しく、時に静かにさまざまに変奏がくり広げられていく。終結部では弦楽とピアノだけによる静かな曲調となり、最後にピアノだけがぽつんと一音響く。しゃれた終わり方だ。

シュミットが作った曲は、交響曲やオルガン曲などさまざまなジャンルに及んでいる。その中でも最も重要だとみなせるのは、『七つの封印の書』であろう。このオラトリオは、新約聖書の『ヨハネの黙示録』に基づいている。『ヨハネの黙示録』に基づく曲ということで言えば、私の場合、大学生のころ翻訳で読み強烈な印象を与えられたトーマス・マンの『ファウスト博士』[128]の中で、主人公が作ったとされている曲がまず思い浮かぶ。しかし実際に作られた曲は数少ない。シューベルトなどと同時代の作曲家ルイ・シュポーアや十九世紀のロマン派の作曲家ヨアヒム・ラフに、この種の曲がある[129]。このうち、シュポーアの作品は今も時折演奏さ

『七つの封印の書』のスコアを手にするフランツ・シュミット

れる。ただし、よく知られた曲ではない。シュミット自身も、初演の際に寄せた覚書の中で、彼が知るかぎり、『七つの封印の書』は『ヨハネの黙示録』にまとまった形で曲をつけた初めての試みと述べている。[130] 彼以前の作曲家がほとんど手をつけようとしなかったテキストがあえて選び取られているという点で、『七つの封印の書』は異色のものだ。この作品は、キリスト教徒にとって聖典である『新約聖書』に基づいて作られているわけであるが、その『新約聖書』のうちでも『ヨハネの黙示録』だけに依拠して、神に選ばれた人々だけが救われ悪の側は滅ぼされるとする歌詞の内容は、決して万人に受け入れられるものではない。ただし、音楽によって表現される終末の状況は、終末を意識させられ実存的不安を抱える現代人には訴えてくる力を持つとも言えよう。

『七つの封印の書』は、ウィーン楽友協会創立一二五周年を祝って、作曲者自身によってこの協会に献呈された。[131] その初演は、当該の年にあたる一九三七年から翌三八年にかけてのシーズンを締めくくる時期に予定どおりに行われた。[132] ただ、一説によると、一九三八年三月にオーストリアがナチス・ドイツに併合されるという事態になったため、当初の予定より遅れてこの時期になったともいう。[133] 楽友協会の主催するコンサートでウィーン交響楽団などによって初演が行われた日は、一九三八年六月十五日だった。しかし、実はその前日に、実質上の初演がナチス当局の主催のもとに行われたという。[134] このように、『七つの封印の書』は、オーストリアがナチスの支配下に入ってから人々に知られるようになったのであった。この作品の初演について、ナチスの機関紙『フェルキッシャー・ベオーバハター』には、好意的な長文の批評が掲載された。[135] その中では、同じ批評家の後の批評文に見られるようなナチス特有の表現は用いられてはいない。しかし、当時の作曲家の少なからぬ数にのぼる曲を退廃的として退けたナチスにとって、この曲が好ましいとされたのは確かだと言えるであろう。

『ドイツの復活』

シュミットに対し、ナチスは、オーストリアが「オストマルク」として大ドイツに組み入れられたことを祝う曲を作るよう求めた。その求めにシュミットは応じ、彼と親しかった人物によって、オーストリアが好ましくない体制から脱し、大ドイツの一員として復活したという趣旨の歌詞が作成された。しかし以前から思わしくなかった体調が悪化し、シュミットは『ドイツの復活』というこのカンタータ風の曲を最終的に完成させることはできなかった。ところがこの曲は教え子の作曲家の手で補筆され、『ドイツの復活——複数の独唱者と合唱とオーケストラならびにオルガンのための祝典歌』と題する曲として世に表されることになる。

この曲の歌詞を詳しく知ったとき、私は、ナチスの政策に沿うものなのだろうと推測はしていたものの、やはりこのような歌詞だったのかという愕然たる思いを抱かせられたものである。[136]オルガンによる間奏をはさんで二部に分かれるこの曲の前半部の最後の箇所では、総統であるヒトラーへの期待が、「総統よ、偉大なるドイツにいたる道を我らに示したまえ」、「ドイツのため我らは御身に従う。ドイツ民族と帝国のため」というような歌詞が続く。曲全体の終結部では、「ドイツ人は皆一つの帝国に集う、ドイツ民族は一つになる」、「我らは我らの総統を見たいと願う、我らは我らの総統に感謝を捧げる」と歌われ、「ジーク・ハイル!」という勝利を祝う言葉が高らかに歌い上げられて曲が結ばれる。この『ドイツの復活』の初演は、シュミットが亡くなってから一年あまりを経た一九四〇年四月二十四日に楽友協会の大ホールで行われた。また、この演奏はラジオでも中継放送された。[137] 指揮をしたのはオスヴァルト・カバスタ。カバスタはその後、敗戦の翌年自ら命を絶つことになる。

『ドイツの復活』については、個別の研究は発表されていたものの、歴史家も交え詳しく検討するシンポジウムが開かれたのは、戦後半世紀以上を経た二〇〇四年になってからのことだった。『ウィーンでの音楽、一九三八―一九四五年』と題する書物にまとめられた熱い議論の様子からは、ナチズムと芸術家の関わりをめぐる問題について判断を下す難しさが伝わってくる。[138] それによれば、この『ドイツの復活』をシュミットは自ら進んで作ろうとしたわけではなかった。ナチス当局から作曲の要請を受けた時点では、ウィーンもすでにナチスの独裁体制下に入っており、そのような情勢にあって、要請を断るのは容易ではなかった。また、この曲は一度は演奏されたものの、その後ふたたび取り上げられることはなかった。[139] それゆえ、ナチスのプロパガンダに大々的に用いられたわけではないという。ただ、一度なりとはいえ、公の場で演奏されたのも確かではある。歌詞そのものもシュミットの手によるものではなく、曲も彼自身が仕上げてはいないにせよ、ヒトラーを讃美する言葉に曲をつけ、それを途中まで書き上げていたところからすると、シュミットがナチスに協力したということは否めない。

このような曲を生涯の最後の時点で作らざるをえなかったものの、シュミットについては、彼が決してナチズムに賛同していたわけではなかった、また反ユダヤ主義者でもなかったという証言が、ナチス支配期に亡命した人々をも含め、多くの知人友人によって残されている。その中でも、シェーンベルクの友人でもあり、イギリスに亡命したユダヤ人オスカー・アードラーのぜひともその点を伝えておきたいという覚書は、強く印象に残る。[140] 国際的には、シュミットはナチス体制に奉仕した音楽家とみなされることもあったものの、オーストリアでは、戦後四年を経て、カール・ベーム指揮のウィーン・フィルによる「フランツ・シュミットの夕べ」と銘打つ演奏会が開かれることになった。(141) また翌一九五〇年には、ザルツブルク祝祭で指揮者ヨーゼフ・クリップスが『七つの封印の書』を取り上げている。(142) ナチスが支配していた時期には故国での演奏活動が禁止されていたクリップスが、ザルツブルク祝祭という国際的な広がりを持つ行事でそれを行ったという事実は注目に値する。ザルツブルク祝祭では、さらにその九年後の一九五九年にも『七つの封印の書』のコンサートが催された。ギリシャ出身のアメリカ人指揮者ディミトリ・ミトロプーロスが亡くなる前年に指揮台に立ったこのコンサートでの演奏は、名演奏として今も語り継がれている。(143)

激しく変転する時代にあって

フランツ・シュミットは一八七四年に生を享けた。生まれた町はブラチスラヴァだった。今ではスロヴァキア共和国の首都として知られるブラチスラヴァは、十六世紀から十八世紀にかけてかなり長い間ハンガリー王国の首都であった。シュミットが生まれたころ、この町はドイツ語ではプレスブルクと、ハンガリー語ではポジョニと呼ばれていた。この町がハンガリーとつながりが深いということがあったためであろう、シュミットの母親はハンガリー人、ドイツ系の父親の母方もハンガリー系だという。(144) フランツが少年のころ、一家は帝国の首都ウィーンに移り住む。彼が生まれ育ったころ、オーストリアは、ハプスブルク家が支配するオーストリア・ハンガリー二重帝国という多民族国家の状態にあった。しかし、この帝国は第一次世界大戦の結果消滅し、オーストリア共和国が誕生する。その後、国全体はともかく、ウィーンでは「赤いウィーン」とも呼ばれる社会主義的市政が進められ、さらには、オーストリアはファシズム体制を経てナチス・ドイツに併合されることになる。シュミットが六五年足らずの人生を送ったのは、このような時代であった。彼の作品に思いをいたす時、感じられるのは、彼が生きていた時代の変転の激しさである。

　オーストリア・ハンガリー帝国時代にウィーン以外の町で生まれ、子どものころに家族と共にウィーンに

爆撃を受けて炎上するウィーン国立歌劇場（『（ウィーン）国立歌劇場年鑑 1945-1954 年』の表紙）

移り住んだという点では、エーリヒ・コルンゴルトもシュミットと同様の経歴をたどっている。ただ、ユダヤ人であったコルンゴルトの場合には、シュミットとは違い、人生の途中でウィーンを離れることになった。移り住んだ地はアメリカ合衆国であった。ハリウッドの映画音楽家として、コルンゴルトはアカデミー作曲賞を二度も受賞するほどの成功を収める。しかし、彼は映画音楽を作り続けることに満足できなかった。クラシック音楽の世界に戻り、しかもヨーロッパでまた認められようとする。

　第二次世界大戦後、病気療養の期間もあったりしたため、コルンゴルトがウィーンの地に再び足を踏み入れたのは、一九四九年六月のことだった。実に久しぶりに目にするウィーンは変わり果てていた。かつて華々しいデビューを飾った歌劇場は、爆撃を受けて損傷し昔の姿ではなかった。

　アメリカから旅立つ前に、コルンゴルトは人を介してフルトヴェングラーに、先にこの章の「コルン

ゴルトと宗教」の項でも触れた『交響的セレナード』を指揮してもらえないかどうか打診し、すでに承諾を得ていた。この曲は、ウィーン・フィルハーモニー管弦楽団の楽友協会大ホールでの定期演奏会で、フルトヴェングラーの指揮により披露された。一九五〇年一月十四日の土曜日に、公開総練習という名目の演奏会で実質的な初演が行われ、翌十五日の日曜日に正式に世界初演されたのだった。当初コルンゴルトが望んでいたザルツブルク祝祭での初演ということにはならなかったものの、フルトヴェングラーが指揮するウィーン・フィルの定期演奏会というのは、これはこれで十分大きな注目を集める場である。実質的な初演にあたる土曜日の演奏会での演奏が終わってからの聴衆の反応を、夫人のルーツィはエーリヒの母親に宛てた手紙の中で、「拍手喝采は盛大なものでした。でも、嵐のようなというほどではありませんでした」[145]と伝えている。それに添えて、エーリヒ自身は新聞各紙の批評について、「批評は概して良い」[146]と記している。ただ、この曲が演奏された後、休憩後にはベートーヴェンの『交響曲第七番』が控えていた。フルトヴェングラーが指揮するベートーヴェンの交響曲の演奏を聴いた後では、多くの聴衆にとってはコルンゴルトのせっかくの新作も印象がかすんでしまったことであろう。結局、『交響的セレナード』はその後大きな話題になることがなかった。

コルンゴルトのオペラの一つ『カトリーン』は、一九五〇年秋からのシーズンが始まって間もなく上演にはこぎつけたものの、シーズンの途中で演目には上らなくなった。『死の都』の上演も計画はされたものの、実現にはいたらなかった。楽友協会の小ホールで彼の曲だけによる演奏会も催されはしたものの、客の入りはよくなかった。コルンゴルトは失意のうちにアメリカに戻ることを決意する。コルンゴルトが、彼が思い描いていたようには受け入れられなかったのは、その音楽に関して言えば、時代遅れと受けとめられたということがあったからであろう。ただ、音楽の専門家は別として、「現代音楽」を好んで聴こうとはしない一般の聴衆には、比較的耳ざわりの良い彼の曲は受け入れられる余地がなくはなかったであろう。しかし、戦争中ウィーンに、あるいはオーストリアにとどまった人たちからすれば、コルンゴルトは苦難を共にしなかった人物、しかも戦勝国の人間として戻ってきた人物であった。そのような彼自身を拒む気持ちが当時のウィーンの人々の間にあっては働いたものと思われる。

私の手元には、『ウィーンのコルンゴルト』と題する一枚のCDがある。(147) コルンゴルトがウィーンに滞在していた間にウィーンの放送局で彼の監修の下に録音された音源を元にして、アメリカのマイナーレーベルで制作され発売されたものだ。ジャケットには、ウィーンの街を俯瞰した白と黒のモノクロームの古びた写真が使われている。単色のこの写真は、私には、色彩感豊かな曲を作ってはきたものの、もはやウィーンの街に華やかな色合いは感じ取れなくなったコルンゴルトの心象風景を表しているように感じられる。コルンゴルトが天才児としてもてはやされた時期と、失意のうちにウィーンを後にした時期の間に流れたのはわずか四十年。この間にウィーンは、オーストリア・ハンガリー帝国の首都から、連合国による占領下の街へと姿を変えた。コルンゴルトが生きた時代もまた、激しく変転する時代であった。

第四章　ユダヤ系知識人の諸相

ナチスの『音楽ユダヤ人事典』

留学中に、あるいは留学後に手に入れた古書のうちでも、ユダヤ人問題に関わるものは、それらの書物がいずれもユダヤ人迫害に何らかの関係を持つものであるだけに、知的好奇心を単に満たすだけの対象としては扱えないものとして、怖れとも言える特別の気持ちを抱かせる。『音楽ユダヤ人事典』をドロテーウムのオークションで落札した時には、問題をはらむこの種の書物をこのような場で手に入れることができるのかという驚きも感じた。

『音楽ユダヤ人事典』

言葉を補って訳せば「音楽におけるユダヤ人に関する事典」という題のこの書物は、ナチスのユダヤ人問題研究所による出版物として一九四〇年にベルリンで刊行され、その後も増補版が発行された(1)。この本には著者が二人併記されている。監修にあたったのはヘルベルト・ゲーリックだった。「国家社会主義ドイツ労働者党の世界観と精神全般の教育・訓育監視のための総統委託機関音楽部門長」という、当時まだ三十代半ばながら重々しい肩書を持つゲーリックは、序文でまず次のように述べている。

我々の文化生活、ならびにまた我々の音楽生活の、ユダヤ的な要素すべてからの純化が果たされた。大ドイツでは、法律上の明確な規制が定められている。その結果、ユダヤ人は芸術の領域において、作品の上演者としても、制作者としても、また執筆者としても、出版者としても、経営者としても、公に活動してはならないことになっている。(2)

それを徹底するためにこの書物は編まれた。執筆にあたったのは、ゲーリックと同年輩の帝国音楽院係官テーオ・シュテンゲルだった。たいていの人物については、生年月日と出身地、ならびに活動分野が記され、故人の場合には没年月日と当該の地名が、現存者の場合はドイツで最後に住んでいた都市の名が挙げられているだけである。それゆえ、ユダヤ人音楽関係者を可能なかぎり一覧にしたものという印象を与える書物である。ただ、一部の重要な人物については説明も記されている。ウィーンとの関わりという点では、マーラー、シェーンベルク、それにハンスリックが大きく取り上げられている。説明文においては、明らかに反ユダヤ的な立場に立つ傾向性の強い文章からの引用が多いものの、親ユダヤ的な論からの引用も一部ではあえてなされている。巻末には、上演禁止の対象となっている舞台作品等の、表題を持つ作品の一覧も付されている。

この事典は、ユダヤ人問題を究明するためにナチスが設立した研究所の刊行物の一冊として世に出された。ただし、そう銘打たれてはいるものの、実質はナチスによるユダヤ人迫害政策に役立てるものだった。この書物だけを対象として、『選別除外！――《音楽ユダヤ人事典》と殺戮へと至るその帰結』という一書を著した著者が記しているところによれば、調べがついただけでも、この事典に掲載されている人物のうち、強制収容所に移送されるか、あるいはその直前に自ら命を絶った人々の数は三百人近くに及ぶ。その他の人々については、亡命できたのかどうか、全貌がつかめないという(3)。

この事典には、ウィーンと関わりの深い人々の名も少なからず見られる。前章「音楽界の不協和音」で言及した音楽関係者のうちで、掲載されている人々の名を挙げると次のとおりである。まず作曲家としては、マーラー、シェーンベルク、カールマーン、エーリヒ・コルンゴルトの名が見られる。増補版にはツェムリンスキーも追加されて載せられている。指揮者としては、レーヴェ、セル、ワルター、クレンペラー、ピアニストとしてはパウル・ヴィトゲンシュタイン、ヴァイオリニストとしてはロゼーが掲載されている。音楽評論家で項目が見られるのは、ハンスリック、シュテファン、シュペヒト、グロスマン、ダーヴィト・バッハ、ライヒ、ユーリウス・コルンゴルトである。

一方、前章で取り上げた世紀末ウィーンの音楽関係者のうちで、この事典にユダヤ系として掲載されてはいない人々の数は、掲載されている人々の数をやや上回る。したがって、世紀末のウィーンでは、ユダヤ系の音楽家がきわだって多いというわけではなかった。しかしまた、ユダヤ系の音楽家の活躍なくしては、この時期のウィーンの音楽界の特筆すべき繁栄ぶりも見られなかったのも確かであろう。十九世紀末から二十世紀前半にかけての「世紀末ウィーン文化」の流れが、一九三〇年代の終わりに、明らかにしかも力ずくで断たれたということを、『音楽ユダヤ人事典』は強く思わせる。

ところで、この事典に掲載されていそうでありながら実は掲載されていない問題の作曲家がいる。その姓が日本語ではクルシェネク等さまざまに表記されるエルンスト・クシェネクである。ジャズをとり入れた代表作のオペラ『ジョニーは演奏する』は、ナチスによって退廃音楽の典型として排斥されたことで知られる。戦後五十年余りを経てオーストリア国立図書館編集として刊行されたオーストリアのユダヤ系著作家事典には、クシェネクはユダヤ系として掲載されている。[4] ところが、『音楽ユダヤ人事典』には、クシェネクという項目も、『ジョニーは演奏する』という作品名も見当たらない。一方、ナチス支配期に発行された、この事典と同種の書物には、クシェネクの項目が見られる。[5] ただし、その項目で、彼自身はアーリア系と記されている。しかし、その後には「ユダヤ系作曲家グスタフ・マーラーの娘の夫」という一節も見られるのである。

ユダヤ系の芸術家や学者の活躍

世紀末ウィーンと呼ばれる時期には、他にも、ヴァイオリンの名手であり『ウィーン奇想曲』などの小品の作曲家としても知られるフリッツ・クライスラーや、オペラ『烙印を押された人々』などで知られるフランツ・シュレーカーなどのユダヤ系の音楽家が活躍した。また、オペレッタの作曲家はレハールらを除き多くがユダヤ系であり、台本作者や劇場経営者にもユダヤ系の人々が多かった。演劇の世界でもユダヤ人の関わりは大きい。なかでも演出家のマックス・ラインハルトは大きな役割を果たしていた。

文学の世界でも、音楽の世界と同様に、あるいはそれ以上にユダヤ系の作家の活躍が目立つ。人間心理への深い洞察を窺わせる作品を数多く著したアルトゥア・シュニッツラー、序章と第一章で言及した批評家のカール・クラウス、主要な作品はほぼすべて日本語に訳されている人気作家シュテファン・ツヴァイクをはじめ、著名な文学者が少なくない。さらに、新しい傾向の長編小説の創作に取り組んだヘルマン・ブロッホの名も挙げることができる。ただし、ブロッホと同様に二十世紀の新しい長編小説の世界を切り開いたローベルト・ムージルはユダヤ系ではない。このムージルは、世紀末ウィーンにおいて最も重要な作家の一人である。ウィーンを活動の拠点とする時期は短かったものの、ウィーンに関わりの深い作品を残したヨーゼフ・ロートもユダヤ系であった。ただ一方で、同じことがあてはまるエデン・フォン・ホルヴァートはユダヤ系ではない。なお、カール・シェーンヘルをはじめ、生前はよく知られており、今よりも評価が高かった非ユダヤ系の作家は少なくない。

音楽や文学の分野とは対照的に、造形芸術の分野ではユダヤ系の人々の活躍は目立たない。比較的よく知られている人物として、第二章で取り上げたエーミール・オルリクや表現主義の画家リヒャルト・ゲルストルの名が挙げられる程度である。ユダヤ系の画家やグラフィックアート芸術家もいなくはなかったものの、世紀末ウィーンの美術の世界を代表するほどの作品を残してはいない。建築家についても同様である。ただし、世紀末ウィーンの造形芸術家たちの活動に対して、ユダヤ系の裕福な人々が寄与した度合いは大きかった。

それに対し、学問の世界では、それぞれの分野で名を残したユダヤ系の学者が少なからずいる。なかでも、心理学の分野ではユダヤ系の学者の活躍が著しい。ジークムント・フロイトを創始者とする精神分析学の世界では、それに携わる人々の大半がユダヤ系だった。フロイトと袂を分かつことになったアルフレート・アードラーもユダヤ系である。哲学者としては、哲学以外の分野にも後に非常に大きな影響を与えることになったルートヴィヒ・ヴィトゲンシュタインもユダヤ系だった。ただし、物理学者であり思想家でもあり同時代のウィーンの文学者にも大きな影響を与えたエルンスト・マッハはユダヤ系ではない。法学の分野では、「純粋法学」のハンス・ケルゼンもユダヤ系である。ユダヤ人は、近代になってから職業上の自由を認められるまで、商業や金融業に従事する割合が高かった。それに比べると、ルートヴィヒ・フォン・ミーゼスの他には、ユダヤ系のウィーンの有力な経済学者はあまり多くはない。なお、経済学上のオーストリア学派を代表するカール・メンガーについては、ユダヤ系かどうか見方が分かれている。自然科学に目を移せば、医学の世界では、血液型の発見者カール・ラントシュタイナーをはじめ、枚挙にいとまがないほどユダヤ系の優れた学者が多かった。その他の分野でもユダヤ系の有力な科学者は多い。

政治や社会に関わる思想の分野に関して言えば、オーストリア・マルクス主義のユダヤ系の思想家は多かった。また、ユダヤ人の労働者の数に比べると、労働運動のユダヤ系の指導者は目立って多かった。ユダヤ人の祖国復帰運動であるシオニズムの主導者テオドーア・ヘルツルの与えた影響の大きさも見逃すことはできない。

共存することによって生み出された文化

このように、世紀末ウィーンの文化は、ユダヤ系の人々によって半ば担われていたと言っても過言ではないものであった。ユダヤ系ではない人々の中にはユダヤ系の女性と結婚した人々も少なくはなく、ユダヤ系の裕福な人々が文化活動を経済面で積極的に支援したということも考え合わせると、ユダヤ系の人々の貢献度は半ば以上と言ってもよいのかもしれない。しかし、世紀末ウィーンではユダヤ系の人々の活躍が圧倒的に多く見られるとまでは言えない。また、この文化をユダヤ的な文化とみなすようなことがあれば、それは当を得ていないことになる。ユダヤ系の人々は世紀末ウィーンの文化に大きな貢献をしたものの、それは、ウィーンもしくはオーストリアという文化的土壌にあって花を咲かせたのだった。ユダヤ系の人々と、そうではない人々は、交渉し合うことなく別個に仕事を進めていたわけではない。ユダヤ系の人々と、そうではない人々は、共存し、互いに深く関わり合うことによって、ユダヤ系だけでも、また非ユダヤ系だけでも生み出せない新たな文化を創り出したのだった。ただし、共存していたとはいえ、対立も軋轢も強く見られはした。

世紀末ウィーン文化が栄えた時期にユダヤ系の人々とそうではない人々が共存していたことを目で見て理解させてくれる資料がある。リング通り周辺の開発がほぼ終了した一九一二年の時点でこの地区の建物の個々の区画の所有者がユダヤ系であったか否かを、色分けして示した地図である。二〇一五年は、リング通りの開通百五十年にあたる年だった。それを記念して、ウィーンの図書館や博物館ではそれぞれ展覧会が開かれた。そのうちの一つにあたる「ウィーン・ユダヤ博物館」で開かれた展覧会の図録に、その地図は掲載されている。(6) この地図では、区画の所有者がユダヤ人、すなわちウィーンの社会に同化してはいるもののキリスト教には改宗していない人々の場合は赤紫色で、ユダヤ教からキリスト教への改宗者の場合は黄土色で、ユダヤ系ではない場合は白色で示されている。私はこの地図を見るまで、赤紫色と黄土色で示されているユダヤ系の所有者が、白色で示されている非ユダヤ系の所有者よりはるかに多いものと思っていた。ところが、実はこの地図で一番多く見られるのは白色である。ただし、それと大差ないほどに赤紫色も、そして、意外なことにあまり多くはないものの黄土色も見られる。印象深いことに、これら三つの色は入り混じっている。街区によって多少違いはあるものの、どの街区を見ても、特定の色だけで占められているということがない。

ただし、リング通り周辺地区の建物の区画を所有することができたのは、ユダヤ系の人々の中でも、西欧文明に同化した裕福な人たちに限られていた。旧市街からドナウ運河を越えて東側に広がるレーオポルトシュタットという地区には、同化を拒むユダヤ人たちが数多く居住していた。また、旧市街から東南方向の郊外にあるジンメリングという労働者地区をはじめ、ユダヤ人があまり住もうとはしない地区も少なくはなかった。(7) ユダヤ系の人々とそうではない人々が共存していたとはいっても、それは、ウィーンの街全体に等しくあてはまるわけではない。

「聖杯同盟」

ユダヤ系の人々とそうではない人々の共存ということが世紀末のウィーンですべてにわたってあてはまるわけではないということは、文学に関しても認められる。世紀末ウィーン文化が栄えた時期のウィーンにおいても、ユダヤ人共同体に属する者が加わることを許されない文学グループが結成されていた。キリスト教徒、しかもカトリック教会に属する者以外の人々は排除されるこのグループは、その名を「聖杯同盟」という。この同盟で最も重要な作家はリヒャルト・フォン・クラーリクであった。さまざまなジャンルの作品を多数残したクラーリクには、一九〇〇年から一九〇七年にかけて四冊が刊行された文化に関する評論集がある。その第一冊目にあたる『文化試論集』の序文では、求められるべき文化について、まず初めに次のように説かれている。

この『文化試論集』は、このような文化が、ここ数百年来の革命や無秩序や退廃によって失われてしまったということを明らかにしようとするものであり、再生が急務だということを明らかにしようとするものであり、そのような文化が拠って立つ唯一の基盤は、時代のあらゆる勢力をものともせず孤立して存続する力だということを示そうとするものである。その力とは、確固たる、生き生きとした、豊かな未来を持つキリスト教であり、このことは、カトリック教会においてますます輝かしく表明されている。(8)

このように、クラーリクのとる立場は、本来あるべき姿ではなくなってしまったと彼がみなす文化を、カトリックの信仰を基にして取り戻そうとするものであった。

一九〇五年、クラーリクを中心として、保守的な傾向のカトリック文学者たちによって、ウィーンで「聖杯同盟」が結成された。主要メンバーの年齢は若くはなく、この時点で、クラーリクはすでに数十にのぼる著作を著しており、同盟の一員となったカール・ドーマニクも三部から成る主著『チロル解放戦争』を完成させていた。翌一九〇六年には、フランツ・アイヒェルトを発行人かつ編集者として機関誌『グラール（聖杯）』が発行され始めることになる。

創刊号の巻頭に掲げられた『聖杯の旅――高みへの旅！』において、アイヒェルトは、「聖杯」という言葉を誌名として象徴的に掲げるとしたうえで、こう述べている。

キリスト教の世界観を示すこの象徴へ上っていく道から、今日の芸術ははるかにそれてしまった。ここ最近の文学には、深みへはまっていく傾向が見まごうことなく刻印されている。違う状態になりうるだろうか。この文学は、文化が次のようになってしまった時期に生まれてきた。その時期とは、キリスト教的な理想からの離反がほぼ全般的に見られる時代であり、キリスト教の真理の平安の光にもはや満足せず、人間を自己神格化するという、人をたえずまどわし続ける誤った偽りの光を追い求める傾向が見られる時代である。[9]

まずこのように同時代の文学が厳しく批判された後、それに代わって求められるべきだとされる芸術は、民族もしくは民族の心と深く結びついていなければならないとされる。キリスト教の精神の再興が説かれているだけではなく、それが民族精神と結びついたうえでなされるべきだとされ、「カトリック的ドイツ民族[10]」という言い回しが強調されているのである。

雑誌『聖杯』は、このような立場に基づいて編集された。ただし、アイヒェルトが発行人であり続け、オーストリアの雑誌という性格が強かった十数年間に発行された各号の論説や作品の題目を通覧するかぎり、反ユダヤ主義の傾向をあからさまに示すものは見られない。[11] ベルリン工科大学の「反ユダヤ主義研究センター」の委託を受けて刊行された詳しい事典にも、この雑誌はその種のものとして取り上げられてはいない[12]。その点では、この事典において項目が見られる『オースタラ』などと同列に論じられるものではない。

オカルト的な奇矯な思想に基づいて過激な反ユダヤ主義を主張する『オースタラ』は、元は修道士だったイェルク・ランツ＝リーベンフェルスによって一九〇五年から個人的に刊行され続けた叢書であった。叢書とはいっても、それぞれの号は薄い冊子である。また、個人的に刊行されたものではあるものの、店頭で販売もされていた[13]。後ほど言及する一九一三年に発行された号では、四〇ヘラー、すなわち〇・四クローネと定価が記されている[14]。これは、二〇〇〇年時点でのおよそ一・二ユーロにあたり[15]、買い求めやすい価格で販売されていたことが窺える。「オースタラ」とは、ゲルマン神話に登場する春の女神を指している。「金髪の男性権利行使者の叢書」とうたい、アーリア人至上主義ならびに男性至上主義を掲げるこの『オースタラ』が、ヒトラーにも影響を与えたものとランツ＝リーベンフェルス自身は信じていた[16]。一九一三年に発行されたこの叢書の第六九号のタイトルには、「聖杯」という言葉も見られる。「アーリア・キリスト教的人種崇拝宗教の秘儀としての聖杯」と題されたこの号には、西洋の文明と文化を守るための「東洋の未開と野蛮に対する戦い[17]」という聞き捨てならぬ文言も記されている。ランツ＝リーベンフェルスの思想の根底には、ユダヤ人への差別意識だけではなく、東洋への蔑視もあった。

「聖杯同盟」の文学者たちには、これほどの過激なアーリア人至上主義の主張は見られない。しかし、最後の晩餐で使われたうえ、十字架上のイエス・キリストから流れ落ちる血を受けとめたともされ、その後ひそかに守られてきたとされる杯を神聖な至上のものとして崇める心理には、偶像崇拝的な傾向

『グラール（聖杯）』誌に掲載された「聖杯聖堂」の絵（エトヴァルト・フォン・シュタインレ作）

が感じられる。そのような傾向を有し、「聖杯」を合言葉として結集したグループには、ユダヤ人をはじめ、それを崇めることはない文学者は加わりようがなかった。カトリック教徒の中にも、この同盟に対しては批判的な人々も少なくはなかった。一九一二年発行の『聖杯』第六巻には、クラーリクのまさに『聖杯』と題する戯曲に加え、「聖杯聖堂」を描いた絵も掲載されている[18]。その絵の作者は、十九世紀にドイツでも活躍したウィーン出身の画家エトヴァルト・フォン・シュタインレである。シュタインレについては、彼に関する書物が取り上げられた『聖杯』誌の書評の中に、「真正のキリスト教的芸術家[19]」という評価も見られる。この絵やクラーリクの作品が掲載されたのは、一九一二年であった。一九一二年といえば、シュニッツラーが内的独白の手法を用いた小説をすでに発表し、シーレが表現主義風の絵を描いていた時期である。『聖杯』が漂わせている雰囲気は、それらと同時代に発行されたものとはとうてい思えない。

しかし、このような傾向ではあるものの、「聖杯同盟」の作家やその中心人物クラーリクの文学史上の重要性には無視できないものがある。それを示す一例として、ウィーン大学教授のエードゥアルト・カストレによって編集され一九三七年に刊行された二十世紀への世紀転換期に関する大部のオーストリア文学史の書物を挙げることができる。ユダヤ系の文学者や、文学に関わりの深かったユダヤ系の人物についても相応の扱いがされているこの書物では、「聖杯同盟」に一つの節が割かれ、ことにクラーリクが大きく取り上げられている。[20] また、この文学史が刊行されてから半世紀後の一九八九年に刊行されたオーストリア文学史に関する浩瀚な論集の十九世紀末から二十世紀にかけての巻においても、クラーリクは、最重要の文学者としては扱われていないものの、言及される度合いでは、それに次ぐ数名の人物に肩を並べている。[21] ちなみに、この書物の編著者であるウィーン大学のヘルベルト・ツェーマン教授のオーストリア文学史の講義には、私も留学中熱心に出席したものだった。

「若きウィーン派」

「聖杯同盟」が結成される少し前の、一八九〇年ごろから一九〇〇年を少し過ぎたころにかけて、ウィーンではこの同盟と傾向を異にする文学上のグループの活動が見られた。リーダー格のヘルマン・バールが当初は「若きオーストリア派」の名で紹介したこのグループは、今では「若きウィーン派」の名で知られている。[22] 「若きウィーン派」とはいっても、このグループは特定の綱領や理論を掲げて出発したわけではなく、現代性という意味の「モデルネ」という言葉を合言葉とし、ヨーロッパの新しい文学潮流に敏感に反応する若い作家や詩人たちのゆるやかな結合体と言えるものだった。「聖杯同盟」とは異なり、明白な傾向を有する特定の雑誌だけを拠り所とするということもなかった。メンバーの多くは比較的裕福な階層の若者たちであった。

「若きウィーン派」は、当初「カフェー・グリーンシュタイドル」というコーヒー店を集合場所としていたことでも知られている。「カフェー・グリーンシュタイドル」は、官庁街や高級商店街にも近く、皇帝の居城であるホーフブルク宮殿のすぐそばという立地条件の良い場所にあった。このコーヒー店が入っていた建物が建て直されるために取り壊されてから十年あまり後には、同じ広場に面して道一つを挟んだ場所に、あのロースハウスが姿を現わすことになる。ウィーンの人々には、コーヒー店で新聞を読んだり、人と待ち合わせをしたりする習慣がある。私もウィーン留学中には、その習慣にならって毎日のようにコーヒー店に出入りしていた。ウィーンのコーヒー店はコーヒー等の飲み物を飲むだけの場所ではなく、情報収集の場であり、社交の場でもある。テレビもラジオも、ましてやインターネットもなかった十九世紀末の時代にあっては、その意味合いはさらに大きかった。なかでも「カフェー・グリーンシュタイドル」は、オーストリアのみならず諸外国の新聞や雑誌も多数そろえ、百科事典をも備えているということで名高かった。

カフェー・グリーンシュタイドル（R・フェルケルの水彩画）

「若きウィーン派」に属する文学者たちにはユダヤ系の作家が多い。この章で後に改めて取り上げるアルトゥア・シュニッツラーやフェーリクス・ザルテン、それにリヒャルト・ベーア＝ホーフマン等の名を代表的な作家として挙げることができる。

ベーア＝ホーフマンは、この派の一員であったころには、世紀末的な雰囲気を色濃く漂わせる小説『ゲオルクの死』を著していた。ただし、この作品を発表する少し前からすでに、彼は旧約聖書に題材をとったユダヤ民族の歴史に関わる作品を構想していた。[23] 最終的には完成されずに終わったダビデ王を主人公とする連作の序幕にあたるものとして一九一八年に発表された戯曲『ヤコブの夢』では、まず最初に、次のような一節を含む『イザヤ書』四九章からの引用が掲げられている。

（主は）こう言われる。
わたしはあなたを僕《しもべ》として
ヤコブの諸部族を立ち上がらせ
イスラエルの残りの者を連れ帰らせる。
だがそれにもまして
わたしはあなたを国々の光とし
わたしの救いを地の果てまで、もたらす者とする。[24]

そして巻末には、ヤコブが神から語りかけを受けた『創世記』の「ヤコブの夢」の話に始まり、詩編にいたるまで、旧約聖書からの引用が十ページあまりにわたって記されている。[25] このように、ユダヤ人という意識に基づく宗教色の強い作品もベーア＝ホーフマンは残したのであった。

しかし、「若きウィーン派」にはユダヤ系ではない作家もいなかったわけではない。この派の中心人物ヘルマン・バールはユダヤ系ではなかった。ただし、彼自身が自伝の中でそのように記してはいるものの、[26] バールはユダヤ系だとみなされることもあった。それを示す例としては、反ユダヤ的な立場に立つフィリップ・シュタウッフによって編纂されたユダヤ人に関する人名事典が挙げられる。シュタウッフは、第一次世界大戦前のドイツ帝国時代にドイツ民族主義的傾向を煽る論説で知られていた。一九一三年に出版されたものながら、表題を示すページには鉤十字もすでに見られるこの書物で、バールはユダヤ人の一人として取り上げられている。[27] ただし項目中には、それを否定する内容の引用文も掲載されてはいる。バールがユダヤ系か否かということについて一番信頼できるのは、近年ウィーン大学で進められてきたバールに関する研究プロジェクトが提供している情報である。[28] ウェブ上で開示されているところでは、ナチス支配期にアーリア人であることを明らかにしなければならなくなった際に妻のアンナ・バール＝ミルデンブルクが集め、その結果ヘルマン・バールがユダヤ系ではないということが証明されることになった書類が、現在はウィーンの演劇博物館に所蔵されているということである。

「若きウィーン派」の一員のうちでユダヤ系ではない人物としては、カール・トレサニ男爵もいた。父方は南チロルの古い貴族で、母方はイタリアの伯爵家というトレサニは、軍人としての経験に基づく小説で生前人気を博していた。ただ今日、彼の作品は一般の読者に読まれることも、研究の対象になることもほとんどない。しかし、バールが「若きオーストリア派」を紹介した評論の中で、トレサニは、その文学の質については全面的に評価されてはいないものの、一番初めに取り上げられている。[29] また、一九二〇年代から一九八〇年代にかけて二二巻が刊行され、一人一人の人物について小伝と言えるほどの詳しい説明が施されたオーストリア人名事典にもトレサニの名は見られる。[30] 十九世紀から二十世紀にかけての代表的なオーストリア人について記されたこの事典で、文学者で取り上げられているのは三十人ほどにすぎない。トレサニはその一人という扱いを受けているのである。ただし、「若きウィーン派」の主だったメンバーと比べると年齢もかなり離れていたということもあり、トレサニは、今ではこの派を代表する作家とはみなされないことが多い。

「若きウィーン派」を語るうえでフーゴー・フォン・ホフマンスタールの名を落とすことはできない。ただ、彼に関してはユダヤ系かどうか単純に言い切ってしまえないところがある。父方の曾祖父がユダヤ人であり、しかもユダヤ人共同体において重きをなしていた人物であったため、ホフマンスタールはユダヤ系とみなされることも多い。ただし、父方の祖父はイタリアのミラノで結婚するに際し、結婚相手の女性、すなわちフーゴー・フォン・ホフマンスタールの祖母の宗旨に従ってカトリックに改宗していた。[31]ということは、フーゴー・フォン・ホフマンスタールはキリスト教徒としてすでに三代目にあたることになる。ホフマンスタールの家系については、彼が自ら記した文章も残されている。親しい関係にあったユダヤ系の作家ヴィリー・ハースに宛ててホフマンスタールが送った手紙には、次のように記されている。[32]十八世紀半ばに生まれた父方の曾祖父を通して、自分はユダヤとのつながりはある。ただし、その息子、すなわち父方の祖父は、キリスト教徒となり、かつては貴族だったイタリアのミラノの由緒ある市民の女性と縁組をした。この二人の息子である彼の父親は、下オーストリアの農民の出であるウィーンの公証人の娘と結婚した。この一族は、何世紀にもわたって同じ村に居住していた。彼の母方の祖母は、ドイツ南西部のシュヴァーベン地方から移住してきた旅館経営者の娘で、その一族はウルムの職人の家系だった。このようなことを彼がわざわざ手紙に記しているのは、ハースから送られてきたホフマンスタール論のゲラ刷りに目を通して驚き、不満の意を伝えるためであった。シオニズムを支持していたグスタフ・クロヤンカー編集の『ドイツ文学におけるユダヤ人』に寄稿されたハースの評論では、ホフマンスタールの文学がユダヤ性という観点から論じられている。[33] これに対しホフマンスタールは、そのような論じ方をするのであれば、自分の文学のラテン的傾向も論じうるであろうと述べている。同様の文章は、ユダヤ系でカトリックに改宗していた歴史家のオットー・フォルスト＝バッタリャに宛てた手紙にも見られる。その手紙でホフマンスタールは、自分はユダヤ系だとはいっても、祖父母四人のうち一人がそうなのであり、四分の一ユダヤ系であるにすぎないのだと伝えている。[34]

四分の一ユダヤ系という場合には、実は、『音楽ユダヤ人事典』での掲載の基準に照らし合わせると、[35] これと同種の、刊行にはいたらなかった文学者に関するナチスの事典には、彼は項目として取り上げられなかったことになる。しかしバールは、晩年にユダヤ人問題に関して問われた際に、シュニッツラーやベーア＝ホーフマンやザルテンと並べて、ホフマンスタールも若いころのユダヤ系の最良の友人の一人として挙げている。[36] さらに、一九二〇年代に「ユダヤ出版社」から刊行され、戦後になってからも復刻版が出た『ユダヤ事典』でも、ホフマンスタールは項目として掲載されている。[37] 一方、この事典と同様にユダヤ人の側から編集され、一九三〇年代に十巻まで刊行されたものの政治情勢の変化のため未完に終わった『ユダヤ百科事典』では、フーゴー・フォン・ホフマンスタールの曾祖父の項目は見られるものの、彼自身についての項目は設けられていない。[38] また一方、この二つの事典とほぼ同時期に刊行された『ユダヤ民族人名事典』では、フーゴー・フォン・ホフマンスタールがユダヤ系として取り上げられており、作品の一端も紹介され重視されている。[39] 七巻から成る浩瀚なこの人名事典は、ザロモーン・ヴィニンガーというユダヤ人によって個人編集されたものであった。第一巻の序文には、ユダヤ系の偉人の功績を広く同胞に知らせようとして、この事業に取り組んだと記されている。[40] ただし、ユダヤ人の功績を低く見ようとする逆の立場からは、この『ユダヤ民族人名事典』に対して批判も浴びせられた。ナチス支配期の一九三六年にドイツの歴史学専門雑誌に掲載された情報提供を主とする論文においては、この事典の編集方針に疑問が投げかけられている。(41) この事典に掲載されてはいるものの、ユダヤ系ではない人物、もしくはユダヤ系の度合いが低い人物が簡単な説明を付して列挙されているうちには、フーゴー・フォン・ホフマンスタールの名も見られる。彼に関しては、父親の父親はユダヤ系、父親の母親はアーリア系であり、父方が半ばユダヤ系、母方はアーリア系と記され、それぞれの祖父母の姓名も示されている。(42) 近年刊行されたユダヤ関係の主だった事典においても、フーゴー・フォン・ホフマンスタールをユダヤ系として扱っているもの、そうではないものの両方が見られる。オーストリア国立図書館によって編纂された三巻から成るオーストリアのユダヤ系著作家に関する事典をはじめ、彼を項目として取り上げている事典はいくつかある。(43) それに対し、一人一人の人物について非常に詳しい情報が記されている全二一巻のユダヤ系ドイツ語著作家に関する事典をはじめ、彼に関する項目を掲載していないものも、同程度数え上げることができる。(44)

このホフマンスタールをユダヤ系とみなすか否かによって、「若きウィーン派」のイメージは相当異なってくる。ただいずれにせよ、ユダヤ系だともそうではないともみなされうるホフマンスタールに加え、ユダヤ系ではないバール等と、ユダヤ系の多くの作家が加わっていた「若きウィーン派」の文学活動は、ユダヤ系の人々とそうではない人々が共存して新しい文化を生み出した典型的な事例だと私には感じられる。

ユダヤ系住民の状況

ユダヤ系の芸術家や学者たちが数多く活躍していたころ、それでは、ウィーンに居住するユダヤ系の住民の状況はどのようなものだったのであろうか。

ウィーンでは中世のころから、ユダヤ人がこの都市の歴史において、制約を受けながらも一定の役割を果たしてきていた。ハプスブルク家による支配の下、十八世紀後半の皇帝ヨーゼフ二世の時代に、ユダヤ人へのある程度の解放が行われ、一八四八年の革命の動きを経て、オーストリア・ハンガリー二重帝国が成立した一八六七年に、多くの制約が撤廃された。また、十九世紀半ばからは工業化が進み、社会構造上の変化が見られた。

ウィーンでは、十九世紀半ば以降ユダヤ系の住民の人口が急激に増加する傾向にあった。それは、これらの要因に基づいている。ところで、その人口を調べようとすると無視できない問題に直面する。各種の統計は、ウィーン市に関しても帝国全体に関しても、宗教上の帰属か、日常使用言語もしくは母語を基準としてとられている。したがって、ユダヤ人とはいっても、統計の上で知ることができるのは、ユダヤ教の共同体に帰属していた人々だけなのである。元来ユダヤ教徒であったものの、ユダヤ人共同体を離れキリスト教に改宗した人々や、キリスト教徒にもならず宗教上の帰属を持たなくなった人々は、統計表には表れてこない。ユダヤ人共同体に属し続けた人々に比べれば、ユダヤ教徒でなくなった人々は、それほど多くはないものの、世紀末ウィーンの社会や文化に深く関わっていた。その数は決して軽視できないほどである。しかし残念ながら、ユダヤ教徒でなくなった人々を含めたユダヤ系全体の数を正確に知ることはできない。

ただし宗教上の帰属の変更ということに限れば、ウィーン市が毎年発行していた統計年鑑からその趨勢を知ることができないわけではない。一八九〇年から第一次世界大戦が始まる一九一四年までの時期について調べてみると、宗教上の帰属を変えた人々が少なからずいたことがわかる(45)。

ユダヤ教の共同体から離れた者は、一八九〇年代には毎年四百人程度であり、一九〇〇年以降は五百ないし六百人に及んでいる。男女比では、ほぼ同じ年もあるが、概して男性の方がやや多い。キリスト教に改宗した場合の帰属先は、ローマ・カトリックが多かった。ただし、カトリックが優勢な土地柄にしてはプロテスタントの割合が高い。一八九〇年代と一九一〇年前後の年を比べると、前者の時期には五〇数パーセントを数えていたローマ・カトリックへの改宗者は、後者の時期になると四〇パーセント程度に減少している。それに対しプロテスタント諸教派への改宗者は、二〇パーセント前後から三〇パーセント前後へと増加する傾向にある。また、宗教上の帰属を持たなくなった者も、二〇パーセント程度から二〇数パーセントへと増加している。

一方、キリスト教からユダヤ教への改宗も、カトリックとプロテスタントの違いを問わずある程度見られる。一九一〇年ごろまでは一部の年を除き四十数人から百人足らずで推移し、一九一一年以降は百人を少し超えている。ウィーン市の統計年鑑に目を通すまで、私は、この時期のウィーンでは、ユダヤ教徒がキリスト教に改宗することは珍しくなかったにしても、逆にキリスト教徒がユダヤ教に改宗するというようなことはまずほとんどないと思っていただけに、この事実を知った時には驚きを覚えた。ユダヤ教徒になったキリスト教徒の男女比に関しては、一八九〇年代に全体のほぼ三分の二を占めていた女性の割合が、一九一〇年前後になると八割程度に達している。男女合わせて、一八九〇年代でも、また一九一〇年前後においても、配偶者のない者が九割近くを、三十代までの者がほぼ九割を数えている。このような点からすると、結婚をするにあたっての改宗が多かったと推測される。

宗教が異なる者どうしの結婚に関して、オーストリア・ハンガリー帝国時代のこの時期、オーストリアの民法では次のように定められていた。

> キリスト教徒と、キリスト教の信仰告白をしていない者との婚姻契約は、有効なものとして結ばれることができない(46)。

つまり、キリスト教徒と、ユダヤ教徒などのキリスト教徒ではない者との結婚は認められないというわけである(47)。一八八四年には、この条文に「宗教上の帰属がない者とカトリック教徒の結婚は無効である(48)」という附則がつけ加えられており、一八九二年には、これが「宗教上の帰属がない者とキリスト教徒の結婚は無効である(49)」に改められた。また、一八九〇年から一九一四年にかけてのウィーン市の統計年鑑を調べると、キリスト教徒とユダヤ教徒の結婚は皆無であるのに加え、宗教上の帰属がない者とキリスト教徒の結婚も、英国教会系の聖公会などの信者でごくわずかな例外は見られるものの、ウィーンで多数を占めるカトリックとプロテスタントの各教派の信者には例が見られない。それに対し、宗教上の帰属がない者とユダヤ教徒の結婚や、宗教上の帰属がない者どうしの結婚については、その数が記されている。したがって、これらの資料に基づくと、一九〇〇年前後のウィーンで、ユダヤ教徒とキリスト教徒の男女が結婚しようとする場合には、ユダヤ教徒が相手に合わせてキリスト教に改宗するか、キリスト教徒が相手に合わせてユダヤ教に改宗するか、キリスト教徒が宗教上の帰属なしとなるか、二人そろって宗教上の帰属なしとなるか、いずれかの選択をしなければならなかったことになる。ウィーン市の統計年鑑に記されている数字は、ユダヤ教徒とキリスト教徒が結婚するにあたって、一方が改宗するという道を選んだ場合、多くはユダヤ教徒がキリスト教に改宗したものの、その逆もあったことを伝えている。なお、ユダヤ人の結婚に関して宗教上の厳しい制約を課すこの法律は、帝国が崩壊しオーストリアが共和国の体制に変わってから後の一九三〇年代になっても、まだ廃止されてはいなかった[50]。

すでに述べたように、統計を通して知ることができるのは、ユダヤ系の人々全体についてではなく、ユダヤ人共同体に属していた人々の動向に限られる。その点を踏まえたうえで、ウィーンでのユダヤ人の人口増加の傾向を見ると、十九世紀後半に大幅に増加し、その勢いは二十世紀に入るまで続いていたということがわかる[51]。国勢調査の結果によれば、ウィーンのユダヤ人の人口は、一八九〇年には約一一万八千人、一九〇〇年には約一四万七千人、一九一〇年には約一七万五千人と増加している[52]。ただし、この時期にはウィーンの総人口も増えているため、ユダヤ人が占める割合は八パーセント代後半で推移しており、一九一〇年の時点では八・六パーセントであった。ユダヤ人住民のこの比率を、同時期の世界の諸都市と比べてみると、ウィーンはかならずしもきわめて高い方ではなく、東欧の諸都市においては、半数近くをユダヤ人が占めるという場合も珍しくはなかった[53]。ただし、七パーセント弱のベルリンや、共に二パーセント強のロンドンやパリよりは高い数値であったと言える。一九一〇年の時点で約一七万五千人という人口そのものは、ニューヨーク、ワルシャワ、ブダペスト、シカゴに次ぎ五番目であり、相当多い方であった。なお、ユダヤ人共同体に属していないユダヤ系住民の正確な数は不明であるが、第一次世界大戦直前の時期で約二万人と推定する説も見られる。[54]

ハプスブルク帝国末期の時点においてオーストリアの帝国各邦でユダヤ教徒の割合がどれほどだったのかについては、国勢調査の結果を通して知ることができる。ガリチアやブコヴィーナ等、現在のポーランドやウクライナやルーマニアの各国にまたがる帝国東部の邦においてユダヤ人住民の比率が高かった。[55] ガリチアでは一八九〇年に一一・七パーセント、一九一〇年に一〇・九パーセント、ブコヴィーナでは一八九〇年に一二・八パーセント、一九一〇年に一二・九パーセントである。ウィーンを中心とする下オーストリアがこれに次いでいる。一方、ザルツブルクやチロル等の帝国西部には、ユダヤ人居住者が少なく、その比率は〇・一パーセント前後であった。

ウィーンにおけるユダヤ人住民の人口増加は、主として、オーストリア・ハンガリー帝国の各地域からの流入による社会増であった。当時のウィーンのユダヤ教徒に関する婚姻や納税の記録を詳しく調べ分析したマーシャ・L・ローゼンブリットによれば、その流入にも年代ごとの相違が見られるという。[56] すなわち、まず第一期にはボヘミアやモラヴィアからの流入が多く、次いでハンガリーからの流入が増えた。さらに第三期としてガリチアからの流入が増加した。このうち、ボヘミアやモラヴィアやハンガリーからの移住者は、元の居住地ですでに中流階級に属しているか、あるいはウィーン移住後間もなく中流階級に属するようになった場合が多かった。なかでもボヘミアからの移住者が最も富裕であった。これに対し、ガリチア等東部からの移住者は貧しく、ウィーンの社会に同化せず、ユダヤ人としての伝統を守ろうとする傾向が強かった。ウィーンのユダヤ人とはいっても、同化した人々と、そうではない人々の間には、大きな差があったのである。

教育上の顕著な傾向

ウィーンのユダヤ系住民は、教育面で顕著な傾向を示していた。まず初等教育に関して見ると、ハプスブルク帝国末期のウィーンでは、就学人口にユダヤ人が占める比率は急激に減少していく傾向にあった。初等教育の生徒数の大半を占める市立小学校、およびそれ以外の国公立小学校ならびに私立の小学校全体で、ユダヤ人の生徒の割合は、一八九〇年代前半には九パーセント代であった[57]。当時、裕福な人々の中には家庭教師を雇い子どもを小学校に通わせない場合もあった。それゆえ、実際に初等教育にあたる教育を受けているユダヤ人の子弟の割合はもう少し高かったはずである。一方、同時期の一八九〇年代前半にウィーンの総人口に占めるユダヤ人の割合は八パーセント代後半であった。この点を考え合わせると、一八九〇年代前半の時期には、家庭教師を雇うほどの経済的余裕のない多くのユダヤ人たちは、子どもたちを小学校に積極的に通わせる傾向にあったと言える。ところが、一九一〇年を過ぎると、小学校においてユダヤ人の生徒が占める割合は、七パーセントを切って六パーセント代になっている[58]。一九一〇年の時点でウィーンの総人口に占めるユダヤ人の割合は八・六パーセントであった。ということは、この時期になると、小学校に通うユダヤ人の割合は、総人口に占める割合を上回るどころか、逆に相当下回るようになったわけである。このように、わずか十数年の間に大きな変化があった。これは、帝国の東部から新たに流入してきた同化しようとはしないユダヤ人たちが、子どもを小学校に通わせなかったためであろう。この点については、同化することに消極的なユダヤ人の側に立って一九二〇年代に著した書物の中で、レーオ・ゴルトハンマーが、ユダヤ教徒にとっては安息日にあたる土曜日にも学校に通わせなければならない等の理由で、正統派ユダヤ教徒はその子どもを小学校に通わせるのを避けたと説明している[59]。

初等教育とは対照的に、中等教育への進学率は高かった。一八七〇年代から一九一〇年代にかけて、中等教育機関ギムナジウムにおいてユダヤ人の占める比率は、ほぼ一貫して三〇パーセント前後に達している[60]。ギムナジウムの生徒のうち三人に一人はユダヤ人というのは、ユダヤ人の人口比から考えると、相当高い割合である。しかも、キリスト教に改宗するなどして、ユダヤ人共同体から離脱したユダヤ系の家庭の子弟は、この数値には含まれていないのである。ハプスブルク帝国の末期にオーストリア全体で、ギムナジウムの生徒数の同年齢人口に占める比率がどれほどだったかを、ギムナジウムの生徒数の統計と年齢ごとの人口統計に基づいて算出したところ、一八九〇年で二・八パーセント、一九一〇年で四・一パーセントにすぎなかった[61]。したがってギムナジウムへの進学は、将来一定以上の階層に属する可能性が高いということを意味していた。またこの中等教育機関ギムナジウムでは、ギリシャ・ラテンやドイツの古典を重視する教育が行われていたため、このような学校で教育を受けるということは、ユダヤ教徒独自の文明から離れて、ヨーロッパの支配的文明を受け入れ、それに同化するということも意味していた。ただしユダヤ教徒とキリスト教徒は、どのギムナジウムでも等しく席を並べていたわけではない[62]。貴族の子弟が数多く通う「テレジアーニッシェ・アカデミー」で学ぶユダヤ人の子弟はわずかだった。ユダヤ人が多い学校においても、ユダヤ教徒の生徒とキリスト教徒の生徒の融和は、そうたやすくはなかったようである。作家シュニッツラーは自伝の中で、彼が通った「アカデーミッシェス・ギムナジウム」について、「キリスト教徒とユダヤ教徒の生徒間には、そう厳密なものではなかったもの

高等教育機関とそれに準ずる教育機関におけるユダヤ人学生数ならびに全学生数に対する比率（1906/07 年— 1913/14 年）

教育機関	最大比率			最小比率		
	ユダヤ人学生数	比率（%）	年度	ユダヤ人学生数	比率（%）	年度
ウィーン大学	2,786	27.5	1913/14	1,893	23.4	1906/07
神学部	0	0.0	1906/14	0	0.0	1906/14
法学部	962	26.6	1909/10	807	23.6	1906/07
医学部	1,050	40.8	1912/13	554	35.1	1907/08
哲学部	639	20.2	1911/12	577	19.2	1907/08
外交アカデミー	0	0.0	1906/14	0	0.0	1906/14
工科大学	819	27.5	1906/07	660	20.7	1913/14
農科大学	36	4.0	1908/09	27	2.4	1913/14
プロテスタント神学院	2	3.3	1910/11	0	0.0	1906/09, 1911/14
ユダヤ神学校	33	100.0	1906/08	22	100.0	1910/11
造形芸術アカデミー	18	7.5	1912/13	11	4.0	1906/07
メダル製作専門学校	1	11.1	1909/10	0	0.0	1908/09, 1913/14
獣医大学	39	6.3	1910/11	18	3.0	1907/08
醸造専門学校	2	12.5	1911/12	0	0.0	1906/09
通商高等専門学校	111	50.2	1906/07	194	29.9	1913/14

の、ある一線が画されていた」[63]と回顧している。

女学校に関しても同様の傾向が見られた。なお女子の中等教育機関に占めるユダヤ人の子女の比率は、男子のそれよりもさらに高く、一九一〇年の時点でほぼ四五パーセントであった[64]。

ギムナジウムや女学校に通うユダヤ人の比率が高かったのに対し、職人養成機関に通うユダヤ人の比率は比較的低かった。建設業をはじめいくつかの職種の職人養成学校では、ユダヤ人の生徒が皆無か皆無に近い場合もあった。同化を拒むユダヤ人を主な読者層としていたユダヤ系の新聞の中には、この点を問題だとして取り上げているものがある[65]。

中等教育機関のみならず、高等教育機関およびそれに準ずる教育機関においてもユダヤ人学生が占める比率は高い。ただし、教育機関ならびに学部ごとの差は認められる。ウィーン市の統計年鑑では、大学や学部に関する記載が、一九〇六年から〇七年にかけての冬学期から詳しくなる。この学期から、第一次世界大戦直前の一九一三年から一四年にかけての冬学期までのユダヤ人の学生の比率を調べたところ、上の表に示す数値が得られた[66]。この表では、当該の時期でユダヤ人の学生が占める比率の最大値と最小値を示している。なお、当該の数年の間に、ウィーン大学の医学部、ならびに獣医大学と通商高等専門学校では学生の総数が大幅に増えている。そのため、ユダヤ人学生の実数が増えていても、学生数全体に占める比率がそれに比例して高まっていない場合がある。

ご覧のとおり顕著な傾向が見られる。まず、ウィーン大学全体でのユダヤ人学生の比率は二五パーセント前後である。中等教育機関のギムナジウムにおける比率よりやや低いのは、ウィーン大学にはウィーン以外の各地出身の学生も籍を置いていたためである。学部ごとの比率を見ると、医学部において三五ないし四〇パーセントと高く、法学部が二五パーセント前後、哲学部が二〇パーセント前後と、これに次いでいる。一八九八年にフランツ・ヨーゼフ一世皇帝の在位五十年を記念して、ウィーン大学によって編纂されたウィーン大学のこの間の歴史に関する書物によれば[67]、十九世紀末のこの時点で、法学部は正式には「法・国家学部」と呼ばれていた。また、哲学部の各学科についての記述は、哲学科から始まり、数学、天文学、物理学等の諸学科へと続き、さらに、歴史学科や文献学諸学科へと続いていく。これからすると、ウィーン大学の哲学部は、日本でいう文学部と理学部を併せた学部であった。医学部をはじめとするこれらの学部とは対照的に、神学部に在籍するユダヤ教徒の学生は、この学部がキリスト教のカトリックの司祭を養成し、カトリックの神学を研究する機関であるため皆無である。ウィーン大学以外で多いのは、通商高等専門学校と工科大学で、それぞれ四〇パーセント前後と二五パーセント前後である。ユダヤ人学生は、医学、法律、商業、技術などの方面を目ざす傾向があったことが窺われる。高等教育機関への進学率が現在と比べればはるかに低かったこの時代に、ユダヤ人たちは高度の専門的技能を進んで身につけようとしたと言えるであろう。

ウィーン市の統計年鑑では、ユダヤ神学校も高等教育機関に準ずるものとして扱われている。一八九三年度の統計書以降その数が確認できるようになるユダヤ神学校の全学生数は、ほぼ三十人程度で推移している。(68) ユダヤ教の神学校で学ぶ学生は全員がユダヤ教徒であり、ウィーン大学の神学部で学ぶユダヤ教徒の学生は皆無であるのに対し、この当時はウィーン大学の学部の一つではなかったプロテスタント神学院においては、一時期ごく少数ながらユダヤ教徒の学生が在籍しているのは目を引く。

ウィーン大学

また、外交官を養成する外交アカデミーに通うユダヤ人学生数が見られないのも注目される。この時期においても、ユダヤ人に対して門戸が閉ざされている分野は残っていた。農科大学でも比率が低い。これは、ユダヤ人には農業を営む者が少なかったこと、この学校で反ユダヤ的傾向が特に強かったことによる。(69) 美術や建築などの造形芸術を学ぶ学生も、ある程度の数は見られるものの多くはない。

音楽学生たちが学ぶ学校は、ウィーンで音楽が持つ重要性からすると、造形芸術に関する教育機関と同等に扱われていそうなものだが、そうではなく、一九〇〇年前後のころには、高等教育機関やそれに準ずる教育機関とは異なるものとして位置づけられていた。(70) その音楽院に関する統計から、音楽の分野についての動向もある程度窺い知ることはできる。それによれば、ユダヤ教徒という指標が統計のうえで用いられている一八九四年から一九〇七年にかけて、ユダヤ教徒の学生はおおむね二〇数パーセントを数えていた。私はこの数値を割り出す基となる数字を統計表で初めて目にしたとき、予想していたほどには多くはないということを知り、意外だと思った。

職業上の顕著な傾向

ユダヤ人たちがどのような職業に従事していたかということについては、ローゼンブリットによる調査研究がある。[71] ただし、ユダヤ人住民に関する詳しい統計が残されていないため、そこで使われている資料も、ユダヤ人男性が結婚するに際して届け出た記録と、ユダヤ人共同体へ新たに納税することになった者が申告した記録に限られている。後者に関しては、当時税金を納める余裕のあった者はユダヤ人世帯主全体のほぼ三分の一にすぎなかったため、[72] 限られた範囲での資料ということになる。ウィーンのユダヤ人について語るとするならば、自らが属する共同体を経済的に支えようとしても、それがかなわなかった多くの人々も問題にすべきであろう。ただ、統計資料類に基づくかぎり、残念ながらそれは十分にはできない。しかし、これらの不十分な資料を通しても、ユダヤ人住民の職業構成の概容は把握することができないわけではない。一八七〇年ごろから一九一〇年ごろにかけて、職業構成上の大きな変化が見られた。最も目につく変化は、ユダヤ人の主たる生業であった商業を営む者が減り、この時期にはまだ新しい職種だった民間企業のサラリーマンが急増しているという点である。ローゼンブリットによれば、ハプスブルク帝国末期のウィーンの民間企業の事務・営業職員は、ほとんどがユダヤ人であったという。[73] これに対し、公務員は増加する傾向にはあるものの多くはない。また労働者に関しても同様である。

この種の研究成果は、スティーヴン・ベラーの『ウィーンとユダヤ人（邦訳書名『世紀末ウィーンのユダヤ人』）』にも見ることができる。ベラーはウィーンの代表的なギムナジウムでの一八七〇年から一九一〇年にかけての卒業生の宗教と父親の職業の関係を調べ、その結果を一覧表にしている。[74] それによれば、ユダヤ教徒の卒業生の父親が従事する割合が、ユダヤ教徒以外の卒業生の父親と比べて特に高いのは商業である。次いで、金融業や工業の割合が高い。これに対し、割合が目だって低いのは、農業と公務員である。

ユダヤ系住民は、医師や弁護士などの、ローゼンブリットの分類によれば専門職にあたる仕事に就く者も多かった。この専門的職業におけるユダヤ系の比率の高さが、反ユダヤ的傾向の人々からは問題とされた。五つの文献に挙げられている数値をベラーが紹介した表によれば、一八八〇年代から一九三〇年代にかけてのウィーンでは、弁護士のほぼ六割、医師のほぼ五割がユダヤ人であった。[75] ユダヤ教徒ではなくなった人々も含めユダヤ系ということでいえば、その割合はさらに高かったと推測される。このように、十九世紀末から二十世紀前半にかけてのウィーンでは、弁護士や医師をはじめ専門的職業に占めるユダヤ人の割合が高かった。ウィーンでナチスによる支配が始まる少し前の一九三六年に、非ユダヤ系の側に立って著されたゲオルク・グロッケマイアーの『ウィーンのユダヤ人問題について』という書物にも、弁護士の八五パーセント、医師の五〇パーセントがユダヤ人だとされている。この書物では、それに加え、銀行や新聞もほとんどはユダヤ人の手に握られており、繁華街でユダヤ人が営む商店も増加する傾向にあると指摘されている。[76] 彼が見るところでは、ユダヤ人が主に就いている職業は、「収入がよいうえ、肉体を酷使する必要がない」[77] ものであった。また、一九一〇年の時点でのウィーンの最上位の富豪九二九人について調べた研究によれば、このうち五三五人、すなわち五七パーセント余りがユダヤ系だった。[78] 大金持ちにユダヤ系の人々が多いというこの点も、ユダヤ人への反感を増す要因の一つであった。

ベッタウアーの『ユダヤ人のいない都市』の表紙

ベッタウアーの『ユダヤ人のいない都市』

このような状況を踏まえて、ユダヤ人が皆ウィーンから追い出されたとしたらという設定の『ユダヤ人のいない都市――明後日に関する小説』という近未来小説も著された。一九二二年に発表されたこの作品の作者の名はフーゴー・ベッタウアーという。ベッタウアーは元々ユダヤ教徒であったが、プロテスタントに改宗していた。一九二四年からは、性に対する当時の感覚からすると挑発的とみなされた、性解放的な傾向の週刊誌を自らの名を掲げて発行するようにもなった。一九二五年には、ナチスの思想から影響を受けていた若者によって暗殺されることになる。[79]

『ユダヤ人のいない都市』の表紙には、聖シュテファン大聖堂やプラーターの観覧車などが描かれている。それに加え、当時すでに現実には存在しなかった、街の内と外を隔てる市壁もあえて描かれている。そしてその一角からは、ユダヤ人とおぼしき人々がまさに長蛇の列をなして出てくる様子が見られる。[80]この小説は当時大変評判になった。発表されてから二年後の一九二四年には映画化もされている。この映画のフィルムは失われてしまったものと長らく思われていたが、一九九一年に見つかり、今ではDVD化もされている。[81]

『ユダヤ人のいない都市』に描かれた状況は、ドイツのベルリンにもあてはまるものだった。この小説が世に出てから早くも三年後には、『ユダヤ人のいないベルリン』という小説がアルトゥア・ランツベルガーによって著されている。[82]ランツベルガーはベルリン在住のユダヤ人作家で、その作品は当時よく読まれていた。この小説を発表する直前には、『ほがらかなアジア！──東方への旅』という旅行記も著している。[83]アジア各地を巡る船旅の印象を記したこの作品では、日本について一番多く紙数が割かれている。『ユダヤ人のいないベルリン』という作品を書くにあたって、ベッタウアーの『ユダヤ人のいない都市』から刺激を受けたということはランツベルガー自身認めている。ただ、『ユダヤ人のいない都市』から発想を得たにもかかわらず、この小説の評価となると、「他愛もない話が脈絡もなく続いていく」[84]と手厳しい。『ユダヤ人のいないベルリン』は、ランツベルガーの著作をそれまで出し続けていたミュンヘンのゲオルク・ミュラー社には出版を断られ、R・レーヴィト社から刊行された。R・レーヴィト社は、ウィーンの、しかも西欧文明に同化しようとはしないユダヤ人の著作を多く刊行している出版社であった。社主のマイアー（マックス）・プレーガーの出身地は、ウィーンではなく、東方のガリチアである。[85]

『ユダヤ人のいない都市』では、ユダヤ人がいない状況では国が立ち行かなくなり、ユダヤ人たちは結局また元に戻ることになっている。しかしこの小説が発表されてからわずか十数年後に起きた事態は、はるかに深刻であった。ウィーンで暮らしていたユダヤ系の住民は、強制収容所に移送され大量殺戮された。『ユダヤ人のいないベルリン』の出版元R・レーヴィト社の経営者であったプレーガーもその一人である。彼が命を絶たれたのは、ブーヘンヴァルト強制収容所だった(86)。拘束される前に自ら命を絶った者も少なくなかった。移送を免れ亡命できた人々の方が、強制収容所に送られた人々よりは多かったものの、ウィーンに残した財産は没収され、異郷の地で新たな生活を始めなければならなかった。一九三八年にオーストリアがナチス・ドイツに併合された時点で、ウィーンのユダヤ人共同体に属していた人数は約一七万人であった(87)。この他に、ユダヤ系として迫害の対象になった人々の数については推計ごとに差があり、二万四千人から五万人ほどと見積もられている(88)。一九四五年にユダヤ系の人々が解放された時点で、ユダヤ系でありながらも生き延びていた人々の数は、調査報告者により異なっているが、ウィーンもしくはオーストリア全土で四千人から五千数百人ほどということである(89)。

ケルバーの『帝国国境の砦ウィーンでの人種の勝利』の口絵

対照的な二つの「ウィーンのユダヤ人史」

オーストリアでナチスによる支配が始まった翌年には早くも、ウィーンのユダヤ人に関して、ナチスの政策に沿った歴史書が刊行された。書名は『帝国国境の砦ウィーンでの人種の勝利』という。著者は、『資料と図版による世界の反セム主義』等の反ユダヤ的な書物をすでに著していたローベルト・ケルバーであった。[90] ヒトラーの肖像画が麗々しく飾られた見開きの隣のページには、「非道な暴利によりドイツ民族を悲惨な境涯に陥れ」、「詐欺的犯罪行為により財産を獲得した」ユダヤ人との、「オストマルクの大地での千年にわたる闘争に際してのドイツ民族の無数の犠牲者と殉教者と英雄に」、献辞が捧げられている。[91] ウィーンのユダヤ人の歴史を叙述した章においても、たとえば作家シュニッツラーをユダヤ的性愛と文化ボルシェビキの徒と決めつけ、フロイトの精神分析学をアジア的と評する等、明らかな傾向性が窺える。前後に配された章の、「ドイツ民族にとってのウィーンの使命について」、「ユダヤ異民族支配からの国家社会主義によるウィーンとオストマルクの解放」等の表題からも、この書物の性格は明らかであろう。多数配された写真も、アーリア人にとってユダヤ人への違和感をことさらかき立てるものが選ばれている。

ゴルトの『ウィーンのユダヤ人の歴史』のカバー

第二次世界大戦後にはイスラエルで、ナチスとは正反対の立場からウィーンのユダヤ人の歴史に関する書物が発行された。書名は『ウィーンのユダヤ人の歴史』という。著者は、旧オーストリア・ハンガリー帝国内のユダヤ人の歴史に関する書物を数多く著したフーゴー・ゴルトである。[92] 中世以来の歴史が扱われてはいるものの、二十世紀、ことにナチスによる迫害の時代が大きく扱われているのが特徴である。一九三八年までの歴史を扱った部と一九三八年から四五年までの部との二部に分けられており、現存するウィーン関係のユダヤ人の人名録も付されている。第一部では、一九一八年から三八年までの記述が特に詳しい。それに比べ、ユダヤ系の人物がウィーン文化に大いに貢献した世紀転換期の記述は少なめである。ゴルトの関心は、ユダヤ人とウィーン文化の相互の関係ということには向けられていない。第二部は「ウィーンのユダヤ人の最終的追放と抹殺、一九三八—一九四五年」と題され、ヒトラーの意の下に進められた併合直後の迫害の状況や一九三八年十一月の水晶の夜の大規模な迫害の様子、さらにはその後の亡命の歴史ならびに強制収容所への移送と絶滅の歴史が詳しく記されている。副題に「記念の書」とあるとおり、この書物は、すでに失われてしまった共同体への熱い思いと惨殺された同胞への追悼の念を強く伝えるものとなっている。

ティーツェの『ウィーンのユダヤ人』

特定の傾向を強く帯びたこの二つの対照的な書物に先立って、ウィーンのユダヤ人の歴史を調べるにあたって今でも参照すべきとされる標準的な書物がすでに刊行されていた。美術史ならびに文化史の研究者であったハンス・ティーツェが著した『ウィーンのユダヤ人』である。[93] この書物は、一九三三年にE・P・タールという出版社から発行された。副題として「歴史・経済・文化」という言葉が添えられている。その副題が示すとおり、経済や文化面に力点をおいて記述された歴史書である。序文に次いで、「ウィーンにおける最初のユダヤ人街区」という章から始まり、「最初の追放から第二回追放にかけて」、「宮廷ユダヤ人の時代」、「寛容令から三月革命へ」、「自由主義の時代」、「民族主義の時代」へと続く全六章から成り、巻末には年表や文献表も添えられている。さらに加えて、貴重な図版や地図や写真も折り込まれている。

全体を読み終えて胸に刻まれるのは、ユダヤ人たちがいかにくり返し迫害を受けウィーンから追放されたか、そしてなおかつ再びウィーンに戻ってきたかということから受ける強い印象である。世紀末ウィーン文化に関心を持つ私にとっては、「民族主義の時代」と題された最後の章がことに興味深い。「若きウィーン派」の作家たちの活動や、ユダヤ系の作家や思想家の中に見られるユダヤ人への自己憎悪、反ユダヤ主義の台頭とシオニズムの成立などが総合的に記述され、この書物が執筆された直前の第一次世界大戦後の時代にまで筆は及んでいる。

『ウィーンのユダヤ人』という本を執筆するにいたった動機を、ティーツェは序文の中で次のように記している。

> この書物は私が二年前に著したウィーンに関する文化史との関連で成立した。この文化史の仕事を進めていく際に、ウィーンという都市にとって大変重要で問題の多い役割を果たしてきたウィーンのユダヤ人の歴史の記述が欠けていると私は意識させられた。(94)

彼が目ざしたのは、ウィーンのユダヤ人についてそれだ

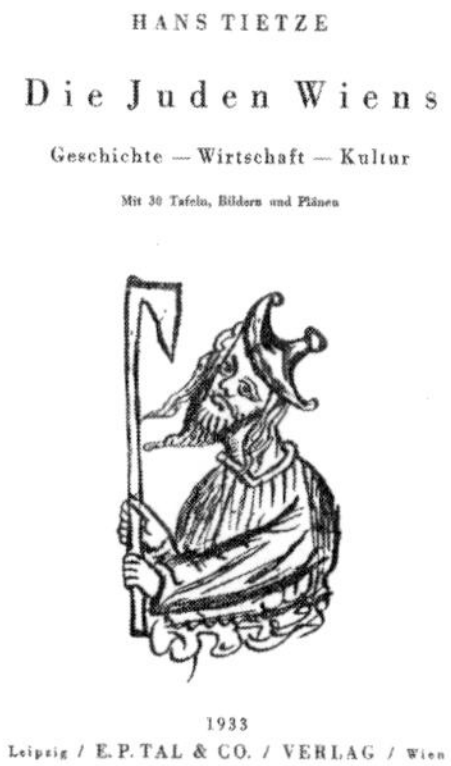
HANS TIETZE

Die Juden Wiens

Geschichte — Wirtschaft — Kultur

Mit 30 Tafeln, Bildern und Plänen

1933

Leipzig / E. P. TAL & CO. / VERLAG / Wien

ティーツェの『ウィーンのユダヤ人』の扉

けに限定して歴史を記述するということではなかった。ウィーンのユダヤ人の歴史をウィーンという都市との相互の関わりにおいて描くのが目標であった。それは次のように言い表されている。

（目標とするところは）ウィーンのユダヤ人の歴史をこの都市全体の動きと共に捉えることにある。つまり、ウィーンは彼らにとって、彼らはウィーンにとって、どのような意味を持っていたのか、また持っているのかを見きわめ、このウィーンという都市とこの西欧のユダヤ人の特別な性格を明らかにするということにある。(95)

彼の見るところ、ユダヤ人は十九世紀に入るとウィーンという都市を解体すると共に豊かにもしてきた。その逆の関係もまたあてはまる。しかし、一方が他方を圧倒し我がものとしてしまうという関係にはないため事情は複雑である。ユダヤ人としての民族性を保つということと、ウィーンひいては西欧の文化に同化するという両極の間にあって、ウィーンのユダヤ人はさまざまな解決策を探り揺れ動いてきた。ティーツェにとって問題は、西欧文化を拒否しユダヤ人独自のあり方をあくまでも保ち続けるということでもなく、西欧文化に完全に同化し独自性を捨てて埋没するということでもなかった。「派にくみすることはせず、しかも信条を告白する」(96)という序文の最後の一節は、同化した一人のユダヤ人としての単純には割り切れない心情を感じさせる。

同化をめぐるティーツェの苦悩

ハンス・ティーツェは、西欧文明に同化したユダヤ人の両親のもとに一八八〇年にオーストリア・ハンガリー帝国領内のプラハに生まれた。母親は彼がまだ幼いころに亡くなった。父親は子どもたちと共に一八九三年にウィーンに移り住み、ユダヤ教からキリスト教のプロテスタントに改宗した。ハンス・ティーツェに関する文献ではいずれも、当時十三歳だった彼自身も家族ともども道を同じくしたとされている[97]。ただし、当該の時期のウィーンでのユダヤ人共同体からの離脱者を詳しく調べ一覧表にまとめた文献の解説によると、この時期のオーストリアでは、七歳未満の子どもについては親が自分たちと同様に改宗させられるものの、七歳から十四歳になるまでの間は改宗することは許されず、十四歳以降、自分の意志で改宗についての選択をすることになっていたという[98]。ただ、この文献にも、また、ウィーンでのユダヤ教からプロテスタントへの改宗者を一覧として掲載している文献においても、ハンス・ティーツェ自身の名は見当たらない[99]。そのため、彼がいつユダヤ人共同体から離脱したのかは不明である。ただし、プロテスタントに改宗したのは確かなようだ。なお、父親の代にタウスィヒからティーツェへと改名もしている。父親の職業は弁護士であった。ティーツェ一家のこのような生活環境は、世紀転換期のウィーンの同化したユダヤ人には珍しくないものである。ハンス・ティーツェがウィーンに移り住んで通うようになったのは、ユダヤ人の子弟はあまり通わないカトリック系のショッテン・ギムナジウムだった。この学校を経て、彼はさらにウィーン大学で学んでいる。

十代半ばにさしかかる多感な年ごろでの改宗は、ティーツェに宗教上の帰属への意識をことのほか強める働きをしたはずである。それは、一九三〇年にプロテスタントから離れ宗教上の帰属なしとなり、三四年には再びプロテスタントに復帰し、最終的には帰属なしとして生涯を終えた彼の複雑な経歴にも表れている。[100] キリスト教会との彼のこのような関係は、おそらく当時の反ユダヤ的傾向の高まりと関連があるものと思われる。一九三三年にはドイツでナチスの支配が始まることになった。『ウィーンのユダヤ人』の序文には、「ドイツでの出来事がヨーロッパのユダヤ人問題を新しい局面に立たせることになった」[101] という一節が見られる。この書物は、前述したように、元来ナチスの動きとは別に企図されていたわけであるが、現実の政治状況はティーツェの筆を速めることになった。序文末尾には、一九三三年十月という日付が記されている。

ウィーンのユダヤ人の歴史についての書物を著してはいるものの、この分野がティーツェの一番の専門というわけではなかった。彼はまずは、オーストリアおよびイタリアやドイツの美術の歴史を専門とした美術史家であり、美術史学上のウィーン学派の一員として知られている。ティーツェが美術史学者になった時代には、ドイツ語圏では、彼の他にも、元来ユダヤ人には縁のなかったキリスト教の美術などを扱っていた美術史学をあえて専攻しようとするユダヤ系の研究者が少なからず見られた。[102] ユダヤ人と元来関わりの深い分野よりも、むしろそうではない分野に積極的に携わろうとする心理が働いたものと思われる。ティーツェは、専攻するこの領域において、夫人の美術史家エーリカ・ティーツェ＝コンラートとの共著も著している。彼女は、元来ユダヤ系で親の代にキリスト教に改宗し改名もしていた。[103] その点で、ティーツェ夫妻は互いに似た境遇にあった。彼はまた、ウィーン文化に関する文化史の仕事も残している。さらにまた、オーストリアの文化財保護にも大きな貢献をした。それに加え、エーゴン・シーレやオスカー・ココシュカといった、同時代の新しい傾向の画家を積極的に支持していたことも見逃せない。

ティーツェは大変精力的に仕事をし、多くの著作を残している。その中でも、西欧文明への同化の意志を最もよく示しているのが、彼が編纂したウィーンの聖シュテファン大聖堂についての記録集『ウィーンの聖シュテファン大聖堂の歴史と記録』である。[104] 四つ折り判で六百ページに近い手にずしりと重いこの大冊は、企画段階からはかなりの時を経て一九三一年に刊行された。記述は、この大聖堂の歴史や建築だけではなく、ステンドグラスや絵画や彫刻、ミサ用の祭服、礼拝用具などにわたり詳細をきわめている。また、写真と精密な図版も数多く掲載されている。これらは、第二次世界大戦後、戦災にあったこの建物を再建するにあたって貴重な資料として役立てられた。ウィーンのキリスト教世界のシンボルとして特別の意味合いを持つ聖シュテファン大聖堂にとって、この書物は重要な位置を占めている。それを完成させるのにいわば総指揮者として関わったところに、元来ユダヤ教徒であったティーツェの同化への並々ならぬ意志が感じられる。

ティーツェが編纂した『ウィーンの聖シュテファン大聖堂の歴史と記録』から

オーストリアがナチスの体制下に入った一九三八年、ティーツェ夫妻はユダヤ系だったため亡命し、四四年にはアメリカ合衆国の市民権を得た。その後一時的にウィーンを訪れることは

シュタインハルトの『預言者』

あったものの、居を移すことはなかった。七十歳を迎えるに際しては、関わりの深かった人々の手によって、彼に捧げる記念論文集も計画された。結局ティーツェの死後刊行されることになったこの大部の書物には、著書だけではなく論文やエッセイをも含めた詳しい著作一覧が掲載されている。[105] その一覧表に目を通し、また、彼の教えを受けた人々の論文の題目を調べて受けるのは、ティーツェが西欧の文明に十分に同化した人物だったという印象である。

『ウィーンのユダヤ人』の他に、ティーツェがユダヤ系だったと偲ばせるものはまずない。

ところが、そう簡単には言い切れないと思わせる書物がある。その書物、ヤーコプ・シュタインハルトというユダヤ人画家の画集で、ティーツェは解説を執筆している。美術書としては小さな判型の小著ではあるが、ティーツェの意外な側面を教えてくれる資料だ。[106] シュタインハルトは、十九世紀末に当時ドイツ領だったポーランドの小都市ジェルクフで生まれ、主にベルリンで活動し、その後パレスチナに移住した。ティーツェ自身が記しているところによれば、ベルリンで開かれた展覧会でこの画家の作品を目にして以来、ベルリンに赴く折には彼は常にこの画家を訪ねるようになったという。注目すべき有能な画家への関心と言うだけではすまされないものが、ティーツェの筆からは伝わってくる。シュタインハルトの初期の代表作と彼がみなした表現主義風の激越で幻想的な『預言者』という絵については、次のような一節がある。

預言者の足もとにいる人々はジェルクフのユダヤ人たちである。いや、ユダヤ人たちではない。ジェルクフのユダヤ人そのものなのだ。十人いようが二十人いようが、いずれも同じ顔の同じ人間。驚き、怒り、耐え忍ぶ人々。神に身を捧げ耐え忍びながら[107]。

自らの境遇とは異なる東方のユダヤ人への同胞としての熱い思いが伝わってくる表現である。群衆の表情を通して、ティーツェは彼自身の根のごく深いところを感じ取ったことであろう。

　この書物を私が手に入れたのは、ティーツェの著作を熱心に探し求めていた折のことだった。かつて亡命先の一つとして選ばれることもあった南米のブエノスアイレスの古書店を通して、ティーツェの著書として出版されたヤーコプ・シュタインハルトの画集は、まるで宙から舞い降りてくるかのように私の手元に届いた。ただしこの本は、ティーツェ自身が目を通したはずの前述の著作目録にはその名が見られない。この書物で言及された東方のユダヤ人のその後の苛酷な運命と比べ、生き延びた者としての思いが、ティーツェにこの書を記載するに忍びないとさせたのであろうか。

東方出身のラビ、ブロッホ

　ティーツェの『ウィーンのユダヤ人』には、同じくユダヤ系でありながら、彼とはずいぶん異なる生涯を送った人物について言及されている箇所がある。その人物の名は、ヨーゼフ・ザームエル・ブロッホという。ティーツェによれば、ブロッホは、「ユダヤ人に利することは何事であれ、またユダヤ人の利益のみを擁護するのを自明のこととする」[108]人物であった。オーストリア・ハンガリー帝国の東北の端にあたるガリチアの、現在ではポーランド共和国とスロヴァキア共和国の国境地帯に位置する町で生まれたブロッホは、ユダヤ人を指導するラビとなり、ドイツ語圏の各地を経て、ウィーンで活動することになった。[109]ブロッホの赴任地フローリッツドルフは、ウィーンの街の東側を流れるドナウ川よりさらに東の地区で、ウィーン市に編入されるのは彼が赴任してだいぶ経ってからだった。

ブロッホの名を一躍有名にしたのは、『タルムード・ユダヤ人』に関する論争である。プラハの神学者アウグスト・ローリングが、ユダヤ教徒はキリスト教徒を殺害しその血を儀式に使うという古くから伝わる俗説を、ユダヤ教徒にとっての聖典であるタルムードを恣意的に使って主張した反ユダヤ的傾向の書物の内容を、ブロッホは論駁してみせた。彼はまた、『オーストリア週報』という週刊の新聞も発刊している。この紙名は『ドイツ週報』を意識して選ばれたものだったと、ブロッホ自身が伝えている。[110]『ドイツ週報』は、ユダヤ人でありながら自分たちはドイツ人であると意識し、ドイツ民族主義的傾向にあるユダヤ人のために、ハインリヒ・フリートユングが創刊したものだった。それに対し、ユダヤ人であることを強く自覚する人々に向けて発行され始めた『オーストリア週報』は、ある時期から「ブロッホ博士の」という名を冠することにもなり、ウィーンだけではなく、彼の出身地域でも読者を獲得した。反ユダヤ主義的言説に激しく抵抗するにとどまらず、ユダヤ人であるということを前面に押し出そうとするブロッホは、同化を進めようとするユダヤ系の人々にとっては迷惑な存在だった。ティーツェが記すところでは、そのような人々から、彼は「恐るべき妖怪」[111]とみなされていた。

ブロッホは帝国議会の議員としても活躍し、反ユダヤ的言辞を厳しく糾弾した。その最たる矛先は、キリスト教社会党の党首であり、後にウィーン市長になるカール・ルエーガーに向けられていた。ところが、晩年に著された『わが生涯の回想』という回顧録では、ルエーガーに関して好意的とも言える文章が綴られており、最後は次のように結ばれている。

ルエーガー博士に対して、私は議会で熱い闘争をくり広げた。しかしながら本音を言えば、否定的な言辞を弄する者たちのうちで、ルエーガーは私にとって一番わずらわしくなかった。(112)

ルエーガーには人間としての魅力がずいぶんあったということが、ブロッホの筆からは伝わってくる。また、ルエーガーは議会では反ユダヤ的な演説をするものの、ユダヤ人個々人に対してはそうではなく、ブロッホとも親しく会話を交わす機会があったと伝えられている。ルエーガーが漏らしたところでは、反ユダヤ的な言辞は、政治上の野心を実現するための方便にすぎないということだった。この点については、シュテファン・ツヴァイクも回想録『昨日の世界』の中で、反ユダヤ的傾向の政治家がユダヤ人と親しくつきあうことは珍しくはなかったと記している。(113)また、第一次世界大戦直後に首相を務め、第二次世界大戦直後には大統領にもなった社会民主党の政治家カール・レン

ブロッホらユダヤ人のオーストリア帝国議会議員

ナーも、回想録の中で、キリスト教社会党主催の集会で反ユダヤ的演説が行われた光景を伝えながらも、[114]別の著作では、「キリスト教社会党が治めていたウィーンでは、全時期を通じて、実際にユダヤ人への危害が加えられたことはなかった」[115]とも記している。しかしながら、ルエーガーが市長であった時期のウィーンで、ヒトラーが反ユダヤ主義の影響を受け、『わが闘争』にあるとおり、この街で「最も重大な変化[116]」を遂げたことを忘れてはならないであろう。

ブロッホの回顧録の中で私にとって最も興味深いのは、青年期までの生い立ちを記した章である。そこには、同じくユダヤ系とはいっても、ウィーンの社会に同化した家庭で育った人たちとはまったく異なる成育環境が記されている。ブロッホの父親はパン屋を営んでいた。両親が焼いたパンを子どもたちが町の広場で売るという生活は、楽なものではなかった。三歳から、彼は「ヘデル」で学ぶことになる。とはいっても、それは、近所の住居と教室を兼ねた狭い家で、「メラメッド」と呼ばれる教師の下で朝から晩まで過ごすということだった。五歳になると聖書を、六歳になってからはタルムードを学んでいる。ユダヤ人の成人式にあたる「バル・ミツヴァーの祝い」を終えると、早くも十三歳でブロッホは家を後にすることになる。遍歴の時代が始まった。もらったわずかなお金はすぐになくなったものの、ガリチアの行く先々の町で寝泊まりする場所には事欠かなかった。「ベイト・ハ・ミドラッシュ」というユダヤの学舎で、夜も何とか過ごせたのだった。そこには、同様の境遇の者たちもおり、タルムードを学ぶために大人も大勢来ていた。その後さらにブロッホは、さまざまな町を訪れ、多くのラビに教えを乞う。

だが彼には、ユダヤ教に関わることだけではなく、世俗的とされる学問も学びたいという気持ちが強くなってきた。ブロッホが伝えるところでは、「十七歳になってはいたものの、ドイツ語のアルファベットは、私にはまだとりつく島もない謎めいたもの[117]」だったという。ブロッホはその後しばらくしてオーストリアを離れ、今ではポーランドに属し、当時はプロイセン領内にあったブレスラウに向かった。ブレスラウ・ユダヤ神学校があるこの町は、ブロッホにとっては、「当時、ユダヤに関する学問の参謀本部の所在地[118]」だった。この学校で、彼は歴史家ハインリヒ・グレーツに出会い、ドイツ語を学ぶよう勧められる。

私に彼(グレーツ)は、自分を理解してもらえるよう、ドイツ語を習得することを特に勧めた。「私はいったいドイツ語を話していないんでしょうか」という素朴な疑問に対して、もちろんフランス語よりはドイツ語に近い言葉を話してはいるという答えが返ってきた。結局彼は私に、まずはどこかドイツの小さな田舎町に行って、小学校とギムナジウムの授業を受けるとよいと言ってくれた[119]。

ブロッホはこの勧めに従って勉学に励み、ドイツ語ばかりかラテン語も修め、その後チューリヒやミュンヘンの大学で学び、古代ヘブライ語文学に関する研究で学位を取得することになる。この一節からすると、十代の半ば過ぎまで、ブロッホは、日常的には、東方ユダヤ人が用いていたイディッシュ語を使い、ヘブライ語も習得していたものの、ドイツ語の読み書きはできなかったわけである。その点では、ユダヤ系でありながらもドイツ語を母語として使用し、ヘブライ語の読み書きはできなかったティーツエとは対照的である。[120] このようにブロッホは、ユダヤ人としての自覚は強く持ち続けはしたものの、ドイツ語を積極的に習得しようとし、西欧の学問の方法を受け入れた。それに対し、ユダヤ人の共同体で知識層にあたるラビになろうとする者でも、彼のような道をとらなかった人々の場合には、言語においても学問においてもユダヤの伝統の枠を越えなかったことになる。ブロッホの回顧録からは、ウィーンの同化した作家や学者の経歴をたどるだけでは見えてこないものがあるということを悟らされる。

フリーデルの『ユダの悲劇』

ブロッホとは異なり、ユダヤ教からキリスト教に改宗した人々の中には、改宗という点を強く意識して著作を発表したエーゴン・フリーデルのような人物もいた。フリーデルは多方面にわたって活躍した。そのため、彼を特定の肩書で呼ぶのは難しい。現在フリーデルは、三巻から成る大著『近代文化史』の著者として知られている。[121] しかし歴史学者であったわけではなく、専門家となることによって見えなくなるものをむしろ見ることができる、ディレッタントたることを誇りにしていた。俳優、台本作者、エッセイスト等多岐にわたる彼の仕事は、いずれもそのような性格を帯びている。それを可能にしたのは、実業家であった父親が残した財産だった。

フリーデルは、一八九七年の七月に十九歳でプロテスタントのルター派に改宗した。姓もフリートマンからフリーデルへと変えている。[122] ユダヤ人共同体には書類上はその半月あまり前まで所属しており、「宗教上の帰属なし」となった期間はごくわずかであったものの、フリーデル自身はもう少し早くから自分をユダヤ教徒ではないと意識していたようだ。ユダヤ人共同体を正式に離脱するひと月前にハイデルベルク大学で聴講手続きを行った際には、宗教上の帰属なしと申請している[123]。なお、彼が最終的に学位を得たのはウィーン大学だった。フリーデルが洗礼を受けた教会は、ヴェーリングと呼ばれるウィーン北西部の地区にあった[124]。ウィーンにある教会一つ一つについて詳しく説明されているヴォルフガング・J・バンディオン氏の著書によれば[125]、彼が受洗する少し前のころから郊外のこの地域のプロテスタントの間では、自分たちの教会を建てようという機運が高まっていた。彼が洗礼を受けたのは仮の礼拝堂だったが、すでにそのころ新しい教会の建設は始まっていた。ユダヤ人共同体から離脱するにあたっては、無宗教者になるという選択もありえた。だが彼は、ウィーンでは少数派にあたるプロテスタントの群れに加わる道を選び取った。青年フリーデルは、過去を振り切り新たな人生を始めようとして洗礼の儀式に臨んだ。

このように書き進めてくると、フリーデルがいかにも生真面目な信者だという印象を呼び起こすことになるかもしれない。しかし、フリーデルは、客が酒のグラスを傾けながら政治や社会を風刺した寸劇を楽しむ「カバレット」と呼ばれる寄席の台本作者として知られ、かつまた人気のある出演者でもあった。そのような活動をよく知っており、個人的にもその人となりに通じていたヘルマン・バールは、フリーデルの『イエス問題』という小著に寄せた序文の中で、彼を「神の道化師」と呼んでいる[126]。フリーデルは「道化師」と呼ばれてしかるべき人物だった。ただし、「神の」という形容もなくてはならなかった。イエスは実在しなかったのではないかという疑問が人々の間で話題になり、その歴史的実在をめぐる議論がかまびすしかった時期に著されたこの著書で、歴史学的な根拠を超えた「信」のレベルでの実在性を論じるフリーデルには、「道化師」の顔は窺いにくい。

フリーデルの『ユダの悲劇』から（第三幕の舞台）

『イエス問題』が著されたのは一九二一年。その前年の一九二〇年には『ユダの悲劇』という戯曲が出版されている[127]。さらに四十年あまり後には、『ユダの悲劇』の第二版も出版された[128]。ただし、初版を刊行したのとは別の出版社から発行された第二版の装幀は、初版とはまったく異なっている。ウィーン留学中に、私はこの『ユダの悲劇』の初版の方を古書として手に入れた。題字が印刷された半透明の紙で全体が覆われ、幕ごとに舞台装置のスケッチも織りこまれた手作り感のある書物だ。あの『近代文化史』の著者がユダの裏切りというテーマをどう扱っているのだろうと、胸躍らせながら早速読み進めた。しかしもの足りなさを覚えた。『ユダの悲劇』というからには、イエスを裏切る前後のユダの心理や、神学上の問題が扱われているものと思ったためである。フリーデルの描き方はそうではなかった。ユダは、イエスを政治的メシア、つまり圧政からの政治上の解放者と誤解した人物として描かれているのである。この作品には自作解説も添えられている。その中でフリーデルが記しているユダヤ人への厳しい批判も強く印象に残った。

ただし、今改めて読み返すと、確かにその種のことがテーマになっていると再確認させられはするが、それ以外のことにも関心が向く。イエスが捕えられ、尋問され、処刑され、復活するという大枠は新約聖書の福音書に基づいてはいるものの、大胆に変更が加えられているところもある。そもそも、イエスがこの戯曲には登場しない。観客には、イエスの受難や復活は、すべて登場人物のせりふで伝聞として伝えられるか、照明等の舞台上の効果によって伝えられることになっている。そのため、イエスを捕まえるための合図としてユダがイエスに接吻する有名な場面も見られない。その点では、「オーバーアマガウ受難劇」とは大いに異なる。南ドイツの山中の村で村人たちによって十年ごとに演じられ世界中から観客が集まるこの劇では、聖書の記述に沿って台本が作成されており、イエスが主人公として登場する。一方、二つの劇には共通する点もある。ユダヤ人がイエスを十字架にかけるのを求め、「その血の責任は、我々と子孫にある」[129]と応じるせりふは、オーバーアマガウ受難劇では祭司長たちと群衆が発するのに対し、『ユダの悲劇』では大祭司カイアファが述べるという違いはあるものの、両者ともに見られる。[130]『マタイによる福音書』に基づくこのせりふは、第二次世界大戦後オーバーアマガウ受難劇に反ユダヤ的傾向があると指摘された際に、その象徴的なせりふとして、削除するかどうかをめぐって激しい議論が戦わされたものであった。[131]

また『ユダの悲劇』では、題名から推測されるところとは異なり、ユダはそれほど頻繁には登場しない。ピラトをはじめ多くの登場人物がそれぞれ重要な役割を果たしており、群像劇という性格も認められる。場面が急に相次いで変化する作劇法は、フリーデル自身が述べているとおり、この作品が著された当時盛んになってきた映画の手法をとり入れたものでもある。[132]ただ、背景となる舞台装置はそのままに、次々に場面が転換し登場人物が入れ替わるのは、観客にはわかりにくさを生じさせるであろう。『ユダの悲劇』は、台本が公にされてから三年後にブルク劇場の舞台にかけられ、八回上演されはしたものの、それで打ち切りになっている。[133]その原因の一つはこの点にもあったと思われる。

ただし、このようにいろいろな側面を指摘できるにしても、やはりこの作品の眼目は、ユダがイエスをどう捉えていたのかということにある。イエスの十二弟子のうちの一人であるシモン・ペトロと対話する場面で、シモンの「いったい誰を信じているのか」という問いに対し、ユダはこう答える。

待ち望まれていた方を、主の火の息吹の中で音を立てて突き進む方を、しいたげる者たちに怒りの報いを返すことになる方を、剣《つるぎ》をきらめかせて突撃し、ラッパの音を高々と響かせる方を。イスラエルの民を灰の中からついに立ち上がらせ、高慢なローマの姦婦を闇の中へ打ち沈める方を。[134]

ところが、イエスは彼が期待していたこのような救世主ではなかった。ユダによれば、イエスは、「来たるべき方にとって、最大の邪魔者[135]」だという。ローマ帝国を打ち倒し、「その灰燼《かいじん》の上に我々の国を打ち立てるのだ[136]」と彼は熱く語る。ローマ帝国の総督ピラトとユダが言葉を交わす場面で、ユダは「十字架上で死を迎える者など、神の知るところではない[137]」と言い切る。この対話を通しては、ユダよりもむしろピラトの方がイエスの教えをよく理解しているということが示される。武器を取って暗殺をはかることをよしとする者たちに対して、ユダは自らを「憤怒の子、復讐の子[138]」だと名乗る。そうしてユダは、同志の者たちから、彼こそ救世主だと呼ばれる。しかしユダは、嵐の中に、彼を救世主だとする神の声を聞き取れなかった。イエスの復活を暗示する輝きわたる光を背にして、ユダは自ら命を絶つ。

『ユダの悲劇』には、フリーデルによる自作解説も添えられている。そこで彼は、「ユダヤ人の根本的特徴は、根の深い身にしみついた物質主義[139]」だとし、ユダヤ人にあっては、霊的にどれほど高みに至っても、合理主義的な思考から逃れられないとしている。フリーデルはさらに、イエスの次の言葉がユダヤ人にはどう受けとめられたかという点についても述べている。

「私の国はこの世には属していない」。これは、ユダヤ人の根本的な情念を、本性のごく深くを、生の一番核心にあるものを、死ぬほど傷つけずにはおかなかった。(140)

この解説では、『ユダの悲劇』に登場する他のユダヤ人ではなく、ユダこそがユダヤ人を象徴する人物だとみなされている。このようにユダヤ人をユダと重ね合わせる見方は、反ユダヤ主義的な論調に通じるものがあると言える。ちなみに、『ユダの悲劇』が発表されたのと同じ時期にオーストリアのグラーツで発行された書物のように、反ユダヤ主義を明白に表明する書籍の中には、文字どおり『ユダ』と銘打つものもありさえした。(141)また、オーストリアがナチスの支配下に入った年にウィーンで開催された、反ユダヤ的傾向をあからさまに示す展覧会の案内小冊子にも、ユダヤ人を「ユダ」と言い表している箇所がある。(142)ユダヤ教からキリスト教に改宗した人々の中には、元来キリスト教徒であった人々よりも厳しくユダヤ人を批判する例があるが、フリーデルにもその傾向が見られる。

しかし、ナチスの支配下にあっては、ユダヤ人はキリスト教に改宗したとしても迫害の対象になった。オーストリアがナチス・ドイツに併合された一九三八年三月、併合直後に行われた家宅捜索当日、フリーデルは自ら命を絶った。この事実に関する記述を読むたびに、私は『ユダの悲劇』に思いを致し、「フリーデルの悲劇」を思わずにはおれない。

『バンビ』の作者ザルテンのパレスチナ紀行

「若きウィーン派」の作家の中には、ハンガリーのブダペストで生まれ、幼いころウィーンに移り住み、ウィーンで活躍した後、晩年には亡命せざるをえなかったという点で、フリーデルよりもむしろティーツェに近い経歴を持つ人物がいる。フェーリクス・ザルテンである。ただし、ザルテンの名は日本でそれほどよくは知られていない。ところが彼が創り出した動物の主人公の名は、まず誰でも耳にしたことがあると言ってもおかしくないほど有名だ。子鹿の「バンビ」である。ザルテン作『バンビ』の日本語訳は何種類も出ている。しかしバンビというと、ウォルト・ディズニーのアニメーション映画を通してなじみがあるという人も多いであろう。私もその一人だ。テレビもまだなかったころ、生まれて初めて観た映画が確かこの『バンビ』だったと思う。

ザルテンの『バンビ』初版本の表紙

『バンビ』の原作者のこのザルテンは、本名をジークムント・ザルツマンという。ティーツェやフリーデルとは異なり、キリスト教に改宗してはいない。その点で彼らとは大きく異なる。ザルテンは、ユダヤ教の教師であるラビの血を引くということもあってか、「若きウィーン派」の中でも自らをユダヤ人として意識する傾向が特に強い作家の一人だった。一九二四年にはユダヤ人の入植地であるパレスチナを訪れ、旅行記を新聞に連載し、翌年には『古き大地の新しき人々』と題する一冊の本にしている。[143]

そのパレスチナ紀行は次のような一文で始まる。「エジプトからパレスチナへ、アフリカからアジアへ到るには、砂漠を越えなければならない[144]」。さらにまたその旅はこう言い表される。「どこまでも続くみずみずしい肥沃な大地を後にし、たっぷりと水で満たされた肥沃な耕地を、活気のある田園風景を後にし、厳しさこの上ない黄色い砂の波を越えて[145]」。そして彼自身の旅の経験は、旧約聖書に記されている「出エジプト」の出来事に重ねられる。「これが、モーセがユダヤ人たちを率いて、隷従の地エジプトから約束の地へとたどった道であった[146]」。

この紀行文の中には、ザルテンがユダヤ人としての意識に目覚めた経緯が綴られている箇所もある。「私は子どものころユダヤ人ではなかった」という意外な一文の後には、「ユダヤ人として生まれはしたものの、少年のころ思索に目覚め、感情を揺り動かされて初めて私はユダヤ人になったのだった」という文が続く[147]。通うことになったギムナジウムで、彼は反ユダヤ的言辞を耳にすることになった。「ギムナジウムに入学し、自分がユダヤ人であることが急に私には明らかになった[148]」。「ユダヤ人としての自覚は、成長すればするほど確固たるものとなっていった[149]」。

エルサレムの「嘆きの壁」（エーフライム・M・リーリエンのエッチング）

ザルテンはパレスチナの各地を巡り、さまざまな見聞を記している。その中でも最も印象深く感じられるのは、エルサレムの町についての記述である。彼の足は「嘆きの壁」へと向かう。「嘆きの壁。幾度も私はここへやって来た。

神殿前広場の光溢れる高みから、この嘆き悲しみの一角へと[150]」と記された後には、次のような一節が続く。

これほど徹底的に、これほど何度も、くり返し絶滅に抗した民族は、他には決してどこにもいない。数千年にわたり、踏みにじられ、踏み荒らされ、責めさいなまれ、根絶やしにされ、それでもなおかつ生き続け，活き活きとした力によって、耐え忍び、嘆き悲しみ、希望を抱き、そして……反乱を起こすことができた民族は、他にはどこにもいはしない[151]。

この町を回って歩きながら、ザルテンは親しかったある人物を強く想起させられる。それは、シオニズムの主導者テオドーア・ヘルツルである。彼が発行する雑誌にザルテンは寄稿もしていた。そのヘルツルについては次のように述べられている。

彼は再びエルサレムへ向かう呼びかけをした。大都市のユダヤ人や金持ちに対してではなく。また、いずれかの地を安住の地として選び取った人々に対してでもなく。貧しい者たち、迫害されている者たち、抑圧されている者たち、不当な扱いを受けている者たちに、ポーランドやロシアやルーマニアの大勢の民衆に、永遠に追放され、故郷を喪失し、ポグロムの悲劇にたえず見舞われていた者たちに対して[152]。

帰国の直前、ザルテンはこう述懐する。

日が沈んだ。夕闇が迫り、夜のとばりの中で私の前で波音をたてている海はよく見えない。未来がよくは見きわめられないのと同じように。私は何者なのか。未来をのぞきこむこともなくただその音に聞き耳をたてることしかできぬ、すぐにも消え失せていく無にも等しい卑小な人間。(153)

そして最後にこうエールが送られる。

古き大地に生きる新しき者たちよ、汝らに祝福あれ。パレスチナの大地を、アジアの大地を耕す汝ら若者に。胸中に宿る理想を実現せんものと自らを犠牲にする、汝ら若者に。(154)

ザルテンはシオニズムの信奉者と自称したことはなかったと言われる。(155) しかしこのパレスチナ紀行文からは、シオニズムへの熱い共感が窺われる。ところが、数年後に著された『アメリカほんのひと時』と題するアメリカ旅行記からは、彼のそうした思いは感じ取りにくい。(156) この旅行記には、自動車王のヘンリー・フォードの招待をジャーナリストの訪問団一行と共に受けた折の様子が記されている。フォードは、「ヘンリー・フォードによって編集されたユダヤ人問題に関するアメリカ初の書物」という副題を持つ『国際ユダヤ人――世界的問題』という多くの版を重ねたドイツ語の訳書を通して、反ユダヤ的傾向の人物だということがドイツ語圏でも知られていた。(157) その点についての質問へのフォードの返答は、こう書かれている。「フォードは、反ユダヤ的な彼の書物に何が載っていたのか知らない。自分が書いたのではまったくないと、彼は言う[158]」。これに続けてザルテンは、フォードの口ぶりからは、「どうしてそういうことに関心をお持ちなのですか。私には興味がありませんね」という意味合いが感じ取れると記している。この一節からは、ザルテンの釈然としない気持ちが読み取れはする。ただ彼自身、これ以上コメントを付け加えてはいない。

ザルテンは、ジャーナリストとして活躍するかたわら、多くの書物を著した。『バンビ』をはじめ一連の「動物物語」を発表しているだけではなく、エロティシズム文学として名高い小説の実の作者とも目されている。このように、彼はさまざまな顔を見せる多面的な傾向の作家だった。ハプスブルク家ゆかりの人物を扱った作品のように、ウィーンやオーストリアの社会に深く同化していると感じさせる著作も少なくない。ただ、その根本にユダヤ人としての強い自覚があったということは言えるであろう。

シュニッツラーの『自由への道』

ザルテンは、「若きウィーン派」のメンバーの一人アルトゥア・シュニッツラーと親しかった。このシュニッツラーには、ユダヤ人問題を扱った作品として、小説『自由への道』と戯曲『ベルンハルディ教授』がある。ただし、ユダヤ人問題を取り上げた作品を残してはいるものの、彼はこの種の作品ばかりにもっぱら取り組んだというわけではなかった。一般的にはシュニッツラーは、人間心理への深い洞察を窺わせる短編小説や対話の綾に富む戯曲を残した作家として、あるいは、「世紀末ウィーン」のデカダンスの作家として知られている。

ユダヤ人問題が扱われている長編小説『自由への道』にも、シュニッツラーのそのような傾向は認められる。この小説は恋愛小説ともみなすことができる。言い換えれば、基本的には恋愛を主題としながらも、同時にユダヤ人問題を扱った作品なのである。すなわち、ユダヤ系ではない主人公が、同じく非ユダヤ系の女性と親しくなり、二人には結婚せぬまま子どもができる。しかしその子は出産の際に死に、やがて二人は別れ、主人公はウィーンを離れドイツでの新たな仕事に就こうとする。こうした筋立ての中で、主人公の、ユダヤ系実業家のサロンへの出入りやユダヤ系の友人たちとのつきあいが描かれ、その際に彼はユダヤ人問題に関する議論を聞くという構成になっている。

ところで、ウィーンの街の各地区は、地区ごとの特色の相違が日本の都市よりもはっきりしている(159)。このような話を展開するにあたって、シュニッツラーはその特色も十分意識しながら執筆している。たとえば、主人公が出入りするユダヤ系実業家の邸宅は、「窓越しにシュヴァルツェンベルク宮の庭園の高い木々の梢(160)」が見える所にあるとされている。その表現に該当する一角およびそれに隣接したあたりは、貴族の館も多い地区であった。この地区には、ユダヤ系の大富豪も居を構えるようになっていた。英語読みではロスチャイルドにあたるロートシルト家や、『ノイエ・フライエ・プレッセ』紙の社主モーリッツ・ベネディクトの邸宅もそのような地区にあった(161)。

アルトゥア・シュニッツラー

『自由への道』は、一九〇八年にS・フィッシャー社発行の『ノイエ・ルントシャウ(新展望)』誌に連載された(162)。連

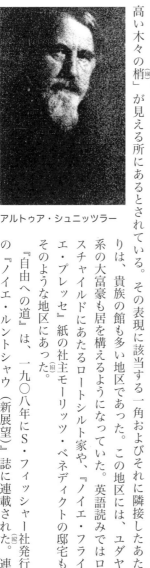

載中から大変評判になり、早くも同年に単行本化されている。[163] 雑誌に掲載するにあたり契約の条件を記した手紙の中で、S・フィッシャー社の社主ザームエル・フィッシャーは、シュニッツラーに対して「これまでに払ったことがないほどの原稿料」[164]という言葉を伝えてもいる。この単行本はベストセラーとなり、出版されたその年のうちに二〇版を数えるほどであった。[165] この小説はそれほどの成功を収めた。それというのも、興味を引く筋立てや、優れた描写や表現の魅力があったからであろう。ただ、それにとどまらず、ウィーンならびにドイツ語圏の諸都市で暮らすユダヤ系の読者にとって、同化したユダヤ系の登場人物が発する言葉が、身近で切実なものと感じられたということも考えられる。さらにそれに加え、この作品には、シュニッツラー自身ならびに彼の友人や知人を描いたモデル小説として関心を引くという側面もあった。[166] 日本でも、原書刊行からわずか五年後の一九一三年（大正二年）には『広野の道』と題して翻訳されている。[167] ただこの訳書では、ユダヤ人問題に関する議論については訳出されていない箇所がある。完訳ではないそのような翻訳の出版を可能にしたのも、原作そのものが、前述のように、恋愛小説でありユダヤ人問題を扱った小説でもあるという二重構成をとっているためと言うこともできるであろう。

この小説でシュニッツラーは、ユダヤ人問題を扱いながらも、ユダヤ人の世界だけにとどまる話にならないよう配慮し、ユダヤ系、非ユダヤ系双方の人物を登場させている。非ユダヤ系の人物としては、まず主人公の男爵ゲーオルク・フォン・ヴェルゲンティンが挙げられる。彼は音楽家であり、兄のフェリーツィアンは、当時ユダヤ人が就くことはできなかった外交官補である。主人公の恋人はアンナ・ロスナーといい、その兄弟のヨーゼフは、反ユダヤ的傾向をあからさまに示す人物として描かれている。

一方ユダヤ系の人物としては、作家ハインリヒ・ベルマンをはじめ、大ブルジョアの実業家ザロモーン・エーレンベルクとその息子の軍人オスカーならびにその一家、シオニストのレーオ・ゴロヴスキーとその姉妹で社会民主党の活動家テレーゼが挙げられる。この他にも、ユダヤ系の医師、作家、作曲家、政治家等多数が登場する。

このように、『自由への道』ではユダヤ系の知識人とみなせる人物が多数登場し、ユダヤ人問題をめぐる議論が交わされている。ユダヤ系の登場人物についてさらにもう少し詳しく説明すると、ザロモーン・エーレンベルクは、ユダヤ人独特のカフタン服や帽子を着用する正統派ユダヤ教徒とは違って、ウィーン風の大ブルジョアの生活をしてはいるものの、心の中では同化を拒否している人物として描かれている。しかも、憧れの地パレスチナへの旅行では幻滅を味わって帰ってくる。(168) 一方、その息子オスカーは、ウィーンの社会に進んで同化しようとするだけではなく、自らのユダヤ性を憎悪し、ユダヤ系であるにもかかわらず反ユダヤ主義者となっている。このユダヤ人自身によるユダヤ人憎悪は、当時、『性と性格』の著者オットー・ヴァイニンガーなどにも見られたものであった。

これに対し、ユダヤ人によるユダヤ人自身の国家を建設しようとするシオニストとして、レーオ・ゴロヴスキーが登場する。シュニッツラーは、自らのユダヤ性を強調しようとするこの人物を、あえて「ギリシャの若者の彫像を思い起こさせるような(169)」顔立ちの青年として描いている。このレーオ・ゴロヴスキーに対して、作家のハインリヒ・ベルマンは批判的である。彼は、「シオニズムは、今までユダヤ人を襲った災難のうちでも最たるもの(170)」であり、「祖国なるものは、……そもそも虚構だった(171)」と言い切る。今現に住んでいる所こそが自分にとっての故郷だとみなす彼は、「自分の知らないどこか他の地に故郷があるのではない」[172]と述べる。

ハインリヒ・ベルマンは、西欧の社会へのユダヤ人の同化という問題に関しては厳しい見方をしている。「同化……うーん……いや、おそらくいつかそれは実現するでしょう。……遠い遠い将来には。(……)けれども、この問題が僕たちの時代に解決されるようなことはありません」[173]と、ハインリヒは主人公の音楽家に向かって話す。シオニズムのような外へ向かう自由解放の動きに、彼は同調できない。『自由への道』という題名とも関わる見解を、シュニッツラーはこの人物にこう語らせている。

自由解放への道を皆で一緒にたどれるなんて全然思いませんね。……そこへ向かう道は外の世界などではなくって、僕たち自身の中にあって通じているんですから。皆それぞれが、自分の内なる道を見出すことこそ重要なんです[174]。

シュニッツラーは、ザルテンと同じく、キリスト教には改宗しなかった。その点に関しては、シュニッツラーの埋葬式の様子を伝える『ノイエ・フライエ・プレッセ』紙の記事を通して確認できる。それによれば、ウィーンの中央墓地で執り行われた埋葬式には、ユダヤ人共同体を代表して参列した人々もおり、ユダヤ教の葬送の儀式の後、ユダヤ教徒の名誉墓地で埋葬が行われたということである[175]。ただし、シュニッツラーはザルテンとは異なり、シオニズムに対しては懐疑的だった。『自由への道』のこの一節には、彼のその見解が反映されているように思われる。

シュニッツラーとヘルツル

シュニッツラーは、「誰であれ、たまたま同じ国民、同じ階級、同じ人種、同じ一族だからといって、一体感を抱くことはない」[176]という醒めた見方を表明する人物であった。友人であったテオドーア・ヘルツルが主導するユダヤ人自身の国を再建しようというシオニズムの運動に対しても、理解は示しつつも同調はしなかったように見受けられる。ところがそうは言い切れないと思わせる文献が存在する。その文献とは、オーストリア・ハンガリー帝国東北部のガリチア出身のウィーンのユダヤ人学生の組織「バル・コホバ」結成二十五学期を記念して一九一〇年に出版された『ユダヤ年鑑五六七〇年』である。[177] イエス・キリスト生誕の年を基準とする西暦ではなく、ユダヤ暦に基づく年号をあえて書名に掲げ、椰子の木が生い茂る地に設けられた野営のテントの手前で見張りをする人物が表紙に描かれているこの書物は、シオニズムを支持する立場に立って編まれている。傾向性の強いこのような書物に、シュニッツラーは二編寄稿している。その一つは、若き日のヘルツルとの交友を伝えるものであり、もう一つは長編小説『自由への道』に関わるものである。この小説の完成稿には取り入れられなかった文章が、『「自由への道」への補遺』と題して掲載されている。この年鑑の目次だけを目にするかぎり、シュニッツラー

「バル・コホバ」編集の『ユダヤ年鑑 5670 年』の表紙

はシオニズムの同調者であったようにも思える。

ただし、『「自由への道」への補遺』として寄稿されているいくつかの文章を読むと、そこで扱われているのは、ユダヤ人問題そのものではなく、世界の見方一般に関わる事柄であり、シオニズムに同調する立場が示されているわけではないということがわかる。(178) たとえば、作家ハインリヒ・ベルマンの主張を記した次のような一節がある。

世の中を政治的に見つめる人間と、芸術家の目で見る人間を永遠にへだてているあのぬぐい去りがたい相容れなさの深い原因がどこにあるのかわかったと、ハインリヒは主張した。彼が言ったところでは、この世の業《わざ》や出来事を個々の運命に即して捉えようという気持ちが芸術家には生まれつきあり、一方、変わることなく政治家に備わっているのは、――ジャーナリストや将軍や君主や外交官にも言えることだが――、常に集団の運命だけを見るという傾向だということだった。(179)

ヘルツルについての思い出が記されている『若きヘルツルについて』(180)も、まだシオニズムの考えを表明してはいない時期のヘルツルとの交友の様子を記したものである。しかもこの文章は、副題にも示されているとおり、当の年鑑のために書き下ろされたものではなく、シュニッツラーが一八九二年にヘルツル宛に出した手紙が活字化されたものだった。ただ、この手紙からは、純然たる個人的な通信というよりも、後に公表されることもありうるという意識の下に書かれたのではないかという印象も受ける。『「自由への道」への補遺』にせよ、『若きヘルツルについて』にせよ、ユダヤ人ということを前面に押し出し西暦もあえて書名に使おうとはしない『ユダヤ年鑑五六七〇年』の傾向に、シュニッツラーは無理に合わせようとはしていない。しかし、「若きウィーン派」に属するユダヤ系の作家は他には誰も寄稿していないこの書物の中で、シュニッツラーの名は特に目を引く。

ヘルツルと、彼より二歳年少のシュニッツラーは、ハンガリーにゆかりが深く、恵まれた環境で育ち、ウィーン大学で学んだというような多くの共通点を持っていた。二人の関係については、それぞれの書簡集に加え、公開されることになった両者の『日記』、ならびに、シュニッツラーに関する資料集を通して窺い知ることができる。(181) シュニッツラーの『日記』は、亡くなってから五十年経過した一九八一年から刊行され始め、二〇〇〇年に十巻目をもって完結した。編集責任者のウィーン大学のヴェルナー・ヴェルツィヒ教授は、私が留学中受入れ教官になっていただいた方である。ヴェルツィヒ教授には、シュニッツラーの日記の持つ意義について説明された論文があり、(182) 私もその抜き刷りをいただくことができた。

シュニッツラーとヘルツルは、学生時代から互いに面識があった。ただ、二人が親しくつきあうようになったのは、一八九二年にヘルツルがシュニッツラーの『メルヘン』という戯曲をほめ讃えて以来のことである。(183) 一時期シュニッツラーは、避暑地に滞在するヘルツルを訪ねたり、ウィーンで彼と食事を共にしたりすることもあった。ヘルツルがユダヤ人問題に取り組んだ『新しいゲットー』という戯曲の原稿に対しては、求めに応じて感想を記したうえ、修正すべき箇所について提案も行っている。(184) ただ、この作品ではヘルツルもシオニズムの主張をまだ明確に打ち出してはいなかった。やがてその主張をヘルツルはシュニッツラーとの会話の中で熱っぽく語るようになる。自分たちユダヤ人の国へと「いっしょに行きませんか」、「ブルク劇場よりもパレスチナの方が、あなたの作品はうまく上演されますよ[185]」と言われたとシュニッツラーは伝えている。また、ヘルツル自身も、「劇場の監督になれますよ[186]」と言って誘ったと書き残している。このような会話に加え、ヘルツルが『ユダヤ人国家』を著すにいたって、シオニズムに同調できないシュニッツラーは彼を避けるようになった。

しかし、一九〇四年にヘルツルの訃報に接した折には、シュニッツラーは日記に「大変な衝撃を受けた[187]」と記し、葬儀にも参列している。一九〇六年九月二十四日付の日記には次のように書き記されてもいる。

ヘルツルのことも思い出す。ヘルツルは私に我慢ができず(最後の数年間)、私に対して実に愚かな振る舞いをした。――私が彼のことをどれほど敬っていたかが、いや彼には舌を巻いていたということが、彼には全然わかっていなかった[188]。

ヘルツルが記し続けていた日記が、『テオドーア・ヘルツルの日記』という書名で一九二二年から刊行され始めたとき、シュニッツラーはこれをすぐに手に取ろうとはしなかった。シュニッツラーの『日記』によれば、五年後の一九二七年になって彼はようやくこれを読むことになった。第一巻を読み始めるにあたって記された感想や、二か月近く後の大みそかになって記された「読了」という言葉からは、強い関心を抱いて精読した様子が伝わってくる[189]。シュニッツラーにとって、ヘルツルは重い存在であった。

『ベルンハルディ教授』

シュニッツラーは、ウィーン大学の医学部で学んだ医師でもあった。すでに指摘したように、医師は当時ウィーンでユダヤ人が多く携わっていた職業の一つである。先に取り上げたケルバーの反ユダヤ的傾向を歴然と示す『帝国国境の砦ウィーンでの人種の勝利』では、その点が問題にされ、「ドイツ系住民の健康と生命は、人種を異にするユダヤ人の手にその多くが握られていた」[190]と記されているほどであった。この医学の世界でのユダヤ人問題をテーマとして執筆されたのが、戯曲『ベルンハルディ教授』である。[191]作品の舞台は、「エリザベティーヌム」という病院であり、主人公の教授はこの病院の院長を務めている。時代は一九〇〇年ごろと設定されている。舞台のモデルとなっているのは、ウィーン大学の医学部ならびに附属病院の研究と教育を補完する役割を果たしていた病院だったようである。その病院にはシュニッツラー自身勤めていたこともあった。それに加え、シュニッツラーの父親もかつてこの病院の院長の職にあった。

『ベルンハルディ教授』の筋はおよそ次のようなものである。「エリザベティーヌム」には今、ある若い女性の患者が入院している。この患者は、死期が近いにもかかわらず、カンフル注射のせいで高揚状態にある。それを知っている院長ベルンハルディは、キリスト教のカトリック教徒の臨終に際しての終油の秘跡を授けに来た司祭を、病室に入れさせない。その秘跡を授かることによって死期が近いのを悟るよりは、死への恐れを抱かずに幸福感を抱いたまま亡くなった方が良いと、ベルンハルディは考えるからである。ところが院長の意に反して、司祭が秘跡を授けに来たことを看護婦がその患者に告げてしまう。患者はそれを聞いて、院長が予想したとおり悲嘆にくれながら死んでしまう。ベルンハルディ教

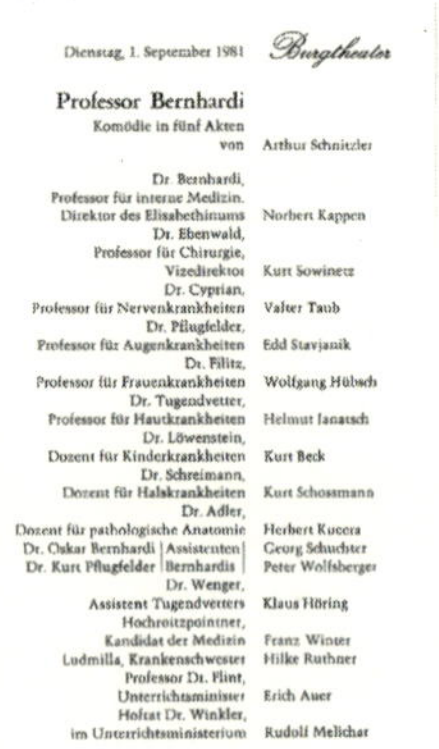
Dienstag, 1. September 1981 Burgtheater

Professor Bernhardi
Komödie in fünf Akten
von Arthur Schnitzler

Dr. Bernhardi, Professor für interne Medizin. Direktor des Elisabethinums	Norbert Kappen
Dr. Ebenwald, Professor für Chirurgie, Vizedirektor	Kurt Sowinetz
Dr. Cyprian, Professor für Nervenkrankheiten	Valter Taub
Dr. Pflugfelder, Professor für Augenkrankheiten	Edd Stavjanik
Dr. Filitz, Professor für Frauenkrankheiten	Wolfgang Hübsch
Dr. Tugendvetter, Professor für Hautkrankheiten	Helmut Janatsch
Dr. Löwenstein, Dozent für Kinderkrankheiten	Kurt Beck
Dr. Schreimann, Dozent für Halskrankheiten	Kurt Schossmann
Dr. Adler, Dozent für pathologische Anatomie	Herbert Kucera
Dr. Oskar Bernhardi | Assistenten Bernhardis	Georg Schuchter
Dr. Kurt Pflugfelder | Assistenten Bernhardis	Peter Wolfsberger
Dr. Wenger, Assistent Tugendvetters	Klaus Höring
Hochroitzpointner, Kandidat der Medizin	Franz Winter
Ludmilla, Krankenschwester	Hilke Ruthner
Professor Dr. Flint, Unterrichtsminister	Erich Auer
Hofrat Dr. Winkler, im Unterrichtsministerium	Rudolf Melichar

ブルク劇場の『ベルンハルディ教授』公演プログラム

授がとったこの行為の噂は病院外にも広まり、ユダヤ教徒によるカトリックへの侮辱だとして社会問題化し、議会でも取り上げられるほどになる。反ユダヤ系の政党は、この事件を取引材料として、現在この病院で進められている後任人事に関し圧力を加えようとする。しかしベルンハルディ教授は、政治権力による人事介入を拒否する。なお後任人事に関しては、病院内のユダヤ教徒とキリスト教徒の関係は単純ではなく、ユダヤ系の医師が皆ユダヤ系の院長を支持しているわけではない。やがてベルンハルディ教授は裁判にかけられ、宗教上の妨害をしたかどでしばらく刑に服することになる。裁判の直後には、ベルンハルディと司祭の間で対話が交わされる場面もあり、二人は、近代的ヒューマニズムとカトリシズムというそれぞれの信条は堅持しつつも、互いの立場を理解しあう。刑を終えた教授には、世論の変化に伴い、自己を擁護する機会が与えられる。しかし彼はあえて弁明しようとはしない。なお、この作品はハプスブルク帝国時代のオーストリアでは上演が許可されなかった。

留学生活も残り二週間ほどとなった一九八一年の九月一日の晩、私はブルク劇場の客席にいた。ウィーンの劇場や歌劇場の一年近くに及ぶシーズンの開幕日にあたるこの日、ウィーン随一の演劇活動の場であるブルク劇場では、『ベルンハルディ教授』が上演されることになった。この好機を逃すまいと私は思ったのである。この戯曲は、人間や社会の不完全さをよくよく見たうえでの「人間喜劇」という意味合いにおいて「喜劇」と銘打たれている。しかし、客席に座っている誰一人として笑い声をあげるようなことはなかった。それどころか、ウィーン留学中に観た演劇のうちでも、客席がこれほどに静まりかえり張りつめた雰囲気が支配している公演は他にはなかったように思う。上演は、休憩も含めると四時間近くに及んだ。しかし舞台に集中させられていた私は、時の経過を長いとは感じなかった。劇場内で購入したプログラムも、シュニッツラーやユダヤ人問題についての有益な情報が掲載された充実したものだった。表紙が少し汚れてしまったそのプログラムを、私は今も大切にしている。

第五章　平安の喜びを告げるある表現

アンツェングルーバー記念像

これまで見てきたように、「世紀末ウィーン」と呼ばれる時代のウィーンでは、さまざまな対立や軋轢が生じており、個々人の心の内にも葛藤や不安があった。しかしながら一方で、平安の喜びを告げるある表現への強い関心も広く見られた。当時人口に膾炙《かいしゃ》していたある芝居の中のせりふに対してさまざまな芸術家や思想家によって示された共感の深さからは、「世紀末ウィーン」の精神的傾向の一つが浮かび上がってくる。この最終章では、その点を取り上げてみたい。

一九〇五年四月三十日に、ウィーン中心部のリング通り沿いの広場の一角で、ある記念像の除幕式が挙行された。その日は明るい陽の光が感じられる日だった。式典の様子を伝える大判の冊子には、「柔らかな春の陽が、祝典の催される広場に射していた。この広場には、朝早くから人々がつめかけていた(1)」と記されている。その広場とは、国会議事堂に隣接し、王宮にもほど近いシュメーアリング広場であり、当日除幕された像は、作家ルートヴィヒ・アンツェングルーバーを記念するものであった。リング通りのこの広場一帯は、当時すでに現在とほぼ同じ景観を呈するようになっていたが、それを飾るものがまた一つ増えることになったわけである。ちなみに、私が留学していたころ、この記念像が建っている広場には木々が生い茂っていた。そのため、そばを通り過ぎたこともあったというのに、残念ながら私はこの像の存在を知らずにいた。

アンツェングルーバーは、十九世紀後半のオーストリアの作家で、地方の農民生活を方言を生かして民衆劇の伝統をも取り入れて活写した戯曲や、都会に生きる小市民の日々の暮らしを描いた小説などで知られていた。没後四年を経た一八九三年には、ウィーンの中央墓地に早くも彼の記念碑が建立された[2]。そして、それができ上がってすぐに、市の中心部にも記念碑を建立しようという動きが始まった[3]。一八九八年にはドイッチェス・フォルクステアーターという劇場が中心となって建立の呼びかけが行われた。呼びかけ文を起草した作家のペーター・ローゼッガーは、その中で民衆的作家としてアンツェングルーバーを讃えている[4]。式典の挨拶文中にも同様の評価は見られ、この記念像実現のために尽力した建築家のフェルディナント・フェルナーは、次のように語っている。「彼は民衆の心を読み取り、人々をいましめ励ましつつ、民衆の心の明るい面暗い面の両方を、不朽の登場人物の姿の中に刻み込むすべを心得ていたのでした[5]」。しかしこの記念像建立にあたっての寄付者の名簿を見ると、そこには皇帝フランツ・ヨーゼフ一世をはじめ上流の人士の名前も

アンツェングルーバー記念像（ヨーハン（ハンス）・シェルペ作）

目につく[6]。また、像が設置されたのは、リング通りの外側にあるアンツェングルーバーゆかりのアン・デア・ウィーン劇場等の劇場のそばではなく、一八八〇年代末に開設され最晩年の彼と関わりの深いドイッチェス・フォルクステアーターの近くであり、さらに、宮廷劇場であるブルク劇場にも近い位置であった。格式を誇るブルク劇場で、存命中にも多少は上演されていた彼の芝居が、その死後、演目に本格的に加えられるようになっていたということと、これは呼応していると言えるであろう[7]。また、ウィーンには記念像のたぐいが数多くあり、リング通り沿いにもウィーンにゆかりのある音楽家の像は少なくない。それに比べ、文学者の像となるとその数は限られる[8]。このような点から考えると、この時期アンツェングルーバーは、単に人気のある作家というのではなく、国民的作家として認められるようになっていたとみなせる。

ただし、「国民的」という言い方は、ハプスブルク帝国の末期にあたる当時、民族や階級が複雑に対立しあっていた状況を考えると、的確さを欠いているかもしれない。しかしながらまた、アンツェングルーバーの支持層の広がりを示すものとして、次の事実は注目に値する。彼の初期の作品は、一八七〇年ごろにそれらが舞台にかけられるにあたっては、教会の権威を揺るがせるものとして当局の検閲の対象となっていた。「ローマ離脱運動」というローマ・カトリックの権威からの民族主義的傾向を帯びた分離の動きが始まったのは十九世紀末になってからだったが、それを先取りするような傾向はアンツェングルーバーの初期の作品が公にされたころすでに見られ、彼の作品はその種の動きとつながるものとして問題にされたのであった。それにもかかわらず、記念像建立にあたっては、カトリック信仰を基盤とするキリスト教社会党が積極的に関与していた[9]。そして一方、この党と対立関係にあった社会民主党系の学生団体が解散するにあたって行われた最後の行事の一つも、アンツェングルーバー慰霊祭だったのである。[10] しかもアンツェングルーバーは、オーストリア国内でのみ評価されていたわけではなかった。記念像建立の発起人名簿に目を通すと、そこにはオーストリア以外のドイツ語圏の有識者の名が半ば近くを占めていることが見て取れる。[11]

ハンス・シェルペとも呼ばれるヨーハン・シェルペという彫刻家が制作した像は、アンツェングルーバーが立つ岩の下に彼の作中人物「石割り人ハンス」が配された構図のものとなっている。式典では、アンツェングルーバーの作風を継いでいたルードルフ・ハヴェルがこの登場人物のせりふに基づいて作った「何も起こるわけではない」という詩が、この登場人物の役を当たり役としていた俳優ルートヴィヒ・マルティネッリによって朗読されている。[12] またこれを受けて、市長カール・ルエーガーは次のように述べている。

この記念像に捧げられた言葉、それは「おまえには何も起こりえない」でした。彼には実際何も起こりえない——ウィーン市民は気がつくことでありましょう。自分には何も起こらないということに、何も起こることはありえず、また起こりはしないであろうということに。[13]

石割り人ハンスの体験

ここで言及されている「おまえには何も起こりえない」という表現、これは『十字で署名する人々』という戯曲の中のせりふであり、また表題の「十字で署名する人々」とは、読み書きができないため十字を三つ書いて署名に代える無学な人々を意味している。この作品はアンツェングルーバーの第三作目にあたり、前二作が啓蒙的・自由思想的傾向と封建的・教権的傾向の対立を正面から扱っていたのに対し、同様の傾向に沿いながらも、音楽や舞踏が随所に取り入れられたウィーン民衆劇風のものとなっている。[14] 舞台は南ドイツのバイエルンのある農村に設定されている。ローマへの巡礼参加の嘆願書に、その内容をよく知らずに署名してしまった村の男たちは、実際に参加するにあたっては躊躇する。それに対し、教会の教えに忠実な女たちはその実現を迫り、それまでは寝食を共にしないという強硬手段に訴える。しかしやがて、主人公の石割り人ハンスが、女たちに巡礼のあいだ夫婦が別れて暮らすことによってもたらされる災厄を説き、男たちにわざと巡礼に出かけるふりをさせた結果、女たちの方がむしろ男たちをひきとめることになり、大団円で幕が閉じる。

石割り人ハンスの像

　このような筋立ての芝居の最終幕にあたる第三幕の第一場で、前述のせりふは語られている。老齢の石割り人ハンスは、妻との関係で助言を求めにきた若い農夫に、自分の生い立ちとある一つの体験を物語って聞かせる。ハンスは、結婚をしていないある下女の子どもとして生まれ、生後間もなくみなし子となる。成人した後、彼は戦争にかり出され、傷を負ったあげく村に帰る。しかし彼の居場所は村にはなく、山の中の小屋で孤独な窮乏生活を余儀なくされる。重い病にかかったハンスは、死を覚悟して最期の時を野外で一人迎えようとし、自然に包まれてしばらく意識を失う。再び目覚めると、あたりの光景はいつものとおりであった。ところがその時突然、何かに語りかけられるようにして彼は次の言葉を聞く。

おまえには何も起こりえない。この上なくひどい責め苦も、それが過ぎ去ってしまえばものの数ではない。——ほどなく草葉の下六尺に埋められることになろうとも、またそれを何千回と目にすることになろうとも。——おまえには何も起こりえない。——おまえはすべてに属し、すべてはおまえに属している。おまえには何も起こりえない。[15]

この語りかけを通して、ハンスはこの上ない喜びに満たされ、「ああ嬉しい、楽しい[16]」という言葉を何度もくり返す。この時以来世界は喜びに溢れたものに変わり、彼はこの世にあって積極的に生き続けることになった。なおここではあえて標準語で直訳調で訳したが、原文では方言が使われている。したがって、たとえば、「あんたには何《なん》も起こったりなんかせえへん」というように、各自この一節全体をなじみのある方言に置き換えて読み直していただければと思う。

この箇所については、汎神論的とみなすものをはじめいくつかの解釈が見られる[17]。そのうちで最も注目すべきは、ウィーン民衆劇研究の第一人者であったオットー・ロンメルの解釈であろう。彼によれば、この箇所にはフォイエルバッハの哲学との一致が見られるという[18]。ロンメルによる全集版と同時期の一九二〇年代初めに異なる全集版を刊行した、ウィーン大学教授の文学史家エードゥアルト・カストレも、この点に関してはロンメルと同様である。[19] また二十世紀末にドイツで刊行された大部の文学事典にもこの見解は受け継がれている。[20] アンツェングルーバーが主人公に語らせているせりふは、確かにキリスト教の伝統的な教義の枠には収まらないものであり、キリスト教を批判し新たな人間学を打ち立てようとしたフォイエルバッハの哲学に通じるという見方はできよう。しかし私には、このせりふは特定の哲学と結びつけるよりも、宗教的体験を素朴ながら端的に表現したものと解した方が良いと思える。主人公ハンスは、この体験を「特別の啓示」[21] と言い表し、「おまえには何も起こりえない」という語りかけを受けるに際し、身体の自由性を感じている。[22] しかもハンスは、この体験を哲学的省察の結果としての認識ではなく、知性を超えたところでの働きかけとして受け取っているのである。このような点からして、この箇所は、私には、ウィリアム・ジェイムズが『宗教的経験の諸相』で述べている、苦悩を経て新たに生まれ変わるという宗教的経験の一種を表していると思える。[23] この種の経験特有のこの世ならぬ光への言及も欠けてはいない。語りかけを受ける際に主人公は、「明るい陽の光が体の中に射しこみ続けたかのように[24]」感じているのである。

ところで、アンツェングルーバーの記念像除幕式においては、式辞が終わった後、ウィーン男性合唱協会がモーツァルトの『連帯の歌』を歌った。[25] 今では、モーツァルトの作ではなく、彼のフリーメイソン仲間であった別の作曲家の作とされているこの曲は、当時はモーツァルトの作品として知られていた。[26] この合唱曲は元々、秘密結社ともみなされていたフリーメイソンのための曲だった。しかし、ウィーン市からも一定の額が醵出され半ば公の行事とみなせるこの除幕式でそれが歌われたということは、当時すでにこの曲が秘密裡に歌われるものではなくなっていたということを示している。なおフリーメイソンには、かつてモーツァルトの他にヨーゼフ・ハイドンなども入会していた。この合唱曲は「我ら手に手をとって」[27]という歌詞で始まるように、人々の結びつきを呼びかけている。この曲の歌詞の内容は、「石割り人ハンス」の特別の体験に関して言われている「おまえはすべてに属している」に通じるであろう。ハンスの体験は、あくまでも個人の体験である。しかし実はそのような体験こそ、人と人を深い所で結び合わせるものだということを、この曲を選び出した主催者は意識していたのではなかろうか。式典の最後を飾るこの合唱は、列席者に感銘を与えたと伝えられている[28]。

「おまえには何も起こりえない」というせりふは、オーストリアの人々の間で広く知られていた。ただし一般的には、通常使われるような、「悪いようにはならない」、「だいじょうぶだ」という程度の意味にも解されていたであろう。しかし、アンツェングルーバーの『十字で署名する人々』という作品そのものでは、このせりふは、何らかの事態がそのうち好転するとか、体に負った傷がしばらくすれば治るという程度のことを意味しているのではない。大いなる平安の喜びを体験するという、生きていくうえで最も大切な出来事が伝えられている。だが、何も起こりえないということ、考えてみれば、これは恐ろしいことでもある。何も起こりえないということがただそれだけにすぎないということならば、それは、何もないというただ否定するだけの無が、悪の相貌をのぞかせ、私たちを虚無の淵へといざなうということになろう。しかしながら、アンツェングルーバーのこの作品においては、「おまえには何も起こりえない」というせりふは、決してそのようなことを伝えようとしているのではない。むしろ、「何も起こりえない」ということによって「何かが起こる」、しかも決定的な何かが起こるということが伝えられている。では、この表現をきわめて重要なことを伝えているものだと意識する場合には、それはたしてどう受けとめられたであろうか。以下、この表現に関心を寄せた世紀末ウィーン文化を代表する何人かの人々、ならびにこの文化に深い関わりのあった人物を取り上げてみたい。

ルートヴィヒ・ヴィトゲンシュタイン

ピアニストのパウル・ヴィトゲンシュタインの父カール・ヴィトゲンシュタインは、ウィーン有数の実業家だった。カール・ヴィトゲンシュタインはまた、芸術の熱心な後援者としても知られていた。アンツェングルーバー記念像建立にあたっても、彼は少なからぬ額を寄付している[29]。

その息子で，パウルの弟にあたるルートヴィヒ・ヴィトゲンシュタインも、ここで今問題にしているアンツェングルーバーの作品中のせりふに強い関心を示していた。それは、ノーマン・マルコムによる回想の中で、ヴィトゲンシュタインから聞いた話として次のように伝えられている。

> 二十一歳のころ、あることによって彼（ヴィトゲンシュタイン）には変化が生じた。彼はウィーンである芝居を観た。芝居自体はそれほど大したものではなかったが、登場人物のうちの一人が、この世で何が起ころうとも何も悪いことは自分には起こりえない、運命や環境から自分は独立しているという意味のせりふを語った。ヴィトゲンシュタインはこのストイックな考えに打たれ、ここに初めて宗教の可能性を見てとった[30]。

ここで伝えられている言葉のうち、「何も悪いことは」という表現や「ストイックな」という表現は、ヴィトゲンシュタイン自身が語った言葉とは微妙にずれがあるのではないかと思われるものの、大筋としてこの一節は、ヴィトゲンシュタインという人物の精神的傾向をよく伝える貴重な証言である。また、ここで言及されている芝居については、研究者の間ですでに認められているとおり、アンツェングルーバーの『十字で署名する人々』だと考えて問題ないであろう。ヴィトゲンシュタインが二十一歳になる少し前の時期に、ウィーンでは「ドイッチェス・フォルクステアーター」でこの芝居が上演されたということもつきとめられている。(31)

この芝居を観たとされるころから二年余り後にバートランド・ラッセルに宛ててヴィトゲンシュタインが出した手紙の中には、ウィリアム・ジェイムズの『宗教的経験の諸相』に彼が強い関心を寄せており、影響を受けていたということを示す箇所もある。

私は今、時間があると、ジェイムズの『宗教的経験の諸相』を読むことにしています。この書物は私にずいぶん良い働きかけをしてくれます。すぐにも聖者になろうとしているというわけではありませんが、ぜひとも改善に努めたいと思っている私には、この書物がその一助に少しもならないなどとは思えません。つまり、この本は私から「憂

アンツェングルーバーの芝居が上演されたドイッチェス・フォルクステアーター

い」を追い払うのに役立ってくれると思うのです（ゲーテがファウスト第二部でこの言葉を用いた意味で）[32]。

英語で書かれたこの手紙の中で、「憂い」という言葉だけは、あえて「Sorge」とドイツ語で記されている。この言葉に断り書きが添えられているのは、この語が「気がかり」とか「配慮」という意味で用いられることもあるからだった。ゲーテの『ファウスト』第二部第五幕の「真夜中」という場面では、ファウストに対して、「憂い」が自らの手に落ちた者が陥る状態を次のように語る。

わが手にひとたび落ちるなら
世界はすべて無用の長物、
いつまでたっても暗いまま、
陽は昇りも、また沈みもせず、
外の世界は感じ取れても
心には闇また闇が居座ります[33]。

この一連のせりふには、鬱に陥った者が置かれている状態が実に的確に言い表されている。このせりふから読み取れるところでは、「憂い」とは「鬱」の状態とも言い換えられるものである。『宗教的経験の諸相』を読むことによってヴィトゲンシュタインが求めたのは、このような状態からの解放であった。

このように、アンツェングルーバーの芝居を観て「初めて宗教の可能性を見てとり」、ジェイムズの『宗教的経験の諸相』を「憂い」からの解放に役立つものとみなすヴィトゲンシュタインにとって、宗教へ向けられた関心は、教義を持ち組織化された既成の宗教というよりも、むしろ宗教が生み出されるその根底にある宗教性に対するものであったと言えよう。これらのエピソードや手紙に示されている彼の関心のあり方は、その後の思想上の歩みの中に宗教性を読み取ろうとするにあたって示唆するところがある。

ヴィトゲンシュタインの哲学は、『論理哲学論考』を発表したころまでの時期と、ケンブリッジ大学で再び哲学に取り組むようになってからの時期の二つに大きく分けることができる。そのうちで、彼の宗教的関心を示す言葉が比較的多く見られるのは前者の時期である。もっともこれも、『論理哲学論考』全体と比べれば、そのごく一部というべき序文と巻末の数ページに見られるにすぎず、しかもそこでは、宗教そのものへの直接的な言及は見られず、「語りえぬこと」あるいは「神秘」という表現を通して示されているにすぎない。[34] しかしルートヴィヒ・フォン・フィッカー宛の書簡の中で彼が伝える、「私の著作（『論理哲学論考』）は二部構成となっているのです。ここに提示してある部分と、私が書かなかった事柄すべてから成り立つ部分の二部です。そしてまさにこの第二部が重要なのです[35]」という一節、ならびにフリードリヒ・ヴァイスマンによって伝えられている、「何ら教義のない、したがって語られることがない宗教を、私はとてもよく思い浮かべることができます[36]」という一文などからすれば、『論理哲学論考』の根底に、語られえぬ宗教性へのヴィトゲンシュタインの強い関心を見て取るのは可能だと思われる。

これに対し、彼がケンブリッジに移り住み哲学の世界に再び関わるようになってから執筆され、公刊されるにはいたらなかった著作のための草稿においては、この種の宗教性を語る文章はさらに少なくなっている。ただし彼が宗教に関心を抱き続けていたことは、『宗教的信念についての講義』として公にされている聴講生の筆記ノートから窺うことができる[37]。しかしこの不完全な講義筆記録から読み取れるかぎりでは、ヴィトゲンシュタインは自身の宗教的信念を直接語ろうとはしていない。彼の考察はこの時期主として、日常言語の使用の分析をめぐって行われることになった。その動機の一つとしては、すでに指摘されているように、ヴィトゲンシュタインが『論理哲学論考』を完成させた後の時期にあたる小学校教師時代に直面した、言語教育上の苦労が挙げられるであろう。彼自身が編纂した『小学校用辞書』のページを繰ると、形式的なアルファベット順の語の配列が避けられ、言語を実際に習得するにあたっての語の連想やつながりへの配慮がなされていることに気がつく[38]。言語をでき上がった体系の中で捉えるのではなく、言葉一つ一つの実際の使われ方を重視するという彼の関心の変化、ここには、事物全体に通じる「理」の追及を超えて、むしろ一つ一つの「事」に徹するという、世界の捉え方の深まりが見られると思える。宗教性について直接的には語られていないヴィトゲンシュタインの哲学は、しかしながら宗教と無縁ではなかった。彼が再び哲学に取り組もうとした時期に書かれ、彼自身刊行することなく終わった書物への序文としてまとめられたとみなされている次の文章からも、その点は窺うことができるであろう。「〈この書物は神の栄光のために書かれた〉と言いたいところではある。しかし今日そのようなことをすれば恥知らずであろう。というのも、このことが正しくは理解されないと思えるから[39]」。

このように宗教性をあからさまに示すのを好まぬヴィトゲンシュタインが、ケンブリッジ大学で再び哲学に取り組むようになってから間もないころ、生涯ただ一度きりの講演において、宗教と関わりのある事柄を取り上げているのは興味深い[40]。この講演の題目は慎重に『倫理についての講演』とされているが、彼自身その中で述べているとおり、ここでは倫理的という表現は、宗教的という表現と置き換えうるものとして使われている[41]。ヴィトゲンシュタインによれば、宗教的体験と言い換えることもできる倫理的経験は、「事実です。それらは、その時、そこで起こり、ある一定時間続いたのであり、記述可能なのです[42]」とされている。ところがこの経験は、たとえを使って記述することは可能だが、「たとえで語るのをやめて、その背後にある事実を述べようとするやいなや、このような事実はないと気づく[43]」たぐいの経験なのである。

ルートヴィヒ・ヴィトゲンシュタイン

ヴィトゲンシュタインが、語りえぬものながらあえて語ろうとするその経験の第一は、「世界の存在に驚く[44]」という経験であり、これはまた、「世界を奇跡として見る[45]」経験とも表現され、さらにまた、「神が世界を創造された[46]」という宗教的表現にも通じるとされている。二番目に彼が言及するのは、「絶対に安全だと感じる経験[47]」である。この経験についてはさらに、「そうした精神状態に置かれると、人は〈私は安全であり、何が起ころうとも何ものも私を傷つけることはできない〉と語ることになる」[48]とも言われている。ヴィトゲンシュタインの言うこの第二の経験、これはまさにアンツェングルーバー作の石割り人ハンスのせりふに通じるものである。ヴィトゲンシュタインが宗教の可能性を見出すきっかけになったと伝えられているせりふにも共通するところがあるこの経験は、宗教的には、「神の御手の中にあって我々は安心だと感じる」[49]と表現できるとも言われている。さらにもう一つ、ヴィトゲンシュタインは第三の経験を挙げている。それは「罪の意識を持つ経験」[50]である。これは、「神は我々の行いを善しとされない」[51]という風にも言い換えられている。彼が感じていた罪悪感の強さは、書簡などからもよく窺える。ことに、長期にわたる封印期間を経て公刊されるにいたった日記に目を通すと、彼の罪の意識の並外れた深さが感じられ、粛然とした思いに駆られる。

またこの日記には、『倫理についての講演』では言及されていない「光」に関して記されている箇所も見られる。前述したとおり、石割り人ハンスが特別の体験をした際には、この種の体験特有のこの世のものならぬ光を感じ続けていたとされている。ヴィトゲンシュタインの日記においては、「おまえはどこか他の所からの新たな光を必要とする」[52]という表現などによって、この種の光が言い表されている。一九三七年のイエス・キリストの受難を覚える聖金曜日（受苦日）の前日には、聖金曜日を強く意識しているということが窺える一節の少し後に、「ある光の輝きによって照らし出されるように」[53]という、このような光を切実に求める心情も吐露されているほどだ。

この一節は、キリスト教徒にとって特別な意味を持つ日を目前にして記されたという点でも注目される。前章で触れたとおり、ヴィトゲンシュタインはユダヤ系であった。ただし父親はプロテスタントの洗礼を、半ばユダヤ系だった母親はカトリックの洗礼を受けている。ルートヴィヒ・ヴィトゲンシュタイン自身は幼時にカトリックの洗礼を受けた。しかし彼は、既成の宗教からは距離を置くようになっていた。しかしながらまた、この一節を読むと、イエス・キリストの受難を、むしろ一般のキリスト教徒以上に彼が強く意識していたということが窺われ、強い印象を与えられる。

日記だけではなく、ヴィトゲンシュタインが折にふれ書きとめていた断章の一部も、一書にまとめられ公開されている。日記の方は、彼の生涯のうち特定の時期にあたるものだけしか残されていないのに対し、断章が記された期間は相当長期にわたっている。一九三七年に彼が書き記したものの中には、次のような一節が見られる。

しかし、本当に救われることになるのだとすれば――私は確信を必要とする――察知や夢想や推測ではなく――そしてこの確信が信仰なのだ。そしてこの信仰は、私の心、私の魂が必要とするものへの信仰であり、あれやこれやと考える頭が必要としているものを信じるということではない。というのも、私の観念としての精神ではなく、私の魂が、それを騒がせるもの、いわばその肉と血と共に救われなければならないからだ(54)。

このように、彼が求めていたのは、単に精神だけが救済されるということではなく、全人的な救いであった。彼が書き残した言葉は、それを読む者の心を深く揺るがしてやまない。一九四四年ごろには次のような一文も書きつけられている。「中途半端にまっとうな人間は皆、自分のことをきわめて不完全だと思う。しかし宗教的人間は、自分のことをみじめだと思う(55)」。まっとうな人間になること、これは彼が生涯求めたところであり、知人の一人は、「もちろん私は完全になりたいのです」[56]という彼の言葉を、生涯忘れがたい言葉として伝えている。「完全であれ」という要請を、彼は文字どおり実践しようとした。しかし彼が自らに深く思いをいたしたとき、いやおうなく感じさせられるのは、自分が不完全だということ以上に、みじめだということであった。みじめさ貧しさの極致――しかしそこで、ある事実が起こった。それは次のエピソードが示しているであろう。

ヴィトゲンシュタインは、癌にかかり自らの死を間近にした時点において、親しかったドゥルーリーにこう語っている。「もはや長くは生きられないと知っているのに、〈死後の生〉が全然念頭に浮かばないのは、変じゃないかな。僕の関心はすべて今なお、この人生と、さらに書けるだけ書くことにあるんですよ」[57]。そしてここで書くとは、「語りえぬこと」ではなく、「語りうること」について書くということであった。親しかった人々に向けて死の床で彼が言い残そうとした最後の言葉は、こう伝えられている。「あの人たちに告げてください。私は、驚きに満ちた人生、すばらしい人生を送った、と」[58]。

グスタフ・マーラー

ヴィトゲンシュタイン家の邸宅には、音楽家のグスタフ・マーラーも訪れている。アンツェングルーバー記念像が除幕された当時、ウィーン宮廷歌劇場の監督を務めていたマーラーは、除幕式に招待されたものの、欠席する旨断りの返事を出している[59]。しかし、アンツェングルーバーに彼が興味を寄せていなかったというわけでは決してなかった。指揮者ブルーノ・ワルターは回想録の中で、ここで問題にしている表現にマーラーが関心を示していたことを伝えているのである。

彼（マーラー）は、アンツェングルーバーの大胆な作品、『十字で署名する人々』の中の石割り人ハンスのすばらしい言葉、「おまえには何も起こりえない」を好んでいた。(60)

グスタフ・マーラー

この一節は、マーラーがドストエフスキーの『カラマーゾフの兄弟』を熱心に読んでおり、我々は「どこから来て、どこへ行くのか、そして何のために」ということを日ごろから問題にしていたという思い出につながるものとして回想されている。しかもこの回想を伝えているワルターは、十代のころすでにカントを熟読していたような人物であった。(61) またマーラーは、ワルターにショーペンハウアーの著作を贈ったこともあったという。(62) このようなことを考えに入れると、マーラーは、アンツェングルーバー作中の言葉を深い意味で受けとめていたと言えるであろう。しかし私は、この一節を初めて目にしたとき意外に思った。というのも、マーラーの音楽は根本的に不安と絶望を訴える音楽と感じていたからである。

　マーラーは近代の作曲家の中でも、宗教曲以外のジャンルで宗教性をひときわ明瞭に打ち出している作曲家である。たとえば、『交響曲第二番』では彼特有の復活理解が見られる。この曲の最終楽章の歌詞は、指揮者ハンス・フォン・ビューローの葬儀に際し、ハンブルクの教会に列席していた折に耳にした讃美歌から着想を得たと伝えられている。[63] この讃美歌で用いられている歌詞は、十八世紀の詩人クロプシュトックの死者の復活を詠った詩である。曲の方は、一九八〇年代に使われていたドイツ語のルター派讃美歌集によれば、一八〇三年にハンブルク近郊のアルトナで作曲されたということである。[64] 作曲者の名は記されていない。なお、この讃美歌は、北エルベ教区で用いられる讃美歌を集めた補遺の欄に収められており、ルター派のどこの教会でも歌われるわけではないようだ。この讃美歌で用いられている詩をもとにマーラーは大幅な改作を行った。両者を比較すると目につくのは、[65] マーラーの改作にあっては、「イエス」という言葉や、神と人との和解をとりもつキリストを意味する「仲保者」という言葉が省かれ、その代り新たに、「おまえからは何も失われはしない」という表現や、「生きるためにこそ私は死ぬのだ」という表現が加わっているという点である。また注目すべきことに、「光」として表象された神に向かって天がけるという一節も見られる。マーラーにあっては、「復活」は神との直接の関係で理解されており、元来キリスト教的な歌詞が相当に変形されていると言える。したがってこの曲は、ユダヤ教徒にとっても許容できるものであり、いやそれどころか、ユダヤ人にとっての『第九』とも言えるほど重要な曲となっている。例を一つ挙げれば、一九八八年、岩山がそそり立つ荒涼たる聖地マサダにおいて臨時に設けられた演奏会場で行われたイスラエル国建国四十周年記念コンサートでも、この曲は演奏されている。[66]

マーラーは、ウィーン宮廷歌劇場の監督の地位につく少し前にカトリックに改宗した。それもあって、改宗後に作曲された『交響曲第八番』においてはキリスト教的要素が『第二番』よりは強く見られる。この曲の第一部では、中世にラテン語で書かれた聖霊降臨の讃歌「来たれ、創造主なる聖霊よ」が大幅に用いられている。その歌詞の中でキリスト教的色彩が特に強いのは、「父なる主に栄光あれ。神と御《み》子《こ》に栄えあれ。死よりよみがえりたまいし御子と、慰め主なる聖霊に、世々いついつまでも栄えあらんことを」[67]という、「御子」という言葉が使われている箇所である。しかし詩全体としては「聖霊」への讃美と嘆願が中心となっており、ユダヤ教から改宗した者にとってもおそらくは受け入れやすい歌詞が採用されたように思える。第二部では、ゲーテの『ファウスト』終結部が大幅に用いられ、なかでも、「永遠に女性なるもの、我らを高みへと引き行く」[68]という一節が、曲全体をしめくくるクライマックスを形づくっている。ところで、マーラーと共にウィーン宮廷歌劇場の上演の質を高めた舞台装置家アルフレート・ロラーは、マーラーにミサ曲をなぜ書かないのかと尋ねたところ、クレド（信条）の部分が書けないという答えが返ってきたと伝えている。[69]マーラーにとっておそらくは信条のうちでも、「主は、生者と死者を裁くために栄光のうちに再び来られます」という箇所が特につまずきとなったであろう。このように推測するのは、間もなく彼の妻となるアルマ・シンドラーに送った手紙の中で、マーラーは『交響曲第二番』[70]について解説し、復活の時にあって、「そこには裁きはありません。（……）罪も報いもないのです」と伝えているからである。そしてロラーに対して、彼は、「『交響曲第八番』が自分にとってのミサ曲なのです」[71]という印象深い言葉を語ったとのことである。

このように『交響曲第二番』や『第八番』において、マーラーは歌詞をも通してその宗教性を表現している。ただ私にはむしろ、歌詞を伴わない『交響曲第九番』で、ことにその最終楽章終結部において、マーラーの宗教性は最も深く表現されていると感じられる。オーケストラが、フォルテで鳴り響くことをやめ、きわめて遅いテンポで静かに、しかし楽器群から楽器群へとたえず音型を伝えながら、とだえるかと思わせつつもかすかに音をつむぎ、そして無という音の中へと消え入っていく——この楽想、なかでも最終楽章第一五九小節以下は、『亡き子をしのぶ歌』の第五曲「この嵐の中で」終結部（第一二五小節以下）の楽想を受け継ぎ、発展させたものとみなすことができよう[72]。オーケストラ伴奏付きのこの歌曲においては、リュッケルトによる次のような詩が歌われている。「この嵐の中、この雨の中、子どもたちはまるでお母様の家にいるかのよう。嵐におびやかされることもなく、神様の御手に守られながら[73]」。そしてこのような絶対的安心を告げる言葉がとだえた後、最後にオーケストラが、言葉による表現を超えた祈りとでも呼ぶべき音楽を短く奏する。『交響曲第九番』の終結部は、それを踏まえたものとみなせるであろう。

指揮者レナード・バーンスタインも、ハーヴァード大学での講義において、『交響曲第九番』の第四楽章を「祈り」の音楽と規定し、ことにその楽譜の最後のページは、「死ぬということに、すべてを放棄するという経験そのものに、私たちが持ちえたあらゆる芸術作品のうちで最も近づいたページ[74]」だとし、次のような表現でその分析をしめくくっている。「そして息絶えつつ、私たちはすべてを失います。けれども手放しつつ、私たちはすべてを得ているのです[75]」。このような解釈を示すバーンスタインが指揮をしたこの曲の演奏といえば、私には特別の思い出がある。一九八五年九月のイスラエル・フィルハーモニー管弦楽団の日本公演旅行の初日、大阪のフェスティバルホールは、指揮者もオーケストラの団員もユダヤ系という演奏会ゆえに、イスラエルをめぐる折からの政治情勢のため、開演前からものものしい厳戒態勢の雰囲気に包まれていた。この曲の終結部がきわめてゆっくりと、そして最後の音がきわめて静かに奏でられ演奏が終わった後、聴衆は誰一人としてすぐには拍手ができなかった。拍手することがためらわれるような、いや、息をする音をかすかに発することさえためらわれるような静寂が濃密に会場を覆っていた。演奏はすでに終わっていた。しかし、音がもはや鳴り響かないという状態にあって、無という音を通して感じさせられるものがあった。それは、祈ることができぬところでの、しかしなおかつそれを超えての祈りとでも呼ぶべきものであっただろうか。

マーラーは『交響曲第九番』を創作活動の総決算とはせず、次の交響曲にとりかかった。しかしこの曲を完成できぬまま、彼は一九一一年に亡くなった。だが、その死後十年余りを経て、未完のままのこの曲の手稿は、妻アルマの判断で公開されることになる。『第十交響曲』として公刊された手稿に添えられた説明文で、アルマはこう述べている。

> 第十交響曲を公開するにあたって唯一妥当な形式は、ファクシミリ版でしかありえなかった。それは、この巨匠の最後の音楽を伝えるだけではなく、手稿の激昂した筆跡においてこの人物の謎めいた自画像を示し、彼を証しし続けることになる。[76]

パウル・ショルナイ出版社から委託されて、ウィーンのグラフィック専門の会社によって制作されたファクシミリは、マーラーの

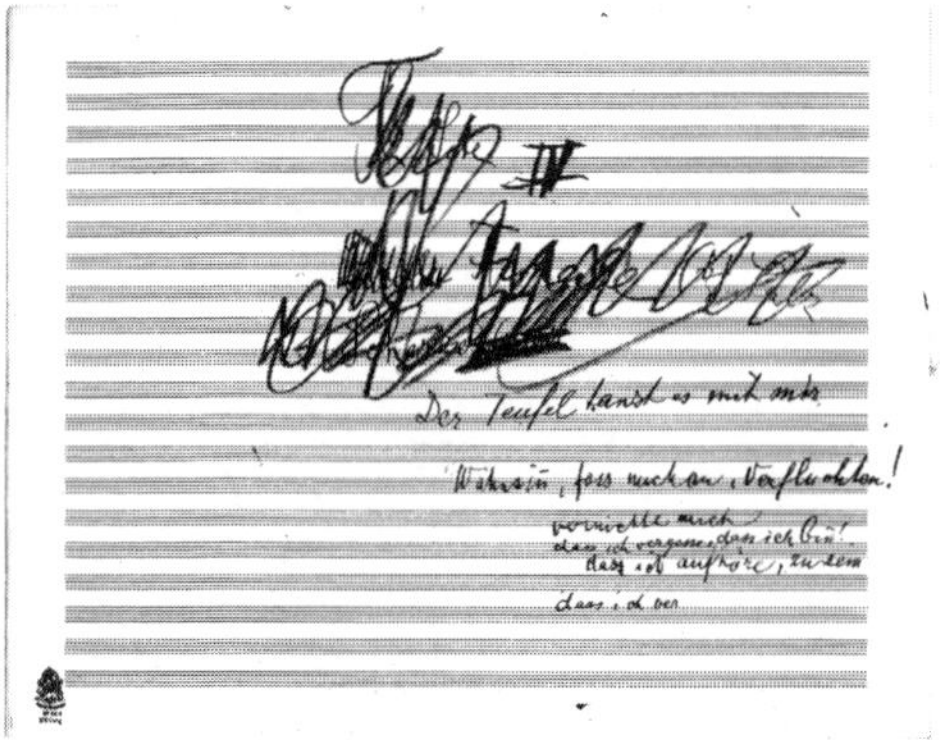

マーラーの『第十交響曲』手稿、第四楽章の表題ページ

手稿を驚くほど忠実に再現している。ページによっては、彼の個人的な心象を言葉を通して知ることもできる。なかでも、第四楽章の表題を記したページからは、慄然とした感を受ける。黒字で書かれた表題が青い色を使って書きなぐるようにして消されている。あるいは、消されているのではなく、新たに何か書き加えられたのであろうか。それは判然としない。その右下には黒字で「悪魔が私と踊る」という語句が記されている。これはこの楽章の副題なのであろうか。それともマーラーの心象風景なのであろうか。ただ、その下にやはり黒字でさらに記されている一連の言葉は、これはもうマーラーの個人的な思いを書きつけたものだ。

狂気よ、私をとらえよ、呪われた者を！　私を滅ぼせ、いるということを忘れてしまうよう！　いなくなってしまうよう。私が……[77]

マーラーにあっては、絶対的安心を希求しながらも、苦悩の果ての絶望が最後まで続いていたようである。これらの言葉を思い返すとき、思い知らされることがある。それは、苦悩の内にある者、絶望の淵に立つ者を顧みず、「おまえには何も起こりえない」という境地に一人安住する罪の深さである。

一九三八年一月、ワルターはウィーン楽友協会大ホールの指揮台に立って、ウィーン・フィルと共に、かつて彼が初演の指揮をつとめたこともあるマーラーの『交響曲第九番』を演奏した。この後まもなく、オーストリアはナチス・ドイツに併合されることになる。ただし、ワルターはそうはならないだろうという希望的観測をしていた。[78]しかし、マーラーがユダヤ系の作曲家であるため、ナチス支配下のドイツではすでに演奏が許されなくなっていた彼の曲を取り上げるにあたっては、ワルターにも、ウィーン・フィルの団員にも、この機会を逃せば、この曲を演奏することはもはやかなわなくなるかもしれないという思いはあったであろう。それだけではなく、聴衆の中にも同様の思いを抱いた人々もいたであろう。また、ワルター自身にも身の危険がおよぶ恐れもあった。ワルターは若いころにユダヤ人共同体から離脱しキリスト教に改宗してはいた。[79] しかし、ユダヤ系ということでドイツでは迫害の対象になっていた。『音楽ユダヤ人事典』でも、彼は重要視されている。[80] オーストリアがナチス・ドイツに併合されれば、ワルターはウィーンに留まることはできなかった。そのような状況下で、この演奏会は行われたのだった。その様子は、幸いなことに録音を通して偲ぶことができる。[81] この演奏から、意外なことにまず感じられるのは、感傷的ではないという点だ。この世への未練とか、親しい人々やなじみ深い街への別離に込められた思いなどは伝わってきにくい。この曲の終結部に耳を傾けて思い浮かぶのは、「光へ向かって」という言葉である。ワルターが、この演奏をした際に、アンツェングルーバーの作中のせりふをめぐってマーラーと交わした会話を思い出したかどうかはわからない。しかし私には、この演奏から、「おまえには何も起こりえない」ということが伝わってくる。

ヘルマン・バールとグスタフ・クリムト

カール・ヴィトゲンシュタインは、分離派の画家たちにとっても重要なパトロンであった。分離派が結成された当時、会長はグスタフ・クリムトだった。クリムトは後に、カール・ヴィトゲンシュタインの娘でルートヴィヒの姉にあたる女性の肖像画も描いている。また、分離派を支持していた評論家のヘルマン・バールの日記帳の中にも、カール・ヴィトゲンシュタインの名は何度か登場する。[82] このクリムトもバールも共に、アンツェングルーバー記念像建立に際しては発起人として名を連ねている。[83] クリムトは同時に、美術方面の専門家としての助言者の役割も果たしていた。[84] またこの二人は、新しい傾向の芸術を生み出そうとする点でマーラーとも軌を一にしていた。

そのバールがクリムトの絵を評した文章の中には、「おまえには何も起こりえない」という表現とまさに符合する一節が見られる。そのクリムトの絵とは、『ピアノを弾くシューベルト』という作品である。これはかつてウィーンのリング通り沿いのニコラウス・ドゥンバの邸宅を飾っていたことがあった。[85] ドゥンバは実業家であり政治家でもあると同時に、熱烈なシューベルト愛好家でもあった。[86] このドゥンバも、

クリムトの『ピアノを弾くシューベルト』

アンツェングルーバー記念像建立発起人に名を連ねている。[87] 彼の死後は、ウィーン有数の美術品収集家だったレーデラー夫妻の所有するところとなり、一九四三年からはナチスの強制管理下に置かれ、一九四五年五月に疎開先で焼失してしまった。[88] それまでは、展覧会や複製を通して一般によく知られていた絵だったと伝えられている。[89]

この絵が一八九九年の第四回分離派展に出品された際、[90] バールは、「私の感覚によれば、オーストリア人がこれまでに描いたうちで最も美しい絵」[91] という最大級の讃辞を呈し、さらにほどなくして表され

た別の文章の中で、この絵から感じ取れるのは、人生に関するオーストリア的、もしくはウィーン的感覚だとして、それを次のように言い表している。

市民的なつつましさのかもし出すこの静けさ、この穏やかさ、この輝き——これこそ、私たちオーストリア人の本質だ。私たちのオーストリア的感覚がここにはある。その感覚とは次のようなもの。人間はいかに小さくても、生の途上で遭うどんな嵐によっても消えることのない炎を自分の中に宿している。私たちは、運命に踏み込まれることがありえない聖なるものを、皆それぞれが持っている。嵐がいかに吹き荒れようとも、私たちには何も起こりえない。小さな炎は消え失せたりしない。私たちの奥深い価値は、誰によっても取り去られはしない。これが、人生についてのウィーン的感覚だと私が呼びたいものだ[92]。

この一節に見られる、「嵐がいかに吹き荒れようとも、私たちには何も起こりえない」という表現は、石割り人ハンスのせりふをまさに想起させる。

クリムトの『ピアノを弾くシューベルト』の絵に接して受けた感銘は、バールにとって特別のものであった。彼が記すところによれば、それは、「私たちの歩む貧しい道の途上では、せいぜい二度か三度与えられるにすぎない[93]」ほどのものであった。そのような稀な体験として、バールは十年ほど前にパリのリュクサンブール宮である絵に出会った折のことも伝えている。その絵とは、ピュヴィス・ド・シャヴァンヌの『貧しき漁夫』だった。その特別の体験については、こう言われている。

その時感じたことを、私は決して忘れられないだろう。芸術の何たるかが、今や初めてわかる気がした。その前にもあれこれと求め、うすうす感じ取ってはいたのかもしれなかった。得体の知れぬものがうごめいてはいた。だが、今や初めてそれはあった。それはあった。こうしか述べ伝えようがない。それはあった。言い表しがたく。考えられないと言ってもいいほどに、しかし確かに。私は目が見えていなかった。今や見える状態になった。今やもう、生の途上で何事も起こりえなかった。(94)

ピュヴィス・ド・シャヴァンヌの『貧しき漁夫』

この絵に接して、バールは「それはあった」と言うほかには言い表しようがない大切な何かを感じ取った。その彼にとっては、「今やもう、生の途上で何事も起こりえなかった」。この一節もまた、石割り人ハンスのせりふに通じると言えるであろう。

このようにバールはシャヴァンヌの『貧しき漁夫』を前にして特別の体験をしたものの、この絵はシャヴァンヌという画家の典型的な作風を示すものではない。『貧しき漁夫』は、彼の作品の中でもよく知られているものであり、同じテーマで描かれた異なる構図の作品が、東京の国立西洋美術館に収められてもいる。しかし、寓意的な絵画や公共建造物を飾る大作の壁画を多く描いたこの画家にとって代表

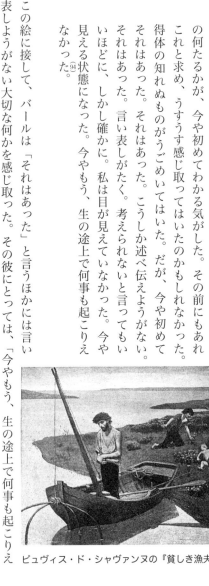

的な傾向の作品とは言いがたい。それは、クリムトの『ピアノを弾くシューベルト』の絵についてもあてはまる。クリムトといえば、ウィーン大学講堂の天井を飾るはずだったものの、激しい非難を浴び実現せずに終わった絵や、分離派会館で展示された際にベートーヴェンを冒瀆していると非難されたベートーヴェン・フリーズなどによって、スキャンダルをひき起こしたことが思い浮かぶ。バールは、クリムトを擁護する側に立って、これらの作品に対する数々の批判の記事を集めて後世に伝えようとして、『アンチ・クリムト』という冊子を編んでいる[95]。その冊子に収められている文章に見られるクリムトを批判する罵詈雑言はすさまじい。しかし、『ピアノを弾くシューベルト』は、スキャンダルをひき起こしたそのような作品とは傾向の異なるものであった。シャヴァンヌといい、クリムトといい、バールはそれぞれの画家の画風ではなく、あくまでも、彼に特別な感銘を与えた個々の絵を問題にしている。その芸術体験の傾向は、バールという人物の精神的な志向をよく物語っている。

ところで、バールはシャヴァンヌの『貧しき漁夫』の絵と出会うことによって、生涯で二度、三度あるかどうかというほどの芸術体験をした。「今やもう、生の途上で何事も起こりえなかった」と言われているところからすると、この絵との出会いは、彼に絶対的な平安の境地を味わわせることになったとみなせる。ところが、この絵については、平安を感じ取らせるどころか、不安を表現しているとする対照的な受けとめ方も見られる。シャヴァンヌの研究者として国際的に知られる美術史家によれば、『貧しき漁夫』には、「貧困と欠乏、忍耐、辛抱」が表現されており、「落ち着かぬ、不安な気持ちが明らかに示されている」[96]という。確かにこの絵には、多様な解釈を許す不思議な雰囲気がある。しかし、『貧しき漁夫』という題名が、『ルカによる福音書』の「貧しい人々は、幸いである」[97]という一節を思い起

グスタフ・クリムト

こさせ、しかもイエスに最初につき従ったのが漁夫たちであったところからすれば、先入観を持たずにこの絵に接して深く感動したバールの受けとめ方は、彼のみに通用する特異なものとは決して言えないであろう。

シャヴァンヌの『貧しき漁夫』はキリスト教との関係を窺わせる面を持つとは言えるものの、クリムトの『ピアノを弾くシューベルト』にはその点は感じ取りにくい。ところが、『ピアノを弾くシューベルト』は、クリムトがスキャンダルの渦中にあった時期に、何とカトリック系のある雑誌の誌面を飾っているのである。その雑誌は『ホッホラント（高地）』という。創刊年次の第六号にあたる一九〇四年三月号の巻頭に、セピア調のモノクロームの写真が掲載されている。[98] ミュンヘンで発行されていたこの雑誌は、カトリック系とはいうものの、前章で取り上げた保守的な『グラール（聖杯）』とは異なり、新しい文化の動きを評価する傾向にあり、この二つの雑誌の主宰者の間では激しい論争がくり広げられた。[99] ただそうはいっても、『ホッホラント』もカトリックの枠を大きく出るものではなかった。この雑誌に掲載されている絵は、宗教画か、カトリック関係の人物画か、写実的な風景画がほとんどであり、当時の新しい傾向の芸術を紹介している場合でも、クリンガーの『楽園追放』やセガンティーニの聖母子を思わせる『生の天使』のように、キリスト教的なテーマを扱ったものが選ばれている。[100] その中にあって、クリムトの『ピアノを弾くシューベルト』も収められているのは目を引く。

この雑誌を創刊した編集者のカール・ムートは、ウィーンで実際にこの絵を見たのだった。分離派会館で一九〇三年の十一月半ばから翌年の一月初めにかけて開催された、ウィーン分離派第十八回展にあたる「クリムト特集展」に彼は足を運んでいる。[101] この展覧会で目にした作品のうち、多くの人々から激しい批判を浴びたウィーン大学の天井画に対しては、ムートは一定の理解を示している。一方、『ベートーヴェン・フリーズ』に対する評価は手厳しい。ムートはこの作品が「奇怪で不快感を催させる」[102]と述べたうえで、そこに見られる姿や摩訶不思議さは、「せいぜい日本の神道の異教的でおどろおどろしい神話には通じるところがあるもの」[103]、ゲルマン的な感覚とは無縁だとしている。私はこの一節を初めて目にしたとき、クリムトの作品について神道がこのようにして引き合いに出されているなどとは思いもよらず、驚かされた。ムートはさらに筆を進めて、クリムトに「清らかで健全な」[104]作品創造に立ち返るよう勧めている。その傾向を最もよく示す作品として彼が挙げるのが、『ピアノを弾くシューベルト』なのである。この作品をムートは、キリスト教的あるいはカトリック的だと評してはいない。しかし、異教的ではなく、清らかで健全なものとみなし高く評価したのだった。

バールがクリムトの『ピアノを弾くシューベルト』についての批評を書いたのは一八九九年だった。その同じ年の末に、彼は、まさにアンツェングルーバー作中の石割り人ハンスのせりふそのものに言及した評論も発表している。[105] それはアンツェングルーバー没後十年にあたって書き記されたものだった。彼の代表作のいくつかに触れる中で、当該のせりふも引用されている。それに先立って、バールはアンツェングルーバーを「敬虔」と評している。ただしその敬虔さは、見せかけのうわべだけの神聖さを厳しく拒否するものであった。バールの見るところ、石割り人ハンスのせりふは異教風で古代風と言えるものであった。石割り人ハンスをして語らせている「特別な啓示」、これこそがアンツェングルーバーにとっての偉大な宗教だという見方をバールはしている。

落ち着き払って世界を眺める石割り人ハンスが語るあのせりふ、それはどんな農夫でも理解することができ、しかもそうした簡単な言葉で我々の最高の叡智を集約しているものだが、このせりふほどに、生への讃歌が、心から、優しくかつ力強く、安らかにして華やかという点で異教風に、そしてこうも言い表そうと思うのだが、古代風に、歌われたことがかつていつあっただろうか。(106)

この一節に続けて引用をした後、バールは、そこで言われていることは、ゲーテの『西東詩集』の中の「個々のものすべてにおける神の現存」という表現と符合するとも述べている。(107) ゲーテのこの言葉への言及は、すでに第二章でも触れたとおり、分離派の「日本展」への批評においても見られる。アンツェングルーバー論と分離派「日本展」批評文は、ほぼ同時期に執筆されたものであった。「日本展」の批評でバールが問題にしたのは、世界のさまざまな現象は同じ一つのものが姿かたちを変えたのだということに関する感性であった。それと同様の問題意識がこのアンツェングルーバー論には見られる。この論において、バールは石割り人ハンスが語る一連の言葉のうち、「おまえはすべてに属し、すべてはおまえに属している」という箇所に特に注目していることになる。

これに対し、十年余りの時を経て表されたエッセイでは、石割り人ハンスのせりふの中でも、「おまえには何も起こりえない」という表現の方に通じるところがあるバール自身の特別の体験が記されている。彼がその体験をしたのは一九〇四年のことであった。しかしそれはすぐには公表されず、一九一二年になってからようやく明かされることになった。その文章は、『総点検』という評論集の巻末の「自己総点検」という章の最後に置かれている。[108] バールがこの体験をしたのは、大病を患い医者からも見放され死を覚悟して、かつては修道院だった南ドイツのあるホテルで一夜を過ごしていた折のことであったという。

あの夜、私にとっては自我が消え失せたかのようだった。私の自我は、とても不思議なことに軽やかに輝かしくなった。心底心地良くなり、私は舞い上がり、漂っているようにも感じた。私はもはや限界を知らず、無限へと消え入った。しかし我を失えば失うほど、私の別の自我がいっそう明るく立ち上ってきた。それは、ふだんは下の闇の中に結びつけられているのだが、今や揺れ動くようになったのだった。そしてそれ以来、もはや何ものも私を傷つけることはできない。というのも、悩み苦しみうるものは私の上着にすぎず、私そのものは傷つかぬままだと、今やわかっているから。そして、私の衣服が破れきってしまう時に初めて、私そのものが全き姿を現す。死こそが、初めて私の永遠の命を明々白々たるものにしてくれる。[109]

この体験は、バールがモデルネの芸術運動から徐々に遠

ヘルマン・バール

ざかり、カトリック色を強める契機にもなったとみなせるほどの、彼にとっては重要なものであった。ただし、この種の事柄への強い関心は彼には早くからあった。先に触れたクリムトの『ピアノを弾くシューベルト』への批評にも、それは窺えると言えよう。この絵についての文章が書かれた一八九九年といえば、それは、まさにバールがウィーンの新しい傾向の芸術を生み出す運動の先頭に立っていた時期であった。にもかかわらず彼が見ようとしたのは、クリムトの作品に色濃く表れるエロスをめぐる主題ではなく、不易な平安の世界であったからである。ただし一八九九年という年においては、私たちがクリムトに対して一般に抱くイメージを形づくる絵は、まだそれほど多くは描かれていなかったという点に注意する必要はあろう。

また、クリムトの絵のうち、このころから晩年にかけて描かれることになった風景画には、確かにバールが言う世界と同様の世界を感じ取ることができるところからすれば、彼は、クリムトの持つこの一面を予見していたと言うこともできる。アルプス山麓のアッター湖畔の景色や北イタリアのガルダ湖畔の景色を描いた絵などに見られるとおり、クリムトの風景画には共通する特徴がある。教会や民家や木々や湖が描かれてはいる。しかし何かが強調されることはない。すべては同じ質のものとして扱われている。しかも、遠景も近景も極度に圧縮され奥行きを感じさせず、すべてが色と点と線の集合でしか

クリムトの『カッソーネの教会(糸杉のある風景)』

ないと思わせる描き方が採られている。そのため、これらの絵を見る者は、個々の対象を区別しながら、同時に、区別のない一《いつ》なる世界を感じることができる。こうした一連の絵を見るとき、私には、「深みは隠さなければならない。どこに。表に[110]」というホフマンスタールの言葉が思い浮かぶ。それは、バールがクリムトを評して、「彼にとっては、深みは浅くなり、浅いのに、気がつくとまた深くなる[111]」と述べている表現にも通じるであろう。しかしまた、クリムトにとっては、浅い、深いという区別も実は必要がないのかもしれない。そのようなクリムトが描く風景画の世界は、穏やかな柔らかな光に包まれている。

さらにまた、一九一八年二月というバールがすでに芸術改革の運動から身を退いていた時期に、クリムト死去の報に接して、公開を前提とする日記の一部として記された文章の中には、クリムトを擁護するためにかつて彼がくり広げた論陣が肯定的に回想されているところからして[112]、バールはクリムトの絵の中に見て取れる二面的な傾向を、どちらかを否定することなく、共に認めていたということもできる。ほぼ同時期の一九一七年九月に執筆されたクリムト論の末尾においては、彼は、相異なるものの並存、彼の表現によれば、「劇場」と「教会」の並存を許容し、「こちら」と「あちら」の境にあたる所にいるということこそ、「オーストリア芸術の故郷[113]」という見解も示しているのである。さらにこのクリムト論には、バール独特のクリムト芸術への理解を示す次のような文章も見られる。

個々のものはすべてであり、すべては無だ。というのも、神の他には何も無いから。そして神がいる所、神は完全であり、神が離れ去る所に残るのは、空虚だ。それゆえ、クリムトがそれぞれの現象を把握する情熱の至福。彼は現象の中に神を求めている。しかしそれゆえまた、彼が再び急にそれらそのものを見つめる際の無関心。それらそのものは無にすぎない。しかしそれぞれは、すべてを指し示している。現象は何一つとして本質そのものたりうるわけではないが、現象すべてに本質は宿りうるという、現象全体の交換可能性が、彼を魅惑するのだ。(114)

一九二二年に刊行されたクリムトの素描集にも、バールは序文を寄せている。そこには、彼が所有していた『ヌーダ・ヴェリタス（裸の真実）』の絵に寄せる思いが次のように記されている。

気力が衰えたり、疲れを感じたりするとき、私はクリムト作の『ヌーダ・ヴェリタス』の前まで行く。この作品は、二十二年前から私のもとにあり、慰めてくれなかったり自信を与えてくれなかったりしたことはなかった。(115)

この絵は第四回分離派展で人々に知られることになった。第四回分離派展といえば、それは、他ならぬ『ピアノを弾くシューベルト』が初公開された展覧会である。この両作品は、同じ室内で少し間を置いて展示されていたのだった。(116)バール自身が伝えるところによると、彼の書斎には『ピアノを弾くシューベルト』の下絵にあたる素描も掛けられていた。(117)この絵に対する思い入れの深さが窺われる。しかし、『ピアノを弾くシューベルト』だけではなく、バールは『ヌーダ・ヴェリタス』にも強い関心を示した。相当な代金を払ってこの絵を買い求めたことを跡づけうるものが残されている。(118)裸の女性が寓意的に描かれている『ヌーダ・ヴェリタス』は、『ピアノを弾くシューベルト』に比べると挑発的な傾向が強い。このような作品も、バールは生涯大切にしていたのであった。

この素描集の序文には、ヴィトゲンシュタインが言う「世界の存在に驚く」という経験を想起させる世界の見方が示され、しかもそれが輝きわたる光の体験と重ね合わせて述べられている一節もある。

クリムトは、見ることを子どもが初めてわがものにするという行為を自覚することによって、偉大な芸術家になった。子どもというものはその後世の中にあって進む道を見きわめ、見ることを用いるすべを学ぶことになる。そうだとすれば、光に照らされるこの圧倒的な体験を後にして再び我に返っていなければならず、現象の色彩が燃え上がる閃光を忘れていなければならず、見ることの驚きに慣れてしまっていなければならない。クリムトの秘密は、見ることの驚きにこのように慣れきってしまうということが、彼にあっては決してなかったことにある。絵を描く際に、彼は世界をそのたびごとに初めて見た。現象の出現を見、現象が輝き出し燃え立つさまを見、まぶしさのあまり跳びすさった。そして、驚いて閉じられた目に残り続けるその輝きを描いたのだった。(119)

このクリムト評は、バールがクリムトをどのように理解していたかを伝えている。そしてそれにも増して、彼自身の芸術観の核心を語っていると感じられる。

フリッツ・マウトナー

アンツェングルーバー記念像建立の呼びかけには、ウィーン以外の地に住む人々も多くが関わっていた。ただ、除幕式の場に居合わせたのはほとんどウィーン在住の人々であった。その中にあって、発起人として名を連ねたうえ、ベルリンからウィーンにわざわざ足を運んで式典に来賓として出席したフリッツ・マウトナーの名は目につく。[120] マウトナーはユダヤ系のオーストリア人であった。劇評家としても活躍していたため、アンツェングルーバーへの関心が高かった。それだけではなく、「世紀末ウィーン」の主要な作家であるバールやホフマンスタールとも関わりが深い。生まれたのはボヘミアの小都市で、プラハで青春期を送った。二十代後半からおよそ三十年間はドイツの首都ベルリンで、ジャーナリスト、批評家、作家として活躍した。当時話題になった文学作品を著したものの、それらは今日あまり読まれてはいない。

マウトナーの名は現在、主にその思想的著作によって知られている。一九〇一年から〇二年にかけて三巻に分けて刊行された『言語批判論集』は、二十世紀に入ってことに顕著に見られるようになった言語批判の先駆け的著作として知られている。[121] 言語への懐疑を主題にしたホフマンスタールの『ある一通の書簡』と題する重要な作品、これは今では一般に『チャンドス卿の手紙』という名で知られているものだが、この作品にも、マウトナーは自分の著作が影響を与えたと自負していた。ホフマンスタールに宛てて、マウトナーは手紙を送り、ホフマンスタールの作品に自分の著作が影響を与えたのではないかと思い嬉しく感じていると伝えている。[122] それに対しホフマンスタールは返信し、マウトナーの『言語批判論集』の一部の巻を持っているとは認めてはいるものの、その書物による影響についてはやんわりと否定している。[123] この後、二人は親密な関係にはならなかったものの、何度か書簡を交わすことにもなった。『言語批判論集』では、言語が認識の手段としては不十分なものだということが説かれ、感覚を超えた世界に関しては、言語を用いずひたすら沈黙すべきだと要請されている。ところが、そのような沈黙の要請とはうらはらに、彼の執筆意欲は延々二千ページにわたって続いており、この書物からは、独特の読後感を与えられる。『言語批判論集』を著して数年後の一九〇五年に、マウトナーはジャーナリストとしての職を辞し、在野の思想家として活動を続けることになった。前述の記念像除幕式に出席したのは、ちょうどこのころにあたる。

その後五年ほどして『言語批判論集』の続編という副題を付して刊行された二巻本の『哲学辞典』という書物には、石割り人ハンスのせりふがまさに引用されている。マウトナー自身の思想を哲学用語辞典の体裁で展開したこの特異な哲学書の「神秘主義」という項目に、その言葉は見出される。神秘主義の歴史について詳しい解説が施された後、この項目の結びの部分では文章の調子が変わり、マウトナー自身の神秘体験を語っていると思わせる、高揚した流れるような一節が続く。[124]「法悦の聖なる時の内にあっては人は善ではない。善は差異なしにはありえないからだ」[125]。世界と私の間の差異は止揚される。「我と汝の差異」[126]も止揚される。すべての差異はなくなり、我も汝も何も望まず幸せである。

フリッツ・マウトナー

この世のものは皆、一《いっ》なる世界を体験する。個々のものはいずれも、世界を共に、あるがまま共に体験する。（……）我々は、花や雨粒があるがままであるごとく、共にあるがままでありたいと思う。あるがままにあるということは、花の喜びであり、雨粒の喜びである。(127)

そして何でもない自然物との生の喜びの交歓。有るのは全一である。その時、「汝はもはや何も、全く何も望まない。もはや何も知ろうとはしない」(128)。この至福の瞬間においては、有るのはただ沈黙であるとされる。これに続けてマウトナーは、彼が歴史上の偉大な神秘家とみなす、ブッダ、フランチェスコ、ゲーテ、ノヴァーリス、マイスター・エックハルトの名を列挙している。そして注目すべきことに、石割り人ハンスもその列に加えられているのである。彼に関しては、「おまえには何も起こりえない」以下のせりふの引用も数行にわたって見られる(129)。その引用が続いた後、「聖なる神秘の短い時間は過ぎ去る。汝は再び人生の仮象へと戻るであろう(130)」という一節が最後のページに記され、この項目は結ばれている。

このように、この項目ではアンツェングルーバーの戯曲中のせりふが引用されている。ただ、そのせりふを語る作中人物について、マウトナーは思い違いをして、「石割り人」ではなく「農夫」と記している。この小さな間違いからは、マウトナーにとって重要だったのは、どのような登場人物が口にするせりふかということではなく、あくまでも「おまえには何も起こりえない」以下のせりふの内容そのものだったということが窺われる。マウトナーの研究者として知られるヨアヒム・キューンによれば、

『哲学辞典』刊行の五年ほど前に、マウトナーは鬱状態に陥ったことがあったという。[131]「神秘主義」の項目の結びの部分が、神秘体験をした人ならではの記述と感じさせるのは、おそらくこの鬱状態から脱するにあたって、彼にその種の体験があったからであろう。そして、その種の体験をしたことがあるマウトナーにとって、アンツェングルーバー記念像除幕式への出席は、生涯忘れがたい思い出であり続けたであろう。

マウトナーはさらに最晩年、『無神論と西洋におけるその歴史』という大著を著した。この書物で彼は、人間の似姿としての実在という神のイメージに対して、西洋の精神史の中で加えられてきた批判を丹念に跡づけ、自説を展開している。[132] キリスト教に対する彼の批判の根本には、罪の意識からの解放という問題が関わっていたようである。東洋思想に共感を示したマウトナーによれば、イエスや最良のキリスト者にとっては、罪こそがこの世の悲惨を招くものであったが、ブッダにとって問題なのは、意志、すなわち善でも悪でもない生の原理であった。[133]『ゴータマ・ブッダの最期』という著書の中で、マウトナーは次のように記している。

無を彼（ブッダ）はほめ讃えていた。今や彼は無であった。そしてそれをもはや知ることもなかった。

全てが一なることを彼は教えていた。小さな動物や花や石ころ全てが一なることを。今や彼は全体と一体であった。そしてそれを知らなかった。そして彼がそれを全然知らなかったがゆえに、全く一体であった。[134]

マウトナーが最晩年の著作の結びに、いわば辞世の句のように書き記したのは、「常に神なしで、平安の内に放下《ほうげ》しつつ(135)」という語句であった。この一節は、少し言葉を補って言い換えれば、次のようになるであろう。「いかなる時にも神に依り頼むことはなく、しかも平安の境地にあって、神の名をはじめ何かを口にすることを含め、すべてを放下、すなわち放棄しつつ」と。わずかな言葉から成るこの一節には、マウトナーの思想が端的に言い表されている。

『哲学辞典』や『ゴータマ・ブッダの最期』などで表明されているマウトナーの宗教観について、晩年の彼と交友を結んでいたバールは、『日記その二（一九一八年）』と題する著作の中で感想を記している。この著作は、日記と題されてはいるものの、公開されるのを前提として書かれ、新聞紙上に公表もされた日記の形をとった批評文をまとめたものであった。マウトナーがあくまでも保ち続けようとする徹底した懐疑の精神の強靭さに感嘆する一方で、バールは、彼自身にもたらされた恩寵による心の平安を語り、両者の精神のありようの相違を問題にしている。バールは、マウトナーの言を理解したうえで、次のように述べている。

マウトナーは、底なしの深淵奥深くまで、無を、分別の及ばぬ無をのぞきこんでいる。そしてそのとき、底も抜け落ち、まったく無と化した無が、自我と世界とすべての「差異」と、さらには言葉の欺瞞すべてからも無縁になり、いわば詩の調べを奏で始めるとき、あたかも、どこかごくごく遠くの方で、アッシジの聖フランチェスコが通り過ぎ、光の息吹を、彼に、遠くからではあるもののそっと吹きかける、とでもいうようなこともよくあるのだ[136]。

バールが理解するところでは、マウトナーの著作には、「懐疑の果ての絶望の変容[137]」ということが記されている。しかしバールは、マウトナーがそこから歩を進めぬことに疑問を呈している。「今や、そう今、彼はただ手を差し出しさえすればよい。もうほんの少しだけ。そうすれば、神は憐れみたもうであろう[138]」。

この一節を記したとき、バールはカトリック色を深めていた。元来カトリック教徒として育った彼は、ユダヤ人の女優と結婚するにあたって、第四章の「ユダヤ系住民の状況」の項で説明したように、当時のオーストリアの法律ではキリスト教徒がキリスト教徒でない者と結婚することは認められていなかったため、カトリック教会から離れ宗教上の帰属なしとなっていた。しかし四十代半ばになってその女性とは離婚し再婚もし、再婚する直前には、宗教上の帰属がないままでは結婚が認められないため、カトリックに復帰していた。ただし、それは形だけそうしたというわけではなく、彼はミサに熱心に出席し聖体拝領を大切なものとするようになっていた。したがって、カトリック教徒であるバールとユダヤ系の無神論者であるマウトナーの、宗教上の立場は大きく異なる。しかし彼はマウトナーと立場を超えて交友を深めた。先の『日記』の中には、「私たちには、夕暮れの風を受けて静かにそよぐすばらしくも美しい遅咲きの友情の花が開いた。そしてそれは、私を幸せにしている[139]」という一節も見られるほどである。このようなことがありえたのは、どうしてであろうか。それは、この二人が特別の体験をしていたということに関わるであろう。バールの場合には評論集『総点検』の中で、マウトナーにあっては

『哲学辞典』の中で伝えられている特別の体験は、両者それぞれ固有のものでありながら、そこには共通するところがあったからだと思われる。そしてそれらに共通する宗教性は、「キリスト教徒」や「無神論者」というような概念を超えるものだったであろう。

マウトナーが、人間の姿を投影した神への信仰を否定する無神論者であったということ、ただし宗教的体験を否定してはいなかったということは、彼自身の著作の随所から窺い知ることができる。『神なき神秘主義――最後から一つ前の言葉』と題して、この世を去る四年前に発表され[140]、死後、同じ思想傾向の文章がまとめられた書物にも収録されたエッセイの中で、マウトナーは、自分の信条を告白するならば、それは「神なき神秘主義」に対してということになると記している[141]。

このように、神を信じてはいないということをマウトナーは公言していた。ところが、ユダヤ系著作家についての詳しい事典によれば、彼はカトリックに改宗していたという[142]。ただし、それは西欧の社会に同化するための形だけのものだったようである。『ユダヤ人のいないベルリン』を後に著すことになるアルトゥア・ランツベルガーが、ユダヤ人の同化の問題について、『ユダヤ人と経済生活』の著者ヴェルナー・ゾンバルトをはじめ、学者や作家たちに対して行ったアンケートへの回答をまとめた『ユダヤ人の受洗』という書物に収められたマウトナーによる回答には、次のような一節がある。

成人した教養のあるユダヤ人が確信を抱いてキリスト教徒になるというのは、それ自体決してありえないことではない。ただし、私の人生に関して言えば、そのようなことは起こらなかった[143]。

マウトナーが移り住み晩年を過ごした南ドイツのボーデン湖畔の町メーアスブルクには、彼がこの町に届け出た記録が残されているという。[144] それによれば、マウトナーは離教していた。彼が亡くなった際には、この町のカトリックの教会で葬儀は行われなかった。

しかし、葬儀そのものが行われなかったわけではなかった。しかも宗教色抜きで行われたというわけでもなかった。意外なことに、マウトナーの葬儀は、この町のプロテスタントの教会で執り行われたという。[145] しかも、近隣からも遠方からも、多くの参列者があったという。葬送式で彼を追悼する言葉を述べたのは、晩年のマウトナーと親しく交わっており、ペスタロッチの教育思想にも造詣が深かったスイス人の牧師、ヤーコプ・ヴァイデンマンであった。ただし、ヴァイデンマンは牧師とはいっても、既成のキリスト教会の制度を否定し、固定した教義に縛られない「自由信仰」の立場をとっていた。[146] 彼が述べた追悼の辞の一部は、マウトナーがベルリンでジャーナリストとして活動していたころ長年にわたって仕事を共にしていたテオドーア・カップシュタインによって伝えられている。ヴァイデンマンはマウトナーをこう評している。

事物の奥に存するものに対して彼が抱いていた途方もない畏敬の念、究めつくしがたいものに対して彼がとっていた比類を絶する謙虚さ、これこそ、これ以上ないほど深い意味合いで、宗教心であります。[147]

この一節からは、特別の体験のたぐいを介さずとも、通常は宗教の名で語られない根本的な宗教性を通して、宗教に関する立場を超えて互いに理解し合うことが可能だということが伝わってくる。
この牧師とマウトナーの関係、ならびにバールとマウトナーの関係は、特定の教義を持ち組織化された個別の宗教、あるいはそれへの批判を超えて、その根底に共通するものに根ざすならば、宗教上の寛容は可能であるということを示している。それは、宗教に基づく対立が世界的規模で見られる今の時代にも示唆するところがあると思われる。

大いなる喜びの光

留学生活が二年目にさしかかったころ、この年度のウィーン・フィルの第一回定期演奏会がクラウディオ・アバド指揮により楽友協会の大ホールで行われた。取りあげられた曲目は、マーラーの『交響曲第三番』。ウィーン・フィルの定期演奏会は土曜の午後と日曜の昼に開かれる。私が幸いチケットを手に入れることができたのは、土曜の午後の公演の方だった。舞台を斜め左に見下ろす席につくと、向かい側の席の上の方の窓から午後の陽ざしが射し込んでいる。演奏は期待にたがわずきわめてすばらしいものであった。ことに第四楽章の演奏が忘れがたい。「きわめてゆっくりと、神秘的に、徹底して弱いうえにも弱く」という指示が十全に表現された、静かなうえにも静かな管弦楽の響きは、ジェシー・ノーマンが深々とした女性の声で歌う次の歌詞をただならぬ気配で裏づけていた。「深い夜の闇は何を語っているのか。（……）深い。世の嘆きは深い」。そして一転して、歌詞は、「悦《よろこ》び——悦びは心の痛みよりさらに深い」に変わる。そして「悦びはすべて永遠を求める」という言葉と共に、音楽は静けさをたたえながらも盛り上がっていく。この時、窓から射し込む光は、その輝きをいっそう増した。留学中何度か陥った精神的につらい状態の一つから、抜け出すきっかけとなった演奏会であった。

しかしながらこの大事な思い出も、忘れがたい思い出の一つとして語りうる経験である。言葉によって伝えるのが本来は不可能な語りえぬ経験とでも呼ぶべき、比類を絶した経験ではない。その経験は、序章「ウィーンでの体験から」の冒頭に記した体験とも質が異なっている。その違いをあえて表現するならば、通常とは異なる光を感じつつ、他の喜びとは比較できない至福に満たされるという点において。鬱々と心楽しまず重い闇の中に囚われていた私に、大いなる喜びの光に包まれるとでも言い表すべき体験が恵まれたのは、ウィーン留学を終えて日本に帰ってからのことであった。

注

序章　ウィーンでの体験から

1　Hermann Broch: Hofmannsthal und seine Zeit. Eine Studie. In: ders.: Gesammelte Werke 6. Dichten und Erkennen. Essays, Band 1. Zürich (Rhein) 1955, S. 43.

2　Karl Löbl: Neujahrskonzert mit Maazel. Im Saal war's ein Hochgenuß. In: Kurier, 2. Jänner 1980, S. 11.

3　Vgl. Hanns Jäger-Sunstenau: Johann Strauss. Der Walzerkönig und seine Dynastie. Familiengeschichte, Urkunden. Wien (Verlag für Jugend und Volk) 1965.

4　Vgl. Erich Schenk: Johann Strauß. (Unsterbliche Tonkunst. Lebens= und Schaffensbilder großer Musiker). Potsdam (Athenaion) 1940.

5　Cf. Allan Janik, Stephen Toulmin: Wittgenstein's Vienna. New York (Simon and Schuster) 1973. Cf. William M. Johnston: The Austrian Mind. An Intellectual and Social History 1848-1938. Berkeley/Los Angeles/London (University of California Press) 1972.

6　Cf. Carl E. Schorske: Fin-de-Siècle Vienna. Politics and Culture. New York (Alfred A. Knopf), London (Weidenfeld and Nicolson) 1980.

第1章　夢をはらむ建築家

1 Elisabeth Koller-Glück: Otto Wagners Kirche am Steinhof. Wien (Tusch) 1984, S. 20.

2 Ebd.

3 Vgl. ebd.

4 Joseph August Lux: Otto Wagner. Eine Monographie. München (Delphin) 1914, S. 78.

5 Otto Wagner: Die Kirche der Niederösterr. Landes- Heil- und Pflege-Anstalten. In: Otto Antonia Graf: Otto Wagner. 1. Das Werk des Architekten 1860-1902. Wien/Köln/Graz (Hermann Böhlaus Nachf.) 1985, S. 401.

6 Ebd., S. 405.

7 Vgl. Otto Wagner: Moderne Architektur. Seinen Schülern ein Führer auf diesem Kunstgebiete. Wien (Anton Schroll) 1896, 1898 (II. Auflage), 1902 (III. Auflage).

8 Otto Wagner: Moderne Architektur. Seinen Schülern ein Führer auf diesem Kunstgebiete. Wien (Anton Schroll) 1896, S. 8.

9 Ebd., S. 37.

10 Ebd., S. 54f.

11 Ebd., S. 41.

12 Ebd., S. 100f.

13 Ebd., S. 101.

14 Vgl. Otto Wagner: Antrittsrede an der Akademie der bildenden Künste, gehalten am 15. Oktober 1894. In: Otto Antonia Graf: Otto Wagner. 1. Das Werk des Architekten 1860-1902, S. 249f.

15 Ludwig Hevesi: Altkunst–Neukunst. Wien 1894-1908. Wien (Carl Konegen) 1909, S. 245.

16 Ebd., S. 248.

17 Vgl. Otto Wagner: Generalregulierungsplan für Wien. In: Otto Antonia Graf: Otto Wagner. 1. Das Werk des Architekten 1860-1902, S. 87ff.

18 Vgl. Otto Wagner: Die Groszstadt. Eine Studie über diese. Wien (Anton Schroll) o. J. [1911].

19 Otto Wagner: Einige Skizzen, Projecte und ausgef. Bauwerke. I. Band. Wien (Ant. Schroll) 1897 (II. Auflage), (Vorwort).

20 Otto Wagner: Entwurf zum Mittelbau der Akademie der bildenden Künste, Wien, Museen der Stadt Wien. In: Otto Wagner in Zusammenarbeit mit dem Verein der Freunde der Otto-Wagner-Gedenkstätte und dem Kunstverlag Wolfrum, Wien. Wien (Wolfrum) 1985.

21 Otto Wagner: Beschreibung der Studie für den Neubau der k. k. Akademie der bildenden Künste. In: ders.: Einige Skizzen, Projecte u. ausgeführte Bauwerke. III. Band, I. Heft. Wien (Anton Schroll) 1901, S. 6.

22 Otto Wagner: Galerie für Werke der Kunst unserer Zeit. Perspektive. In: ders.: Einige Skizzen, Projecte u. ausgeführte Bauwerke. III. Band, III. u. IV. Heft. Wien (Anton Schroll) 1901.

23 Otto Wagner: Zur Studie „Galerie für Werke der Kunst unserer Zeit“. In: ebd., S. 3.

24 Otto Wagner: Postsparkassenamt, Wien, 1903, Museen der Stadt Wien. In: Otto Wagner in Zusammenarbeit mit dem Verein der Freunde der Otto-Wagner-Gedenkstätte und dem Kunstverlag Wolfrum, Wien. Wien (Wolfrum) 1985.

25 Otto Wagner: Wiener Stadtbahn, 1898, Akademie der bildenden Künste, Wien. In: ebd. Otto Wagner: Wiener Stadtbahn. Haltestelle Akademiestrasse. In: ders.: Einige Skizzen, Projecte u. ausgeführte Bauwerke. III. Band, I. Heft. Wien (Anton Schroll) 1901.

26 Vgl. Otto Wagner: Die Baukunst unserer Zeit. Dem Baukunstjünger ein Führer auf diesem Kunstgebiete. Wien (Anton Schroll) 1914. IV. Auflage.

27 Ebd., S. 135f.

28 Vgl. Otto Wagner: Wettbewerbs-Entwurf für das Kaiser Franz Josef Stadtmuseum・Kennwort: Opus=IV. Erläuterungsbericht. Wien 1912. Reprint: Wien (Architektur- und Baufachverlag) 1984.

29 Vgl. Peter Haiko: Otto Wagner und das Kaiser Franz Josef-Stadtmuseum. Das Scheitern der Moderne in Wien. Tübingen (Ernst Wasmuth) 1988.

30 N・ペヴスナー、J・M・リチャーズ編（香山寿夫、武沢秀一、日野水信編訳）『反合理主義者たち——建築とデザインにおけるアール・ヌーヴォー』、鹿島出版会、一九七六年、参照。

31 Otto Wagner: Die Baukunst unserer Zeit, S. 127.

32 Vgl. Die Wiener Ringstrasse – Bild einer Epoche. Bd. I. Das Kunstwerk im Bild. Wien/Köln/Graz (Hermann Böhlaus Nachf.) 1969, Nr. 192b.

33 Vgl. Otto Antonia Graf: Otto Wagner. 3. Die Einheit der Kunst. Weltgeschichte der Grundformen. Wien/Köln (Böhlau) 1990.

34 Vgl. Adolf Loos: Die Potemkin'sche Stadt. In: Ver Sacrum, Organ der Vereinigung bildender Kuenstler Österreichs, I. Jahrg. (1898), Heft 7, S. 15-17. Vgl. Adolf Loos: Die Potemkinsche Stadt. In: ders.: Ins Leere gesprochen, 1897-1900. Die Schriften von Adolf Loos in zwei Bänden. Erster Band. Innsbruck (Brenner) 1932 (Zweite veränderte Auflage), S. 162-166.

35 Adolf Loos: Die Potemkin'sche Stadt. In: Ver Sacrum, I. Jahrg. (1898), Heft 7, S. 15.

36 Ebd., S. 16. Adolf Loos: Die Potemkinsche Stadt. In: ders.: Ins Leere gesprochen, 1897-1900, S. 163.

37 Otto Wagner: Die Baukunst unserer Zeit, S. 126.

38 Vgl. Franz Baltzarek, Alfred Hoffmann, Hannes Stekl: Die Wiener Ringstrasse. Bild einer Epoche. Band. V. Wirtschaft und Gesellschaft der Wiener Stadterweiterung. Wiesbaden (Franz Steiner) 1975.

39 Adolf Loos: Die Potemkin'sche Stadt. In: Ver Sacrum, I. Jahrg. (1898), Heft 7, S. 16. Adolf Loos: Die Potemkinsche Stadt.

In: ders.: Ins Leere gesprochen, 1897-1900, S. 165.

40 Vgl. Adolf Loos: Ornament und Verbrechen. In: ders.: Trotzdem, 1900-1930. Die Schriften von Adolf Loos in zwei Bänden. Zweiter Band. Innsbruck (Brenner) 1931 (Zweite vermehrte Auflage), S. 79-92.

41 Ebd., S. 81.

42 Ebd., S. 92.

43 Vgl. Heinrich Kulka (Hrsg.): Adolf Loos. Das Werk des Architekten. Neues Bauen in der Welt, Band IV. Wien (Anton Schroll) 1931, S. 32.

44 ハインリヒ・クルカ（岩下眞好・佐藤康則訳）『アドルフ・ロース』、泰流社、一九八四年、一七二ページ参照。

45 Vgl. Burkhardt Rukschcio, Roland Schachel: Adolf Loos. Leben und Werk. Salzburg/Wien (Residenz) 1982, S. 295.

46 Vgl. Hermann Czech, Wolfgang Mistelbauer: Das Looshaus. Wien (Löcker) 1976; 1984 (3., ergänzte Auflage), S. 66.

47 Vgl. ebd., S. 73.

48 Adolf Loos: Wiener Architekturfragen. In: Reichspost. Morgenblatt. 1. Oktober 1910, S. 1. Adolf Loos: Zwei Aufsätze und eine Zuschrift über das Haus auf dem Michaelerplatz. Wiener Architekturfragen. In: ders.: Trotzdem, S. 123.

49 Adolf Loos: Wiener Architekturfragen. In: Reichspost, S. 2. In: Trotzdem, S. 24.

50 Vgl. Hermann Czech, Wolfgang Mistelbauer: a. a. O., S. 105ff.

51 Adolf Loos. Zum 60. Geburtstag am 10. Dezember 1930. Wien (Richard Lanyi) 1930, S. 66.

52 Georg Trakl: Sebastian im Traum. Für Adolf Loos. In: ders.: Sebastian im Traum. Leipzig (Kurt Wolff) 1915, S. 16.

53 Ludwig Wittgenstein: Brief an Ludwig von Ficker, 28. 11. 1914. In: ders.: Briefe an Ludwig von Ficker. Hrsg. von Georg Henrik von Wright unter Mitarbeit von Walter Methlagl. Salzburg (Otto Müller) 1969, S. 22.

54 Vgl. Ludwig Wittgenstein: Vermischte Bemerkungen. Eine Auswahl aus dem Nachlaß. Hrsg. von Georg Henrik von Wright unter Mitarbeit von Heikki Nyman. Neubearbeitung des Textes durch Alois Pichler. Frankfurt am Main (Suhrkamp) 1977; 1994, S. 41.

55 Vgl. Ludwig von Ficker (Hrsg.): Der Brenner. Innsbruck (Brenner), II. Jahrg., Heft 15 (1. Jänner 1912) – Brenner–Jahrbuch 1915. Reprint: Nendeln (Kraus Reprint) 1969.

56 Vgl. Der Brenner, III. Jahrg., Heft 1 (1. Oktober 1912), S. 47.

57 Vgl. Adolf Loos: Ins Leere gesprochen, 1897-1900. Die Schriften von Adolf Loos in zwei Bänden. Erster Band. Innsbruck (Brenner) 1932 (Zweite veränderte Auflage). Vgl. Adolf Loos: Trotzdem, 1900-1930. Die Schriften von Adolf Loos in zwei Bänden. Zweiter Band. Innsbruck (Brenner) 1931.

58 Adolf Loos: Ornament und Verbrechen. In: ders.: Trotzdem, 1900-1930, S. 81.

第二章　芸術家たちの日本への関心

1 ペーター・パンツァー「ハプスブルク家の古伊万里コレクション」、ペーター・パンツァー監修、ササキ企画編『マリア・テレジア古伊万里コレクション展』、ササキ企画、一九九七年、一一〇―一一六ページ、特に一一三―一一四ページ参照。

2 同書参照。

3 京都国立博物館編『特別展覧会　蒔絵――漆黒と黄金の日本美』、京都国立博物館、一九九五年、一五六―一五七ページ参照。

4 同書、二〇三ページ参照。

5 角山幸洋『ウィーン万国博の研究』、関西大学出版会、二〇〇〇年、三八ページ参照。

6 Vgl. Österreichisch-Japanische Gesellschaft, Herbert Fux: Japan auf der Weltausstellung in Wien 1873. Wien (Österreichisches Museum für angewandte Kunst) 1973, S. 15.

7 東京国立文化財研究所美術部編『明治期万国博覧会美術品出品目録』、中央公論美術出版、一九九七年、一九八—二〇一ページ参照。

8 藤原隆男『明治前期日本の技術伝習と移転——ウィーン万国博覧会の研究』、丸善プラネット、二〇一六年、参照。

9 Vgl. Katalog der IV. Kunstausstellung der Vereinigung bildender Künstler Österreichs. o. O. u. J. [Wien, 1899], S. 16.

10 宮城県美術館、Bunkamura ザ・ミュージアム、島根県立美術館、東京新聞編『ウィーン分離派 1898-1918』、東京新聞、二〇〇一年、三七ページ参照。

11 Vgl. Koichi Koshi: Japanisches bei Klimt. In: Peter Pantzer, Johannes Wieninger (Konzept), Österreichisches Museum für angewandte Kunst, Wien (Herausgeber): Verborgene Impressionen, Hidden Impressions. Wien (Seitenberg) 1990. S. 94-101. Vgl. Akiko Mabuchi: Die japanischen Muster und Motive bei Gustav Klimt. In: ebd., S. 109-114. 馬淵明子「クリムトと装飾——ウィーンにおける絵画のジャポニスム」、ヨハネス・ヴィーニンガー、馬淵明子監修、東京新聞編『ウィーンのジャポニスム』、東京新聞、一九九四年、一九—二七ページ参照。越宏一「世紀転換期ウィーンのジャポニスム研究（その一・その二）」、『東京芸術大学美術学部紀要』、第三一号、欧文編、一九九六年、三—六一ページ参照。

12 ヨハネス・ヴィーニンガー（古田亮訳）「グスタフ・クリムト及び一九〇〇年前後のウィーンにおけるRIMPA-ART の意義」、東京国立近代美術館編『琳派　RIMPA——国際シンポジウム報告書』、ブリュッケ、二〇〇六年、七九—九四ページ参照。

13 Vgl. Sandra Tretter, Peter Weinhäupl, Felizitas Schreier, Georg Becker (Hrsg.): Gustav Klimt. Atelier Feldmühlgasse, 1911-

1918. Wien (Christian Brandstätter) 2014.
14 太田喜二郎「維納にクリムト氏を訪ふ」、『美術新報』、（畫報社）、第一三巻、第三号、（大正三年（一九一四年））、一七頁。
15 Vgl. Ausstellungsverzeichnis. In: Tobias G. Natter (Hrsg.): Gustav Klimt. Sämtliche Gemälde. Köln (Taschen) 2012, S. 648-649. Vgl. Ursula Storch: Die Klimt-Sammlung des Wien Museums. In: Klimt. Die Sammlung des Wien Museums. Ostfildern (Hatje Cantz) 2012, S. 12-21.
16 Josef Hoffmann: Arbeitsprogramm der Wiener Werkstätte. In: Werner J. Schweiger: Wiener Werkstätte. Kunst und Handwerk 1903-1932. Wien (Christian Brandstätter) 1982, S. 43.
17 Vgl. Helena Pereña Sáez: Egon Schiele. Wahrnehmung, Identität und Weltbild. Marburg (Tactum) 2010, S. 260.
18 Vgl. Ernst Schur: Der Geist der japanischen Kunst. In: Ver Sacrum, Zeitschrift der Vereinigung bildender Künstler Österreichs, II. Jahrg. (1899), Heft 4, S. 5-20.
19 Ebd., S. 6.
20 Ebd.
21 Ebd., S. 8.
22 Ebd., S. 11.
23 Ebd., S. 20.
24 Vgl. Ernst Schur: Das Teefest am Hakone See. u. a. In: Ver Sacrum, II. Jahrg. (1899), Heft 9, S. 3-16.
25 Vgl. Moritz Dreger: Zur Werthschätzung der japanischen Kunst. In: ebd., S. 18-31.
26 Vgl. Verborgene Impressionen, Hidden Impressions, S. 301.
27 Vgl. K. K. österr. Handels-Museum (Hrsg.): Japanische Vogelstudien. 12 Blätter. Wien (K. K. Hof- u. Staatsdruckerei)

1895.

28 Vgl. Vorwort zur VI. Ausstellung der Vereinigung bildender Künstler Österreichs Secession. In: Katalog der VI. Ausstellung. Vereinigung bildender Künstler Österreichs, Secession. o. O. u. J. [Wien, 1900], S. 3.

29 Adolf Fischer: (Vorwort). In: ebd., S. 5.

30 Vgl. ebd., S. 6ff.

31 Vgl. Ver Sacrum, III. Jahrg. (1900), Heft 3, S. 43.

32 Franz Hohenberger: Aus einem Briefe. In: ebd., S. 50.

33 『ウィーン分離派 1898-1918』、一八四ページ参照。

34 同書、一八一ページ以下参照。

35 Ludwig Hevesi: Ausstellung der Sezession. In: ders.: Acht Jahre Sezession (März 1897-Juni 1905). Kritik – Polemik – Chronik. Wien (Carl Konegen) 1906. Reprint: Klagenfurt (Ritter) 1984, S. 222.

36 Ludwig Hevesi: Vorwort. In: ebd., S. IX.

37 Vgl. Ludwig Hevesi: Ausstellung der Sezession. In: ebd., S. 222.

38 Ebd., S. 223.

39 Richard Muther: Die japanische Ausstellung der Secession. Februar 1900. In: ders.: Studien und Kritiken. Band. I. Wien (Wiener Verlag) 1900 (Zweite Auflage), S. 50.

40 Ebd., S. 48.

41 Ebd., S. 46f.

42 Berta Zuckerkandl: Japanische Kunstausstellung. In: Wiener Rundschau, Band 4 (1900), Reprint: Nendeln (Kraus Reprint) 1970, S. 71.

43 Ebd.

44 Vgl. Hermann Bahr: Japanische Ausstellung. Sechste Ausstellung der Vereinigung bildender Künstler Oesterreichs, Sezession. In: Oesterreichische Volks=Zeitung, Wien, 20. Jänner 1900, S. 1-2, 30. Jänner 1900, S. 1-2. Vgl. Hermann Bahr: Secession. Wien (Wiener Verlag) 1900, S. 216-230.

45 Hermann Bahr: Japanische Ausstellung. In: ders.: Secession, S. 219f.

46 Ebd., S. 220.

47 Ebd.

48 Vgl. Adolf Haeutler: Von japanischer Malerei. In: Die Zeit, Nr. 204, 27. August 1898, S. 135-137.

49 Vgl. Elke Mühlleitner: Biographisches Lexikon der Psychoanalyse. Die Mitglieder der Psychologischen Mittwoch-Gesellschaft und der Wiener Psychoanalytischen Vereinigung 1902-1938. Unter Mitarbeit von Johannes Reichmayr. Tübingen (diskord) 1992, S. 129.

50 赤穂市立美術工芸館田淵記念館編『赤穂ゆかりの画家　鈴木百年・松年』、赤穂市立美術工芸館田淵記念館、二〇〇六年、参照。Vgl. Adolf Fischer: Bilder aus Japan. Berlin (Georg Bondi) 1897, S. 81ff.

51 Hermann Bahr: a. a. O., S. 220.

52 Ebd., S. 220f.

53 Hermann Bahr: Klimt. In: Gustav Klimt: Das Werk von Gustav Klimt. Einleitende Worte: Hermann Bahr, Peter Altenberg. Wien/Leipzig (Hugo Heller) 1918.

54 Hermann Bahr: Klimt. In: Gustav Klimt. 50 Handzeichnungen mit einem Vorwort von Hermann Bahr. Leipzig/Wien (Thyrsos) 1922.

55 Hermann Bahr: Japanische Ausstellung. In: ders.: Secession, S. 229.

56 Ebd., S. 229f.

57 Adolf Fischer: Wandlungen im Kunstleben Japans. Buchschmuck von dem japanischen Künstler Eisaku Wada. Berlin (B. Behr's Verlag) 1900, S. 106.

58 Vgl. Hermann Bahr: Die Secession. (Zur ersten Kunstausstellung der Vereinigung bildender Künstler Oesterreichs in der Gartenbaugesellschaft am Parkring). III. In: Die Zeit, Nr. 185, 16. April 1898, S. 44.

59 Vgl. Anna L. Staudacher: „...meldet den Austritt aus dem mosaischen Glauben". 18000 Austritte aus dem Judentum in Wien, 1868-1914: Namen – Quellen – Daten. Frankfurt am Main (Peter Lang) 2009, S. 436.

60 Emil Orlik: Malergrüße an Max Lehrs, 1898-1930. Hrsg. vom Adalbert Stifter Verein. München (Prestel) 1981, S. 115.

61 Vgl. Setsuko Kuwabara: Emil Orlik und Japan. Frankfurt am Main (Haag + Herchen) 1987, S. 61.

62 Emil Orlik: Aus meinem Leben. In: ders.: Kleine Aufsätze. Berlin (Propyläen) 1924, S. 53.

63 吉岡芳陵「エミール、オーリック（本邦美術の視察者）」、『太陽』、（博文館）、第七巻、第八号、（明治三四年（一九〇一年））、一四三―一四六頁参照。

64 エミール・オルリック（桑原節子、エーバーハルト・フリーゼ監修・解説）『日本便り』、雄松堂出版、一九九六年、参照。

65 Emil Orlik: Über den Farbenholzschnitt in Japan. In: ders.: Kleine Aufsätze, S. 26.

66 Vgl. Peter Voss-Andreae: Wie ein Traum! Emil Orlik in Japan. Hamburg (Klaus Raasch) 2012.

67 Vgl. Agnes Matthias: Zwischen Japan und Amerika. Emil Orlik. Ein Künstler der Jahrhundertwende. Hrsg. vom Kunstforum Ostdeutsche Galerie Regensburg. Bielefeld/Berlin (Kerber) 2013.

68 Vgl. Tobias G. Natter, Max Hollein, Klaus Albrecht Schöder (Hrsg.): Art for All. Der Farbholzschnitt in Wien um 1900. Köln (Taschen) 2016.

69 Vgl. Lafcadio Hearn (Einzig autorisierte Übersetzung aus dem Englischen von Berta Franzos): Kokoro. Mit Vorwort v. Hugo von Hofmannsthal. Buchschmuck von Emil Orlik. Frankfurt am Main (Rütten & Loening) 1905.

70 Lafcadio Hearn: Die Idee der Präexistenz. In: ebd., S. 218.

71 Vgl. Hugo von Hofmannsthal: Sämtliche Werke. Kritische Ausgabe. Bd. XXIX. Erzählungen 2. Hrsg. von Rudolf Hirsch. Frankfurt am Main (S. Fischer) 1978, S. 246-248.

72 Hugo von Hofmannsthal: Vorwort. In: Lafcadio Hearn: Kokoro, S. 7.

73 Vgl. Hermann Bahr: Der Meister. Komödie in drei Akten. Berlin (S. Fischer) 1904.

74 Vgl. Hermann Bahr: Tagebücher, Skizzenbücher, Notizhefte. Bd. 3. 1901 bis 1903. Hrsg. von Moritz Csáky. Bearbeitet von Helene Zand u. Lukas Mayerhofer. Wien/Köln/Weimar (Böhlau) 1997, S. 218, S. 249, S. 251.

75 Vgl. ebd., S. 363, S. 375.

76 Hermann Bahr: Der Meister, S. 23.

77 Hermann Bahr: Tagebücher, Skizzenbücher, Notizhefte. Bd. 3, S. 352.

78 Hermann Bahr: Der Meister, S. 17.

79 Vgl. Hermann Bahr: Der Meister. Komödie in drei Akten. Neue Ausgabe mit einem Vorwort von Friedrich Schreyvogl. Berlin (Ahn & Simrock) 1940, S. 17.

80 Vgl. Hugo von Hofmannsthal: Gespräch zwischen einem jungen Europäer und einem japanischen Edelmann. In: ders.: Sämtliche Werke. Kritische Ausgabe. Bd. XXXI. Erfundene Gespräche und Briefe. Hrsg. von Ellen Ritter. Frankfurt am Main (S. Fischer) 1991, S. 40-44.

81 Vgl. Hugo von Hofmannsthal: Die Briefe des Zurückgekehrten. In: ebd., S. 151-174.

82 Vgl. ebd., S. 152, S. 40.

83 Ebd., S. 42.

84 Cf. The Spectator, No. 6. Wednesday, March 7, 1711. In: The Spectator, Volume I. Ed. by Donald F. Bond. Oxford (Oxford University Press) 1965, p. 29. Vgl. Georg Christoph Lichtenberg: Schriften und Briefe. Erster Band. Sudelbücher I. Hrsg. von Wolfgang Promies. München (Carl Hanser) 1968, S. 155 u. a.

85 Vgl. Hugo von Hofmannsthal: Einleitung. In: Deutsche Erzähler (Ausgewählt von Hugo von Hofmannsthal). Erster Band. Leipzig (Insel) 1912, S. XII.

86 Stefan Zweig: Lafcadio Hearn. In: Lafcadio Hearn (Übertragung von Berta Franzos): Das Japanbuch. Eine Auswahl aus den Werken von Lafcadio Hearn. Frankfurt am Main (Rütten & Loening) 1911; 1923, S. 9. In: Stefan Zweig: Gesammelte Werke in Einzelbänden. Zeiten und Schicksale. Aufsätze und Vorträge aus den Jahren 1902-1942. Frankfurt am Main (S. Fischer) 1990, S. 217.

87 Vgl. Donald A. Prater (Übersetzung von Annelie Hohenemser): Stefan Zweig. Das Leben eines Ungeduldigen. (Erweiterte und revidierte Ausgabe der englischen Fassung *European of Yesterday. A Biography of Stefan Zweig*). München/Wien (Carl Hanser) 1981; 1982 (2. Auflage), S. 444.

88 Stefan Zweig: Lafcadio Hearn. In: Lafcadio Hearn: Das Japanbuch, S. 11.

89 Vgl. Wolfgang Hadamitzky, Marianne Kocks: Japan-Bibliografie. Verzeichnis deutschsprachiger japanbezogener Veröffentlichungen. Reihe A: Monografien, Zeitschriften, Karten. Band I: 1477-1920. München u. a. (K. G. Saur) 1990, S. 132-145.

90 Vgl. ebd.

91 Vgl. Einzelschriften über den Russisch-japanischen Krieg. I. Band – VIII. Band. Heft 1-67. Beihefte zu „Streffleurs Österr. milit. Zeitschrift“. Wien (Verlag der »Streffleurs Österr. milit. Zeitschrift«, L. W. Seidel & Sohn) 1905-1914.

92 Vgl. Hermann Bahr: Japanische Ausstellung. In: ders.: Secession, S. 221.

93 Peter Altenberg: Revolutionär. Der Besuch. In: ders.: Wie ich es sehe. Berlin (S. Fischer) 1896, S. 106.

94 Vgl. Hermann Bahr: Japanische Ausstellung. In: ders.: Secession, S. 219. Hermann Bahr: Sada Yacco (als Gast im Theater an der Wien). In: ders.: Rezensionen. Wiener Theater 1901 bis 1903. Berlin (S. Fischer) 1903, S. 207f.

95 Peter Altenberg: Japan. In: ders.: Gesammelte Werke in fünf Bänden, Band II. Extrakte des Lebens. Gesammelte Skizzen 1898-1919. Wien und Frankfurt (Löcker/S. Fischer) 1987, S. 296.

96 Vgl. Die Allgemeine Musikgesellschaft Basel (Hrsg.): Festschrift für Dr. Felix Weingartner zu seinem siebzigsten Geburtstag. Basel (Henning Oppermann) 1933. Vgl. Simon Obert, Matthias Schmidt (Hrsg.): Im Mass der Moderne. Felix Weingartner – Dirigent, Komponist, Autor, Reisender. Basel (Schwabe) 2009.

97 Vgl. Festschrift für Dr. Felix Weingartner zu seinem siebzigsten Geburtstag, S. 11. Vgl. Im Mass der Moderne. Felix Weingartner – Dirigent, Komponist, Autor, Reisender, S. 416f.

98 Vgl. Festschrift für Dr. Felix Weingartner zu seinem siebzigsten Geburtstag, S. 14. Vgl. Im Mass der Moderne. Felix Weingartner – Dirigent, Komponist, Autor, Reisender, S. 410.

99 Vgl. Festschrift für Dr. Felix Weingartner zu seinem siebzigsten Geburtstag, S. 15f. Vgl. Im Mass der Moderne. Felix Weingartner – Dirigent, Komponist, Autor, Reisender, S. 419. Vgl. Hans Bethge: Japanischer Frühling. Leipzig (Insel) 1911.

100 Vgl. Im Mass der Moderne. Felix Weingartner – Dirigent, Komponist, Autor, Reisender, S. 423, S. 425.

101 Vgl. Festschrift für Dr. Felix Weingartner zu seinem siebzigsten Geburtstag, S. 14. Vgl. Im Mass der Moderne. Felix Weingartner – Dirigent, Komponist, Autor, Reisender, S. 407.

102 Vgl. Karl Florenz (Übertragung): Japanische Dramen. Terakoya und Asagao. Leipzig (C. F. Amelang) [1900], 東京（長谷川商店）明治三三年。

103 Vgl. Wolfgang von Gersdorff: Terakoya, Die Dorfschule. Ein historisches Trauerspiel aus dem alten Japan nach der Tragödie des Takeda Izumo. Berlin/Cöln/Leipzig (Albert Ahn) o. J. [1907].

104 Vgl. Karl Florenz (Übertragung): a. a. O.

105 Vgl. Felix Weingartner: Die Dorfschule. Oper in einem Akt nach dem altjapanischen Drama „Terakoya". Wien/Leipzig (Universal) 1919.

106 Ebd., S. 10.

107 Vgl. Wiener Staatsoper (Zusammengestellt von Andreas Láng, Oliver Láng): Chronik der Wiener Staatsoper 1869-2009. 1. Teil: Werkverzeichnis. Wien (Wiener Staatsoper, Löcker) 2009, S. 113.

108 Vgl. Felix Weingartner: Die Dorfschule. Das Orchester der Deutschen Oper Berlin. Jacques Lacombe u. a. Georgsmarienhütte (CPO) 2015. (CD).

109 オットー・ビーバ、樋口隆一、イングリット・フックス監修、荒井恵理子編『音楽のある展覧会――ウィーンに残る、日本とヨーロッパ四五〇年の足跡――ウィーン楽友協会創立二〇〇周年記念』、サントリーホール、二〇一二年、五二ページ参照。

第三章　音楽界の不協和音

1 このプレミエが行われたのは、一九八一年三月二十二日。

2 Eduard Hanslick: Richard Wagner, und seine neueste Oper „Tannhäuser". In: ders.: Sämtliche Schriften. Historisch-kritische Ausgabe. Band. I, 1. Aufsätze und Rezensionen 1844-1848, herausgegeben und kommentiert von Dietmar Strauß. Wien/Köln/Weimar (Böhlau) 1993, S. 59.

3 Eduard Hanslick: Wagner's Rheingold und sein Bayreuther Theater. In: ders.: Die moderne Oper. Kritiken und Studien.

Berlin (Allgemeiner Verein für Deutsche Litteratur) 1875; 1900, S. 309.

4 Ebd.

5 Ebd.

6 Ebd., S. 310.

7 Vgl. Eduard Hanslick: Richard Wagner's „Nibelungen=Ring“ im Wiener Hofoperntheater. In: ders.: Musikalische Stationen. (Der „Modernen Oper“ II. Theil.) Berlin (Allgemeiner Verein für Deutsche Literatur) 1880; 1885, S. 277ff.

8 Ebd., S. 281.

9 Vgl. Eduard Hanslick: Vom Musikalisch-Schönen. Ein Beitrag zur Revision der Ästhetik in der Tonkunst. Teil 1: Historisch-krtische Ausgabe. Hrsg. von Dietmar Strauß. Mainz u. a. (Schott) 1990.

10 Vgl. Christian Fastl: Wiener Akademischer Wagner-Verein. In: Rudolf Flotzinger (Hrsg.): Oesterreichisches Musiklexikon. Bd. 5. Wien (Verlag der Österreichischen Akademie der Wissenschaften) 2006, S. 2649f.

11 Vgl. Hans von Wolzogen: Erinnerungen an Richard Wagner. Ein Vortrag. Hrsg. vom Wiener Akademischen Wagner-Verein. Wien (Carl Konegen) 1883.

12 Ebd., S. 48.

13 Vgl. Reinhard Fabian: Leben und Wirken von Christian v. Ehrenfels. Ein Beitrag zur intellektuellen Biographie. In: Reinhard Fabian (Hrsg.): Christian von Ehrenfels. Leben und Werk. Studien zur österreichischen Philosophie, Bd. VIII. Amsterdam (Rodopi) 1986, S. 13.

14 Vgl. Gerhard J. Winkler: Christian von Ehrenfels als Wagnerianer. In: ebd., S. 190ff.

15 Vgl. Christian v. Ehrenfels: Richard Wagner und seine Apostaten. Ein Beitrag zur Jahrhundertfeier. Wien/Leipzig (Hugo Heller) 1913, S. 22.

16 Ebd., S. 59.

17 Vgl. Österreichische Nationalbibliothek (Hrsg.): Handbuch österreichischer Autorinnen und Autoren jüdischer Herkunft 18. bis 20. Jahrhundert. Bd. 1. München (K. G. Saur) 2002, S. 524. Vgl. Elke Mühlleitner: Biographisches Lexikon der Psychoanalyse, S. 141.

18 Vgl. Adolf Deutsch: Zur Psychopathologie des Alltagslebens. Symptomhandlungen auf der Bühne. In: Internationale Zeitschrift für ärztliche Psychoanalyse. Hrsg. von Sigm. Freud. Leipzig/Wien (Hugo Heller), I. Jahrg., 1913, S. 269-273.

19 Vgl. Elke Mühlleitner: a. a. O., S. 70.

20 Vgl. Michael Worbs: Nervenkunst. Literatur und Psychoanalyse im Wien der Jahrhundertwende. Frankfurt am Main (Europäische Verlagsanstalt) 1983, S. 145f.

21 Vgl. Christian v. Ehrenfels: Zur Klärung der Wagner-Controverse. Ein Vortrag. Wien (Carl Konegen) 1896.

22 Ebd., S. 3.

23 Vgl. Max Morold: Wagners Kampf und Sieg. Dargestellt in seinen Beziehungen zu Wien. Erster u. Zweiter Band. Zürich/Leipzig/Wien (Amalthea) 1930.

24 Ebd., Zweiter Band, S. 223.

25 Ebd., S. 224.

26 Vgl. Max von Millenkovich-Morold: Richard Wagner und der Nationalsozialismus. In: Bayerische Staatsoper. Münchener Festspiele 1938. 24. Juli bis 7. September. Künstlerische Leitung: Clemens Krauss. München (Bayer. Staatsoper) 1938, S. 12-15.

27 Vgl. Thomas Leibnitz (Hrsg.): Geliebt, Verlacht, Vergöttert. Richard Wagner und die Wiener. Wien (Österreichische Nationalbibliothek) 2012, S. 91.

28 Vgl. Wilhelm Beetz: Das Wiener Opernhaus. II. Auflage. 1869 bis 1955. Wien (Panorama) 1955.

29 Vgl. Wiener Staatsoper (Hrsg.): Gustav Mahler. Mahlers Opernreform und die Wiener Moderne. Wien (Wiener Staatsoper) o. J. [2010], S. 125.

30 Vgl. ebd., S. 126.

31 Ebd., S. 88f.

32 Vgl. Hermann Bahr: Erinnerungen an Hugo Wolf. In: ders.: Buch der Jugend. Wien/Leipzig (Hugo Heller) 1908, S. 54-63.

33 Vgl. Ernst Decsey: Hugo Wolf. IV. Band: Höhe und Ende 1896-1903. Leipzig/Berlin (Schuster & Loeffler) 1906, S. 87.

34 Vgl. ebd., S. 87f.

35 Vgl. Hugo Wolf: Ergebung. In: Sechs geistliche Lieder für vierstimmigen gemischten Chor nach Gedichten von Joseph von Eichendorff. Kassel/Basel/Tours/London (Bärenreiter) 1977, S. 19-24.

36 Vgl. Erik Werba: Hugo Wolf oder Der zornige Romantiker. Wien/München (Molden-Taschenbuch) 1971; 1978 (Durchgesehene, erweiterte Ausgabe), S. 295.

37 Paul Stefan: Das Grab in Wien. Eine Chronik 1903-1911. Berlin (Erich Reiß) 1913, S. 22.

38 Vgl. Paul Stefan: Gustav Mahlers Erbe. Ein Beitrag zur neuesten Geschichte der deutschen Bühne und des Herrn Felix von Weingartner. München (Hans von Weber) 1908.

39 Vgl. Paul Stefan: Gustav Mahler. Eine Studie über Persönlichkeit und Werk. München (R. Piper) 1910.

40 Vgl. Paul Stefan (Hrsg.): Gustav Mahler. Ein Bild der Persönlichkeit in Widmungen. München (R. Piper) 1910.

41 酒田健一編『マーラー頌』、白水社、一九八〇年、参照。

42 Vgl. Paul Stefan: Das Grab in Wien. Eine Chronik 1903-1911. Berlin (Erich Reiß) 1913.

43 Vgl. ebd., S. 23, S. 53f., S. 88.

44 Vgl. Paul Stefan: Arturo Toscanini. Mit einem Geleitwort von Stefan Zweig. Mit 54 Abbildungen. Wien/Leipzig/Zürich (Herbert Reichner) 1935.
45 Vgl. Paul Stefan: Bruno Walter. Mit Beiträgen von Lotte Lehmann, Thomas Mann, Stefan Zweig. Wien/Leipzig/Zürich (Herbert Reichner) 1936.
46 Paul Stefan: Das Grab in Wien, S. 77.
47 Vgl. Arnold Schönberg, zum fünfzigsten Geburtstage, 13. September 1924. Sonderheft der Musikblätter des Anbruch, Wien. 6. Jahrg., August – September-Heft 1924.
48 Vgl. Alban Berg: Warum ist Schönbergs Musik so schwer verständlich? In: ebd., S. 329-341.
49 Paul Stefan: Das Grab in Wien, S. 116.
50 Ebd., S. 116f.
51 Vgl. ebd., S. 83.
52 Vgl. ebd., S. 139.
53 Vgl. Richard Batka, Richard Specht (Hrsg.): Der Merker, Österreichische Zeitschrift für Musik und Theater, 2. Jahrg., Heft 8 (1911), Heft 12 (1911). Reprint: New York (Annemarie Schnase) 1970.
54 Vgl. Richard Specht: Richard Strauss und sein Werk. Erster Band: Der Künstler und sein Weg, Der Instrumentalkomponist. Zweiter Band: Der Vokalkomponist, Der Dramatiker. Leipzig/Wien/Zürich (E. P. Tal) 1921.
55 Vgl. Andrea Zedler, Michael Walter (Hrsg.): Richard Strauss' Grazer *Salome*. Die österreichische Erstaufführung im theater- und sozialgeschichtlichen Kontext. Wien (LIT) 2014.
56 Vgl. Neue Freie Presse, Morgenblatt, 17. Mai 1906, S. 11.
57 Vgl. Neues Wiener Tagblatt, 17. Mai 1906, Nr. 135, S. 29.

58 Vgl. Roland Tenschert: Richard Strauss und Wien. Eine Wahlverwandtschaft. Wien (Brüder Hollinek) 1949, S. 30ff.

59 Vgl. Franz Grasberger: Richard Strauss und die Wiener Oper. Tutzing (Hans Schneider) 1969, S. 21.

60 Hermann Bahr: Richard Strauss. I. „Elektra“ in Dresden. In: ders.: Essays. Leipzig (Insel) 1912, S. 78.

61 Hugo von Hofmannsthal: Brief an Anna von Mildenburg, 19. 3. 1909. In: Hugo und Gerty von Hofmannsthal, Hermann Bahr: Briefwechsel 1891-1934. Band 1. Herausgegeben und kommentiert von Elsbeth Dangel-Pelloquin. Göttingen (Wallstein) 2013, S. 311.

62 Vgl. Karin Marthensen: Bühnenkostüm und Klavierauszug als Charakterstudien: Überlegungen zu Anna Bahr-Mildenburg als Klytämnestra in Richard Strauss' *Elektra*. In: Christiane Mühlegger-Henhapel, Alexandra Steiner-Strauss (Hrsg.): *„Worte klingen, Töne sprechen“*. Richard Strauss und die Oper. Wien (KHM-Museumsverband, Holzhausen) 2015, S. 39.

63 Vgl. Marcel Prawy: Die Wiener Oper. Geschichte und Geschichten. Wien/München/Zürich/Innsbruck (Fritz Molden) 1969; 1978 (Ergänzte und überarbeitete Neuauflage), S. 154f.

64 Vgl. (Anonym): Die Première des „Rosenkavalier“ in der Hofoper. In: Neue Freie Presse, Morgenblatt, 9. April 1911, S. 16.

65 Ebd.

66 Ebd.

67 Ebd.

68 フランツ・レハール『メリー・ウィドウ』、ヘルベルト・フォン・カラヤン（指揮）、ベルリン・フィルハーモニー管弦楽団他、ポリドール（Deutsche Grammophon）、一九七三年、（ＬＰ）、参照。

69 Cf. John Hunt (compiled): The Concert Register of Herbert von Karajan. Philharmonic Autocrat. UK (John Hunt) 2001.

70 Vgl. Ingrid und Herbert Haffner: Immer nur lächeln... Das Franz Lehár Buch. Berlin (Parthas) 1998, S. 66.

71 Vgl. Berndt W. Wessling: Furtwängler. Eine kritische Biographie. Stuttgart (Deutsche Verlags-Anstalt) 1985, S. 87. Cf.

Hans-Hubert Schönzeler: Furtwängler. Portland, Oregon (Amadeus) 1990, p. 14.

72 Berndt W. Wessling: Furtwängler. Eine kritische Biographie, S. 87.

73 Vgl. Konrad Vogelsang: Dokumentation zur Oper „Wozzeck“ von Alban Berg. Die Jahre des Durchbruchs 1925-1932. o. O. [Laaber] (Laaber) 1977.

74 Vgl. Clemens Krauss-Archiv Wien (Hrsg.), Signe Scanzoni (Text), Götz Klaus Kende (Recherchen): Der Prinzipal. Clemens Krauss. Fakten, Vergleiche, Rückschlüsse. Tutzing (Hans Schneider) 1988, S. 132.

75 Ebd., S. 131.

76 Vgl. Felix Czeike: Historisches Lexikon Wien. Band 3. Wien (Kremayr & Scheriau) 1994, S. 442f. Vgl. Theater= und Konzert=Säle, sowie Varieté= und Kinobühnen. o. O. [Wien] u. o. J.

77 Vgl. Hugo von Hofmannsthal (Mitgeteilt und erläutert von Rudolf Hirsch): Ein Brief Hofmannsthals an Alfred Roller. Anmerkung 6. In: Hofmannsthal Blätter. Heft 3 (Herbst 1969), S. 194.

78 Vgl. Felix Czeike: Historisches Lexikon Wien. Band 1, S. 142ff., S. 148. Band 2, S. 614.

79 Vgl. Hugo von Hofmannsthal: Vier Gedichte. In: Sozialistische Monatshefte, Internationale Revue des Sozialismus, Zweiter Jahrg., No. 6 (1898), S. 273-275.

80 Vgl. Blätter für die Kunst, Erste Folge, II. Band (1892), S. 39. Dritte Folge, I. Band (1896), S. 12. II. Band (1896), S. 40-43. Abgelichteter Neudruck: Düsseldorf/München (Helmut Küpper) 1967. Vgl. Hugo von Hofmannsthal: Sämtliche Werke. Kritische Ausgabe. Band I. Gedichte 1. Hrsg. von Eugene Weber. Frankfurt am Main (S. Fischer) 1984.

81 Vgl. Hugo von Hofmannsthal: Weltgeheimnis. In: Ver Sacrum, Organ der Vereinigung bildender Kuenstler Österreichs, I. Jahrg. (1898), Heft 12, S. 5.

82 Vgl. Hugo Hofmannsthal: Der Verarmte. In: Kunst und Volk. Eine Festgabe der Kunststelle zur 1000. Theateraufführung.

Hrsg. von David Josef Bach. Wien (Leopold Heidrich) 1923, S. 92-97.

83 Vgl. Georg Hupfer: Buchhandlung und Verlagsgesellschaft Leopold Heidrich. In: ders.: Zur Geschichte des antiquarischen Buchhandels in Wien. Wien (Diplomarbeit der Universität Wien) 2003, S. 237-239.

84 Kunst und Volk, S. 120.

85 Vgl. Kurt Stimmer (Herausgegeben im Auftrag des Bildungsausschusses der Wiener SPÖ): Die Arbeiter von Wien. Wien/ München (Jugend und Volk) 1988, S. 134f.

86 Vgl. Andreas F. Kienzl: David Josef Bach (1874-1947). Journalist und Organisator der Arbeiterkulturbewegung. Wien (Dissertation der Universität Wien) 1986, S. 150f.

87 Vgl. Das neue Wien. Städtewerk. Herausgegeben unter offizieller Mitwirkung der Gemeinde Wien. Band II. Wien (»Das neue Wien«, Elbemühl Papierfabriken und Graphische Industrie) 1927, S. 880.

88 David Josef Bach: Die Kunststelle. In: Kunst und Volk, S. 115.

89 Vgl. Henriette Kotlan-Werner: Kunst und Volk. David Josef Bach, 1874-1947. (Materialien zur Arbeiterbewegung Nr. 6). Wien (Europaverlag) 1977, S. 144.

90 Vgl. Felix Czeike: Historisches Lexikon Wien. Band 2, S. 94.

91 Arbeiter=Sinfonie=Konzerte. 21. Juni 1932. Zu Ehren des zehnten internationalen Musikfestes. Orchester=Konzert. Dirigent: Anton Webern. (Programm).

92 Vgl. Henriette Kotlan-Werner: a. a. O., S. 145.

93 Vgl. ebd., S. 157.

94 Ebd., S. 46.

95 David Josef Bach: Der Arbeiter und die Kunst. In: Der Kampf, Sozialdemokratische Monatsschrift, Jahrg. 7, Nr. 1 (1.

Oktober 1913), S. 41.

96 Vgl. Reinhard Kannonier: Zwischen Beethoven und Eisler. Zur Arbeitermusikbewegung in Österreich. (Materialien zur Arbeiterbewegung Nr. 19). Wien (Europaverlag) 1981, S. 93ff.

97 Vgl. Henriette Kotlan-Werner: a. a. O., S. 32.

98 Vgl. Hans Heinsheimer: Arbeitermusik in Wien. In: Anbruch, Monatsschrift für moderne Musik, XIV. Jahrg., Heft 5/6 (1932), S. 100.

99 Vgl. Reinhard Kannonier: a. a. O., S. 96.

100 Alban Berg: Postkarte an Helene Berg, ohne Datum [28. 5. 1922]. In: Briefwechsel Alban Berg – Helene Berg. Gesamtausgabe, Teil III: 1920-1935. Aus den Beständen der Musiksammlung der Österreichischen Nationalbibliothek. Hrsg. von Herwig Knaus, Thomas Leibnitz. Wilhelmshaven (Florian Noetzel) 2014, S. 251.

101 Vgl. Regina Busch: Verzeichnis der von Webern dirigierten und einstudierten Werke. In: Musik-Konzepte. Sonderband, Anton Webern II. München (text + kritik) 1984, S. 398-416.

102 Vgl. Manfred Permoser: Arbeiter-Sinfoniekonzerte. In: Rudolf Flotzinger (Hrsg.): Oesterreichisches Musiklexikon. Band 1. Wien (Verlag der Österreichischen Akademie der Wissenschaften) 2002, S. 50.

103 Hansjörg Pauli: Aus Gesprächen über Webern. Willi Reich. In: Musik-Konzepte. Sonderband, Anton Webern II, S. 282.

104 Aus einem Gespräch mit Weberns Tochter Maria Halbich-Webern. In: Ernst Hilmar (Hrsg.): Anton Webern 1883-1983. Anton Webern zum 100. Geburtstag. Wien (Universal) 1983, S. 94.

105 Ebd.

106 Vgl. Michael Nedo, Michele Ranchetti (Hrsg.): Ludwig Wittgenstein. Sein Leben in Bildern und Texten. Frankfurt am Main (Suhrkamp) 1983, S. 38.

107 Vgl. Irene Suchy: Sein Werk – Die Musik des Produzenten-Musikers Paul Wittgenstein. In: Irene Suchy, Allan Janik, Georg A. Predota (Hrsg.): Empty Sleeve. Der Musiker und Mäzen Paul Wittgenstein. Innsbruck (Studienverlag) 2006, S. 15.

108 Vgl. So Young Kim-Park: Paul Wittgenstein und die für ihn komponierten Klavierkonzerte für die linke Hand. Aachen (Shaker) 1999, S. 27ff.

109 Vgl. Konzertdaten von Paul Wittgenstein. In: ebd., S. i-vii.

110 コルンゴルト、ツェムリンスキー『ピアノ三重奏曲集』、ボザール・トリオ、日本フォノグラム（Philips）、一九九四年、（ＣＤ）、参照。

111 Vgl. Paul Schott: Die tote Stadt. Oper in drei Bildern, frei nach G. Rodenbachs Schauspiel „Das Trugbild“ („Bruges la Morte“). Musik von Erich Wolfgang Korngold, Op. 12. Mainz (B. Schott’s Söhne) 1920, Titelblatt.

112 Vgl. Julius Korngold: Die Korngolds in Wien. Der Musikkritiker und das Wunderkind – Aufzeichnungen von Julius Korngold. Zürich/St. Gallen (Musik & Theater) 1991, S. 250. Cf. Brendan G. Carroll: The Last Prodigy. A Biography of Erich Wolfgang Korngold. Portland, Oregon (Amadeus) 1997, p. 121.

113 Vgl. Georges Rodenbach (Deutsch von Siegfried Trebitsch): Die dramatischen Werke. München (Georg Müller) 1913.

114 Erich Wolfgang Korngold: Die Partitur der „Toten Stadt“. In: Der Merker, Österreichische Zeitschrift für Musik und Theater, 13. Jahrg., Heft 5 (1922), Reprint: New York (Annemarie Schnase) 1970, S. 78.

115 Vgl. Paul Schott: Die tote Stadt. Vgl. Erich Wolfgang Korngold: Die tote Stadt. Oper in 3 Bildern, Opus 12, frei nach G. Rodenbachs Roman „Bruges la morte“ von Paul Schott. Klavierauszug von Ferdinand Rebay. Mainz u. a. (Schott) 1920; 1948 (renewed).

116 Paul Schott: Die tote Stadt, S. 43. Erich Wolfgang Korngold: Die tote Stadt, S. 141.

117 『聖書　新共同訳』、日本聖書協会、一九八七年、『マタイによる福音書』二六章二六節。

118 『マタイによる福音書』二六章二七―二八節。

119 Paul Schott: Die tote Stadt, S. 11. Erich Wolfgang Korngold: Die tote Stadt, S. 23.

120 Paul Schott: ebd., S. 51. Erich Wolfgang Korngold: ebd., S. 167.

121 Paul Schott: ebd., S. 52. Erich Wolfgang Korngold: ebd., S. 174.

122 Paul Schott: ebd., S. 53. Erich Wolfgang Korngold: ebd., S. 183.

123 Paul Schott: ebd., S. 60. Erich Wolfgang Korngold: ebd., S. 208f.

124 Cf. International Biographical Dictionary of Central European Emigrés 1933-1945. Vol. II: The Arts, Sciences, and Literature. München/New York/London/Paris (K. G. Saur) 1983, p. 652.

125 Vgl. Die Korngolds. Klischee, Kritik und Komposition. Herausgegeben von Michaela Feurstein-Prasser und Michael Haas, im Auftrag des Jüdischen Museums Wien. Musik des Aufbruchs. Wien (Jüdisches Museum der Stadt Wien) 2007, S. 204.

126 Vgl. Wiener Philharmoniker / Hans Knappertsbusch – 1957. Schubert: Symphonie Nr. 9, Schmidt: Husarenlied-Variationen. (Jubiäums-Edition der Wiener Philharmoniker). Hamburg (Deutsche Grammophon) 1991. (CD).

127 Vgl. Friedrich Wührer: Vorwort. In: Franz Schmidt: Concertante Variationen über ein Thema von Beethoven für Klavier und Orchester. Zweihändige Fassung von Friedrich Wührer. Partitur. Wien (Universal) 1952; Study Score 292: München (Höflich) 2004.

128 トーマス・マン（関泰祐・関楠生訳）『ファウスト博士、I―III』、岩波書店（岩波現代叢書）、一九五二―一九五四年、参照。

129 Vgl. Wolfram Steinbeck: „Eine edlere Apokalypse". Zu Spohrs Oratorium *Die letzten Dinge*. In: Carmen Ottner (Hrsg.): Apokalypse. Symposion 1999. (Eine Veröffentlichung der Franz Schmidt-Gesellschaft, Studien zu Franz Schmidt XIII). Wien/München (Doblinger) 2001, S. 94-107. Vgl. Gerhard J. Winkler: Himmlisches Jerusalem wilhelminisch – Joachim

Raffs Oratorium *Welt-Ende – Gericht – Neue Welt*. In: ebd., S. 151-172.

130 Vgl. Franz Schmidt: Einige Bemerkungen zu den [sic] Text des Oratoriums ‚Das Buch mit sieben Siegeln'. In: ebd., S. 375.

131 Vgl. Otto Biba, Ingrid Fuchs: *„Die Emporbringung der Musik"*. Höhepunkte aus der Geschichte und aus dem Archiv der Gesellschaft der Musikfreunde in Wien. Wien (Gesellschaft der Musikfreunde in Wien) 2012, S. 96.

132 Vgl. ebd.

133 Vgl. Reiner Schuhenn: Franz Schmidts oratorische Werke. (Eine Veröffentlichung der Franz Schmidt-Gesellschaft, Studien zu Franz Schmidt VIII). Wien/München (Doblinger) 1990, S. 22.

134 Vgl. Carmen Ottner (Hrsg.): Musik in Wien 1938-1945. Symposion 2004. (Eine Veröffentlichung der Franz Schmidt-Gesellschaft, Studien zu Franz Schmidt XV). Wien (Doblinger) 2006, S. 112, S. 192.

135 Vgl. Friedrich Bayer: Franz Schmidt: „Buch mit sieben Siegeln". Uraufführung im Musikverein. In: Völkischer Beobachter, Wiener Ausgabe, 16. Juni 1938, Nr. 91, S. 17.

136 Vgl. Deutsche Auferstehung (Oskar Dietrich). Ein festliches Lied für Soli, Chor, Orchester und Orgel, komponiert von Franz Schmidt. Universal=Edition, Nr. 11.206, o. O. (Made in Germany) u. o. J. Vgl. Reiner Schuhenn: a. a. O.

137 Vgl. Deutsche Auferstehung. Ein festliches Lied – Wikipedia. (https://de.wikipedia.org/wiki/Deutsche_Auferstehung._Ein_festliches_Lied).

138 Vgl. Carmen Ottner (Hrsg.): Musik in Wien 1938-1945. Symposion 2004.

139 Vgl. ebd., S. 77, S. 112.

140 Vgl. Dr. Oskar Adler: Memoiren. In: ebd., S. 343-353.

141 Vgl. Carl Nemeth: Franz Schmidt. Ein Meister nach Brahms und Bruckner. Zürich/Leipzig/Wien (Amalthea) 1957, S. 281f.

142 Vgl. Hans Jaklitsch: Die Salzburger Festspiele. Band III. Verzeichnis der Werke und der Künstler 1920-1990. Salzburg/Wien (Residenz) 1991, S. 69. Vgl. Josef Krips (Herausgegeben und dokumentiert von Harrietta Krips): Ohne Liebe kann man keine Musik machen... Erinnerungen. Wien/Köln/Weimar (Böhlau) 1994, S. 238.

143 フランツ・シュミット『オラトリオ「七つの封印の書」』、ディミトリ・ミトロプーロス（指揮）、ウィーン・フィルハーモニー管弦楽団、ウィーン楽友協会合唱団他、SONY (ORF: Festspieldokumente)、一九九五年、（ＣＤ）、参照。

144 Vgl. Otto Brusatti: Die Autobiographische Skizze Franz Schmidts. In: Studien zu Franz Schmidt I. Wien (Universal Edition für Franz Schmidt-Gemeinde) 1976, S. 12.

145 Luzi Korngold: Erich Wolfgang Korngold. Ein Lebensbild. Wien (Elisabeth Lafite, Österreichischer Bundesverlag) 1967, S. 92.

146 Ebd., S. 93.

147 Cf. Korngold in Vienna. The Austrian Radio Orchestra, Vienna (1949), Conducted by Max Schönherr. Lomita, USA (Cambria) 1991. (CD).

第四章　ユダヤ系知識人の諸相

1 Vgl. Theo Stengel, Herbert Gerigk: Lexikon der Juden in der Musik. Mit einem Titelverzeichnis jüdischer Werke. Veröffentlichungen des Instituts der NSDAP. Zur Erforschung der Judenfrage, Frankfurt am Main. Band 2. Berlin (Bernhard Hahnefeld) 1940, 2. Auflage: 1940, 3. Auflage: 1941, 4. Auflage: 1943, 5. Auflage: 1943.

2 Herbert Gerigk: Vorwort. In: ebd., S. 5.

3 Vgl. Eva Weissweiler, unter Mitarbeit von Lilli Weissweiler: Ausgemerzt! Das Lexikon der Juden in der Musik und seine

mörderischen Folgen. Köln (Dittrich) 1999, S. 9f.

4 Vgl. Österreichische Nationalbibliothek (Hrsg.): Handbuch österreichischer Autorinnen und Autoren jüdischer Herkunft 18. bis 20. Jahrhundert. Bd. 2. München (K. G. Saur) 2002, S. 750f.

5 Vgl. H. Brückner, C. M. Rock: Judentum und Musik mit dem ABC, jüdischer und nichtarischer Musikbeflissener, bearbeitet und erweitert von Hans Brückner. München (Hans Brückner) 1938 (3. Auflage), S. 155.

6 Vgl. Gabriele Kohlbauer-Fritz (Herausgegeben im Auftrag des Jüdischen Museums Wien): Ringstrasse. Ein jüdischer Boulevard. Wien (Amalthea Signum) 2015 (2. Auflage), S. 119.

7 西村雅樹『世紀末ウィーン文化探究——「異」への関わり』、晃洋書房、二〇〇九年、七六—七八ページ参照。

8 Richard von Kralik: Kulturstudien. Erster Band. Münster in Westfalen (Alphonsus=Buchhandlung) 1900; 1904 (Zweite Auflage), S. III.

9 Franz Eichert: Gralfahrt – Höhenfahrt! In: ders. (Hrsg.): Der Gral, Monatschrift für schöne Literatur, 1. Jahrg. (1906), 1. Heft, S. 1.

10 Ebd., S. 3.

11 Vgl. Der Gral, 1. Jahrg. (1906), 1. Heft – 14. Jahrg. (1920), Heft 11/12.

12 Vgl. Wolfgang Benz (Hrsg.): Handbuch des Antisemitismus. Judenfeindschaft in Geschichte und Gegenwart. Band 6. Publikationen. Berlin/Boston (Walter de Gruyter) 2013.

13 Vgl. J. Lanz=Liebenfels: Ostara. Nr. 69. Der heilige Gral als das Mysterium der arisch=christlichen Rassenkultreligion. Mödling=Wien (Verlag der „Ostara“) 1913, Titelseite.

14 Vgl. ebd.

15 Vgl. Ernst Bruckmüller (Hrsg.): Österreich-Lexikon in drei Bänden. Band II. Wien (Verlagsgemeinschaft Österreich-Lexikon) 2004, S. 250.

16 Vgl. Wilfried Daim: Der Mann, der Hitler die Ideen gab. Die sektiererischen Grundlagen des Nationalsozialismus. Wien/Köln/Graz (Hermann Böhlaus Nachf.) 1958; 1985 (Zweite, erweiterte und verbesserte Auflage).

17 J. Lanz=Liebenfels: a. a. O., S. 8.

18 Vgl. Richard von Kralik: Der heilige Gral. In: Der Gral, Monatschrift für Kunstpflege im katholischen Geiste, 6. Jahrg., siebentes Heft (1912), S. 385-396. achtes Heft (1912), S. 449-461. neuntes Heft (1912), S. 513-521. Vgl. Edward von Steinle: Der Gralstempel. In: Der Gral, 6. Jahrg., fünftes Heft (1912).

19 Sophie Görres: Edward von Steinle, des Meisters Gesamtwerk in Abbildungen. Herausgegeben durch Alfons M. v. Steinle. Kösel. Kempten – München 1910. In: Der Gral, 6. Jahrg., siebentes Heft (1912), S. 438.

20 Vgl. Eduard Castle (Hrsg.): Deutsch=Österreichische Literaturgeschichte. Ein Handbuch zur Geschichte der deutschen Dichtung in Österreich=Ungarn. Vierter Band. Von 1890 bis 1918. Wien (Carl Fromme) 1937, S. 1600ff.

21 Vgl. Herbert Zeman (Hrsg.): Die Österreichische Literatur. Ihr Profil von der Jahrhundertwende bis zur Gegenwart (1880-1980). Eine Dokumentation ihrer literarhistorischen Entwicklung. Teil 1 u. 2. Graz (Akademische Druck- u. Verlagsanstalt) 1989.

22 Vgl. Hermann Bahr: Das junge Oesterreich. In: Deutsche Zeitung, Wien, Morgen-Ausgabe, 20. 9. 1893, S. 1-2. 27. 9. 1893, S. 1-3. 7. 10. 1893, S. 1-3. In: ders.: Studien zur Kritik der Moderne. Frankfurt am Main (Rütten & Loening) 1894, S. 73-96.

23 Vgl. Norbert Otto Eke: »Wandle – schaue – höre *Jisro-El!*«. Richard Beer-Hofmanns »Historie von König David«. In: Richard Beer-Hofmann: Werke Band 5. Die Historie von König David und andere dramatische Entwürfe. Herausgegeben

und mit einem Nachwort von Norbert Otto Eke. Paderborn (Igel) 1996, S. 537.

24 Richard Beer-Hofmann: Jaákobs Traum. Ein Vorspiel. Berlin (S. Fischer) 1918, S. 11.『聖書　新共同訳』、『イザヤ書』四九章六節。

25 Vgl. ebd., S. 159-170.

26 Vgl. Hermann Bahr: Selbstbildnis. Berlin (S. Fischer) 1923, S. 11.

27 Vgl. Philipp Stauff (Hrsg.): Semi-Kürschner oder Literarisches Lexikon der Schriftsteller, Dichter, Bankiers, Geldleute, Ärzte, Schauspieler, Künstler, Musiker, Offiziere, Rechtsanwälte, Revolutionäre, Frauenrechtlerinnen, Sozialdemokraten usw., jüdischer Rasse und Versippung, die von 1813–1913 in Deutschland tätig oder bekannt waren. Berlin = Gr. Lichterfelde (Ph. Stauff) 1913, Erster Teil, S. 15f.

28 Vgl. Zum Projekt | Hermann Bahr – Universität Wien. Hermann Bahr – Österreichischer Kritiker europäischer Avantgarden. (http://www.univie.ac.at/bahr/).

29 Vgl. Hermann Bahr: Das junge Oesterreich. In: ders.: Studien zur Kritik der Moderne, S. 80f.

30 Vgl. Günther Probszt: Karl Freiherr von Torresani. (1846-1907). In: Neue Österreichische Biographie ab 1815. Große Österreicher. Band XVII. Wien/München/Zürich (Amalthea) 1968, S. 178-188.

31 Vgl. Werner Volke: Hugo von Hofmannsthal in Selbstzeugnissen und Bilddokumenten. Reinbek bei Hamburg (Rowohlt Taschenbuch) 1967, S. 9.

32 Vgl. Hugo von Hofmannsthal / Willy Haas: Ein Briefwechsel. Berlin (Propyläen) 1968, S. 46f.

33 Vgl. Willy Haas: Hugo von Hofmannsthal. In: Gustav Krojanker (Hrsg.): Juden in der deutschen Literatur. Essays über zeitgenössische Schriftsteller. Berlin (Welt) 1922, S. 139-164.

34 Vgl. Rudolf Hirsch: Anmerkungen. In: Hugo von Hofmannsthal / Willy Haas: Ein Briefwechsel, S. 93.

35 Vgl. Theo Stengel, Herbert Gerigk: Lexikon der Juden in der Musik, S. 7.

36 Vgl. Hermann Bahr: Zur Judenfrage. In: Der Jud ist schuld…? Diskussionsbuch über die Judenfrage. Basel/Berlin/Leipzig/Wien (Zinnen) 1932, S. 254.

37 Vgl. Jüdisches Lexikon. Ein Enzyklopädisches Handbuch des jüdischen Wissens in vier Bänden. Band II. Berlin (Jüdischer Verlag) 1927. Nachdruck: Frankfurt am Main (Athenäum) 1982; 1987 (2. Auflage), S. 1648.

38 Vgl. Encyclopaedia Judaica. Das Judentum in Geschichte und Gegenwart. Achter Band. Berlin (Eschkol) 1931, S. 169.

39 Vgl. S. Wininger: Große jüdische National-Biographie. Ein Nachschlagwerk für das jüdische Volk und dessen Freunde. Dritter Band. Cernăuţi, o. J. [1928]. Reprint: Nendeln (Kraus Reprint) 1979, S. 149ff.

40 Vgl. S. Wininger: Vorwort. In: ebd. Erster Band, S. Vff.

41 Vgl. Wilhelm Grau: Geschichte der Judenfrage. Winingers „Grosse jüdische National-Biographie“. In: Historische Zeitschrift. Hrsg. von Karl Alexander von Müller. Band 154 (1936), Heft 3, S. 572-590.

42 Vgl. ebd., S. 582. Vgl. Wolfdieter Bihl: Die Juden. In: Adam Wandruszka, Peter Urbanitsch (Hrsg.): Die Habsburgermonarchie 1848-1918. Band III, Die Völker des Reiches. Wien (Verlag der österreichischen Akademie der Wissenschaften) 1980, S. 928.

43 Vgl. Österreichische Nationalbibliothek (Hrsg.): Handbuch österreichischer Autorinnen und Autoren jüdischer Herkunft 18. bis 20. Jahrhundert. Band 1. München (K. G. Saur) 2002, S. 569. Cf. Fred Skolnik (Editor in Chief), Michael Berenbaum (Executive Editor): Encyclopaedia Judaica. Second Edition. Vol. 9. Detroit (Macmillan Reference USA, in association with Keter Pub. House: Thomson/Gale) 2007, p. 313. Vgl. Julius H. Schoeps (Hrsg.): Neues Lexikon des Judentums. Gütersloh/München (Bertelsmann Lexikon) 1992; 1998 (Überarbeitete Neuausgabe), S. 357f.

44 Vgl. Renate Heuer (Redaktionelle Leitung): Archiv Bibliographia Judaica. Lexikon deutsch-jüdischer Autoren. Band 12.

München u. a. (K. G. Saur) 2008. Vgl. Andreas B. Kilcher (Hrsg.): Metzler Lexikon der deutsch-jüdischen Literatur. Jüdische Autorinnen und Autoren deutscher Sprache von der Aufklärung bis zur Gegenwart. Stuttgart/Weimar (J. B. Metzler) 2000. Vgl. Hans Morgenstern: Jüdisches Biographisches Lexikon. Eine Sammlung von bedeutenden Persönlichkeiten jüdischer Herkunft ab 1800. Wien/Berlin (LIT) 2009.

45 Vgl. Konfessionelle Angelegenheiten. Konfessionsänderungen. In: Statistisches Jahrbuch der Stadt Wien für das Jahr 1890-1914. 8. Jahrgang – 32. Jahrgang. Wien (Verlag des Wiener Magistrates. In Kommission bei Wilhelm Braumüller, Gerlach & Wiedling u. a.) 1892-1918.

46 Das allgemeine bürgerliche Gesetzbuch für das Kaiserthum Oesterreich. Taschenausgabe der österreichischen Gesetze. Zweiter Band. Verfaßt (Bearbeitet) von Josef von Schey. Wien (Manz) 1889 (13. Auflage), S. 42. 1917 (18. Auflage), S. 37f.

47 Vgl. Max L. Ehrenreich: Religionsverschiedenheit. In: Das allgemeine bürgerliche Gesetzbuch für das Kaisertum Oesterreich. Oesterreichische Gesetzeskunde. – Kommentare zum Gebrauch für Juristen und Nichtjuristen. Wien (Verlag der Patriotischen Volksbuchhandlung) 1911, S. 47.

48 Das allgemeine bürgerliche Gesetzbuch für das Kaiserthum Oesterreich. 1889 (13. Auflage), S. 42.

49 Das allgemeine bürgerliche Gesetzbuch für das Kaiserthum Oesterreich. 1896 (15. Auflage), S. 39.

50 Vgl. Das Allgemeine bürgerliche Gesetzbuch. Manzsche Ausgabe der Österreichischen Gesetze. Zweiter Band. Wien (Manz) 1930 (22. Auflage, erläutert von Josef Schey), S. 40f. 1936 (23. Auflage, herausgegeben von Josef Schey, vollständig durchgesehen u. ergänzt von Rudolf Hermann), S. 44.

51 Cf. Marsha L. Rozenblit: The Jews of Vienna, 1867-1914. Assimilation and Identity. Albany (State University of New York Press) 1983, p. 17.

52 Vgl. Ergebnisse der Volkszählung. In: Statistisches Jahrbuch der Stadt Wien für das Jahr 1892 (10. Jahrg.), S. 36f. 1901 (19.

Jahrg.), S. 58. 1912 (30. Jahrg.), S. 908f.

53 Cf. Map of the Comparative Density of the Jewish Population. In: Israel Cohen: Jewish Life in Modern Times. London (Methuen) 1914, End of Book.

54 Cf. Ivar Oxaal: The Jews of young Hitler's Vienna. Historical and sociological Aspects. In: Ivar Oxaal, Michael Pollak, Gerhard Botz (eds.): Jews, Antisemitism and Culture in Vienna. London/New York (Routledge & Kegan Paul) 1987, p. 32.

55 Vgl. Anwesende Bevölkerung nach Religionen. In: Österreichisches statistisches Handbuch für die im Reichsrate vertretenen Königreiche und Länder. 1892 (11. Jahrg.), S. 17. 1913 (32. Jahrg.), S. 6. Wien (Verlag der k. k. statistischen Zentralkommission. In Kommission bei Karl Gerolds Sohn).

56 Cf. Marsha L. Rozenblit: op. cit., pp. 13-45.

57 Vgl. Bildungswesen. Volksschulen. In: Statistisches Jahrbuch der Stadt Wien für das Jahr 1890-1914.

58 Vgl. ebd.

59 Vgl. Leo Goldhammer: Die Juden Wiens. Eine statistische Studie. Wien/Leipzig (R. Löwit) 1927, S. 36.

60 Cf. Marsha L. Rozenblit: op. cit., p. 103.

61 Vgl. Mittelschulen. Altersgliederung nach einzelnen Altersjahren und dem Geschlechte. In: Österreichisches statistisches Handbuch. 1891 (10. Jahrg.), S. 59. 1912 (31. Jahrg.), S. 406. 1892 (11. Jahrg.), S. 14. 1913 (32. Jahrg.), S. 7.

62 Cf. Marsha L. Rozenblit: op. cit., pp. 104-105.

63 Arthur Schnitzler: Jugend in Wien. Eine Autobiographie. Mit einem Nachwort von Friedrich Torberg. Hrsg. von Therese Nickl u. Heinrich Schnitzler. Wien u. a. (Fritz Molden) 1968; 1981 (3. Auflage), S. 78.

64 Cf. Marsha L. Rozenblit: op. cit., p. 121.

65 Vgl. Arnold Ascher: Die Juden im statistischen Jahrbuch der Stadt Wien für das Jahr 1911. In: Dr. Bloch's Oesterreichische

Wochenschrift, Zentralorgan für die gesamten Interessen des Judentums, Jahrg. 30, Nr. 39, Wien 26. 9. 1913, S. 699-701.

66 Vgl. Statistisches Jahrbuch der Stadt Wien für das Jahr 1906-1913. この資料の高等教育機関とそれに準ずる教育機関に関する統計（Bildungswesen. Hochschulen und sonstige höhere Lehranstalten）に基づき作成。

67 Vgl. Geschichte der Wiener Universität von 1848 bis 1898. Als Huldigungsfestschrift zum fünfzigjährigen Regierungsjubiläum seiner k. u. k. apostolischen Majestät des Kaisers Franz Josef I. Herausgegeben vom akademischen Senate der Wiener Universität. Wien (Alfred Hölder) 1898.

68 Vgl. Statistisches Jahrbuch der Stadt Wien für das Jahr 1893-1913.

69 Vgl. Leo Goldhammer: a. a. O., S. 41.

70 Vgl. Bildungswesen. Konservatorium für Musik und darstellende Kunst. In: Statistisches Jahrbuch der Stadt Wien 1894-1907.

71 Cf. Marsha L. Rozenblit: op. cit., pp. 47-70.

72 Cf. ibid., p. 148.

73 Cf. ibid., p. 68.

74 Cf. Steven Beller: Vienna and the Jews, 1867-1938. A cultural history. Cambridge/New York/Melbourne (Cambridge University Press) 1989; 1990 (First paperback edition), p. 54.

75 Cf. ibid., p. 37.

76 Vgl. Georg Glockemeier: Zur Wiener Judenfrage. Leipzig/Wien (Johannes Günther) 1936, S. 71ff.

77 Ebd., S. 110.

78 Vgl. Roman Sandgruber: Traumzeit für Millionäre. Die 929 reichsten Wienerinnen und Wiener im Jahr 1910. Wien/Graz/Klagenfurt (Styria) 2013, S. 151.

79 Vgl. Murray G. Hall: Der Fall Bettauer. Wien (Löcker) 1978, S. 81ff.

80 Vgl. Hugo Bettauer: Die Stadt ohne Juden. Ein Roman von übermorgen. Wien (Gloriette) 1922 (Zweite Auflage), Buchdeckel.

81 Vgl. Hans Karl Breslauer (Regie): Die Stadt ohne Juden. Wien (H. K. Breslauer-Film/Walterskirchen & Bittner) 1924, Wien (Hoanzl/Der Standard/Filmarchiv Austria) 2008. (DVD).

82 Vgl. Artur Landsberger: Berlin ohne Juden. Roman. Wien/Leipzig (R. Löwit) 1925.

83 Vgl. Artur Landsberger: Lachendes Asien! Fahrt nach dem Osten. München (Georg Müller) 1925.

84 Artur Landsberger: Berlin ohne Juden, S. 7.

85 Vgl. Murray G. Hall: Österreichische Verlagsgeschichte 1918-38. Band II. Belletristische Verlage der Ersten Republik. Wien/Köln/Graz (Hermann Böhlaus Nachf.) 1985, S. 258.

86 Vgl. ebd., S. 256.

87 Vgl. Gerhard Botz: Ausgrenzung, Beraubung und Vernichtung. Das Ende des Wiener Judentums unter der nationalsozialistischen Herrschaft (1938-1945). In: Gerhard Botz, Ivar Oxaal, Michael Pollak, Nina Scholz (Hrsg.): Eine zerstörte Kultur. Jüdisches Leben und Antisemitismus in Wien seit dem 19. Jahrhundert. Wien (Czernin) 2002 (2., neu bearbeitete u. erweiterte Auflage), S. 317, S. 336.

88 Vgl. ebd., S. 317.

89 Vgl. Evelyn Adunka: Die vierte Gemeinde. Die Geschichte der Wiener Juden von 1945 bis heute. Berlin/Wien (Philo) 2000, S. 17f.

90 Vgl. Robert Körber: Rassesieg in Wien, der Grenzfeste des Reiches. Wien (Wilhelm Braumüller) 1939.

91 Ebd., S. 5.

92 Vgl. Hugo Gold: Geschichte der Juden in Wien. Ein Gedenkbuch. Tel-Aviv (Olamenu) 1966.

93 Vgl. Hans Tietze: Die Juden Wiens. Geschichte – Wirtschaft – Kultur. Leipzig/Wien (E. P. Tal) 1933.

94 Ebd., S. 7.

95 Ebd.

96 Ebd., S. 9.

97 Vgl. Hans Tietze: Lebendige Kunstwissenschaft. Texte 1910-1954. Hrsg. von Almut Krapf-Weiler u. a. Wien (Schlebrügge) 2007, u. a.

98 Vgl. Anna L. Staudacher: „...meldet den Austritt aus dem mosaischen Glauben". 18000 Austritte aus dem Judentum in Wien, 1868-1914: Namen – Quellen – Daten. Frankfurt am Main u. a. (Peter Lang) 2009, S. 9.

99 Vgl. Anna L. Staudacher: „...meldet den Austritt aus dem mosaischen Glauben". Vgl. Anna L. Staudacher: Jüdisch-protestantische Konvertiten in Wien 1782-1914. Frankfurt am Main (Peter Lang) 2004.

100 Cf. International Biographical Dictionary of Central European Emigrés 1933-1945. Vol. II: The Arts, Sciences, and Literature. München/New York/London/Paris (K. G. Saur) 1983, p. 1165.

101 Hans Tietze: Die Juden Wiens, S. 8.

102 Cf. Colin Eisler: *Kunstgeschichte* American Style: A Study in Migration. In: Donald Fleming, Bernard Bailyn (eds.): The Intellectual Migration. Europe and America, 1930-1960. Cambridge • Massachusetts (The Belknap Press of Harvard University Press) 1969, pp. 553-555. Vgl. John F. Oppenheimer (Chefredakteur), Emanuel Bin Gorion, E. G. Lowenthal, Hanns G. Reissner (Mitherausgeber): Lexikon des Judentums. Gütersloh/Berlin/München/Wien (Bertelsmann Lexikon-Verlag) 1971, S. 402f.

103 Vgl. Almut Krapf-Weiler: „Löwe und Eule" Hans Tietze und Erica Tietze-Conrat – eine biographische Skizze. In: Belvedere,

Zeitschrift für bildende Kunst, Heft 1 (1999), S. 73.

104 Vgl. Hans Tietze (Bearbeitung), Michael Engelhart (Planaufnahme): Geschichte und Beschreibung des St. Stephansdomes in Wien. Österreichische Kunsttopographie, Band XXIII. Wien (Dr. Benno Filser) 1931.

105 Cf. Essays in Honor of Hans Tietze 1880-1954. Directed by Ernst Gombrich, Julius S. Held, Otto Kurz. Gazette des Beaux–Arts, 1950-1958.

106 Vgl. Hans Tietze: Jakob Steinhardt. Berlin-Frohnau (J. J. Ottens) o. J. [um 1930].

107 Ebd., S. 5.

108 Hans Tietze: Die Juden Wiens, S. 244.

109 Vgl. Joseph S. Bloch: Erinnerungen aus meinem Leben. Wien/Leipzig (R. Löwit) 1922.

110 Vgl. ebd., S. 190.

111 Hans Tietze: Die Juden Wiens, S. 245.

112 Joseph S. Bloch: a. a. O., S. 250.

113 Vgl. Stefan Zweig: Die Welt von Gestern. Erinnerungen eines Europäers. Wien (Bermann=Fischer) 1944; 1948 (1.-10. Wiener Auflage), S. 47.

114 Vgl. Karl Renner: An der Wende zweier Zeiten. Lebenserinnerungen. Wien (Danubia, Wilhelm Braumüller & Sohn) 1946, S. 232ff.

115 Karl Renner: Österreich von der Ersten zur Zweiten Republik. (Nachgelassene Werke von Karl Renner, II. Band). Wien (Wiener Volksbuchhandlung) 1953, S. 94.

116 Adolf Hitler: Mein Kampf. 1. Band: Eine Abrechnung. München (Franz Eher Nachfolger) 1925; 1928 (III. Auflage), S. 65.

117 Joseph S. Bloch: a. a. O., S. 11f.

118 Ebd., S. 15.

119 Ebd.

120 Vgl. Hans Tietze: Die Juden Wiens, S. 7.

121 Vgl. Egon Friedell: Kulturgeschichte der Neuzeit. Die Krisis der europäischen Seele von der schwarzen Pest bis zum Weltkrieg. 3 Bände. München (C. H. Beck) 1927-1931.

122 Vgl. Anna L. Staudacher: Jüdisch-protestantische Konvertiten in Wien 1782-1914. Frankfurt am Main (Peter Lang) 2004, Teil 2, S. 190f.

123 Vgl. Klaus Peter Dencker: Der junge Friedell. Dokumente der Ausbildung zum genialen Dilettanten. München (C. H. Beck) 1977, S. 44.

124 Vgl. Anna L. Staudacher: Jüdisch-protestantische Konvertiten in Wien 1782-1914, Teil 2, S. 190.

125 Vgl. Wolfgang J. Bandion: Steinerne Zeugen des Glaubens. Die heiligen Stätten der Stadt Wien. Wien (Herold) 1989, S. 554f.

126 Hermann Bahr: Vorwort. In: Egon Friedell: Das Jesusproblem. Mit einem Vorwort von Hermann Bahr. Wien/Berlin/Leipzig/München (Rikola) 1921, S. 14.

127 Vgl. Egon Friedell: Die Judastragödie. In vier Bühnenbildern und einem Epilog. Wien/Prag/Leipzig (Ed. Strache) 1920.

128 Vgl. Egon Friedell: Die Judastragödie. Wien (Bastei) 1963 (2. Auflage).

129 『聖書　新共同訳』、『マタイによる福音書』二七章三五節。

130 Vgl. Das Oberammergauer Passionsspiel 1980. Textbuch. Oberammergau (Die Gemeinde Oberammergau) 1980, S. 96.

Vgl. Egon Friedell: Die Judastragödie. Wien/Prag/Leipzig (Ed. Strache) 1920, S. 32.

131 西村雅樹「オーバーアマガウ受難劇――世紀末ウィーンならびにユダヤ人問題との関連で」、同『世紀末ウィーン文化探究――「異」への関わり』、晃洋書房、二〇〇九年、九九－一四〇ページ参照。Vgl. Franz Mußner (Hrsg.): Passion in Oberammergau. Das Leiden und Sterben Jesu als geistliches Schauspiel. Düsseldorf (Patmos) 1980. Cf. Saul S. Friedman: The Oberammergau Passion Play. A Lance against Civilization. Carbondale/Edwardsville (Southern Illinois University Press) 1984.

132 Vgl. Egon Friedell: Nachwort zur Judastragödie. In: ders.: Die Judastragödie, S. 96f.

133 Vgl. Heribert Illig: Schriftspieler – Schausteller. Die künstlerischen Aktivitäten Egon Friedells. Wien (Löcker) 1987, S. 218.

134 Egon Friedell: Die Judastragödie, S. 40.

135 Ebd., S. 41.

136 Ebd.

137 Ebd., S. 70.

138 Ebd., S. 83.

139 Egon Friedell: Nachwort zur Judastragödie. In: ders.: Die Judastragödie, S. 104.

140 Ebd.

141 Vgl. Karl Paumgartten: Juda. Kritische Betrachtungen über das Wesen und Wirken des Judentums. Graz (Leopold Stocker) o. J. [1921].

142 Vgl. Der „ewige" Jude. Führer durch die Ausstellung. Grosse politische Schau der NSDAP. Herausgeber: Institut für Deutsche Kultur- u. Wirtschaftspropaganda. Berlin (Verlag für Kultur- u. Wirtschaftswerbung Daenell) o. J. [1938], S. 28f.

143 Vgl. Felix Salten: Neue Menschen auf alter Erde. Eine Palästinafahrt. Berlin/Wien/Leipzig (Paul Zsolnay) 1925.

144 Ebd., S. 7.

145 Ebd.

146 Ebd., S. 8.

147 Ebd., S. 100.

148 Ebd., S. 103.

149 Ebd.

150 Ebd., S. 158.

151 Ebd.

152 Ebd., S. 172.

153 Ebd., S. 276.

154 Ebd.

155 Vgl. Siegfried Mattl, Werner Michael Schwarz: Felix Salten. Annäherung an eine Biografie. In: dies. (Hrsg.): Felix Salten. Schriftsteller – Journalist – Exilant. Wiener Persönlichkeiten im Auftrag des Jüdischen Museums der Stadt Wien. Bd. V. Wien (Holzhausen) 2006, S. 44.

156 Vgl. Felix Salten: Fünf Minuten Amerika. Berlin/Wien/Leipzig (Paul Zsolnay) 1931.

157 Vgl. Der internationale Jude. Ein Weltproblem. Das erste amerikanische Buch über die Judenfrage. Herausgegeben von Henry Ford. In's Deutsche übertragen von Paul Lehmann. Leipzig (Hammer (Th. Fritsch)) 1921. Vgl. Fabian Virchow: The International Jew (Henry Ford, 1920-1922). In: Wolfgang Benz (Hrsg.): Handbuch des Antisemitismus. Judenfeindschaft in Geschichte und Gegenwart. Band 6. Publikationen. Berlin/Boston(Walter de Gruyter) 2013, S. 288f.

158 Felix Salten: Fünf Minuten Amerika, S. 166.

159 Vgl. Elisabeth Lichtenberger: Stadtgeographischer Führer Wien. Berlin/Stuttgart (Borntraeger) 1978. Vgl. Felix Czeike: Das grosse Groner Wien Lexikon. Wien/München/Zürich (Fritz Molden) 1974.

160 Arthur Schnitzler: Der Weg ins Freie. In: ders.: Gesammelte Werke. Die Erzählenden Schriften. Erster Band. Frankfurt am Main (S. Fischer) 1961; 1970, S. 684.

161 Vgl. Roman Sandgruber: Traumzeit für Millionäre, S. 305ff.

162 Vgl. Arthur Schnitzler: Der Weg ins Freie. In: Die neue Rundschau, Berlin (S. Fischer), XIXter Jahrgang der freien Bühne (1908), Heft 1-6.

163 Vgl. Arthur Schnitzler: Der Weg ins Freie. Roman. Berlin (S. Fischer) 1908.

164 Samuel Fischer: Brief an Arthur Schnitzler, 8. 10. 1907. In: Samuel Fischer, Hedwig Fischer: Briefwechsel mit Autoren. Hrsg. von Dierk Rodewald u. Corinna Fiedler. Mit einer Einführung von Bernhard Zeller. Frankfurt am Main (S. Fischer) 1989, S. 69.

165 Vgl. Arthur Schnitzler: Der Weg ins Freie. Roman. Berlin (S. Fischer) 1908 (Zwanzigste Auflage), Titelblatt.

166 Vgl. Yvonne Nilges: Schnitzler, Arthur. In: Gertrud Maria Rösch (Hrsg.): Fakten und Fiktionen. Werklexikon der deutschsprachigen Schlüsselliteratur 1900-2010. Hiersemanns Bibliographische Handbücher. Band 21. Stuttgart (Anton Hiersemann) 2011, S. 585ff.

167 アルツウル・シュニッツラア（楠山正雄訳）『廣野の道（近代西洋文藝叢書第三冊）』、博文館、一九一三年（大正二年）、参照。

168 Vgl. Arthur Schnitzler: Der Weg ins Freie. In: ders.: Gesammelte Werke. Die Erzählenden Schriften. Erster Band. Frankfurt am Main (S. Fischer) 1961; 1970, S. 741.

169 Ebd., S. 723.

170 Ebd., S. 721.

171 Ebd.

172 Ebd., S. 720.

173 Ebd., S. 832f.

174 Ebd., S. 833.

175 Vgl. (Anonym): Das Leichenbegängnis Arthur Schnitzlers. In: Neue Freie Presse, Abendblatt, 23. Oktober 1931, S. 2.

176 Arthur Schnitzler: [Aphorismen und Betrachtungen aus dem Nachlass]. In: ders.:Gesammelte Werke, Aphorismen und Betrachtungen. Hrsg. von Robert O. Weiss. Frankfurt am Main (S. Fischer) 1967; 1977, S. 231.

177 Vgl. Jüdischer Almanach 5670. Herausgegeben aus Anlass des 25-semestrigen Jubiläums von der Vereinigung jüdischer Hochschüler aus Galizien, Bar=Kochba in Wien. Wien (Selbstverlag der Vereinigung. In Kommission: „Jüdischer Verlag", Köln am Rhein) 1910.

178 Vgl. Arthur Schnitzler: Paralipomena zum „Weg ins Freie". In: ebd., S. 24-26.

179 Ebd., S. 25f.

180 Vgl. Arthur Schnitzler: Vom jungen Herzl. (Ein Brief aus dem Jahre 1892). In: ebd., S. 102-103.

181 Vgl. Arthur Schnitzler: Briefe 1875-1912. Hrsg. von Therese Nickl u. Heinrich Schnitzler. Frankfurt am Main (S. Fischer) 1981. Vgl. Arthur Schnitzler: Tagebuch. 10 Bände. Hrsg. von der Kommission für literarische Gebrauchsformen der Österreichischen Akademie der Wissenschaften, Obmann: Werner Welzig. Wien(Verlag der Österreichischen Akademie der Wissenschaften) 1981-2000. Vgl. Theodor Herzl: Briefe und Tagebücher. Erster Band. Briefe und autobiographische Notizen 1866-1895. Hrsg. von Alex Bein u. a. Bearbeitet von Johannes Wachten. Berlin/Frankfurt am Main/Wien (Propyläen) 1983. Zweiter Band. Zionistisches Tagebuch 1895-1899. Hrsg. von Alex Bein u. a. Bearbeitet von Johannes Wachten, Chaya Harel. Berlin/Frankfurt am Main/Wien (Propyläen) 1983. Vgl. Hans-Ulrich Lindken: Arthur Schnitzler. Aspekte und Akzente. Materialien zu Leben und Werk. Frankfurt am Main/Bern/New York (Peter Lang) 1984.

182 Vgl. Werner Welzig: Das Tagebuch Arthur Schnitzlers 1879-1931. In: Internationales Archiv für Sozialgeschichte der deutschen Literatur, 6. Band. 1981, S. 78-111.

183 Vgl. Arthur Schnitzler: Brief an Theodor Herzl, 25. 7. 1892, 5. 8. 1892. In: ders.: Briefe 1875-1912, S. 123-126. Vgl. Theodor Herzl: Brief an Arthur Schnitzler, 29. 7. 1892. In: ders.: Briefe und Tagebücher. Erster Band. Briefe und autobiographische Notizen 1866-1895, S. 498-502.

184 Vgl. Theodor Herzl: Brief an Arthur Schnitzler, 8. 11. 1894, 13. 11. 1894. In: ders.: Briefe und Tagebücher. Erster Band. Briefe und autobiographische Notizen 1866-1895, S. 553-557. Vgl. Arthur Schnitzler: Brief an Theodor Herzl, 10. 11. 1894, 17. 11. 1894, 30. 11. 1894. In: ders.: Briefe 1875-1912, S. 235-241.

185 Arthur Schnitzler: Über Theodor Herzl (Tagebücher). In: Hans-Ulrich Lindken: Arthur Schnitzler. Aspekte und Akzente, S. 80.

186 Theodor Herzl: Zionistisches Tagebuch, 5. 11. [1895]. In: ders.: Briefe und Tagebücher. Zweiter Band. Zionistisches Tagebuch 1895-1899, S. 269.

187 Arthur Schnitzler: Tagebuch, 4. 7. 1904. In: ders.: Tagebuch 1903-1908, S. 76.

188 Arthur Schnitzler: Tagebuch, 24. 9. 1906. In: ebd., S. 221f.

189 Vgl. Arthur Schnitzler: Tagebuch, 5. 11. 1927, 31. 12. 1927. In: ders.: Tagebuch 1927-1930, S. 102, S. 117. Vgl. Theodor Herzl: Theodor Herzls Tagebücher. Erster Band. Berlin (Jüdischer Verlag) 1922.

190 Robert Körber: a. a. O., S. 280.

191 Vgl. Arthur Schnitzler: Professor Bernhardi. Komödie in fünf Akten. Berlin (S. Fischer) 1912. Vgl. Arthur Schnitzler: Professor Bernhardi. In: ders.: Gesammelte Werke. Die Dramatischen Werke. Zweiter Band. Frankfurt am Main (S. Fischer) 1962.

第五章　平安の喜びを告げるある表現

1 Das Anzengruber=Denkmal auf dem Schmerling=Platz in Wien. Rechenschafts-Bericht des geschäftsführenden Ausschusses. Wien (Verlag des Denkmal=Ausschusses) 1905, S. 13.

2 Vgl. Das Anzengruber=Denkmal auf dem Wiener Central=Friedhofe. Rechenschafts-Bericht, herausgegeben im Auftrage des Anzengruber=Curatoriums. Wien (Verlag des Curatoriums) 1893.

3 Vgl. Das Anzengruber=Denkmal auf dem Schmerling=Platz in Wien, S. 1.

4 Vgl. ebd., S. 5f.

5 Ebd., S. 17.

6 Vgl. ebd., S. 23ff.

7 Vgl. Das Burgtheater. Statistischer Rückblick. Ein theaterhistorisches Nachschlagebuch. Zusammengestellt von Otto Rub. Mit einem Geleitwort von Hugo Thimig. Wien (Paul Knepler) 1913. Vgl. Der Spielplan des neuen Burgtheaters 1888-1914. Ausgearbeitet und eingeleitet von Alexander von Weilen. Wien (Verlag des Literarischen Vereins in Wien) 1916.

8 Vgl. Gerhardt Kapner: Die Wiener Ringstrasse – Bild einer Epoche. Band IX. Ringstrassendenkmäler. Zur Geschichte der Ringstrassendenkmäler. Dokumentation. Wiesbaden (Franz Steiner) 1973.

9 Vgl. Das Anzengruber=Denkmal auf dem Schmerling=Platz in Wien, S. 11ff.

10 Vgl. Ludwig Brügel: Geschichte der österreichischen Sozialdemokratie. Vierter Band. Festigung der Organisation. Vom Privilegienparlament zum Volkshaus (1889 bis 1907). Wien (Wiener Volksbuchhandlung) 1923, S. 86.

11 Vgl. Das Anzengruber=Denkmal auf dem Schmerling=Platz in Wien, S. 6ff.

12 Vgl. ebd., S. 15f.

13 Ebd., S. 18.

14 Vgl. Ludwig Anzengruber: Die Kreuzelschreiber. In: Anzengrubers Werke. Gesamtausgabe nach den Handschriften in zwanzig Teilen. Zweiter Teil, Dramen 1. Hrsg. von Eduard Castle. Leipzig (Hesse & Becker) o. J. [1921]. Vgl. Ludwig Anzengruber: Die Kreuzelschreiber. Bauernkomödie mit Gesang in drei Akten. In: Ludwig Anzengrubers sämtliche Werke. 4. Band, Dorfkomödien. Hrsg. von Otto Rommel. Wien (Anton Schroll) 1921.

15 Ludwig Anzengruber: Die Kreuzelschreiber. In: Anzengrubers Werke. Zweiter Teil, Dramen 1, S. 257.

16 Ebd.

17 Vgl. Alfred Kleinberg: Ludwig Anzengruber. Ein Lebensbild. Mit einem Geleitwort von Wilhelm Bolin. Stuttgart/Berlin (J. G. Cotta'sche Buchhandlung Nachfolger) 1921, u. a.

18 Vgl. Otto Rommel: Die Philosophie des Steinklopferhanns. (L. Anzengruber und seine Beziehungen zur Philosophie L. Feuerbachs.) In: Zeitschrift für den deutschen Unterricht, 33. Jahrg. (1919), S. 19-25, S. 90-100.

19 Vgl. Eduard Castle: Die Kreuzelschreiber. Einleitung des Herausgebers. In: Anzengrubers Werke. Zweiter Teil, Dramen 1, S. 198ff.

20 Vgl. Redaktion Kindlers Literatur Lexikon: Ludwig Anzengruber: Die Kreuzelschreiber. In: Kindlers Neues Literatur Lexikon. Bd. 1. Hrsg. von Walter Jens. Chefredaktion: Rudolf Radler. München (Kindler) 1988, S. 556-557.

21 Ludwig Anzengruber: Die Kreuzelschreiber. In: Anzengrubers Werke. Zweiter Teil, Dramen 1, S. 255.

22 Vgl. ebd., S. 257.

23 Cf. William James: The varieties of religious experience. A study in human nature. New York (Longmans, Green) 1902.

24 Ludwig Anzengruber: a. a. O., S. 257.

25 Vgl. Das Anzengruber=Denkmal auf dem Schmerling=Platz in Wien, S. 18.

26 ルドルフ・アンガーミュラー編著（岡本亮子訳）『モーツァルトのフリーメイソン音楽集』、アウマイヤー印刷出版社（オーストリア、ムンダーフィング）、二〇一四年、四五―四六ページ、九七ページ参照。

27 Wolfgang Amadeus Mozart: „Laßt uns mit geschlungnen Händen". In: ders.: Neue Ausgabe säntlicher Werke. Serie X: Supplement. Werkgruppe 29: Werke zweifelhafter Echtheit. Band 3. Kassel/Basel/London/New York/Prag (Bärenreiter) 2000, S. 77.

28 Vgl. Das Anzengruber=Denkmal auf dem Schmerling=Platz in Wien, S. 18.

29 Vgl. ebd., S. 23.

30 Norman Malcolm: Ludwig Wittgenstein. A Memoir and a Biographical Sketch by G. H. von Wright. Oxford/New York (Oxford University Press) 1984 (New Edition), p. 58.

31 Cf. Allan S. Janik, Hans Veigl: Wittgenstein in Vienna. A Biographical Excursion. Through the City and its History. Wien/New York (Springer) 1998, pp. 162-165.

32 Ludwig Wittgenstein: Letter to Bertrand Russell, 22. 6. 1912. In: id.: Letters to Russell, Keynes and Moore. Edited with an Introduction by G. H. von Wright. Oxford (Basil Blackwell) 1974, p. 10.

33 Johann Wolfgang von Goethe: Faust. Eine Tragödie. Zweiter Theil. In: Goethes Werke. 1. Abtheilung, 15. Band, Erste Abtheilung. Herausgegeben im Auftrage der Großherzogin Sophie von Sachsen. Weimar (Hermann Böhlau) 1888, S. 309f.

34 Vgl. Ludwig Wittgenstein: Logisch-philosophische Abhandlung. Tractatus logico-philosophicus. Kritische Edition. Hrsg. von Brian McGuinness und Joachim Schulte. Frankfurt am Main (Suhrkamp) 1989, S. 2, S. 174ff.

35 Ludwig Wittgenstein: Brief an Ludwig von Ficker, [Ohne Aufschrift und Datum]. In: ders.: Briefe an Ludwig von Ficker. Hrsg. von Georg Henrik von Wright unter Mitarbeit von Walter Methlagl. Salzburg (Otto Müller) 1969, S. 35.

36 Ludwig Wittgenstein und der Wiener Kreis. Gespräche, aufgezeichnet von Friedrich Waismann. Aus dem Nachlaß

herausgegeben von B. F. McGuinness. (Ludwig Wittgenstein: Werkausgabe Band 3). Frankfurt am Main (Suhrkamp) 1989, S. 117.

37 Cf. Ludwig Wittgenstein: Lectures on Religious Belief. In: Lectures and Conversations on Aesthetics, Psychology and Religious Belief. Ed. by Cyril Barrett. Oxford (Basil Blackwell) 1966; 1970 (Reprinted).

38 Vgl. Ludwig Wittgenstein: Wörterbuch für Volksschulen. Mit einer Einführung herausgegeben von Adolf Hübner – Werner und Elisabeth Leinfellner. Wien (Hölder-Pichler-Tempsky) 1977.

39 Ludwig Wittgenstein: Philosophische Bemerkungen. Werkausgabe Band 2. Aus dem Nachlaß herausgegeben von Rush Rhees. Frankfurt am Main (Suhrkamp) 1989, S. 7.

40 Cf. Ludwig Wittgenstein: A Lecture on Ethics. In: The Philosophical Review, Vol. LXXIV, No. 1 (1965), pp. 3-12.

41 Cf., ibid., pp. 9-10.

42 Ibid., p. 10.

43 Ibid.

44 Ibid., p. 8.

45 Ibid., p. 11.

46 Ibid., p. 10.

47 Ibid., p. 8.

48 Ibid.

49 Ibid., p. 10.

50 Ibid.

51 Ibid.

52 Ludwig Wittgenstein: Denkbewegungen. Tagebücher. 1930-1932, 1936-1937. Hrsg. von Ilse Somavilla. Teil 1: Normalisierte Fassung. Innsbruck (Haymon) 1997, S. 101.

53 Ebd., S. 99.

54 Ludwig Wittgenstein: Vermischte Bemerkungen. Eine Auswahl aus dem Nachlaß. Hrsg. von Georg Henrik von Wright unter Mitarbeit von Heikki Nyman. Neubearbeitung des Textes durch Alois Pichler. Frankfurt am Main (Suhrkamp) 1977; 1994, S. 74.

55 Ebd., S. 92.

56 Fania Pascal: Wittgenstein, A Personal Memoir. In: Recollections of Wittgenstein. Ed. by Rush Rhees. Oxford/New York (Oxford University Press) 1981; 1984 (Reprinted), p. 37.

57 M. O'C. Drury: Conversations with Wittgenstein. In: ibid., p. 169.

58 Michael Nedo, Michele Ranchetti (Hrsg.): Ludwig Wittgenstein. Sein Leben in Bildern und Texten. Frankfurt am Main (Suhrkamp) 1983, S. 346.

59 Vgl. Das Anzengruber=Denkmal auf dem Schmerling=Platz in Wien, S. 13.

60 Bruno Walter: Thema und Variationen. Erinnerungen und Gedanken. Stockholm (Bermann-Fischer) 1947, S. 133.

61 Vgl. ebd., S. 85.

62 Vgl. ebd., S. 134.

63 Vgl. Gustav Mahler: Brief an Arthur Seidl, 17. 2. 1897. In: Gustav Mahler: Briefe 1879-1911. Hrsg. von Alma Maria Mahler. Berlin/Wien/Leipzig (Paul Zsolnay) 1924, S. 229. Vgl. Josef B. Foerster: Aus Mahlers Werkstatt. Erinnerungen von Josef B. Foerster. In: Der Merker, Österreichische Zeitschrift für Musik und Theater, 1. Jahrg., Heft 23 (1910), Reprint: New York (Annemarie Schnase) 1970. S. 923f.

64 Vgl. Gesang Nr. 483. In: Evangelisches Kirchengesangbuch. Ausgabe für die Nordelbische Evangelisch-Lutherische Kirche. o. O. u. J.

65 Vgl. Gustav Mahler: Sämtliche Werke. Neue Kritische Gesamtausgabe. Band II. Symphonie Nr. 2. Partitur u. Textband. Hrsg. von der Internationalen Gustav Mahler Gesellschaft Wien. Vorgelegt von Renate Stark-Voit und Gilbert Kaplan. Wien (Universal), New York (Kaplan Foundation) 2010. Textband, S. 189f.

66 Cf. Mahler's Symphony No. 2 "Resurrection" at Masada. The Israel Philharmonic Orchestra conducted by Zubin Mehta. USA (Kultur) 1989. (Video).

67 Gustav Mahler: Sämtliche Werke. Kritische Gesamtausgabe. Band VIII. Symphonie Nr. 8. Hrsg. von der Internationalen Gustav Mahler Gesellschaft, Wien. Wien (Universal) 1977, S. 67ff.

68 Ebd., S. 210ff.

69 Vgl. Alfred Roller: Vorwort. In: Die Bildnisse von Gustav Mahler. Ausgewählt von Alfred Roller. Leipzig/Wien (E. P. Tal) 1922, S. 26.

70 Gustav Mahler: Brief an Alma Mahler, 15. 12. 1901. In: Alma Mahler-Werfel: Erinnerungen an Gustav Mahler. Gustav Mahler: Briefe an Alma Mahler. Hrsg. von Donald Mitchell. (Alma Mahler: Gustav Mahler. Erinnerungen und Briefe. Amsterdam (Allert de Lange) 1940). Frankfurt am Main/Berlin/Wien (Propyläen) 1971, S. 246.

71 Alfred Roller: a. a. O., S. 26.

72 Vgl. Gustav Mahler: Sämtliche Werke. Kritische Gesamtausgabe. Band X. Symphonie Nr. 9. Hrsg. von der Internationalen Gustav Mahler Gesellschaft, Wien. Wien (Universal) 1969, S. 182. Vgl. Gustav Mahler: Sämtliche Werke. Kritische Gesamtausgabe. Band XIV. Kindertotenlieder. Hrsg. von der Internationalen Gustav Mahler Gesellschaft, Wien. Frankfurt (C. F. Kahnt) 1979, S. 84ff.

73 Gustav Mahler: Kindertotenlieder, S. X.

74 Leonard Bernstein: The Unanswered Question. Six Talks at Harvard. Cambridge, Massachusetts/London (Harvard University Press) 1976, p. 321.

75 Ibid.

76 Alma Maria Mahler: (Vorwort). In: Gustav Mahler: Zehnte Symphonie. Faksimile-Ausgabe der Handschrift. Berlin/Wien/Leipzig (Paul Zsolnay) 1924.

77 Gustav Mahler: Zehnte Symphonie. IV. In: ebd. Vgl. Hellmut Kühn, Georg Quander (Hrsg.): Gustav Mahler. Ein Lesebuch mit Bildern. Zürich (Orell Füssli) 1982, S. 151.

78 Vgl. Bruno Walter: a. a. O., S. 475.

79 Vgl. Anna L. Staudacher: „...meldet den Austritt aus dem mosaischen Glauben", S. 524.

80 Vgl. Theo Stengel, Herbert Gerigk: Lexikon der Juden in der Musik, S. 284.

81 Vgl. Bruno Walter dirigiert Gustav Mahler. Sinfonie Nr. 9 D-dur u. a. Wiener Philharmoniker. Köln (EMI Electrola) o. J. (LP).

82 Vgl. Hermann Bahr: Tagebücher, Skizzenbücher, Notizhefte. Band 2. 1890-1900, Band 3. 1901-1903. Wien/Köln/Weimar (Böhlau) 1996, 1997.

83 Vgl. Das Anzengruber=Denkmal auf dem Schmerling=Platz in Wien, S. 7.

84 Vgl. ebd., S. 10.

85 Vgl. Christian M. Nebehay (Hrsg.): Gustav Klimt. Dokumentation. Wien (Galerie Christian M. Nebehay) 1969, S. 170ff.

86 Vgl. Tobias G. Natter: Die Welt von Klimt, Schiele und Kokoschka. Sammler und Mäzene. Köln (DuMont) 2003, S. 25.

87 Vgl. Das Anzengruber=Denkmal auf dem Schmerling=Platz in Wien, S. 7.

88 Vgl. Tobias G. Natter (Hrsg.): Gustav Klimt. Sämtliche Gemälde. Köln (Taschen) 2012, S. 565.

89 Vgl. Fritz Novotny: Zu Gustav Klimts „Schubert am Klavier“. In: Mitteilungen der österreichischen Galerie, Jahrg. 7 (1963), Nr. 51, S. 90. Vgl. Christian M. Nebehay (Hrsg.): Gustav Klimt. Dokumentation, S. 178.

90 Vgl. Katalog der IV. Kunstausstellung der Vereinigung bildender Künstler Österreichs. o. O. u. J. [Wien, 1899], S. 25.

91 Hermann Bahr: Malerei. In: ders.: Secession. Wien (Wiener Verlag) 1900, S. 120.

92 Hermann Bahr: Die vierte Ausstellung. In: ebd., S. 123f.

93 Ebd., S. 123.

94 Ebd., S. 122.

95 Vgl. Gegen Klimt. Vorwort von Hermann Bahr. Historisches. Philosophie, Medizin, Goldfische, Fries. Wien/Leipzig (J. Eisenstein) 1903.

96 Aimée Brown Price: Puvis de Chavannes and Arcadianism. In: Shimane Art Museum, The Bunkamura Museum of Art (eds.): Arcadia by The Shore–The Mythic World of Puvis de Chavannes. Matsue (Shimane Art Museum) 2014, p. 226.

97 『聖書　新共同訳』、『ルカによる福音書』六章二〇節。

98 Vgl. Karl Muth (Hrsg.): Hochland, Monatsschrift für alle Gebiete des Wissens, der Literatur und Kunst, Erster Jahrg., 6. Heft (März 1904).

99 Vgl. Erich Ruprecht: Einführung. In: Erich Ruprecht, Dieter Bänsch (Hrsg.): Jahrhundertwende. Manifeste und Dokumente zur deutschen Literatur 1890-1910. Stuttgart (J. B. Metzler) 1970/1981, S. XLIf. Vgl. Richard von Kralik: Die katholische Literaturbewegung der Gegenwart. Ein Beitrag zu ihrer Geschichte. Regensburg (J. Habbel) 1909 (Siebente, abermals vermehrte Auflage), S. 103ff.

100 Vgl. Hochland, Zweiter Jahrg., 3. Heft (1904), 6. Heft (1905).

101 Vgl. Karl Muth: Rundschau. Kunst. In: Hochland, Erster Jahrg., 6. Heft (März 1904), S. 770ff.

102 Ebd., S. 773.

103 Ebd.

104 Ebd.

105 Vgl. Hermann Bahr: Anzengruber. In: Neues Wiener Tagblatt, 8. 12. 1899, S. 1-2. Vgl. Hermann Bahr: Anzengruber. In: ders.: Bildung. Essays. Berlin/Leipzig (Insel-Verlag bei Schuster & Loeffler) 1900, S. 133-139.

106 Hermann Bahr: Anzengruber. In: ders.: Bildung, S. 135f.

107 Vgl. ebd., S. 136.

108 Vgl. Hermann Bahr: Selbstinventur. In: ders.: Inventur. Berlin (S. Fischer) o. J. [1912], S. 167ff. Vgl. Hermann Bahr: Tagebücher, Skizzenbücher, Notizhefte. Band 4. 1904-1905. Wien/Köln/Weimar (Böhlau) 2000, S. 28.

109 Ebd., S. 168f.

110 Hugo von Hofmannsthal: Buch der Freunde. In: ders.: Sämtliche Werke. Kritische Ausgabe. Band XXXVII. Aphoristisches, Autobiographisches, Frühe Romanpläne. Hrsg. von Ellen Ritter. Frankfurt am Main (S. Fischer) 2015, S. 36.

111 Hermann Bahr: Klimt. In: Das Werk von Gustav Klimt. Einleitende Worte: Hermann Bahr, Peter Altenberg. Wien/Leipzig (Hugo Heller) 1918.

112 Vgl. Hermann Bahr: Tagebücher 2 (1918). Innsbruck/Wien/München (Tyrolia) 1919, S. 39ff.

113 Hermann Bahr: Klimt.

114 Ebd.

115 Hermann Bahr: Klimt. In: Gustav Klimt. 50 Handzeichnungen mit einem Vorwort von Hermann Bahr. Leipzig/Wien (Thyrsos) 1922.

116 Vgl. Katalog der IV. Kunstausstellung der Vereinigung bildender Künstler Österreichs, S. 25f.

117 Vgl. Hermann Bahr: Klimt. In: Gustav Klimt. 50 Handzeichnungen.

118 Vgl. Hansjörg Krug: Gustav Klimt: „Nuda Veritas" / 1899. In: Nuda Veritas Rediviva, Ein Bild Gustav Klimts und seine Geschichte. Mimundus 8. Wien (Österreichisches TheaterMuseum, Böhlau) 1997, S. 10ff.

119 Hermann Bahr: Klimt. In: Gustav Klimt. 50 Handzeichnungen.

120 Vgl. Das Anzengruber=Denkmal auf dem Schmerling=Platz in Wien, S. 8, S. 14.

121 Vgl. Fritz Mauthner: Beiträge zu einer Kritik der Sprache. Erster Band: Sprache und Psychologie. Zweiter Band: Zur Sprachwissenschaft. Dritter Band: Zur Grammatik und Logik. Stuttgart (J. G. Cotta'sche Buchhandlung Nachfolger) 1901-1902.

122 Vgl. Fritz Mauthner: Brief an Hugo von Hofmannsthal, [Ende Oktober 1902]. In: Hofmannsthal Blätter, Heft 19/20 (1978), S. 33.

123 Vgl. Hugo von Hofmannsthal: Brief an Fritz Mauthner, 3. 11. [1902]. In: ebd., S. 33f.

124 Vgl. Fritz Mauthner: Mystik. In: Wörterbuch der Philosophie. Neue Beiträge zu einer Kritik der Sprache. Zweiter Band. München/Leipzig (Georg Müller) 1910, S. 115ff.

125 Ebd., S. 132.

126 Ebd.

127 Ebd.

128 Ebd., S. 133.

129 Vgl. ebd., S. 134.

130 Ebd.

131 Vgl. Joachim Kühn: Gescheiterte Sprachkritik. Fritz Mauthners Leben und Werk. Berlin/New York (Walter de Gruyter) 1975, S. 367.

132 Vgl. Fritz Mauthner: Der Atheismus und seine Geschichte im Abendlande. Band I-IV. Stuttgart/Berlin (Deutsche Verlags=Anstalt) 1920-1923.

133 Vgl. ebd., Band IV, S. 415.

134 Fritz Mauthner: Der letzte Tod des Gautama Buddha. München/Leipzig (Georg Müller) 1913, S. 135.

135 Fritz Mauthner: Der Atheismus und seine Geschichte im Abendlande. Band IV, S. 447.

136 Hermann Bahr: Tagebücher 2 (1918). Innsbruck/Wien/München (Tyrolia) 1919, S. 259f.

137 Ebd., S. 260.

138 Ebd.

139 Ebd., S. 258.

140 Vgl. Joachim Kühn: a. a. O., S. 334.

141 Vgl. Fritz Mauthner: Ein vorletztes Wort. In: ders.: Gottlose Mystik. Dresden (Carl Reißner) o. J. [1925], S. 14.

142 Vgl. Renate Heuer (Redaktionelle Leitung): Archiv Bibliographia Judaica. Lexikon deutsch-jüdischer Autoren. Bd. 16. München (K. G. Saur) 2008, S. 362f.

143 Fritz Mauthner: (Judentaufen). In: Judentaufen von Werner Sombart, […] und namhaften Professoren deutscher Universitäten. Vorwort von A. Landsberger. München (Georg Müller) 1912, S. 76.

144 Vgl. Renate Heuer (Redaktionelle Leitung): a. a. O., S. 362.

145 Vgl. Christine M. Kaiser: Fritz Mauthner. Journalist, Philosoph und Schriftsteller. Jüdische Miniaturen, Band 56. Teetz/Berlin (Hentrich & Hentrich) 2006, S. 52.

146 Vgl. ebd.

147 Theodor Kappstein: Fritz Mauthner. Der Mann und sein Werk. Berlin/Leipzig (Gebrüder Paetel) 1926, S. 23.

あとがき

本書の原稿をいったん仕上げた後、少し経ってから加筆や修正に取り組み始めたころ、私はあることを思い出した。それは、オーストリア政府の奨学留学生の選考試験に応募するにあたって書いた書類の一節である。その書類の中で、私は、ウィーンに留学することができれば、その経験を生かして、将来、ジャニクとトゥールミン共著の『ヴィトゲンシュタインのウィーン』やジョンストンの『オーストリア精神』のような、世紀末ウィーン文化を総合的に扱った書物を著したいと記していた。ショースキーの『世紀末ウィーン』がその時点ですでに出版されておれば、その名も挙げたことであろう。本書の刊行を控えた今、ここにその名を記したどの書物とも異なる性格を持つものにはなるものの、長年にわたる宿題にあたる書物をようやく提出することができるのを嬉しく思う。

私がウィーンに留学した三十数年前と比べると、「世紀末ウィーン文化」への関心は日本でもずいぶん高まってきたように感じられる。たとえば、今その展覧会が開かれると盛況を呈するクリムトは、当時はまだそれほど知られていなかった。コンサートでマーラーの交響曲が演奏される頻度も、今ほど高くはなかった。ヴィトゲンシュタインについての書物も、今ほど多くは書店に並んでいなかった。

ただし、世紀末ウィーン文化への関心が強まってきたとはいっても、その対象は特定の人物や事象に偏っているように感じられる。世紀末ウィーン文化は、実に奥の深い多様な面を示す文化であり、あまり知られていない人物や作品や出来事などの中にも、もっと知られてもよい興味深いものがいくつも見られる。本書では、日本でもよく知られているものに加え、十分には知られていないものも数多く取り上げることにした。

その際、専門家の方々に読んでいただくということを強く意識しつつ、同時に、一般の読者の方々も念頭に置いて執筆した。外国の文化に関心を抱いておられる方々に、世紀末ウィーン文化にも目を向けていただき、世紀末ウィーン文化についてすでにご存じの方々には、この文化についてさらによく知っていただきたいと思いながら筆を進めた次第である。

世紀末ウィーン文化に関しては、この文化全体について、あるいは個別のテーマについて、主にドイツ語で、また英語やその他の言語によって、そしてまた日本語で、書物や論文として、あるいは翻訳という形をとって、優れた研究成果が次々に表されている。それらは膨大な数にのぼるため、目を通すことができたのはその一部にすぎないものの、こうした研究成果のおかげで、私も研究を進めることができた。本書の執筆にあたっては、参考にした内外の先行研究から教えられるところが多々あった。

ただし、それらを参考にしつつも、一次文献や一次資料には、活字化され複製されて公表されているものに限ってのことではあるが、できるかぎり多くあたって、自分自身で確かめるよう心がけた。それには時間がかかった。また、言語が異なる国の今とは違う時代の文化や社会への多岐にわたる取り組みを進めていくうえでは、その難しさも感じさせられた。調べても調べても、考えても考えても、これで終わりということがないのをつくづく感じさせられもした。しかし、文献に目を通し資料を調べていく過程で、興味深い事柄に気づくことも何度となくあった。それらは、広大な知の世界ではささやかな経験にすぎない。だが、私にとっては心躍るものであった。なお、欧文の文献から引用するに際しては、既訳がある場合には参考にしたうえで、自分で新たに訳したものを用いた。

本書のうち、第二章と第四章では、拙著の『世紀末ウィーン文化探究――「異」への関わり』の記述と部分的に重なる箇所がある。ただし、章全体としては大きく異なるものにした。第五章では、拙著の『言語への懐疑を超えて――近・現代オーストリアの文学と思想』の最終章と重複する部分がかなりある。ただし、特に後半は大きく変更している。私としては、同じ主題に基づく別の版を作成するつもりでこの章を書き進めた。今後、この章で扱った問題をさらに展開させることができればと思う。なお、序章と第一章と第三章は、すべて新たに書き下ろした。

カバーで用いた写真は、二十世紀初頭にウィーンで刊行された『皇帝フランツ・ヨーゼフ一世時代のウィーン』という書物から採った。この写真が撮影されてから数十年後、本書の序章「ウィーンでの体験から」の最初の項「聖シュテファン大聖堂との出会い」で記した体験を、私はすることになったのであった。写真の奥の方から手前に向かって歩いてきて、広場に出て、この大聖堂を目の前にしたわけである。

本書を完成させるまでには、実に多くの方々にお世話になった。それを思い起こし、感謝の念を捧げたい。二年にわたり大学を留守にするのをお許しいただいた広島大学のドイツ語関係の方々、ウィーンでの留学にあたってお力添えを得た先生方、および、留学の支援をしていただいたオーストリア政府ならびに関係者の方々、ウィーン留学中に親しくさせていただきお世話になった方々、専攻する分野に関わる大学や学会関係者の多くの方々、京都大学附属図書館利用支援掛をはじめ図書館や書店の方々に、お礼を申し上げる次第である。なかでも、留学中お世話になったウィーン大学のヴェルナー・ヴェルツィヒ先生、マリーア・シュレンツェル先生、また、一時期ウィーンで時を共にし、いろいろなことを教えていただいたクルト・センディさん、ウルリーケ・ライナーさん、山田孝延さん、大津留厚さん、中嶋忠宏さん、中島義道さん、ならびに、このテーマで執筆するきっかけを作ってくれた三森定史君には、深く感謝したい。本来、さらに多くの方々のお名前を挙げるべきところではあるが、ここではこれらの方々のお名前だけにとどめさせていただく。

なお、末筆ながら、鳥影社の樋口至宏氏にも厚くお礼を申し上げたい。出版をお引き受けいただいたうえ、有益な助言もしていただき、加筆するよう勧めてもいただいた。それが大幅なものになったうえ、さらに加筆修正を重ね無理をお願いしたにもかかわらず、お認めいただけたのは有難かった。樋口氏にお世話になっていなければ、拙稿はこのような書物としてでき上がってはいなかったであろう。

二〇一七年九月

西村雅樹

人名索引

ア行

アイヒェルト、フランツ　Eichert, Franz　171-172

アイヒェンドルフ、ヨーゼフ・フォン　Eichendorff, Joseph von　117

アウヘンタラー、ヨーゼフ　Auchentaller, Josef　47, 62

アードラー、アルフレート　Adler, Alfred　168

アードラー、ヴィクトーア　Adler, Victor　144

アードラー、オスカー　Adler, Oskar　158

アードラー、フリードリヒ　Adler, Friedrich　142

アバド、クラウディオ　Abbado, Claudio　276

在原業平　96

アルテンベルク、ペーター　Altenberg, Peter　94-95

アレヴィ、ジャック　Halévy, Jacques　114

アンゾルゲ、コンラート　Ansorge, Conrad　119

アンツェングルーバー、ルートヴィヒ　Anzengruber, Ludwig　232-241, 243, 246, 248-249, 255-256, 261-262, 268, 270-271

イエス　Jesus　211-215, 250, 260, 271

ヴァイスマン、フリードリヒ　Waismann, Friedrich　243

ヴァイデンマン、ヤーコプ　Weidenmann, Jakob　275

ヴァイニンガー、オットー　Weininger, Otto　223

ヴァーグナー、オットー　Wagner, Otto　9, 24-41, 43-45, 47, 57-58

ヴァッサーマン、ヤーコプ　Wassermann, Jakob　109

ヴィトゲンシュタイン、カール　Wittgenstein, Karl　145, 240, 255-256

ヴィトゲンシュタイン、パウル　Wittgenstein, Paul　145-147, 154-155, 165, 240

ヴィトゲンシュタイン、ルートヴィヒ　Wittgenstein, Ludwig　22, 55-56, 145, 168, 240-248, 255, 267

ヴィニンガー、ザロモーン　Wininger, Salomon　180

ヴィルトガンス、アントーン　Wildgans, Anton　18

ヴェーベルン、アントーン　Webern, Anton　20, 143-144

ヴェルツィヒ、ヴェルナー　Welzig, Werner　227

ヴェルンドルファー、フリッツ　Waerndorfer, Fritz　65

ヴォルツォーゲン、ハンス・フォン　Wolzogen, Hans von　107, 110
ヴォルフ、フーゴー　Wolf, Hugo　115-117, 119, 140
歌麿（喜多川）　72
エカテリーナ女帝　Kaiserin Jekaterina　44
エックハルト（マイスター）　Eckhart (Meister)　89, 270
エリーザベト皇妃　Kaiserin Elisabeth　20
エーレンフェルス、クリスティアン・フォン　Ehrenfels, Christian von　108-110
エンゲルマン、パウル　Engelmann, Paul　56
エンダーリング、パウル　Enderling, Paul　96
太田喜二郎　64
尾形光琳　64
小野小町　96
オルブリヒ、ヨーゼフ・M　Olbrich, Joseph M.　32, 47
オルリク、エーミール　Orlik, Emil　12, 83-87, 94, 167

カ行

カイアファ　Kaiphas　213
カストレ、エードゥアルト　Castle, Eduard　174, 237
カップシュタイン、テオドーア　Kappstein, Theodor　275
カバスタ、オスヴァルト　Kabasta, Oswald　158
カラヤン、ヘルベルト・フォン　Karajan, Herbert von　130, 144
カール・アレクサンダー（ロートリンゲン公）　Karl Alexander (Prinz von Lothringen)　58
カルベック、マックス　Kalbeck, Max　111
カールマーン、エメリッヒ　Kálmán, Emmerich　132, 165
川上音二郎　95
カント、イマヌエル　Kant, Immanuel　249
菊川英山　70
紀貫之　96
ギマール、エクトール　Guimard, Hector　39
キューン、ヨアヒム　Kühn, Joachim　270
クシェネク、エルンスト　Křenek, Ernst　166
グートハイル＝ショーダー、マリー　Gutheil-Schoder, Marie　123
クナッパーツブッシュ、ハンス　Knappertsbusch, Hans　154
クライスキー、ブルーノ　Kreisky, Bruno　17

クライスラー、フリッツ　Kreisler, Fritz　166
クライバー、エーリヒ　Kleiber, Erich　133, 146
クラウス、カール　Kraus, Karl　19, 56, 167
クラウス、クレメンス　Krauss, Clemens　112, 133, 154
グラーフ、ハンス　Graf, Hans　20
クラーリク、リヒャルト・フォン　Kralik, Richard von　170-171, 174-175
クリップス、ヨーゼフ　Krips, Josef　159
クリムト、グスタフ　Klimt, Gustav　10, 32, 62-66, 80, 118, 255-257, 259-261, 264-267
クリンガー、マックス　Klinger, Max　260
グレーツ、ハインリヒ　Graetz, Heinrich　209
クレンペラー、オットー　Klemperer, Otto　149, 165
グロスマン、シュテファン　Grossmann, Stefan　134-135, 165
グロッケマイアー、ゲオルク　Glockemeier, Georg　193
クロプシュトック、フリードリヒ　Klopstock, Friedrich　250
クロヤンカー、グスタフ　Krojanker, Gustav　179
ゲオルゲ、シュテファン　George, Stefan　122, 135
ゲーテ、ヨーハン・ヴォルフガング・フォン　Goethe, Johann Wolfgang von　78, 132, 242, 251, 262, 270
ゲーリック、ヘルベルト　Gerigk, Herbert　163-164
ゲルストル、リヒャルト　Gerstl, Richard　167
ゲルスドルフ、ヴォルフガング・フォン　Gersdorff, Wolfgang von　97
ケルゼン、ハンス　Kelsen, Hans　168
ケルバー、ローベルト　Körber, Robert　196-197, 229
ココシュカ、オスカー　Kokoschka, Oskar　139, 202
コシャト、トーマス　Koschat, Thomas　113-114
ゴルト、フーゴー　Gold, Hugo　197-198
ゴルトハンマー、レーオ　Goldhammer, Leo　187
コルンゴルト、エーリヒ・ヴォルフガング　Korngold, Erich Wolfgang　146-154, 160-162, 165
コルンゴルト、ユーリウス　Korngold, Julius　147, 149-150, 153-154, 165
コルンゴルト、ルーツィ　Korngold, Luzi　161

サ行

西行法師　96
貞奴（川上）　95

ザール、フェルディナント・フォン　Saar, Ferdinand von　62
ザルテン、フェーリクス　Salten, Felix　176, 180, 216-220, 224
サンジュスト、フィリッポ　Sanjust, Filippo　102-103
ジェイムズ、ウィリアム　James, William　238, 241, 243
シェルペ、ヨーハン（ハンス）　Scherpe, Johann (Hans)　233, 235
シェルヘン、ヘルマン　Scherchen, Hermann　132
シェンク、エーリヒ　Schenk, Erich　16
シェーンヘル、カール　Schönherr, Karl　167
シェーンベルク、アルノルト　Schönberg, Arnold　120-123, 142, 158, 164-165
シモン・ペトロ　Simon Petrus　214
ジャニク、アラン　Janik, Allan　22
写楽（東洲斎）　72
シャルク、フランツ　Schalk, Franz　128
シューア、エルンスト　Schur, Ernst　67-70
シュタインハルト、ヤーコプ　Steinhardt, Jakob　204-205
シュタインレ、エトヴァルト・フォン　Steinle, Edward von　174
シュタウッフ、フィリップ　Stauff, Philipp　178
シュテファン、パウル　Stefan, Paul　117-121, 123, 165
シュテンゲル、テーオ　Stengel, Theo　164
シュトラウス、ヨハン（一世）　Strauß, Johann I.　15-16
シュトラウス、ヨハン（二世）　Strauß, Johann II.　14-16, 113, 130, 132-133
シュトラウス、リヒャルト　Strauss, Richard　13, 96, 123-129, 133, 135, 146
シュニッツラー、アルトゥア　Schnitzler, Arthur　123, 167, 174, 176, 180, 188, 197, 220-231
シュパイデル、ルートヴィヒ　Speidel, Ludwig　111
シュペヒト、リヒャルト　Specht, Richard　123, 165
シューベルト、フランツ　Schubert, Franz　155, 256-257, 259-261, 264, 266-267
シュポーア、ルイ　Spohr, Louis　155
シュミット、フランツ　Schmidt, Franz　146, 154-160
シュミット、フリードリヒ　Schmidt, Friedrich　43
シュライアー、ペーター　Schreier, Peter　102
シュライフォーグル、フリードリヒ　Schreyvogl, Friedrich　89
シュレーカー、フランツ　Schreker, Franz　166
ショースキー、カール・E　Schorske, Carl E.　22
ショーペンハウアー、アルトゥア　Schopenhauer, Arthur　249

ジョンストン、ウィリアム・M　Johnston, William M.　22
シラー、フリードリヒ　Schiller, Friedrich　139
シーレ、エーゴン　Schiele, Egon　28, 55, 66-67, 174, 202
菅原道真　98
鈴木松年　78-79
スッペ、フランツ・フォン　Suppè, Franz von　132
セガンティーニ、ジョヴァンニ　Segantini, Giovanni　260
セル、ゲオルク（ジョージ）　Szell, Georg (George)　141, 165
ゼンパー、ゴットフリート　Semper, Gottfried　43
ソフォクレス　Sophokles　126
ゾンダーリング、ヤーコプ　Sonderling, Jacob　153
ゾンバルト、ヴェルナー　Sombart, Werner　274

タ行

ダビデ　David　177
ツヴァイク、シュテファン　Zweig, Stefan　92-93, 120, 167, 207
ツェーマン、ヘルベルト　Zeman, Herbert　175
ツェムリンスキー、アレクサンダー・フォン　Zemlinsky, Alexander von　139, 148, 165
ツッカーカンドル、ベルタ　Zuckerkandl, Berta　76
ディズニー、ウォルト　Disney, Walt　216
ティーツェ、ハンス　Tietze, Hans　198-206, 209, 216
ティーツェ＝コンラート、エーリカ　Tietze-Conrat, Erica　202-203
デーメル、リヒャルト　Dehmel, Richard　138
ドイッチュ、アードルフ　Deutsch, Adolf　109
ドゥルーリー、モーリス・O'C　Drury, Maurice O'C　248
ドゥンバ、ニコラウス　Dumba, Nikolaus　256
トスカニーニ、アルトゥーロ　Toscanini, Arturo　120
ドストエフスキー、フョードル　Dostojewski, Fjodor　249
ドーマニク、カール　Domanig, Karl　171
トラー、エルンスト　Toller, Ernst　138
トラークル、ゲオルク　Trakl, Georg　54-56
ドレーガー、モーリッツ　Dreger, Moritz　69
トレサニ、カール・フォン　Torresani, Carl von　178-179
トレービッチュ、ジークフリート　Trebitsch, Siegfried　149-150
ドロテーア　Dorothea　11

ナ行

ニーチェ、フリードリヒ　Nietzsche, Friedrich　108
ノヴァーリス　Novalis　270
ノーマン、ジェシー　Norman, Jessye　276

ハ行

ハイドン、ヨーゼフ　Haydn, Joseph　239
ハヴェル、ルードルフ　Hawel, Rudolf　235
パウロ　Paulus　151
ハース、ヴィリー　Haas, Willy　179
長谷川武次郎　97
バッハ、ダーヴィト・ヨーゼフ　Bach, David Josef　136, 138-142, 165
バール、ヘルマン　Bahr, Hermann　70, 76-83, 87-89, 92, 94-95, 115, 126-127, 175, 177-178, 180-181, 211, 255-268, 272-274, 276
バルトーク、ベーラ　Bartók, Béla　142
ハルビヒ゠ヴェーベルン、マリーア　Halbich-Webern, Maria　144
ハーン、ラフカディオ　Hearn, Lafcadio　12, 85-88, 90, 92-93
バーンスタイン、レナード　Bernstein, Leonard　252
ハンスリック、エードゥアルト　Hanslick, Eduard　104-107, 110-111, 147, 164-165
バンディオン、ヴォルフガング・J　Bandion, Wolfgang J.　211
ヒトラー、アードルフ　Hitler, Adolf　157-158, 173, 196-198, 208
ピュヴィス・ド・シャヴァンヌ、ピエール　Puvis de Chavannes, Pierre　257-260
ビューヒナー、ゲオルク　Büchner, Georg　134-135
ビューロー、ハンス・フォン　Bülow, Hans von　249
ピラト、ポンテオ　Pilatus, Pontius　213-214
広重（歌川）　10, 72, 74
フィッカー、ルートヴィヒ・フォン　Ficker, Ludwig von　55-56, 243
フィッシャー、アードルフ　Fischer, Adolf　71-74, 76, 82-83, 88, 97
フィッシャー、ザームエル　Fischer, Samuel　222
フェルケル、ラインホルト、Völkel, Reinhold　176
フェルステル、ハインリヒ　Ferstel, Heinrich　43
フェルナー、フェルディナント　Fellner, Ferdinand　233
フォイエルバッハ、ルートヴィヒ　Feuerbach, Ludwig　237-238

フォード、ヘンリー　Ford, Henry　219-220
フォルスト゠バッタリャ、オットー　Forst-Battaglia, Otto　180
ブッシュ、フリッツ　Busch, Fritz　146
ブッダ、ゴータマ　Buddha, Gautama　270-272
プッチーニ、ジャコモ　Puccini, Giacomo　125
ブラームス、ヨハネス　Brahms, Johannes　99-100, 106, 145
フランクル、ヴィクトーア・E　Frankl, Viktor E.　17
フランチェスコ（アッシジの）　Franz von Assisi　270, 272
フランツ一世　Franz I.　58
フランツ・ヨーゼフ一世　Franz Joseph I.　20, 40, 42, 62, 147-148, 190, 233
フリーデル、エーゴン　Friedell, Egon　210-216
フリートユング、ハインリヒ　Friedjung, Heinrich　206
フリーベルガー゠ブルンナー、M・ヴェーラ　Frieberger-Brunner, M. Vera　118
ブルックナー、アントーン　Bruckner, Anton　18, 106, 108, 117, 140
フルトヴェングラー、ヴィルヘルム　Furtwängler, Wilhelm　130-131, 146, 160-161
フルンチュルツ、エマ　Hrnczyrz, Emma　113
プレーガー、マイアー（マックス）　Präger, Mayer (Max)　195-196
フロイト、ジークムント　Freud, Sigmund　9, 108-109, 167-168, 197
プロコフィエフ、セルゲイ　Prokofieff, Sergei　142
ブロッホ、ヘルマン　Broch, Hermann　7-8, 167
ブロッホ、ヨーゼフ・S　Bloch, Joseph S.　205-210
ブロッホ゠バウアー、アデーレ　Bloch-Bauer, Adele　63
フローレンツ、カール　Florenz, Karl　97
ベーア゠ホーフマン、リヒャルト　Beer-Hofmann, Richard　176-177, 180
ヘヴェシ、ルートヴィヒ　Hevesi, Ludwig　32, 73-74, 76
ペヴスナー、ニコラウス　Pevsner, Nikolaus　41
ペスタロッチ、ヨハン　Pestalozzi, Johann　275
ヘッセ、ヘルマン　Hesse, Hermann　109
ベッタウアー、フーゴー　Bettauer, Hugo　194-195
ベートーヴェン、ルートヴィヒ・ヴァン　Beethoven, Ludwig van　20, 131, 139-142, 146, 155, 161, 259, 261
ベートゲ、ハンス　Bethge, Hans　96
ベネディクト、モーリッツ　Benedikt, Moritz　221
ベーム、カール　Böhm, Karl　159

ヘラー、フーゴー　Heller, Hugo　108
ベラー、スティーヴン　Beller, Steven　193
ベルク、アルバン　Berg, Alban　121-122, 132-134, 142-143
ヘルツル、テオドーア　Herzl, Theodor　168, 218, 225-228
ヘロルト、ヨハン・G　Höroldt, Johann G.　10
ホイトラー、アードルフ　Haeutler, Adolf　78-79
ホーエンベルガー、フランツ　Hohenberger, Franz　72
北斎（葛飾）　67, 72, 74
ボスコフスキー、ヴィリー　Boskovsky, Willi　15
ポチョムキン、グリゴリー　Potemkin, Grigori　44-45, 47
ホフマン、ヨーゼフ　Hoffmann, Josef　10, 47, 65-66
ホフマンスタール、フーゴー・フォン　Hofmannsthal, Hugo von　7, 12, 86-87, 90-92, 109, 124, 126-127, 134-136, 179-181, 265, 268
ホルヴァート、エデン・フォン　Horváth, Ödön von　167

マ行

マイアベーア、ジャコモ　Meyerbeer, Giacomo　113-114, 149
マウトナー、フリッツ　Mauthner, Fritz　268-276
マスネ、ジュール　Massenet, Jules　123
マゼール、ロリン　Maazel, Lorin　14-15
マッハ、エルンスト　Mach, Ernst　168
マーラー、アルマ・M　Mahler, Alma M.　251, 253
マーラー、グスタフ　Mahler, Gustav　13, 20, 96, 112-115, 118-119, 121, 123-125, 143-144, 153, 164-166, 248-256, 276
マリー・アントワネット　Marie Antoinette　59
マリア　Maria　151
マリア・テレジア　Maria Theresia　58-59
マルコム、ノーマン　Malcolm, Norman　240
マルシュナー、ハインリヒ　Marschner, Heinrich　113-114
マルティネッリ、ルートヴィヒ　Martinelli, Ludwig　235
マン、トーマス　Mann, Thomas　109, 120, 155
マン、ハインリヒ　Mann, Heinrich　109
ミケランジェロ、ブオナローティ　Michelangelo, Buonarroti　115
ミーゼス、ルートヴィヒ・フォン　Mises, Ludwig von　168
ミトロプーロス、ディミトリ　Mitropoulos, Dimitri　159
ミルデンブルク、アンナ・フォン　Mildenburg, Anna von　126-127, 178

ムージル、ローベルト　Musil, Robert　167
ムーター、リヒャルト　Muther, Richard　73-76
ムート、カール　Muth, Karl　261
メータ、ズービン　Mehta, Zubin　102-104
メンガー、カール　Menger, Karl　168
メンデルスゾーン、フェーリクス　Mendelssohn, Felix　16
モーザー、コロマン　Moser, Koloman　26, 65-67, 74-75, 83
モーセ　Moses　217
モーツァルト、ヴォルフガング・アマデーウス　Mozart, Wolfgang Amadeus　55, 148, 238-239
モーロルト、マックス　Morold, Max　110-112
モントゥー、ピエール　Monteux, Pierre　146

ヤ行

ヤコブ　Jakob　177
ヤナーチェク、レオシュ　Janáček, Leoš　142
山部赤人　96
ユダ(イスカリオテの)　Judas(Juda) aus Karioth　212-215
ヨーゼフ二世　Joseph II.　182

ラ行

ライヒ、ヴィリー　Reich, Willi　144, 165
ラインハルト、マックス　Reinhardt, Max　166
ラヴェル、モーリス　Ravel, Maurice　146
ラサール、フェルディナント　Lassalle, Ferdinand　142
ラッセル、バートランド　Russell, Bertrand　241
ラフ、ヨアヒム　Raff, Joachim　155
ラボア、ヨーゼフ　Labor, Josef　145
ランツ＝リーベンフェルス、イェルク　Lanz-Liebenfels, Jörg　173
ランツベルガー、アルトゥア　Landsberger, Artur　195, 274
ラントシュタイナー、カール　Landsteiner, Karl　168
リスト、フランツ　Liszt, Franz　20, 145
リチャーズ、ジェイムズ・M　Richards, James M.　41
リヒテンベルク、ゲオルク・C　Lichtenberg, Georg C.　91
リュッケルト、フリードリヒ　Rückert, Friedrich　252
リーリエン、エーフライム・M　Lilien, Ephraim M.　217

リルケ、ライナー・M　Rilke, Rainer M.　109
ルエーガー、カール　Lueger, Karl　207-208, 235
ルートヴィヒ、クリスタ　Ludwig, Christa　102
レーヴェ、フェルディナント　Löwe, Ferdinand　141, 165
レーヴェントロー、エルンスト・ツー　Reventlow, Ernst zu　12
レシェティツキー、テオドーア　Leschetizky, Theodor　145
レーデ、ヨハン・F・ヴァン　Rheede, Johan F. van　11
レーデラー、アウグスト　Lederer, August　256
レーデラー、ゼレーナ　Lederer, Serena　256
レハール、フランツ　Lehár, Franz　129-132, 166
レーブル、カール　Löbl, Karl　15
レーマン、ロッテ　Lehmann, Lotte　120
レンナー、カール　Renner, Karl　207-208
ロイマン、ヤーコプ　Reumann, Jakob　137
ロース、アードルフ　Loos, Adolf　44-54, 56-57
ロゼー、アルノルト　Rosé, Arnold　120, 165
ローゼッガー、ペーター　Rosegger, Peter　233
ローゼンブリット、マーシャ・L　Rozenblit, Marsha L.　186, 192-193
ロダン、オーギュスト　Rodin, Auguste　118
ロデンバック、ジョルジュ　Rodenbach, Georges　149-150
ロート、ヨーゼフ　Roth, Joseph　167
ロラー、アルフレート　Roller, Alfred　112, 251
ローリング、アウグスト　Rohling, August　206
ロンメル、オットー　Rommel, Otto　237-238

ワ行

ワインガルトナー、フェーリクス　Weingartner, Felix　95-101, 118
ワーグナー、リヒャルト　Wagner, Richard　101-114, 127, 131, 139-142
ワルター、ブルーノ　Walter, Bruno　120, 146, 165, 248-249, 254-255

主要参考文献・資料

序章　ウィーンでの体験から

Hermann Broch: Hofmannsthal und seine Zeit. Eine Studie. In: ders.: Gesammelte Werke 6. Dichten und Erkennen. Essays, Band 1. Zürich (Rhein) 1955.

Edmund Engelman (Aus dem Amerikanischen übersetzt von Brigitte Weitbrecht): Berggasse 19. Das Wiener Domizil Sigmund Freuds. Stuttgart/Zürich (Belser) 1977.

11. Wiener Kunst- und Antiquitätenmesse, Herbst 1979. Wien (Landesgremium Wien für den Handel mit Gemälden, Antiquitäten und Kunstgegenständen sowie Briefmarken) 1979.

Felix Czeike: Das Dorotheum. Vom Versatz- und Fragamt zum modernen Auktionshaus. Wien/München (Jugend und Volk) 1982.

Lafcadio Hearn (Einzig autorisierte Übersetzung aus dem Englischen von Berta Franzos): Kokoro. Mit Vorwort v. Hugo von Hofmannsthal. Buchschmuck von Emil Orlik. Frankfurt am Main (Rütten & Loening) 1905.

Graf E. zu Reventlow: Der Russisch=Japanische Krieg. Nebst einer Beschreibung von Japan, Korea, Russisch=Asien u. einer Geschichte dieser Länder von Dr. H. Döring. Band I-III. Berlin=Schöneberg (Internationaler Welt=Verlag) 1905-1906.

Kurt Dieman: Seid umschlungen, Millionen. Das Neujahrskonzert der Wiener Philharmoniker. Bildessays von Gerhard Trumler. Wien (Österreichischer Bundesverlag) 1983 (2. Auflage).

Karl Löbl: Neujahrskonzert mit Maazel. Im Saal war's ein Hochgenuß. In: Kurier, 2. Jänner 1980, S. 11.

Hanns Jäger-Sunstenau: Johann Strauss. Der Walzerkönig und seine Dynastie. Familiengeschichte, Urkunden. Wien (Verlag für Jugend und Volk) 1965.

Erich Schenk: Johann Strauß. (Unsterbliche Tonkunst. Lebens= und Schaffensbilder großer Musiker). Potsdam (Athenaion) 1940.

Bonbons aus Wien. Rare Old Vienna Dances. Willi Boskovsky, The Boskovsky

Ensemble. Nieuwegein (Vanguard Classics) 1991. (CD).
Simon Wiesenthal: K Z. Mauthausen. Bild und Wort. Linz/Wien (Ibis) 1946.
Hans Maršálek: Die Geschichte des Konzentrationslagers Mauthausen. Dokumentation. Wien (Österreichische Lagergemeinschaft Mauthausen) 1974; 1980 (2. Auflage).
Viktor E. Frankl: Ein Psycholog erlebt das Konzentrationslager. Österreichische Dokumente zur Zeitgeschichte, Band 1. Wien (Verlag für Jugend und Volk) 1946.
Karl Kraus: Die letzten Tage der Menschheit. Tragödie in fünf Akten mit Vorspiel und Epilog. Wien (‚Die Fackel') 1919.
Karl Kraus: Die letzten Tage der Menschheit. Tragödie in fünf Akten mit Vorspiel und Epilog. Wien/Leipzig (‚Die Fackel') 1922.
Allan Janik, Stephen Toulmin: Wittgenstein's Vienna. New York (Simon and Schuster) 1973.
William M. Johnston: The Austrian Mind. An Intellectual and Social History 1848-1938. Berkeley/Los Angeles/London (University of California Press) 1972; 1976 (California Library Reprint Series Edition).
Carl E. Schorske: Fin-de-Siècle Vienna. Politics and Culture. London (Weidenfeld and Nicolson) 1980.
Reinhard E. Petermann: Wien im Zeitalter Kaiser Franz Josephs I. Wien (R. Lechner) 1908; 1913 (Dritte ergänzte und erweiterte Auflage).
Albert Fuchs: Geistige Strömungen in Österreich 1867-1918. Wien (Globus) 1949.
Franz Endler: Das k. u. k. Wien. Wien/Heidelberg (Carl Ueberreuter) 1977.
Gotthart Wunberg (Herausgegeben unter Mitarbeit von Johannes J. Braakenburg): Die Wiener Moderne. Literatur, Kunst und Musik zwischen 1890 und 1910. Stuttgart (Philipp Reclam Jun.) 1981.
Hellmut Andics: Luegerzeit. Das Schwarze Wien bis 1918. Wien/München (Jugend und Volk) 1984.
Traum und Wirklichkeit, Wien 1870-1930. Wien (Eigenverlag der Museen der Stadt Wien) 1985.
Jacques Le Rider (Aus dem Französischen übersetzt von Robert Fleck): Das Ende der Illusion. *Die Wiener Moderne und die Krisen der Identität.* Wien (Österreichischer Bundesverlag) 1990.

Dagmar Lorenz: Wiener Moderne. Stuttgart/Weimar (J. B. Metzler [Sammlung Metzler]) 1995; 2007 (2., aktualisierte u. überarbeitete Auflage).
Österreichische Akademie der Wissenschaften (Hrsg.) Österreichisches biographisches Lexikon 1815-1950. Bd. 1-5. Wien/Köln/Graz (Hermann Böhlaus Nachf.) 1957-1972. Bd. 6-14. Wien (Verlag der Österreichischen Akademie der Wissenschaften) 1975-2015.
Felix Czeike: Historisches Lexikon Wien in 6 Bänden. Wien (Kremayr & Scheriau) 1992-2004.
Ernst Bruckmüller (Hrsg.): Österreich-Lexikon in drei Bänden. Wien (Verlagsgemeinschaft Österreich-Lexikon) 2004.
Killy Literaturlexikon. Autoren und Werke des deutchsprachigen Kulturraumes. 2., vollständig überarbeitete Auflage. Hrsg. von Wilhelm Kühlmann. Band 1-13. Berlin u. a. (Walter de Gruyter) 2008-2012.
Herbert Zeman (Hrsg.): Bio-bibliografisches Lexikon der Literatur Österreichs. Band 1-2. Freiburg i. Br./Berlin/Wien (Rombach) 2016-2017.
Fritz Schlawe: Literarische Zeitschriften 1885-1910. Stuttgart (J. B. Metzler [Sammlung Metzler]) 1961; 1965 (2., durchgesehene u. ergänzte Auflage). Literarische Zeitschriften 1910-1933. Stuttgart (J. B. Metzler [Sammlung Metzler]) 1962; 1973 (2., durchgesehene u. ergänzte Auflage).
ヘルマン・ブロッホ（菊盛英夫訳）『ホフマンスタールとその時代――二十世紀文学の運命』、筑摩書房（筑摩叢書）、1971 年
ヴィクトール・フランクル（霜山徳爾訳）『夜と霧――ドイツ強制収容所の体験記録』、みすず書房、1956 年
カール・クラウス（池内紀訳）『人類最期の日々、上・下（カール・クラウス著作集 9・10）』、法政大学出版局、1971 年
S・トゥールミン、A・ジャニク（藤村龍雄訳）『ウィトゲンシュタインのウィーン』、TBSブリタニカ、1978 年
W・M・ジョンストン（井上修一・岩切正介・林部圭一訳）『ウィーン精神――ハープスブルク帝国の思想と社会 1848-1938、1-2』、みすず書房、1986 年
カール・E・ショースキー（安井琢磨訳）『世紀末ウィーン――政治と文化』、岩波書店、1983 年
シュテファン・ツヴァイク（原田義人訳）『昨日の世界、I・II（ツヴァイク全集 19・20）』、みすず書房、1973 年

ヒルデ・シュピール（別宮貞徳訳）『ウィーン――黄金の秋』、原書房、1993 年
ポール・ホフマン（持田鋼一郎訳）『ウィーン――栄光・黄昏・亡命』、作品社、2014 年
吉田秀和『音楽紀行』、新潮社、1957 年
池内紀『ウィーン　都市の詩学』、美術出版社、1973 年
山之内克子『ウィーン・ブルジョアの時代から世紀末へ』、講談社（講談社現代新書）、1995 年
田口晃『ウィーン　都市の近代』、岩波書店（岩波新書）、2008 年
「特集――ウィーン、明晰と翳り」、『エピステーメー』、（朝日出版社）、1976 年 5 月号
中央大学人文科学研究所編『ウィーン　その知られざる諸相――もうひとつのオーストリア』、中央大学出版部、2000 年
池田祐子編『ウィーン――総合芸術に宿る夢〈西洋近代の都市と芸術４〉』、竹林舎、2016 年
鈴木隆雄（編集主幹）『オーストリア文学小百科』、水声社、2004 年
西村雅樹『世紀末ウィーン文化探究――「異」への関わり』、晃洋書房、2009 年

第一章　夢をはらむ建築家

Otto Wagner: Moderne Architektur. Seinen Schülern ein Führer auf diesem Kunstgebiete. Wien (Anton Schroll) 1896.
Otto Wagner: Moderne Architektur. Seinen Schülern ein Führer auf diesem Kunstgebiete. Wien (Anton Schroll) 1898 (II. Auflage).
Otto Wagner: Moderne Architektur. Seinen Schülern ein Führer auf diesem Kunstgebiete. Wien (Anton Schroll) 1902 (III. Auflage).
Otto Wagner: Die Baukunst unserer Zeit. Dem Baukunstjünger ein Führer auf diesem Kunstgebiete. Wien (Anton Schroll) 1914 (IV. Auflage).
Otto Wagner: Einige Skizzen, Projecte und ausgef. Bauwerke. I. Band. Wien (Ant. Schroll) 1897 (II. Auflage).
Otto Wagner: Einige Skizzen, Projecte u. ausgeführte Bauwerke. III. Band. Wien (Anton Schroll), I. Heft (1899), III. u. IV. Heft (1901).
Otto Wagner: Einige Skizzen, Projekte und ausgeführte Bauwerke. Band IV. Wien (Anton Schroll) 1922.

Otto Wagner: Einige Skizzen • Projekte und ausgeführte Bauwerke. Vollständiger Nachdruck der vier Originalbände von 1889 • 1897 • 1906 • 1922. Tübingen (Ernst Wasmuth) 1987.

Otto Wagner: Die Groszstadt. Eine Studie über diese. Wien (Anton Schroll) o. J. [1911].

Otto Wagner: Erläuterung zur Bauvollendung der Kirche der niederöst. Landes Heil= und Pflegeanstalten. Wien 1907. Reprint: Wien (Architektur- und Baufachverlag) 1983.

Otto Wagner: Wettbewerbs-Entwurf für das Kaiser Franz Josef Stadtmuseum • Kennwort: Opus=IV. Erläuterungsbericht. Wien 1912. Reprint: Wien (Architektur- und Baufachverlag) 1984.

Otto Wagner: Das k. k. österreichische Postsparkassenamt in Wien. Erläuterungen zum k. k. Postsparkassenamts-Gebäude. Wien 1913. Reprint: Wien (Architektur- und Baufachverlag) 1983.

Otto Wagner: Otto Wagner in Zusammenarbeit mit dem Verein der Freunde der Otto-Wagner-Gedenkstätte und dem Kunstverlag Wolfrum, Wien. Wien (Wolfrum) 1985.

Otto Antonia Graf: Otto Wagner. 1. Das Werk des Architekten 1860-1902. Wien/Köln/Graz (Hermann Böhlaus Nachf.) 1985.

Otto Antonia Graf: Otto Wagner. 2. Das Werk des Architekten 1903-1918. Wien/Köln/Graz (Hermann Böhlaus Nachf.) 1985.

Otto Antonia Graf: Otto Wagner. 3. Die Einheit der Kunst. Weltgeschichte der Grundformen. Wien/Köln (Böhlau) 1990.

Otto Antonia Graf: Otto Wagner. 5. Baukunst des Eros 1863-1888. 6. Baukunst des Eros 1889-1899. 7. Baukunst des Eros 1900-1918. Wien/Köln/Weimar (Böhlau) 1997-2000.

Joseph August Lux: Otto Wagner. Eine Monographie. München (Delphin) 1914.

Heinz Geretsegger, Max Peintner: Otto Wagner (1841-1918). Unbegrenzte Groszstadt. Beginn der modernen Architektur. Salzburg/Wien (Residenz) 1964; 1983.

Gustav Peichl (Hrsg.): Die Kunst des Otto • Wagner. Wien (Akademie der bildenden Künste) 1984.

Elisabeth Koller-Glück: Otto Wagners Kirche am Steinhof. Wien (Tusch) 1984.

Peter Haiko: Otto Wagner und das Kaiser Franz Josef-Stadtmuseum. Das Scheitern der Moderne in Wien. Tübingen (Ernst Wasmuth) 1988.
Österreichischer Ingenieur- und Architekten-Verein (Hrsg.), redigiert von Paul Kortz: Wien am Anfang des XX. Jahrhunderts. Ein Führer in technischer und künstlerischer Richtung. Erster Band: Charakteristik der Stadt. Ingenieurbauten. Zweiter Band: Hochbauten, Architektur und Plastik. Wien (Gerlach & Wiedling) 1905-1906.
Die Gemeinde Wien (Hrsg.), Martin Gerlach (Aufnahmen und Zusammenstellung): Wien. Eine Auswahl von Stadtbildern. Wien (Gerlach & Wiedling) o. J. [1908] (Fünfte, umgearbeitete und vermehrte Auflage).
Die Fremdenverkehrskommission der Bundesländer Wien und Niederösterreich (Hrsg.), redigiert von Ludwig W. Abels: Wien und Niederösterreich. Ein Album. Wien (Gerlach & Wiedling) 1930.
Ludwig Hevesi: Altkunst–Neukunst. Wien 1894-1908. Wien (Carl Konegen) 1909.
Otto Kapfinger, Adolf Krischanitz: Die Wiener Secession. Das Haus: Entstehung, Geschichte, Erneuerung. Wien/Köln/Graz (Hermann Böhlaus Nachf.) 1986.
Renate Wagner-Rieger: Wiens Architektur im 19. Jahrhundert. Wien (Österreichischer Bundesverlag für Unterricht, Wissenschaft und Kunst) 1970.
Die Wiener Ringstrasse – Bild einer Epoche. Band I. Das Kunstwerk im Bild. Wien/Köln/Graz (Hermann Böhlaus Nachf.) 1969.
Kurt Mollik, Hermann Reining, Rudolf Wurzer: Die Wiener Ringstrasse – Bild einer Epoche. Band III. Planung und Verwirklichung der Wiener Ringstrassenzone. Wiesbaden (Franz Steiner) 1980.
Franz Baltzarek, Alfred Hoffmann, Hannes Stekl: Die Wiener Ringstrasse. Bild einer Epoche. Band V. Wirtschaft und Gesellschaft der Wiener Stadterweiterung. Wiesbaden (Franz Steiner) 1975.
Elisabeth Lichtenberger: Die Wiener Ringstrasse – Bild einer Epoche. Band VI. Wirtschaftsfunktion und Sozialstruktur der Wiener Ringstrasse. Wien/Köln/Graz (Hermann Böhlaus Nachf.) 1970.
Nora Schoeller (Foto), Alfred Fogarassy (Hrsg.): Die Wiener Ringstraße. Das Buch. Ostfildern (Hatje Cantz) 2014.
Adolf Loos: Gesammelte Schriften. Hrsg. von Adolf Opel. Wien (Lesethek)

2010.
Adolf Loos: Ins Leere gesprochen, 1897-1900. Die Schriften von Adolf Loos in zwei Bänden. Erster Band. Innsbruck (Brenner) 1932 (Zweite veränderte Auflage).
Adolf Loos: Trotzdem, 1900-1930. Die Schriften von Adolf Loos in zwei Bänden. Zweiter Band. Innsbruck (Brenner) 1931 (Zweite vermehrte Auflage).
Adolf Loos: Die Potemkin'sche Stadt. Verschollene Schriften. 1897-1933. Hrsg. von Adolf Opel. Wien (Georg Prachner) 1983.
Adolf Loos: Die Potemkin'sche Stadt. In: Ver Sacrum, Organ der Vereinigung bildender Kuenstler Österreichs, I. Jahrg. (1898), Heft 7, S. 15-17.
Heinrich Kulka (Hrsg.): Adolf Loos. Das Werk des Architekten. Neues Bauen in der Welt, Band IV. Wien (Anton Schroll) 1931.
Burkhardt Rukschcio, Roland Schachel: Adolf Loos. Leben und Werk. Salzburg/Wien (Residenz) 1982.
Burkhardt Rukschcio (Hrsg.): Adolf Loos. Wien (Graphische Sammlung Albertina) 1989.
Hermann Czech, Wolfgang Mistelbauer: Das Looshaus. Wien (Löcker) 1976; 1984 (3., ergänzte Auflage).
Christopher Long: The Looshaus. New Haven/London (Yale University Press) 2011.
Leslie van Duzer, Kent Kleinman: Villa Müller. A Work of Adolf Loos. New York (Princeton Architectural Press) 1994.
Christoph Thun-Hohenstein, Matthias Boeckl, Christian Witt-Dörring (Hrsg.): Wege der Moderne. Josef Hoffmann, Adolf Loos und die Folgen. Wien (MAK), Basel (Birkhäuser) 2015.
Adolf Loos. Zum 60. Geburtstag am 10. Dezember 1930. Wien (Richard Lanyi) 1930.
Burkhardt Rukschcio (Hrsg.): Für Adolf Loos. Gästebuch des Hauses am Michaelerplatz. Wien (Löcker) 1985.
Georg Trakl: Dichtungen und Briefe. Band I-II. Salzburg (Otto Müller) 1969; 1987 (2., ergänzte Auflage).
Georg Trakl: Sebastian im Traum. Leipzig (Kurt Wolff) 1915.
Hans Weichselbaum: Georg Trakl. Salzburg/Wien (Otto Müller) 1994.
Ludwig von Ficker (Hrsg.): Der Brenner. Innsbruck (Brenner), I. Jahrg. (1910)

– achtzehnte Folge (1954). Reprint: Nendeln (Kraus Reprint) 1969.
Walter Methlagl, Eberhard Sauermann, Sigrud Paul Scheichl (Hrsg.): Untersuchungen zum „Brenner". Festschrift für Ignaz Zangerle zum 75. Geburtstag. Salzburg (Otto Müller) 1981.
Gunter Gebauer u. a. : Wien・Kundmanngasse 19. Bauplanerische, morphologische und philosophische Aspekte des Wittgenstein-Hauses. München (Wilhelm Fink) 1982.
Gerald Stieg: Der Brenner und die Fackel. Ein Beitrag zur Wirkungsgeschichte von Karl Kraus. Salzburg (Otto Müller) 1976.
「特集：ウィーン 1898-1918――分離派の都市空間」、『美術手帖』、(美術出版社)、1979 年 1 月号
「特集＝ウィーン古典派建築――18 世紀末からオットー・ヴァグナー盛期まで　川向正人」、『ＳＤ』、(鹿島出版会)、1980 年 5 月号
「特集＝建築の中の都市の系譜：ウィーン」、『ＳＤ』、(鹿島出版会)、1982 年 9 月号
三宅理一・田原桂一『世紀末建築 4 、分離派運動の展開』、講談社、1983 年
オットー・ヴァーグナー（樋口清・佐久間博訳）『近代建築』、中央公論美術出版、1985 年、2012 年（特装版）
オットー・ヴァーグナー（監修者：オットー・アントニア・グラフ、撮影者：関谷正昭、アート・ディレクター：勝井三雄）『ポートフォリオ、原寸完全復刻版』、文献社、1998 年
オットー・アントニア・グラフ、関谷正昭『オットー・ヴァーグナー、第 I 巻 1860-1894 建築芸術―近代化への胎動、第 II 巻 1894-1899 建築芸術―勝利する近代化、第 III 巻 1900-1903 建築芸術―至福の時、第 IV 巻 1903-1918 建築芸術―新たな危機へ』、文献社、1998 年
川向正人（監修・著）、関谷正昭（写真）『オットー・ワーグナー建築作品集』、東京美術、2015 年
ハインツ・ゲレーツェッガー、マックス・パイントナー（伊藤哲夫・衛藤信一訳）、『オットー・ワーグナー――ウィーン世紀末から近代へ』、鹿島出版会（ＳＤ選書）、1984 年
越後島研一『世紀末の中の近代――オットー・ワグナーの作品と手法』、丸善、1989 年
海老澤模奈人「オットー・ヴァーグナーの『大都市』：翻訳と解題」、

『東京工芸大学工学部紀要』、2010 年、Vol. 33, No. 1, pp. 56-67.
N・ペヴスナー、J・M・リチャーズ編（香山寿夫、武沢秀一、日野水信編訳）『反合理主義者たち――建築とデザインにおけるアール・ヌーヴォー』、鹿島出版会、1976 年
安松みゆき「ウィーン宮廷歌劇場にみる様式について」、美學会編『美學』、206（2001 年）、43-56 ページ
アドルフ・ロース（伊藤哲夫訳）『装飾と犯罪――建築・文化論集』、中央公論美術出版、1987 年、2005 年（改題改訂新版）
アドルフ・ロース（鈴木了二、中谷礼仁監修、加藤淳訳）『にもかかわらず、1900-1930』、みすず書房、2015 年
伊藤哲夫『アドルフ・ロース』、鹿島出版会（ＳＤ選書）、1980 年
ハインリヒ・クルカ編（岩下眞好・佐藤康則訳）『アドルフ・ロース』、泰流社、1984 年
アドルフ・ロース研究会『ヘテロ１.／アドルフ・ロース』、大龍堂書店、1986 年
川向正人『アドルフ・ロース――世紀末の建築言語ゲーム』、住まいの図書館出版局、1987 年
ゲオルク・トラークル（平井俊夫訳）『トラークル詩集』、筑摩書房（筑摩叢書）、1967 年
ゲオルク・トラークル（中村朝子訳）『トラークル全集』、青土社、1987 年、1997 年（新版）

第二章　芸術家たちの日本への関心

Österreichisch-Japanische Gesellschaft, Herbert Fux: Japan auf der Weltausstellung in Wien 1873. Wien (Österreichisches Museum für angewandte Kunst) 1973.
Karl Ziak: Wien vor 100 Jahren oder Rausch und Katzenjammer. Wien (Europaverlag) 1973.
Peter Pantzer, Johannes Wieninger (Konzept), Österreichisches Museum für angewandte Kunst, Wien (Herausgeber): Verborgene Impressionen, Hidden Impressions. Wien (Seitenberg) 1990.
Robert Waissenberger: Die Wiener Secession. Wien/München (Jugend und Volk) 1971.
Katalog der IV. Kunstausstellung der Vereinigung bildender Künstler Öster-

reichs. o. O. u. J. [Wien, 1899].
Ver Sacrum, Organ der Vereinigung bildender Kuenstler Österreichs, I. Jahrg. (1898), Heft 1, Heft 7, Heft 12.
Ver Sacrum, Zeitschrift der Vereinigung bildender Künstler Österreichs, II. Jahrg. (1899), Heft 4, Heft 9.
Ver Sacrum, Zeitschrift der Vereinigung bildender Künstler Österreichs, III. Jahrg. (1900), Heft 3.
Christian M. Nebehay: Ver Sacrum 1898-1903. Wien (Tusch) 1975; 1981 (Zweite ergänzte Auflage).
Ver Sacrum. Die Zeitschrift der Wiener Secession 1898-1903. Zusammenstellung: Robert Waissenberger, Hans Bisanz. Wien (Eigenverlag der Museen der Stadt Wien) 1982.
Maria Rennhofer: Kunstzeitschriften der Jahrhundertwende in Deutschland und Österreich 1895-1914. Wien/München (Christian Brandstätter) 1987.
XCIX. Ausstellung der Vereinigung bildender Künstler, Wiener Secession. Klimt-Gedächtnis-Ausstellung. Wien (Secession) 1928.
Gregor Demal: Das letzte Atelier Gustav Klimts in Hietzing. Wien (Diplomarbeit der Universität Wien) 2002.
Sandra Tretter, Peter Weinhäupl, Felizitas Schreier, Georg Becker (Hrsg.): Gustav Klimt. Atelier Feldmühlgasse, 1911-1918. Wien (Christian Brandstätter) 2014.
Wien Museum: Klimt. Die Sammlung des Wien Museums. Ostfildern (Hatje Cantz) 2012.
Werner J. Schweiger: Wiener Werkstätte. Kunst und Handwerk 1903-1932. Wien (Christian Brandstätter) 1982.
Fritz Karpfen (Hrsg.): Das Egon Schiele Buch. Wien/Leipzig (Verlag der Wiener Graphischen Werkstätte) 1921.
Helena Pereña Sáez: Egon Schiele. Wahrnehmung, Identität und Weltbild. Marburg (Tactum) 2010.
K. K. österr. Handels-Museum (Hrsg.): Japanische Vogelstudien. 12 Blätter. Wien (K. K. Hof- u. Staatsdruckerei) 1895.
Katalog der VI. Ausstellung. Vereinigung bildender Künstler Österreichs, Secession. o. O. u. J. [Wien, 1900].
Adolf Fischer: Bilder aus Japan. Illustriert von F. Hohenberger und J. Bahr.

Berlin (Georg Bondi) 1897.
Vereinigung bildender Künstler, Wiener Secession (Hrsg.): Die Wiener Secession. Die Vereinigung bildender Künstler 1897-1985. Wien/Köln/Graz (Hermann Böhlaus Nachf.) 1986.
Ludwig Hevesi: Acht Jahre Sezession (März 1897 – Juni 1905). Kritik – Polemik – Chronik. Wien (Carl Konegen) 1906. Reprint: Klagenfurt (Ritter) 1984.
Richard Muther: Studien und Kritiken. Band I. Wien (Wiener Verlag) 1900 (Zweite Auflage).
Berta Zuckerkandl: Japanische Kunstausstellung. In: Wiener Rundschau, Band 4 (1900), Reprint: Nendeln (Kraus Reprint) 1970, S. 70-71.
Helga Peham: Die Salonièren und die Salons in Wien. 200 Jahre Geschichte einer besonderen Institution. Wien/Graz/Klagenfurt (Styria) 2013.
Hermann Bahr: Japanische Ausstellung. Sechste Ausstellung der Vereinigung bildender Künstler Oesterreichs, Sezession. In: Oesterreichische Volks=Zeitung, Wien, 20. Jänner 1900, S. 1-2, 30. Jänner 1900, S. 1-2.
Hermann Bahr: Secession. Wien (Wiener Verlag) 1900.
Hermann Bahr: Secession. Kritische Schriften. VI. Hrsg. von Claus Pias. Weimar (VDG) 2013 (2. Auflage, durchgesehen u. ergänzt von Gottfried Schnödl).
Adolf Haeutler: Von japanischer Malerei. In: Die Zeit, Nr. 204, 27. August 1898, S. 135-137.
Elke Mühlleitner: Biographisches Lexikon der Psychoanalyse. Die Mitglieder der Psychologischen Mittwoch-Gesellschaft und der Wiener Psychoanalytischen Vereinigung 1902-1938. Unter Mitarbeit von Johannes Reichmayr. Tübingen (diskord) 1992.
Adolf Fischer: Wandlungen im Kunstleben Japans. Buchschmuck von dem japanischen Künstler Eisaku Wada. Berlin (B. Behr's Verlag) 1900.
Hermann Bahr: Die Secession. (Zur ersten Kunstausstellung der Vereinigung bildender Künstler Oesterreichs in der Gartenbaugesellschaft am Parkring). III. In: Die Zeit, Nr. 185, 16. April 1898, S. 44. In: ders.: Secession, S. 32.
Emil Orlik: Malergrüße an Max Lehrs, 1898-1930. Hrsg. vom Adalbert Stifter Verein. München (Prestel) 1981.
Emil Orlik: Kleine Aufsätze. Berlin (Propyläen) 1924.
Setsuko Kuwabara: Emil Orlik und Japan. Frankfurt am Main (Haag +

Herchen) 1987.
Peter Voss-Andreae: Wie ein Traum! Emil Orlik in Japan. Hamburg (Klaus Raasch) 2012.
Agnes Matthias: Zwischen Japan und Amerika. Emil Orlik. Ein Künstler der Jahrhundertwende. Hrsg. vom Kunstforum Ostdeutsche Galerie Regensburg. Bielefeld/Berlin (Kerber) 2013.
Tobias G. Natter, Max Hollein, Klaus Albrecht Schröder (Hrsg.): Art for All. Der Farbholzschnitt in Wien um 1900. Köln (Taschen) 2016.
Hermann Bahr: Der Meister. Komödie in drei Akten. Berlin (S. Fischer) 1904.
Hermann Bahr: Der Meister. Komödie in drei Akten. Neue Ausgabe mit einem Vorwort von Friedrich Schreyvogl. Berlin (Ahn & Simrock) 1940.
Hermann Bahr: Tagebücher, Skizzenbücher, Notizhefte. Band 1-5. Hrsg. von Moritz Csáky. Bearbeitet von Lottelis Moser, Helene Zand, Lukas Mayerhofer u. Kurt Ifkovits. Wien/Köln/Weimar (Böhlau) 1994-2003.
Hugo von Hofmannsthal: Sämtliche Werke. Kritische Ausgabe. Band XXIX. Erzählungen 2. Hrsg. von Rudolf Hirsch. Frankfurt am Main (S. Fischer) 1978.
Hugo von Hofmannsthal: Sämtliche Werke. Kritische Ausgabe. Band XXXI. Erfundene Gespräche und Briefe. Hrsg. von Ellen Ritter. Frankfurt am Main (S. Fischer) 1991.
Hugo von Hofmannsthal: Einleitung. In: Deutsche Erzähler (Ausgewählt von Hugo von Hofmannsthal) Erster Band. Leipzig (Insel) 1912.
The Spectator, Volume I. Ed. by Donald F. Bond. Oxford (Oxford University Press) 1965.
Georg Christoph Lichtenberg: Schriften und Briefe. Erster Band. Sudelbücher I. Hrsg. von Wolfgang Promies. München (Carl Hanser) 1968.
Mathias Mayer / Julian Werlitz (Hrsg.): Hofmannsthal-Handbuch. Leben – Werk – Wirkung. Stuttgart (J. B. Metzler) 2016.
Stefan Zweig: Lafcadio Hearn. In: Lafcadio Hearn (Berechtigte Übertragung aus dem Englischen von Berta Franzos): Das Japanbuch. Eine Auswahl aus den Werken von Lafcadio Hearn. Frankfurt am Main (Rütten & Loening) 1911; 1923. In: ders.: Gesammelte Werke in Einzelbänden. Zeiten und Schicksale. Aufsätze und Vorträge aus den Jahren 1902-1942. Frankfurt am Main (S. Fischer) 1990.

Stefan Zweig: Briefe 1932-1942. Hrsg. von Knut Beck u. Jeffrey B. Berlin. Frankfurt am Main (S. Fischer) 2005.

Donald A. Prater (Aus dem Englischen von Annelie Hohenemser): Stefan Zweig. Das Leben eines Ungeduldigen. (Erweiterte und revidierte Ausgabe der englischen Fassung *European of Yesterday. A Biography of Stefan Zweig*). München/Wien (Carl Hanser) 1981; 1982 (2. Auflage).

Klemens Renoldner, Hildemar Holl, Peter Karlhuber (Hrsg.): Stefan Zweig. Bilder Texte Dokmente. Salzburg/Wien (Residenz) 1993.

Wolfgang Hadamitzky, Marianne Kocks: Japan-Bibliografie. Verzeichnis deutschsprachiger japanbezogener Veröffentlichungen. Reihe A: Monografien, Zeitschriften, Karten. Band I: 1477-1920. München u. a. (K. G. Saur) 1990.

Einzelschriften über den Russisch – japanischen Krieg. I. Band – VII. Band. Beihefte zu „Streffleurs Österr. milit. Zeitschrift". Wien (Verlag der »Streffleurs Österr. milit. Zeitschrift«, L. W. Seidel & Sohn) 1905-1912.

Peter Altenberg: Wie ich es sehe. Berlin (S. Fischer) 1896.

Peter Altenberg: Gesammelte Werke in fünf Bänden, Band I. Expedition in den Alltag. Gesammelte Skizzen 1895-1898. Hrsg. von Werner J. Schweiger. Wien und Frankfurt (Löcker/S. Fischer) 1987.

Peter Altenberg: Gesammelte Werke in fünf Bänden, Band II. Extrakte des Lebens. Gesammelte Skizzen 1898-1919. Hrsg. von Werner J. Schweiger. Wien und Frankfurt (Löcker/S. Fischer) 1987.

Hermann Bahr: Rezensionen. Wiener Theater (1901 bis 1903). Berlin (S. Fischer) 1903.

Die Allgemeine Musikgesellschaft Basel (Hrsg.): Festschrift für Dr. Felix Weingartner zu seinem siebzigsten Geburtstag. Basel (Henning Oppermann) 1933.

Simon Obert, Matthias Schmidt (Hrsg.): Im Mass der Moderne. Felix Weingartner – Dirigent, Komponist, Autor, Reisender. Basel (Schwabe) 2009.

Hans Bethge: Japanischer Frühling. Leipzig (Insel) 1911; 1918 (Die dritte Auflage).

Karl Florenz (Übertragung): Japanische Dramen. Terakoya und Asagao. Leipzig (C. F. Amelang) [1900], 東京（長谷川商店）明治 33 年

Wolfgang von Gersdorff: Terakoya, Die Dorfschule. Ein historisches Trauerspiel aus

dem alten Japan nach der Tragödie des Takeda Izumo. Berlin/Cöln/Leipzig (Albert Ahn) o. J. [1907].
Felix Weingartner: Die Dorfschule. Oper in einem Akt nach dem altjapanischen Drama „Terakoya". Wien/Leipzig (Universal) 1919.
Felix Weingartner: Die Dorfschule. Das Orchester der Deutschen Oper Berlin. Jacques Lacombe u. a. Georgsmarienhütte (CPO) 2015. (CD).
ペーター・パンツァー監修、ササキ企画編『マリア・テレジア古伊万里コレクション展』、ササキ企画、1997 年
京都国立博物館編『特別展覧会　蒔絵――漆黒と黄金の日本美』、京都国立博物館、1995 年
角山幸洋『ウィーン万国博の研究』、関西大学出版会、2000 年
『有田焼創業四百年記念――明治有田、超絶の美――万国博覧会の時代　論考集』、西日本新聞社、2015 年
東京国立文化財研究所美術部編『明治期万国博覧会美術品出品目録』、中央公論美術出版、1997 年
藤原隆男『明治前期日本の技術伝習と移転――ウィーン万国博覧会の研究』、丸善プラネット、2016 年
セゾン美術館、朝日新聞社編『ウィーン世紀末――クリムト、シーレとその時代』、セゾン美術館、1989 年
ヨハネス・ヴィーニンガー、馬淵明子監修、東京新聞編『ウィーンのジャポニスム』、東京新聞、1994 年
越宏一「世紀転換期ウィーンのジャポニスム研究（その一・その二）」、『東京芸術大学美術学部紀要』、第 31 号、欧文編、1996 年、3-61 ページ
宮城県美術館、Bunkamura ザ・ミュージアム、島根県立美術館、東京新聞編『ウィーン分離派 1898-1918』、東京新聞、2001 年
西川智之編『世紀転換期ドイツ語圏の芸術誌の諸相』、日本独文学会（日本独文学会研究叢書 103 号）、2014 年
東京国立近代美術館編『琳派　RIMPA――国際シンポジウム報告書』、ブリュッケ、2006 年
愛知県美術館、長崎県美術館、宇都宮美術館、中日新聞社編、ヨハネス・ヴィーニンガー他執筆『生誕 150 年記念――クリムト 黄金の騎士をめぐる物語』、中日新聞社、2012 年
太田喜二郎「維納にクリムト氏を訪ふ」、『美術新報』、（畫報社）、第

13巻、第3号、(大正3年(1914年))、13～17頁
エルヴィン・ミッチ（坂崎乙郎監修・翻訳）『エゴン・シーレ画集』、リブロポート、1983年
アドルフ・フィッシャー(金森誠也・安藤勉訳)『明治日本印象記——オーストリア人の見た百年前の日本』、講談社（講談社学術文庫)、2001年
赤穂市立美術工芸館田淵記念館編『赤穂ゆかりの画家　鈴木百年・松年』、赤穂市立美術工芸館田淵記念館、2006年
エミール・オルリック（桑原節子、エーバーハルト・フリーゼ監修・解説)『日本便り』、雄松堂出版、1996年
吉岡芳陵「エミール、オーリック（本邦美術の視察者)」、『太陽』、(博文館)、第7巻、第8号、(明治34年（1901年))、142-146頁
フーゴー・フォン・ホーフマンスタール（平川祐弘訳)「ラフカディオ・ハーン」、『ホーフマンスタール選集3』、河出書房新社、1972年
河原忠彦『シュテファン・ツヴァイク——ヨーロッパ統一幻想を生きた伝記作家』、中央公論社（中公新書)、1998年
林京平編著『菅原伝授手習鑑（歌舞伎オン・ステージ16)』、白水社、1989年
佐藤マサ子『カール・フローレンツの日本研究』、春秋社、1995年
田中徳一『ドイツの歌舞伎とブレヒト劇』えにし書房、2015年
オットー・ビーバ、樋口隆一、イングリット・フックス監修、荒井恵理子編『音楽のある展覧会——ウィーンに残る、日本とヨーロッパ450年の足跡——ウィーン楽友協会創立200周年記念』、サントリーホール、2012年

第三章　音楽界の不協和音

Ludwig Finscher (Hrsg.): Die Musik in Geschichte und Gegenwart. Allgemeine Enzyklopädie der Musik, begründet von Friedrich Blume. Zweite neubearbeitete Ausgabe. Personenteil. Bd. 1-17. Register u. Supplement. Kassel u. a. (Bärenreiter), Stuttgart/Weimar (J. B. Metzler) 1999-2008.
Rudolf Flotzinger (Hrsg.): Oesterreichisches Musiklexikon. Bd. 1-5. Wien (Verlag der Österreichischen Akademie der Wissenschaften) 2002-2006.
Stanley Sadie (ed.): The New Grove Dictionary of Opera. Vol. 1-4. London

(Macmillan), New York (Grove's Dictionaries of Music) 1992.
Eduard Hanslick: Sämtliche Schriften. Historisch-kritische Ausgabe. Band I, 1. Aufsätze und Rezensionen 1844-1848. Wien/Köln/Weimar (Böhlau) 1993.
Eduard Hanslick: Die moderne Oper. Kritiken und Studien. Berlin (Allgemeiner Verein für Deutsche Litteratur) 1875; 1900.
Eduard Hanslick: Musikalische Stationen. (Der „Modernen Oper" II. Theil.) Berlin (Allgemeiner Verein für Deutsche Literatur) 1880; 1885.
Eduard Hanslick: Vom Musikalisch-Schönen. Ein Beitrag zur Revision der Ästhetik in der Tonkunst. Teil 1: Historisch-kritische Ausgabe. Hrsg. von Dietmar Strauß. Mainz u. a. (Schott) 1990.
Hans von Wolzogen: Erinnerungen an Richard Wagner. Ein Vortrag. Hrsg. vom Wiener Akademischen Wagner-Verein. Wien (Carl Konegen) 1883.
Christian v. Ehrenfels: Richard Wagner und seine Apostaten. Ein Beitrag zur Jahrhundertfeier. Wien/Leipzig (Hugo Heller) 1913.
Christian v. Ehrenfels: Zur Klärung der Wagner-Controverse. Ein Vortrag. Wien (Carl Konegen) 1896.
Reinhard Fabian (Hrsg.): Christian von Ehrenfels. Leben und Werk. Studien zur österreichischen Philosophie, Bd. VIII. Amsterdam (Rodopi) 1986.
Adolf Deutsch: Zur Psychopathologie des Alltagslebens. Symptomhandlungen auf der Bühne. In: Internationale Zeitschrift für ärztliche Psychoanalyse. Hrsg. von Sigm. Freud. Leipzig/Wien (Hugo Heller), I. Jahrg., 1913, S. 269-273.
Michael Worbs: Nervenkunst. Literatur und Psychoanalyse im Wien der Jahrhundertwende. Frankfurt am Main (Europäische Verlagsanstalt) 1983.
Max Morold: Wagners Kampf und Sieg. Dargestellt in seinen Beziehungen zu Wien. Erster u. Zweiter Band. Zürich/Leipzig/Wien (Amalthea) 1930.
Max von Millenkovich-Morold: Richard Wagner und der Nationalsozialismus. In: Bayerische Staatsoper. Münchener Festspiele 1938. 24. Juli bis 7. September. Künstlerische Leitung: Clemens Krauss. München (Bayer. Staatsoper) 1938, S. 12-15.
Thomas Leibnitz (Hrsg.): Geliebt, Verlacht, Vergöttert. Richard Wagner und die Wiener. Wien (Österreichische Nationalbibliothek) 2012.
Wilhelm Beetz: Das Wiener Opernhaus. II. Auflage. 1869 bis 1955. Wien (Panorama) 1955.

Wiener Staatsoper (Zusammengestellt von Andreas Láng, Oliver Láng): Chronik der Wiener Staatsoper 1869-2009. 1. Teil: Werkverzeichnis. 2. Teil: Künstlerverzeichnis. Wien (Wiener Staatsoper, Löcker) 2009.

Staatsopernmuseum: Wiener Staatsoper – 140 Jahre Haus am Ring 1869-2009. Wien (Wiener Staatsoper) o. J. [2009].

Wiener Staatsoper (Hrsg.): Gustav Mahler. Mahlers Opernreform und die Wiener Moderne. Wien (Wiener Staatsoper) o. J. [2010].

Wiener Staatsoper (Hrsg.): Spielplan. Direktion Gustav Mahler 1897-1907. Wien (Wiener Staatsoper) 2010.

Moderne Welt. Gustav Mahler-Heft. Geleitet von Ludwig Hirschfeld. III. Jahrg., Heft Nr. 7 (1921).

Ernst Decsey: Hugo Wolf. IV. Band: Höhe und Ende 1896-1903. Leipzig/Berlin (Schuster & Loeffler) 1906.

Erik Werba: Hugo Wolf oder Der zornige Romantiker. Wien/München (Molden-Taschenbuch) 1971; 1978 (Durchgesehene, erweiterte Ausgabe).

Hermann Bahr: Erinnerungen an Hugo Wolf. In: ders.: Buch der Jugend. Wien/Leipzig (Hugo Heller) 1908.

Hugo Wolf: Sechs geistliche Lieder für vierstimmigen gemischten Chor nach Gedichten von Joseph von Eichendorff. Kassel/Basel/Tours/London (Bärenreiter) 1977.

Der Mensch lebt und bestehet. Chormusik von Reger, Webern und Wolf. KammerChor Saarbrücken □ Georg Grün. Stuttgart (Carus) 1996/2014. (CD).

Paul Stefan: Das Grab in Wien. Eine Chronik 1903-1911. Berlin (Erich Reiß) 1913.

Paul Stefan: Gustav Mahlers Erbe. Ein Beitrag zur neuesten Geschichte der deutschen Bühne und des Herrn Felix von Weingartner. München (Hans von Weber) 1908.

Paul Stefan: Gustav Mahler. Eine Studie über Persönlichkeit und Werk. München (R. Piper) 1910; 1912 (Dritte ergänzte und vermehrte Auflage).

Paul Stefan (Hrsg.): Gustav Mahler. Ein Bild seiner Persönlichkeit in Widmungen. München (R. Piper) 1910.

Paul Stefan: Arturo Toscanini. Mit einem Geleitwort von Stefan Zweig. Mit 54 Abbildungen. Wien/Leipzig/Zürich (Herbert Reichner) 1935.

Paul Stefan: Bruno Walter. Mit Beiträgen von Lotte Lehmann, Thomas Mann, Stefan Zweig. Wien/Leipzig/Zürich (Herbert Reichner) 1936.

Conrad Ansorge: Drei Traumbilder, Op. 8. Pianist: Phillip Sear. (https://www.youtube.com/watch?v=EK2OvxLpf7c).

Denkschrift zu den Meisteraufführungen Wiener Musik. Veranstaltet von der Gemeinde Wien, 26. Mai/13. Juni 1920. Hrsg. von David Josef Bach. Wien (Österreichische Staatsdruckerei) 1920.

Martin Eybl (Hrsg.): Die Befreiung des Augenblicks: Schönbergs Skandalkonzerte 1907 und 1908. Eine Dokumentation. Wien/Köln/Weimar (Böhlau) 2004.

Arnold Schönberg, zum fünfzigsten Geburtstage, 13. September 1924. Sonderheft der Musikblätter des Anbruch, Wien. 6. Jahrg., August–September-Heft 1924.

Alban Berg: Warum ist Schönbergs Musik so schwer verständlich? In: Arnold Schönberg, zum fünfzigsten Geburtstage, 13. September 1924. Sonderheft der Musikblätter des Anbruch, Wien. 6. Jahrg., August–September-Heft 1924, S. 329-341.

Richard Batka, Richard Specht (Hrsg.): Der Merker, Österreichische Zeitschrift für Musik und Theater, 2. Jahrg., Heft 8 (1911), Heft 12 (1911). Reprint: New York (Annemarie Schnase) 1970.

Richard Specht: Richard Strauss und sein Werk. Erster Band: Der Künstler und sein Weg, Der Instrumentalkomponist. Zweiter Band: Der Vokalkomponist, Der Dramatiker. Leipzig/Wien/Zürich (E. P. Tal) 1921.

Andrea Zedler, Michael Walter (Hrsg.): Richard Strauss' Grazer *Salome*. Die österreichische Erstaufführung im theater- und sozialgeschichtlichen Kontext. Wien (LIT) 2014.

Neue Freie Presse, Morgenblatt, 17. Mai 1906, S. 11.

Neues Wiener Tagblatt, 17. Mai 1906, Nr. 135, S. 29.

Roland Tenschert: Richard Strauss und Wien. Eine Wahlverwandtschaft. Wien (Brüder Hollinek) 1949.

Franz Grasberger: Richard Strauss und die Wiener Oper. Tutzing (Hans Schneider) 1969.

Hermann Bahr: Essays. Leipzig (Insel) 1912.

Paul Stefan: Anna Bahr=Mildenburg. Die Wiedergabe. 1. Reihe, 6. Band.

Wien/Leipzig (Wiener Literarische Anstalt) 1922.
Hugo und Gerty von Hofmannsthal, Hermann Bahr: Briefwechsel 1891-1934. Band 1 u. 2. Herausgegeben und kommentiert von Elsbeth Dangel-Pelloquin. Göttingen (Wallstein) 2013.
Christiane Mühlegger-Henhapel, Alexandra Steiner-Strauss (Hrsg.): *„Worte klingen, Töne sprechen“*. Richard Strauss und die Oper. Wien (KHM-Museumsverband, Holzhausen) 2015.
Marcel Prawy: Die Wiener Oper. Geschichte und Geschichten. Wien/München/Zürich/Innsbruck (Fritz Molden) 1969; [1978] (Ergänzte und überarbeitete Neuauflage).
(Anonym): Die Première des „Rosenkavalier“ in der Hofoper. In: Neue Freie Presse, Morgenblatt, 9. April 1911, S. 16.
Ernst Decsey: Franz Lehár. München/Berlin (Drei Masken) 1930 (2. Auflage).
Ingrid und Herbert Haffner: Immer nur lächeln... Das Franz Lehár Buch. Berlin (Parthas) 1998.
Anton Mayer: Franz Lehár – Die lustige Witwe. Der Ernst der leichten Muse. Wien (Steinbauer) 2005.
John Hunt (compiled): The Concert Register of Herbert von Karajan. Philharmonic Autocrat. UK (John Hunt) 2001.
Berndt W. Wessling: Furtwängler. Eine kritische Biographie. Stuttgart (Deutsche Verlags-Anstalt) 1985.
Hans-Hubert Schönzeler: Furtwängler. Portland, Oregon (Amadeus) 1990.
Konrad Vogelsang: Dokumentation zur Oper „Wozzeck“ von Alban Berg. Die Jahre des Durchbruchs 1925-1932. o. O. [Laaber] (Laaber) 1977.
Clemens Krauss-Archiv Wien (Hrsg.), Signe Scanzoni (Text), Götz Klaus Kende (Recherchen): Der Prinzipal. Clemens Krauss. Fakten, Vergleiche, Rückschlüsse. Tutzing (Hans Schneider) 1988.
Theater= und Konzert=Säle, sowie Varieté= und Kinobühnen. o. O. [Wien] u. o. J.
Hugo von Hofmannsthal (Mitgeteilt und erläutert von Rudolf Hirsch): Ein Brief Hofmannsthals an Alfred Roller. In: Hofmannsthal Blätter, Heft 3, (Herbst 1969).
Hugo von Hofmannsthal: Vier Gedichte. In: Sozialistische Monatshefte, Internationale Revue des Sozialismus, Zweiter Jahrg., No. 6 (1898), S. 273-

275.
Hugo von Hofmannsthal: Sämtliche Werke. Kritische Ausgabe. Band I. Gedichte 1. Hrsg. von Eugene Weber. Frankfurt am Main (S. Fischer) 1984.
Blätter für die Kunst, Erste Folge, II. Band (1892). Dritte Folge. I. Band, II. Band (1896). Abgelichteter Neudruck: Düsseldorf/München (Helmut Küpper) 1967.
Kunst und Volk. Eine Festgabe der Kunststelle zur 1000. Theateraufführung. Hrsg. von David Josef Bach. Wien (Leopold Heidrich) 1923.
Georg Hupfer: Zur Geschichte des antiquarischen Buchhandels in Wien. Wien (Diplomarbeit der Universität Wien) 2003.
Zwischenkriegszeit – Wiener Kommunalpolitik 1918-1938. Wien (Verein der Wiener Festwochen und Österreichisches Gesellschafts- und Wirtschaftsmuseum) 1980.
Das neue Wien. Städtewerk. Herausgegeben unter offizieller Mitwirkung der Gemeinde Wien. Band I-IV. Wien (»Das neue Wien«, Elbemühl Papierfabriken und Graphische Industrie) 1926-1928.
Henriette Kotlan-Werner: Kunst und Volk. David Josef Bach, 1874-1947. (Materialien zur Arbeiterbewegung Nr. 6). Wien (Europaverlag) 1977.
Reinhard Kannonier: Zwischen Beethoven und Eisler. Zur Arbeitermusikbewegung in Österreich. (Materialien zur Arbeiterbewegung Nr. 19). Wien (Europaverlag) 1981.
Andreas F. Kienzl: David Josef Bach (1874-1947). Journalist und Organisator der Arbeiterkulturbewegung. Wien (Dissertation der Universität Wien) 1986.
Austrian Studies. Volume 14, 2006. Culture and Politics in Red Vienna. Leeds (Maney Publishing for the Modern Humanities Research Association) 2006.
Kurt Stimmer (Herausgegeben im Auftrag des Bildungsausschusses der Wiener SPÖ): Die Arbeiter von Wien. Wien/München (Jugend und Volk) 1988.
Arbeiter=Sinfonie=Konzerte. 21. Juni 1932. Zu Ehren des zehnten internationalen Musikfestes. Orchester=Konzert. Dirigent: Anton Webern. (Programm).
David Josef Bach: Der Arbeiter und die Kunst. In: Der Kampf, Sozialdemokratische Monatsschrift, Jahrg. 7, Nr. 1 (1. Oktober 1913), S. 41-46.
Hans Heinsheimer: Arbeitermusik in Wien. In: Anbruch, Monatsschrift für moderne Musik, XIV. Jahrg., Heft 5/6 (1932), S. 100-101.

Ernst Hilmar (Hrsg.): Anton Webern 1883-1983. Anton Webern zum 100. Geburtstag. Wien (Universal) 1983.
Johann Humpelstetter: Anton Webern als nachschaffender Künstler, als Chorleiter und Dirigent. In: Musik-Konzepte. Sonderband, Anton Webern I. München (text + kritik) 1983, S. 52-73.
Hansjörg Pauli: Aus Gesprächen über Webern. In: Musik-Konzepte. Sonderband, Anton Webern II. München (text + kritik) 1984, S. 238-293.
Regina Busch: Verzeichnis der von Webern dirigierten und einstudierten Werke. In: Musik-Konzepte. Sonderband, Anton Webern II. München (text + kritik) 1984, S. 398-416.
Hartmut Krones (Hrsg.): Anton Webern. Persönlichkeit zwischen Kunst und Politik. Wien/Köln/Weimar (Böhlau) 1999.
Briefwechsel Alban Berg – Helene Berg. Gesamtausgabe, Teil III: 1920-1935. Aus den Beständen der Musiksammlung der Österreichischen Nationalbibliothek. Hrsg. von Herwig Knaus, Thomas Leibnitz. Wilhelmshaven (Florian Noetzel) 2014.
Elisabeth Th. Fritz-Hilscher, Helmut Kretschmer (Hrsg.): Wien Musikgeschichte. Von der Prähistorie bis zur Gegenwart. Geschichte der Stadt Wien. Band 7. Wien (LIT) 2011.
So Young Kim-Park: Paul Wittgenstein und die für ihn komponierten Klavierkonzerte für die linke Hand. Aachen (Shaker) 1999.
Irene Suchy, Allan Janik, Georg A. Predota (Hrsg.): Empty Sleeve. Der Musiker und Mäzen Paul Wittgenstein. Innsbruck (Studienverlag) 2006.
Carmen Ottner (Hrsg.): Das Klavierkonzert in Österreich und Deutschland von 1900-1945. (Schwerpunkt: Werke für Paul Wittgenstein). Symposion 2007. (Eine Veröffentlichung der Franz Schmidt-Gesellschaft, Studien zu Franz Schmidt XVI). Wien (Doblinger) 2009.
Luzi Korngold: Erich Wolfgang Korngold. Ein Lebensbild. Wien (Elisabeth Lafite, Österreichischer Bundesverlag) 1967.
Julius Korngold: Die Korngolds in Wien. Der Musikkritiker und das Wunderkind – Aufzeichnungen von Julius Korngold. Zürich/St. Gallen (Musik & Theater) 1991.
Brendan G. Carroll: The Last Prodigy. A Biography of Erich Wolfgang Korngold. Portland, Oregon (Amadeus) 1997.

Die Korngolds. Klischee, Kritik und Komposition. Herausgegeben von Michaela Feurstein-Prasser und Michael Haas, im Auftrag des Jüdischen Museums Wien. Musik des Aufbruchs. Wien (Jüdisches Museum der Stadt Wien) 2007.

Guy Wagner: Korngold. Musik ist Musik. Berlin (Matthes & Seitz) 2008.

Michael Haas: The False Myths and True Genius of Erich Wolfgang Korngold. (https://forbiddenmusic.org/).

Erich Wolfgang Korngold: Die tote Stadt. Oper in 3 Bildern, Opus 12, frei nach G. Rodenbachs Roman „Bruges la morte" von Paul Schott. Klavierauszug von Ferdinand Rebay. Mainz u. a. (Schott) 1920; 1948(renewed).

Paul Schott: Die tote Stadt. Oper in drei Bildern, frei nach G. Rodenbachs Schauspiel „Das Trugbild" („Bruges la Morte"). Musik von Erich Wolfgang Korngold, Op. 12. Mainz (B. Schott's Söhne) 1920.

Georges Rodenbach (Deutsch von Siegfried Trebitsch): Die dramatischen Werke. München (Georg Müller) 1913.

Erich Wolfgang Korngold: Die Partitur der „Toten Stadt". In: Der Merker, Österreichische Zeitschrift für Musik und Theater, 13. Jahrg., Heft 5 (1922), Reprint: New York (Annemarie Schnase) 1970, S. 74-78.

Arne Stollberg: Durch den Traum zum Leben. Erich Wolfgang Korngolds Oper »Die tote Stadt«. Mainz (Are Musik) 2003.

International Biographical Dictionary of Central European Emigrés 1933-1945. Vol. II: The Arts, Sciences, and Literature. München/New York/London/Paris (K. G. Saur) 1983.

Wiener Philharmoniker / Hans Knappertsbusch – 1957. Schubert: Symphonie Nr. 9, Schmidt: Husarenlied-Variationen. (Jubiäums-Edition der Wiener Philharmoniker). Hamburg (Deutsche Grammophon) 1991. (CD).

Franz Schmidt: Concertante Variationen über ein Thema von Beethoven für Klavier und Orchester. Zweihändige Fassung von Friedrich Wührer. Partitur. Wien (Universal) 1952; Study Score 292: München (Höflich) 2004.

Franz Schmidt: Variationen über ein Husarenlied, Konzertante Variationen über ein Thema von Beethoven. Niederösterreichisches Tonkünstlerorchester, Dirigent: Alfred Eschwé, Solistin: Doris Adam. Austria (Preiserrecords) 1990. (CD).

Franz Schmidt: Das Buch mit sieben Siegeln aus der Offenbarung des hl.

Johannes für Soli, Chor, Orgel und Orchester (1935-1937), Partitur. Wien (Universal) 2009.

Franz Schmidt: Deutsche Auferstehung. Ein festliches Lied für Soli, Chor, Orchester und Orgel. Text von Oskar Dietrich. Nach genauen Skizzen Franz Schmidt's fertiggestellt von Robert Wagner. Klavierauszug mit Gesang von Robert Wagner. Wien (Universal) 1940.

Deutsche Auferstehung (Oskar Dietrich). Ein festliches Lied für Soli, Chor, Orchester und Orgel, komponiert von Franz Schmidt. Universal=Edition, Nr. 11.206, o. O. (Made in Germany) u. o. J.

Friedrich Bayer: Franz Schmidt: „Buch mit sieben Siegeln". Uraufführung im Musikverein. In: Völkischer Beobachter, Wiener Ausgabe, 16. Juni 1938, Nr. 91, S. 17.

Andreas Liess: Franz Schmidt. Leben und Schaffen. Graz (Hermann Böhlaus Nachf.) 1951.

Carl Nemeth: Franz Schmidt. Ein Meister nach Brahms und Bruckner. Zürich/Leipzig/Wien (Amalthea) 1957.

Reiner Schuhenn: Franz Schmidts oratorische Werke. (Eine Veröffentlichung der Franz Schmidt-Gesellschaft, Studien zu Franz Schmidt VIII). Wien/München (Doblinger) 1990.

Carmen Ottner (Hrsg.): Apokalypse. Symposion 1999. (Eine Veröffentlichung der Franz Schmidt-Gesellschaft, Studien zu Franz Schmidt XIII). Wien/München (Doblinger) 2001.

Carmen Ottner (Hrsg.): Musik in Wien 1938-1945. Symposion 2004. (Eine Veröffentlichung der Franz Schmidt-Gesellschaft, Studien zu Franz Schmidt XV). Wien (Doblinger) 2006.

Deutsche Auferstehung. Ein festliches Lied – Wikipedia. (https://de.wikipedia.org/wiki/Deutsche_Auferstehung._Ein_festliches_Lied).

Otto Biba, Ingrid Fuchs: *„Die Emporbringung der Musik"*. Höhepunkte aus der Geschichte und aus dem Archiv der Gesellschaft der Musikfreunde in Wien. Wien (Gesellschaft der Musikfreunde in Wien) 2012.

Hans Jaklitsch: Die Salzburger Festspiele. Band III. Verzeichnis der Werke und der Künstler 1920-1990. Salzburg/Wien (Residenz) 1991.

Josef Krips: Ohne Liebe kann man keine Musik machen... Erinnerungen. Herausgegeben und dokumentiert von Harrietta Krips. Wien/Köln/Weimar

(Böhlau) 1994.
Otto Brusatti: Die Autobiographische Skizze Franz Schmidts. In: Studien zu Franz Schmidt I. Wien (Universal Edition für Franz Schmidt-Gemeinde) 1976, S. 9-35.
Almanach der (Wiener) Staatsoper 1945-1954. Redaktionelle Gestaltung: Otto Fritz. Wien (Bergland) 1954.
Korngold in Vienna. The Austrian Radio Orchestra, Vienna (1949), Conducted by Max Schönherr. Lomita, USA (Cambria) 1991. (CD).
リヒャルト・ワーグナー『楽劇「ラインの黄金」全曲』、ゲオルグ・ショルティ（指揮）、ウィーン・フィルハーモニー管弦楽団他、キングレコード（London）、1959年；1970年（再発）、（ＬＰ）
リヒャルト・ワーグナー（日本ワーグナー協会監修、三光長治・高辻知義・三宅幸夫・山崎太郎編訳）『ラインの黄金：舞台祝祭劇『ニーベルングの指環』序夜』、白水社、1992年
田村寛貞訳著『ハンスリックの音楽美論――小伝、緒論及び全訳』、岩波書店、1924年
渡辺護『ウィーン音楽文化史（下）』、音楽之友社、1989年
エリック・ヴェルバ（佐藤牧夫、朝妻令子訳）『フーゴー・ヴォルフ評伝――怒れるロマン主義者』、音楽之友社、1979年
酒田健一編『マーラー頌』、白水社、1980年
『シェーンベルクのヴィーン、WAVE 23』、WAVE＋ペヨトル工房、1989年
石田一志『シェーンベルクの旅路』、春秋社、2012年
ヴィリー・ライヒ（武田明倫訳）『アルバン・ベルク――伝統と革新の嵐を生きた作曲家』、音楽之友社、1980年
田辺秀樹他『作曲家別名曲解説ライブラリー⑨R.シュトラウス』、音楽之友社、1993年
岡田暁生『〈バラの騎士〉の夢――リヒャルト・シュトラウスとオペラの変容』、春秋社、1997年
寺崎裕則『魅惑のウィンナ・オペレッタ』、音楽之友社、1983年、2002年（新装改訂版）
フランツ・レハール『メリー・ウィドウ』、ヘルベルト・フォン・カラヤン（指揮）、ベルリン・フィルハーモニー管弦楽団他、ポリドール（Deutsche Grammophon）、1973年、（ＬＰ）

ベルント・W・ヴェスリンク（香川檀訳）『フルトヴェングラー、足跡――不滅の巨匠』、音楽之友社、1986 年
ハンス゠フーベルト・シェンツェラー（喜多尾道冬訳）『フルトヴェングラーの生涯――偉大な音楽家の肖像』、音楽之友社、1992 年
アッティラ・チャンパイ、ディートマル・ホラント（編）（大倉文雄、水野みか子訳）『ベルク　ヴォツェック（名作オペラブックス 26）』、音楽之友社、1988 年
岡田暁生『楽都ウィーンの光と陰――比類なきオーケストラのたどった道』、小学館、2012 年
岡部真一郎『ヴェーベルン――西洋音楽史のプリズム』、春秋社、2004 年
アレグザンダー・ウォー（塩原通緒訳）『ウィトゲンシュタイン家の人びと――闘う家族』、中央公論新社、2010 年
ハロルド・C・ショーンバーグ（後藤泰子訳）『ピアノ音楽の巨匠たち』、シンコーミュージック・エンタテイメント、2015 年
早崎隆志『コルンゴルトとその時代――〝現代〟に翻弄された天才作曲家』、みすず書房、1998 年
コルンゴルト、ツェムリンスキー『ピアノ三重奏曲集』、ボザール・トリオ、日本フォノグラム（Philips）、1994 年、（ＣＤ）
パウル・ショット（荒井秀直訳）『死の都』、（コルンゴルト『死の都』ＣＤ歌詞対訳）、BMG (RCA)、2001 年
パウル・ショット（広瀬大介訳）『死の都』（新国立劇場 2013/2014 シーズンオペラ『死の都』リブレット対訳）、新国立劇場運営財団、2013 年
ジョルジュ・ロデンバック（田辺保・倉智恒夫訳）『死都ブリュージュ・霧の紡車（フランス世紀末文学叢書⑧）』、国書刊行会、1984 年
『聖書　新共同訳－旧約聖書続編つき』、日本聖書協会、1987 年
トーマス・マン（関泰祐・関楠生訳）『ファウスト博士、I-III』、岩波書店（岩波現代叢書）、1952-1954 年
フランツ・シュミット『オラトリオ「７つの封印の書」』、ディミトリ・ミトロプーロス（指揮）、ウィーン・フィルハーモニー管弦楽団、ウィーン楽友協会合唱団他、SONY（ORF: Festspieldokumente)、1995 年、（ＣＤ）

第四章　ユダヤ系知識人の諸相

Renate Heuer (Redaktionelle Leitung): Archiv Bibliographia Judaica. Lexikon deutsch-jüdischer Autoren. Bd. 1-16. München u. a. (K. G. Saur) 1992-2008, Bd. 17-21. Berlin u. a. (Walter de Gruyter) 2009-2013.

Österreichische Nationalbibliothek (Hrsg.): Handbuch österreichischer Autorinnen und Autoren jüdischer Herkunft 18. bis 20. Jahrhundert. Bd. 1-3. München (K. G. Saur) 2002.

Fred Skolnik (Editor in Chief), Michael Berenbaum (Executive Editor): Encyclopaedia Judaica, Second Edition. Vol. 1-22. Detroit (Macmillan Reference USA, in association with Keter Pub. House: Thomson/Gale) 2007.

Enzyklopädie jüdischer Geschichte und Kultur. Im Auftrag der Sächsischen Akademie der Wissenschaften zu Leipzig, herausgegeben von Dan Diner. Bd. 1-7. Stuttgart/Weimar (J. B. Metzler) 2011-2017.

John F. Oppenheimer (Chefredakteur), Emanuel Bin Gorion, E. G. Lowenthal, Hanns G. Reissner (Mitherausgeber): Lexikon des Judentums. Gütersloh/Berlin/München/Wien (Bertelsmann Lexikon-Verlag) 1971.

Julius H. Schoeps (Hrsg.): Neues Lexikon des Judentums. Gütersloh/München (Bertelsmann Lexikon) 1992; 1998 (Überarbeitete Neuausgabe).

Andreas B. Kilcher (Hrsg.): Metzler Lexikon der deutsch-jüdischen Literatur. Jüdische Autorinnen und Autoren deutscher Sprache von der Aufklärung bis zur Gegenwart. Stuttgart/Weimar (J. B. Metzler) 2000.

Hans Morgenstern: Jüdisches Biographisches Lexikon. Eine Sammlung von bedeutenden Persönlichkeiten jüdischer Herkunft ab 1800. Wien/Berlin (LIT) 2009.

Harry Zohn: Wiener Juden in der deutschen Literatur. Essays. Tel Aviv (Olamenu) 1964.

Wolfdieter Bihl: Die Juden. In: Adam Wandruszka, Peter Urbanitsch (Hrsg.): Die Habsburgermonarchie 1848-1918. Band III, Die Völker des Reiches. Wien (Verlag der österreichischen Akademie der Wissenschaften) 1980, S. 880-948.

Marsha L. Rozenblit: The Jews of Vienna, 1867-1914. Assimilation and Identity. Albany (State University of New York Press) 1983.

Heinz Gstrein: Jüdisches Wien. Wien/München (Herold) 1984.

Ivar Oxaal, Michael Pollak, Gerhard Botz (eds.): Jews, Antisemitism and Culture in Vienna. London/New York (Routledge & Kegan Paul) 1987.

Hellmut Andics: Die Juden in Wien. München/Luzern (Bucher) 1988.

Robert S. Wistrich: The Jews of Vienna in the Age of Franz Joseph. Oxford (Oxford University Press) 1989.

Steven Beller: Vienna and the Jews, 1867-1938. A cultural history. Cambridge/New York/Melbourne (Cambridge University Press) 1989; 1990 (First paperback edition).

Gerhard Botz, Ivar Oxaal, Michael Pollak, Nina Scholz (Hrsg.): Eine zerstörte Kultur. Jüdisches Leben und Antisemitismus in Wien seit dem 19. Jahrhundert. Wien (Czernin) 2002 (2., neu bearbeitete u. erweiterte Auflage).

Frank Stern, Barbara Eichinger (Hrsg.): Wien und die jüdische Erfahrung 1900-1938. Akkulturation – Antisemitismus – Zionismus. Wien/Köln/Weimar (Böhlau) 2009.

Alexander Schüller: Die deutsch-jüdische Literatur der Wiener Moderne. In: Hans Otto Horch (Hrsg.): Handbuch der deutsch-jüdischen Literatur. Berlin/Boston (De Gruyter Oldenbourg) 2016, S. 296-324.

Theo Stengel, Herbert Gerigk: Lexikon der Juden in der Musik. Mit einem Titelverzeichnis jüdischer Werke. Veröffentlichungen des Instituts der NSDAP. Zur Erforschung der Judenfrage, Frankfurt am Main. Band 2. Berlin (Bernhard Hahnefeld) 1940.

Eva Weissweiler, unter Mitarbeit von Lilli Weissweiler: Ausgemerzt! Das Lexikon der Juden in der Musik und seine mörderischen Folgen. Köln (Dittrich) 1999.

H. Brückner, C. M. Rock: Judentum und Musik mit dem ABC, jüdischer und nichtarischer Musikbeflissener, bearbeitet und erweitert von Hans Brückner. München (Hans Brückner) 1938 (3. Auflage).

Gabriele Kohlbauer-Fritz (Herausgegeben im Auftrag des Jüdischen Museums Wien): Ringstrasse. Ein jüdischer Boulevard. Wien (Amalthea Signum) 2015 (2. Auflage).

Richard von Kralik: Kulturstudien. Erster Band. Münster in Westfalen (Alphonsus=Buchhandlung) 1900; 1904 (Zweite Auflage).

Der Gral. Ravensburg (Friedrich Alber), Trier/Wien (Petrus), 1. Jahrg., 1. Heft (1906) – 14. Jahrg., Heft 11/12 (1920).

Franz Eichert (Hrsg.): Der Gral, Monatschrift für schöne Literatur, 1. Jahrg. (1906-1907).

Franz Eichert (Hrsg.): Der Gral, Monatschrift für Kunstpflege im katholischen Geiste, 6. Jahrg. (1911-1912).

Michaela Klosinski: Zwischen Moderne und Antimoderne. Die katholische Literatur Wiens 1890-1918. Klassische Moderne, Band 29. Würzburg (Ergon) 2016.

Wolfgang Benz (Hrsg.): Handbuch des Antisemitismus. Judenfeindschaft in Geschichte und Gegenwart. Band 2. Personen. Berlin (Walter de Gruyter) 2009.

Wolfgang Benz (Hrsg.): Handbuch des Antisemitismus. Judenfeindschaft in Geschichte und Gegenwart. Band 6. Publikationen. Berlin/Boston (Walter de Gruyter) 2013.

J. Lanz=Liebenfels: Ostara. Nr. 69. Der heilige Gral als das Mysterium der arisch=christlichen Rassenkultreligion. Mödling=Wien (Verlag der „Ostara") 1913.

Wilfried Daim: Der Mann, der Hitler die Ideen gab. Die sektiererischen Grundlagen des Nationalsozialismus. Wien/Köln/Graz (Hermann Böhlaus Nachf.) 1958; 1985 (Zweite, erweiterte und verbesserte Auflage).

Eduard Castle (Hrsg.): Deutsch=Österreichische Literaturgeschichte. Ein Handbuch zur Geschichte der deutschen Dichtung in Österreich=Ungarn. Vierter Band. Von 1890 bis 1918. Wien (Carl Fromme) 1937.

Herbert Zeman (Hrsg.): Die Österreichische Literatur. Ihr Profil von der Jahrhundertwende bis zur Gegenwart (1880-1980). Eine Dokumentation ihrer literarhistorischen Entwicklung. Teil 1 u. 2. Graz (Akademische Druck- u. Verlagsanstalt) 1989.

Jugend in Wien. Literatur um 1900. Eine Ausstellung des Deutschen Literaturarchivs im Schiller-Nationalmuseum Marbach a. N. Hrsg. von Bernhard Zeller. München (Kösel) 1974.

Gotthart Wunberg (Hrsg.): Das Junge Wien. Österreichische Literatur- und Kunstkritik 1887-1902. Band I-II. Tübingen (Max Niemeyer) 1976.

Hermann Bahr: Studien zur Kritik der Moderne. Frankfurt am Main (Rütten & Loening) 1894.

Gustav Gugitz: Das Wiener Kaffeehaus. Ein Stück Kultur= und Lokalgeschichte.

Wien (Deutscher Verlag für Jugend und Volk) 1940.
Hans Weigel (Einleitender Essay), Christian Brandstätter u. Werner J. Schweiger (Text- u. Bildauswahl): Das Wiener Kaffeehaus. Wien/München/Zürich (Fritz Molden) 1978.
Historisches Museum der Stadt Wien (Hrsg.): Das Wiener Kaffeehaus. Von den Anfängen bis zur Zwischenkriegszeit. Wien (Eigenverlag der Museen der Stadt Wien) 1980.
Richard Beer-Hofmann: Jaákobs Traum. Ein Vorspiel. Berlin (S. Fischer) 1918.
Richard Beer-Hofmann: Werke Band 5. Die Historie von König David und andere dramatische Entwürfe. Herausgegeben und mit einem Nachwort von Norbert Otto Eke. Paderborn (Igel) 1996.
Hermann Bahr: Selbstbildnis. Berlin (S. Fischer) 1923.
Philipp Stauff (Hrsg.): Semi-Kürschner oder Literarisches Lexikon der Schriftsteller, Dichter, Bankiers, Geldleute, Ärzte, Schauspieler, Künstler, Musiker, Offiziere, Rechtsanwälte, Revolutionäre, Frauenrechtlerinnen, Sozialdemokraten usw., jüdischer Rasse und Versippung, die von 1813–1913 in Deutschland tätig oder bekannt waren. Berlin = Gr. Lichterfelde (Ph. Stauff) 1913.
Gregor Hufenreuter: Philipp Stauff. Ideologe, Agitator und Organisator im völkischen Netzwerk des Wilhelminischen Kaiserreichs. Frankfurt am Main u. a. (Peter Lang) 2011.
Zum Projekt | Hermann Bahr – Universität Wien. Hermann Bahr – Österreichischer Kritiker europäischer Avantgarden. (http://www.univie.ac.at/bahr/).
Neue Österreichische Biographie ab 1815. Große Österreicher. Band I-XXII. Wien u. a. (Amalthea) 1923-1987.
Werner Volke: Hugo von Hofmannsthal in Selbstzeugnissen und Bilddokumenten. Reinbek bei Hamburg (Rowohlt Taschenbuch) 1967.
Hugo von Hofmannsthal / Willy Haas: Ein Briefwechsel. Berlin (Propyläen) 1968.
Gustav Krojanker (Hrsg.): Juden in der deutschen Literatur. Essays über zeitgenössische Schriftsteller. Berlin (Welt) 1922.
Der Jud ist schuld…? Diskussionsbuch über die Judenfrage. Basel/Berlin/Leipzig/Wien (Zinnen) 1932.
Jüdisches Lexikon. Ein Enzyklopädisches Handbuch des jüdischen Wissens in

vier Bänden. Berlin (Jüdischer Verlag) 1927. Nachdruck: Frankfurt am Main (Athenäum) 1982; 1987 (2. Auflage).

Encyclopaedia Judaica. Das Judentum in Geschichte und Gegenwart. Bd. 1-10. Berlin (Eschkol) 1928-1934.

S. Wininger: Große jüdische National-Biographie. Ein Nachschlagwerk für das jüdische Volk und dessen Freunde. Bd. 1-7. Cernăuţi. o. J. [1925-1936]. Reprint: Nendeln (Kraus Reprint) 1979.

Wilhelm Grau: Geschichte der Judenfrage. Winingers „Grosse jüdische National-Biographie". In: Historische Zeitschrift. Hrsg. von Karl Alexander von Müller. Band 154 (1936), Heft 3, S. 572-590.

Österreichisches statistisches Handbuch für die im Reichsrate vertretenen Königreiche und Länder. 1891 (10. Jahrg.) – 1913 (32. Jahrg.). Wien (Verlag der k. k. statistischen Zentralkommission. In Kommission bei Karl Gerolds Sohn) 1892-1914.

Statistisches Jahrbuch der Stadt Wien für das Jahr 1890-1914. 8. Jahrgang – 32. Jahrgang. Wien (Verlag des Wiener Magistrates. In Kommission bei Wilhelm Braumüller, Gerlach & Wiedling u. a.) 1892-1918.

Das allgemeine bürgerliche Gesetzbuch für das Kaiserthum Oesterreich. Taschenausgabe der österreichischen Gesetze. Zweiter Band. Verfaßt (Bearbeitet) von Josef von Schey. Wien (Manz) 1887 (12. verbesserte Auflage), 1889 (13. Auflage), 1896 (15. Auflage), 1917 (18. Auflage).

Das allgemeine bürgerliche Gesetzbuch für das Kaisertum Oesterreich. Oesterreichische Gesetzeskunde. – Kommentare zum Gebrauch für Juristen und Nichtjuristen. Wien (Verlag der Patriotischen Volksbuchhandlung) 1911.

Das Allgemeine bürgerliche Gesetzbuch. Manzsche Ausgabe der Österreichischen Gesetze. Zweiter Band. Wien (Manz) 1930 (22. Auflage, erläutert von Josef Schey), 1936 (23. Auflage, herausgegeben von Josef Schey, vollständig durchgesehen u. ergänzt von Rudolf Hermann).

Leo Goldhammer: Die Juden Wiens. Eine statistische Studie. Wien/Leipzig (R. Löwit) 1927.

Israel Cohen: Jewish Life in Modern Times. London (Methuen) 1914.

Arnold Ascher: Die Juden im statistischen Jahrbuch der Stadt Wien für das Jahr 1911. In: Dr. Bloch's Oesterreichische Wochenschrift, Zentralorgan für die gesamten Interessen des Judentums, Jahrg. 30, Nr. 39, Wien 26. 9. 1913, S.

699-701.
Geschichte der Wiener Universität von 1848 bis 1898. Als Huldigungsfestschrift zum fünfzigjährigen Regierungsjubiläum seiner k. u. k. apostolischen Majestät des Kaisers Franz Josef I. Herausgegeben vom akademischen Senate der Wiener Universität. Wien (Alfred Hölder) 1898.
Georg Glockemeier: Zur Wiener Judenfrage. Leipzig/Wien (Johannes Günther) 1936.
Roman Sandgruber: Traumzeit für Millionäre. Die 929 reichsten Wienerinnen und Wiener im Jahr 1910. Wien/Graz/Klagenfurt (Styria) 2013.
Hugo Bettauer: Die Stadt ohne Juden. Ein Roman von übermorgen. Wien (Gloriette) 1922 (Zweite Auflage).
Murray G. Hall: Der Fall Bettauer. Wien (Löcker) 1978.
Hans Karl Breslauer (Regie): Die Stadt ohne Juden. Wien (H. K. Breslauer-Film/Walterskirchen & Bittner) 1924, Wien (Hoanzl/Der Standard/Filmarchiv Austria) 2008. (DVD).
Artur Landsberger: Berlin ohne Juden. Roman. Wien/Leipzig (R. Löwit) 1925.
Artur Landsberger: Lachendes Asien! Fahrt nach dem Osten. München (Georg Müller) 1925.
Murray G. Hall: Österreichische Verlagsgeschichte 1918-38. Band II. Belletristische Verlage der Ersten Republik. Wien/Köln/Graz (Hermann Böhlaus Nachf.) 1985.
Murray G. Hall, Christina Köstner: ...Allerlei für die Nationalbibliothek zu ergattern... Eine österreichische Institution in der NS-Zeit. Wien/Köln/Weimar (Böhlau) 2006.
Evelyn Adunka: Die vierte Gemeinde. Die Geschichte der Wiener Juden von 1945 bis heute. Berlin/Wien (Philo) 2000.
Dieter J. Hecht, Eleonore Lappin-Eppel, Michaela Raggam-Blesch: Topographie der Shoah. Gedächtnisorte des zerstörten jüdischen Wien. Wien (mandelbaum) 2015.
Robert Körber: Rassesieg in Wien, der Grenzfeste des Reiches. Wien (Wilhelm Braumüller) 1939.
Hugo Gold: Geschichte der Juden in Wien. Ein Gedenkbuch. Tel-Aviv (Olamenu) 1966.
Hans Tietze: Die Juden Wiens. Geschichte – Wirtschaft – Kultur. Leipzig/Wien

(E. P. Tal) 1933.
Hans Tietze: Die Juden Wiens. Geschichte – Wirtschaft – Kultur. Wien (Atelier) 1987, Reprint. 2. Auflage.
Hans Tietze: Wien. Kultur/Kunst/Geschichte. Wien/Leipzig (Dr. Hans Epstein) 1931.
Hans Tietze (Bearbeitung), Michael Engelhart (Planaufnahme): Geschichte und Beschreibung des St. Stephansdomes in Wien. Österreichische Kunsttopographie, Band XXIII. Wien (Dr. Benno Filser) 1931.
Hans Tietze: Jakob Steinhardt. Berlin-Frohnau (J. J. Ottens) o. J. [um 1930].
Hans Tietze: Lebendige Kunstwissenschaft. Texte 1910-1954. Hrsg. von Almut Krapf-Weiler u. a. Wien (Schlebrügge) 2007.
Essays in Honor of Hans Tietze 1880-1954. Directed by Ernst Gombrich, Julius S. Held, Otto Kurz. Gazette des Beaux-Arts, 1950-1958.
Almut Krapf-Weiler: „Löwe und Eule". Hans Tietze und Erica Tietze-Conrat – eine biographische Skizze. In: Belvedere, Zeitschrift für bildende Kunst, Heft 1 (1999), S. 64-83.
Anna L. Staudacher: Jüdisch-protestantische Konvertiten in Wien 1782-1914. Frankfurt am Main u. a. (Peter Lang) 2004.
Anna L. Staudacher: „...meldet den Austritt aus dem mosaischen Glauben". 18000 Austritte aus dem Judentum in Wien, 1868-1914: Namen – Quellen – Daten. Frankfurt am Main u. a. (Peter Lang) 2009.
Colin Eisler: *Kunstgeschichte* American Style: A Study in Migration. In: Donald Fleming, Bernard Bailyn (eds.): The Intellectual Migration. Europe and America, 1930-1960. Cambridge•Massachusetts (The Belknap Press of Harvard University Press) 1969, pp. 544-629.
Joseph S. Bloch: Erinnerungen aus meinem Leben. Wien/Leipzig (R. Löwit) 1922.
Maria Klańska: Aus dem Schtetl in die Welt, 1772 bis 1938. Ostjüdische Autobiographien in deutscher Sprache. Wien/Köln/Weimar (Böhlau) 1994.
John W. Boyer (Aus dem Englischen übersetzt von Otmar Binder): Karl Lueger (1844–1910). Christlichsoziale Politik als Beruf. Wien/Köln/Weimar (Böhlau) 2010.
Stefan Zweig: Die Welt von Gestern. Erinnerungen eines Europäers. Wien (Bermann=Fischer) 1944; 1948 (1.-10. Wiener Auflage).

Karl Renner: An der Wende zweier Zeiten. Lebenserinnerungen. Wien (Danubia, Wilhelm Braumüller & Sohn) 1946.

Karl Renner: Österreich von der Ersten zur Zweiten Republik. (Nachgelassene Werke von Karl Renner, II. Band). Wien (Wiener Volksbuchhandlung) 1953.

Adolf Hitler: Mein Kampf. 1. Band: Eine Abrechnung. München (Franz Eher Nachfolger) 1925; 1928 (III. Auflage).

Egon Friedell: Kulturgeschichte der Neuzeit. Die Krisis der europäischen Seele von der schwarzen Pest bis zum Weltkrieg. Dritter Band. Romantik und Liberalismus/Imperialismus und Impressionismus. München (C. H. Beck) 1931.

Egon Friedell: Das Jesusproblem. Mit einem Vorwort von Hermann Bahr. Wien/Berlin/Leipzig/München (Rikola) 1921.

Egon Friedell: Die Judastragödie. In vier Bühnenbildern und einem Epilog. Wien/Prag/Leipzig (Ed. Strache) 1920.

Egon Friedell: Die Judastragödie. Wien (Bastei) 1963 (2. Auflage).

Klaus Peter Dencker: Der junge Friedell. Dokumente der Ausbildung zum genialen Dilettanten. München (C. H. Beck) 1977.

Heribert Illig: Schriftspieler – Schausteller. Die künstlerischen Aktivitäten Egon Friedells. Wien (Löcker) 1987.

Wolfgang Lorenz: Egon Friedell. Momente im Leben eines Ungewöhnlichen. Eine Biographie. St. Gallen (Sabon) 2001.

Raoul Kneucker: Egon Friedell, „evangelisch". Ein Essay. In: Michael Bünker, Karl W. Schwarz (Hrsg.): Protestantismus & Literatur. Ein kulturwissenschaftlicher Dialog. Wien (Evangelischer Presseverband) 2007, S. 507-539.

Wolfgang J. Bandion: Steinerne Zeugen des Glaubens. Die heiligen Stätten der Stadt Wien. Wien (Herold) 1989.

Das Oberammergauer Passionsspiel 1980. Textbuch. Oberammergau (Die Gemeinde Oberammergau) 1980.

Franz Mußner (Hrsg.): Passion in Oberammergau. Das Leiden und Sterben Jesu als geistliches Schauspiel. Düsseldorf (Patmos) 1980.

Saul S. Friedman: The Oberammergau Passion Play. A Lance against Civilization. Carbondale/Edwardsville (Southern Illinois University Press) 1984.

Karl Paumgartten: Juda. Kritische Betrachtungen über das Wesen und Wirken

des Judentums. Graz (Leopold Stocker) o. J. [1921].

Der „ewige“ Jude. Führer durch die Ausstellung. Grosse politische Schau der NSDAP. Herausgeber: Institut für Deutsche Kultur- u. Wirtschaftspropaganda. Berlin (Verlag für Kultur- u. Wirtschaftswerbung Daenell) o. J. [1938].

Felix Salten: Bambi. Eine Lebensgeschichte aus dem Walde. Berlin (Ullstein) 1923.

Felix Salten: Neue Menschen auf alter Erde. Eine Palästinafahrt. Berlin/Wien/Leipzig (Paul Zsolnay) 1925.

Felix Salten: Neue Menschen auf alter Erde. Eine Palästinafahrt. Mit einem Vorwort von Alex Carmel. Königstein/Ts. (Jüdischer Verlag bei Athenäum) 1986.

Felix Salten: Fünf Minuten Amerika. Berlin/Wien/Leipzig (Paul Zsolnay) 1931.

Siegfried Mattl, Werner Michael Schwarz (Hrsg.): Felix Salten. Schriftsteller – Journalist – Exilant. Wiener Persönlichkeiten im Auftrag des Jüdischen Museums der Stadt Wien. Bd. V. Wien (Holzhausen) 2006.

Manfred Dickel: »Ein Dilettant des Lebens will ich nicht sein«. Felix Salten zwischen Zionismus und Jungwiener Moderne. Heidelberg (Winter) 2007.

Der internationale Jude. Ein Weltproblem. Das erste amerikanische Buch über die Judenfrage. Herausgegeben von Henry Ford. In's Deutsche übertragen von Paul Lehmann. Leipzig (Hammer (Th. Fritsch)) 1921; 1922 (Fünfte Auflage).

Arthur Schnitzler: Der Weg ins Freie. Roman. In: ders.: Gesammelte Werke. Die Erzählenden Schriften. Erster Band. Frankfurt am Main (S. Fischer) 1961; 1970.

Arthur Schnitzler: Der Weg ins Freie. In: Die neue Rundschau, Berlin (S. Fischer), XIXter Jahrgang der freien Bühne (1908), Heft 1-6.

Arthur Schnitzler: Der Weg ins Freie. Roman. Berlin (S. Fischer) 1908 (Zwanzigste Auflage).

Arthur Schnitzler: Professor Bernhardi. Komödie in fünf Akten. In: ders.: Gesammelte Werke. Die Dramatischen Werke. Zweiter Band. Frankfurt am Main (S. Fischer) 1962; 1972.

Arthur Schnitzler: Jugend in Wien. Eine Autobiographie. Mit einem Nachwort von Friedrich Torberg. Hrsg. von Therese Nickl u. Heinrich Schnitzler. Wien u. a. (Fritz Molden) 1968; 1981 (3. Auflage).

Arthur Schnitzler: [Aphorismen und Betrachtungen aus dem Nachlass]. In: ders.: Gesammelte Werke. Aphorismen und Betrachtungen. Hrsg. von Robert O. Weiss. Frankfurt am Main (S. Fischer) 1967; 1977.

Arthur Schnitzler: »Ich habe Heimatgefühl, aber keinen Patriotismus«. Unveröffentlichte Aufzeichnungen und Aphorismen. In: Literatur und Kritik, Heft 269/270 (November 1992), S. 55-62.

Arthur Schnitzler: Briefe 1875-1912. Hrsg. von Therese Nickl u. Heinrich Schnitzler. Frankfurt am Main (S. Fischer) 1981.

Arthur Schnitzler: Tagebuch. 10 Bände. Herausgegeben von der Kommission für literarische Gebrauchsformen der Österreichischen Akademie der Wissenschaften, Obmann: Werner Welzig. Wien (Verlag der Österreichischen Akademie der Wissenschaften) 1981-2000.

Jüdischer Almanach 5670. Herausgegeben aus Anlass des 25-semestrigen Jubiläums von der Vereinigung jüdischer Hochschüler aus Galizien, Bar=Kochba in Wien. Wien (Selbstverlag der Vereinigung. In Kommission: „Jüdischer Verlag", Köln am Rhein) 1910.

Theodor Herzl: Der Judenstaat. Versuch einer modernen Lösung der Judenfrage. Leipzig/Wien (M. Breitenstein) 1896 (Zweite Auflage).

Theodor Herzl: Theodor Herzls Tagebücher. Erster Band. Berlin (Jüdischer Verlag) 1922.

Theodor Herzl: Briefe und Tagebücher. Erster Band. Briefe und autobiographische Notizen 1866-1895. Hrsg. von Alex Bein u. a. Bearbeitet von Johannes Wachten. Berlin/Frankfurt am Main/Wien (Propyläen) 1983.

Theodor Herzl: Briefe und Tagebücher. Zweiter Band. Zionistisches Tagebuch 1895-1899. Hrsg. von Alex Bein u. a. Bearbeitet von Johannes Wachten, Chaya Harel. Berlin/Frankfurt am Main/Wien (Propyläen) 1983.

Elisabeth Lichtenberger: Stadtgeographischer Führer Wien. Berlin/Stuttgart (Borntraeger) 1978.

Felix Czeike: Das grosse Groner Wien Lexikon. Wien/München/Zürich (Fritz Molden) 1974.

Samuel Fischer, Hedwig Fischer: Briefwechsel mit Autoren. Hrsg. von Dierk Rodewald und Corinna Fiedler. Mit einer Einführung von Bernhard Zeller. Frankfurt am Main (S. Fischer) 1989.

Gertrud Maria Rösch (Hrsg.): Fakten und Fiktionen. Werklexikon der deutsch-

sprachigen Schlüsselliteratur 1900-2010. Hiersemanns Bibliographische Handbücher. Band 21. Stuttgart (Anton Hiersemann) 2011.

Texte des Arthur Schnitzler-Symposions in Wien (I. Teil, II. Teil) In: Literatur und Kritik, Heft 161/162 (Februar/März 1982). Heft 163/164 (April/Mai 1982).

(Anonym): Das Leichenbegängnis Arthur Schnitzlers. In: Neue Freie Presse, Abendblatt, 23. Oktober 1931, S. 2.

Renate Wagner: Wie ein weites Land. Arthur Schnitzler und seine Zeit. Wien (Amalthea) 2006.

Werner Welzig: Das Tagebuch Arthur Schnitzlers 1879–1931. In: Internationales Archiv für Sozialgeschichte der deutschen Literatur, 6. Band. 1981, S. 78-111.

Hans-Ulrich Lindken: Arthur Schnitzler. Aspekte und Akzente. Materialien zu Leben und Werk. Frankfurt am Main/Bern/New York (Peter Lang) 1984.

Bettina Riedmann: »Ich bin Jude, Österreicher, Deutscher«. Judentum in Arthur Schnitzlers Tagebüchern und Briefen. Tübingen (Max Niemeyer) 2002.

Jacques Le Rider: Wien als »Das neue Ghetto«? Arthur Schnitzler und Theodor Herzl im Dialog. Wien (Picus) 2014.

Österreichischer Bundestheaterverband (Hrsg.): Burgtheater, Saison 1980/81, Heft 6: Professor Bernhardi. Komödie in fünf Akten von Arthur Schnitzler.

ユーリウス・H・シェプス編（鈴木隆雄・石田基広・唐沢徹・北彰・関口宏道・土屋勝彦・野村真理・原研二・松村國隆・西村雅樹訳）『ユダヤ小百科』、水声社、2012年

野村真理『ウィーンのユダヤ人――一九世紀末からホロコースト前夜まで』、御茶の水書房、1999年

スティーヴン・ベラー（桑名映子訳）『世紀末ウィーンのユダヤ人――1867–1938』、刀水書房、2007年

村山雅人『反ユダヤ主義――世紀末ウィーンの政治と文化』、講談社（講談社選書メチエ）、1995年

圀府寺司『ユダヤ人と近代美術』、光文社（光文社新書）、2016年

テオドール・ヘルツル（佐藤康彦訳）『ユダヤ人国家――ユダヤ人問題の現代的解決の試み』、法政大学出版局（叢書・ウニベルシタス）、1991年

リヒャルト・ベーア＝ホフマン（松川弘訳）『ゲオルクの死』、鳥影社・ロゴス企画、2009年
エーゴン・フリーデル（宮下啓三訳）『近代文化史――ヨーロッパ精神の危機／黒死病から第一次世界大戦まで、1 - 3』、みすず書房、1987-88年
アルツウル・シュニッツラア（楠山正雄訳）『廣野の道（近代西洋文藝叢書第三冊）』、博文館、1913年
アルトゥール・シュニッツラー（田尻三千夫訳）『ウィーンの青春――ある自伝的回想』、みすず書房、1989年
岩淵達治『シュニツラー』、清水書院（人と思想シリーズ）、1994年
平田達治『輪舞の都ウィーン――円形都市の歴史と文化』、人文書院、1996年

第五章　平安の喜びを告げるある表現

Das Anzengruber=Denkmal auf dem Schmerling=Platz in Wien. Rechenschafts-Bericht des geschäftsführenden Ausschusses. Wien (Verlag des Denkmal=Ausschusses) 1905.
Das Anzengruber=Denkmal auf dem Wiener Central=Friedhofe. Rechenschafts-Bericht, herausgegeben im Auftrage des Anzengruber=Curatoriums. Wien (Verlag des Curatoriums) 1893.
Das Burgtheater. Statistischer Rückblick. Ein theaterhistorisches Nachschlagebuch. Zusammengestellt von Otto Rub. Mit einem Geleitwort von Hugo Thimig. Wien (Paul Knepler) 1913.
Der Spielplan des neuen Burgtheaters 1888-1914. Ausgearbeitet und eingeleitet von Alexander von Weilen. Wien (Verlag des Literarischen Vereins in Wien) 1916.
Gerhardt Kapner: Die Wiener Ringstrasse – Bild einer Epoche. Band IX. Ringstrassendenkmäler. Zur Geschichte der Ringstrassendenkmäler. Dokumentation. Wiesbaden (Franz Steiner) 1973.
Ludwig Brügel: Geschichte der österreichischen Sozialdemokratie. Vierter Band. Festigung der Organisation. Vom Privilegienparlament zum Volkshaus (1889 bis 1907). Wien (Wiener Volksbuchhandlung) 1923.
Ludwig Anzengruber: Die Kreuzelschreiber. In: Anzengrubers Werke. Gesamtausgabe nach den Handschriften in zwanzig Teilen. Zweiter Teil, Dramen 1.

Hrsg. von Eduard Castle. Leipzig (Hesse & Becker) o. J. [1921].
Ludwig Anzengruber: Die Kreuzelschreiber. Bauernkomödie mit Gesang in drei Akten. In: Ludwig Anzengrubers sämtliche Werke. 4. Band, Dorfkomödien. Hrsg. von Otto Rommel. Wien (Anton Schroll) 1921.
Alfred Kleinberg: Ludwig Anzengruber. Ein Lebensbild. Mit einem Geleitwort von Wilhelm Bolin. Stuttgart/Berlin (J. G. Cotta'sche Buchhandlung Nachfolger) 1921.
Otto Rommel: Die Philosophie des Steinklopferhanns. (L. Anzengruber und seine Beziehungen zur Philosophie L. Feuerbachs.) In: Zeitschrift für den deutschen Unterricht, 33. Jahrg. (1919), S. 19-25, S. 90-100.
Eduard Castle: Die Kreuzelschreiber. Einleitung des Herausgebers. In: Anzengrubers Werke. Zweiter Teil, Dramen 1. Leipzig (Hesse & Becker) 1921.
Redaktion Kindlers Literatur Lexikon: Ludwig Anzengruber: Die Kreuzelschreiber. In: Kindlers Neues Literatur Lexikon. Band 1. Hrsg. von Walter Jens. Chefredaktion: Rudolf Radler. München (Kindler) 1988, S. 556-557.
William James: The varieties of religious experience. A study in human nature. New York (Longmans, Green) 1902; 1911 (twenty-first impression).
Wolfgang Amadeus Mozart: Neue Ausgabe sämtlicher Werke. Serie X: Supplement. Werkgruppe 29: Werke zweifelhafter Echtheit. Band 3. Kassel/Basel/London/New York/Prag (Bärenreiter) 2000.
Ludwig Wittgenstein: Logisch-philosophische Abhandlung. Tractatus logico-philosophicus. Kritische Edition. Hrsg. von Brian McGuinness und Joachim Schulte. Frankfurt am Main (Suhrkamp) 1989.
Ludwig Wittgenstein: Philosophische Bemerkungen. Werkausgabe Band 2. Aus dem Nachlaß herausgegeben von Rush Rhees. Frankfurt am Main (Suhrkamp) 1989.
Ludwig Wittgenstein und der Wiener Kreis. Gespräche, aufgezeichnet von Friedrich Waismann. Aus dem Nachlaß herausgegeben von B. F. McGuinness. (Ludwig Wittgenstein: Werkausgabe. Band 3). Frankfurt am Main (Suhrkamp) 1989.
Ludwig Wittgenstein: Wörterbuch für Volksschulen. Mit einer Einführung herausgegeben von Adolf Hübner – Werner und Elisabeth Leinfellner. Wien (Hölder-Pichler-Tempsky) 1977.
Ludwig Wittgenstein: A Lecture on Ethics. In: The Philosophical Review, Vol.

LXXIV, No. 1 (1965), pp. 3-12.

Ludwig Wittgenstein: Vortrag über Ethik und andere kleine Schriften. Herausgegeben u. übersetzt von Joachim Schulte. Frankfurt am Main (Suhrkamp [suhrkamp taschenbuch wissenschaft]) 1989.

Ludwig Wittgenstein: Lectures on Religious Belief. In: id.: Lectures and Conversations on Aesthetics, Psychology and Religious Belief. Ed. by Cyril Barrett. Oxford (Basil Blackwell) 1966; 1970 (Reprinted).

Ludwig Wittgenstein: Letters to Russell, Keynes and Moore. Edited with an Introduction by G. H. von Wright. Oxford (Basil Blackwell) 1974.

Ludwig Wittgenstein: Briefe an Ludwig von Ficker. Hrsg. von Georg Henrik von Wright unter Mitarbeit von Walter Methlagl. Salzburg (Otto Müller) 1969.

Ludwig Wittgenstein: Vermischte Bemerkungen. Eine Auswahl aus dem Nachlaß. Hrsg. von Georg Henrik von Wright unter Mitarbeit von Heikki Nyman. Neubearbeitung des Textes durch Alois Pichler. Frankfurt am Main (Suhrkamp) 1977; 1994.

Ludwig Wittgenstein: Denkbewegungen. Tagebücher. 1930-1932, 1936-1937. Hrsg. von Ilse Somavilla. Innsbruck (Haymon) 1997.

Wilhelm Baum: Wittgenstein im Ersten Weltkrieg. Die „Geheimen Tagebücher" und die Erfahrungen an der Front (1914-1918). Klagenfurt/Wien (Kitab) 2014.

Norman Malcolm: Ludwig Wittgenstein. A Memoir and a Biographical Sketch by G. H. von Wright. Oxford/New York (Oxford University Press) 1984 (New Edition).

Fania Pascal: Wittgenstein, A Personal Memoir. In: Recollections of Wittgenstein. Ed. by Rush Rhees. Oxford/New York (Oxford University Press) 1981; 1984 (Reprinted), pp. 12-49.

M. O'C. Drury: Conversations with Wittgenstein. In: Recollections of Wittgenstein. Ed. by Rush Rhees. Oxford/New York (Oxford University Press) 1981; 1984 (Reprinted), pp. 97-171.

Kurt Wuchterl, Adolf Hübner: Ludwig Wittgenstein in Selbstzeugnissen und Bilddokumenten. Reinbek bei Hamburg (Rowohlt Taschenbuch) 1979.

Michael Nedo, Michele Ranchetti (Hrsg.): Ludwig Wittgenstein. Sein Leben in Bildern und Texten. Frankfurt am Main (Suhrkamp) 1983.

Konrad Wünsche: Der Volksschullehrer Ludwig Wittgenstein. Mit neuen Dokumenten und Briefen aus den Jahren 1919 bis 1926. Frankfurt am Main (Suhrkamp [edition suhrkamp]) 1985.

Allan S. Janik, Hans Veigl: Wittgenstein in Vienna. A Biographical Excursion. Through the City and its History. Wien/New York (Springer) 1998.

Herbert Will: Freuds Atheismus im Widerspruch. Freud, Weber und Wittgenstein im Konflikt zwischen säkularem Denken und Religion. Stuttgart (W. Kohlhammer) 2014.

Johann Wolfgang von Goethe: Faust. Eine Tragödie. Zweiter Theil. In: Goethes Werke. 1. Abtheilung, 15. Band, Erste Abtheilung. Herausgegeben im Auftrage der Großherzogin Sophie von Sachsen. Weimar (Hermann Böhlau) 1888.

Gustav Mahler: Sämtliche Werke. Neue Kritische Gesamtausgabe. Band II. Symphonie Nr. 2. Partitur u. Textband. Hrsg. von der Internationalen Gustav Mahler Gesellschaft Wien. Vorgelegt von Renate Stark-Voit und Gilbert Kaplan. Wien (Universal), New York (Kaplan Foundation) 2010.

Gustav Mahler: Sämtliche Werke. Kritische Gesamtausgabe. Band VIII. Symphonie Nr. 8. Hrsg. von der Internationalen Gustav Mahler Gesellschaft, Wien. Wien (Universal) 1977.

Gustav Mahler: Sämtliche Werke. Kritische Gesamtausgabe. Band X. Symphonie Nr. 9. Hrsg. von der Internationalen Gustav Mahler Gesellschaft, Wien. Wien (Universal) 1969.

Gustav Mahler: Sämtliche Werke. Kritische Gesamtausgabe. Band XIV. Kindertotenlieder. Hrsg. von der Internationalen Gustav Mahler Gesellschaft, Wien. Frankfurt (C. F. Kahnt) 1979.

Gustav Mahler: Zehnte Symphonie. Faksimile-Ausgabe der Handschrift. Berlin/Wien/Leipzig (Paul Zsolnay) 1924.

Gustav Mahler: Briefe 1879-1911. Hrsg. von Alma Maria Mahler. Berlin/Wien/Leipzig (Paul Zsolnay) 1924.

Bruno Walter: Thema und Variationen. Erinnerungen und Gedanken. Stockholm (Bermann-Fischer) 1947.

Josef B. Foerster: Aus Mahlers Werkstatt. Erinnerungen von Josef B. Foerster. In: Der Merker, Österreichische Zeitschrift für Musik und Theater, 1. Jahrg., Heft 23 (1910), Reprint: New York (Annemarie Schnase) 1970, S. 921-924.

Evangelisches Kirchengesangbuch. Ausgabe für die Nordelbische Evangelisch-Lutherische Kirche. o. O. u. J.

Friedrich Gottlieb Klopstock: Geistliche Lieder. Band I: Text. Ders.: Werke und Briefe. Historisch-kritische Ausgabe. Abteilung Werke: III, I. Hrsg. von Laura Bolognesi. Berlin/New York (Walter de Gruyter) 2010.

Mahler's Symphony No. 2 "Resurrection" at Masada. The Israel Philharmonic Orchestra conducted by Zubin Mehta. USA (Kultur) 1989. (Video).

Die Bildnisse von Gustav Mahler. Ausgewählt von Alfred Roller. Leipzig/Wien (E. P. Tal) 1922.

Alma Mahler Werfel: Erinnerungen an Gustav Mahler. Gustav Mahler: Briefe an Alma Mahler. Hrsg. von Donald Mitchell. (Alma Mahler: Gustav Mahler. Erinnerungen und Briefe. Amsterdam (Allert de Lange) 1940). Frankfurt am Main/Berlin/Wien (Propyläen) 1971.

Leonard Bernstein: The Unanswered Question. Six Talks at Harvard. Cambridge, Massachusetts/London (Harvard University Press) 1976.

Hellmut Kühn, Georg Quander (Hrsg.): Gustav Mahler. Ein Lesebuch mit Bildern. Zürich (Orell Füssli) 1982.

Bernd Sponheuer, Wolfram Steinbeck (Hrsg.): Mahler Handbuch. Stuttgart/Weimar (J. B. Metzler) 2010.

Erik Ryding, Rebecca Pechefsky: Bruno Walter. A world elsewhere. New Haven/London (Yale University Press) 2001.

Bruno Walter dirigiert Gustav Mahler. Sinfonie Nr. 9 D-dur u. a. Wiener Philharmoniker. Köln (EMI Electrola) o. J. (LP).

Hermann Bahr: Bildung. Essays. Berlin/Leipzig (Insel-Verlag bei Schuster & Loeffler) 1900.

Hermann Bahr: Bildung. Essays. Kritische Schriften VII. Hrsg. von Gottfried Schnödl. Weimar (VDG) 2010.

Hermann Bahr: Inventur. Berlin (S. Fischer) o. J. [1912].

Hermann Bahr: Tagebücher 2 (1918). Innsbruck/Wien/München (Tyrolia) 1919.

Das Hermann = Bahr = Buch. Zum 19. Juli 1913 herausgegeben von S. Fischer Verlag. Berlin (S. Fischer) 1913.

Gegen Klimt. Vorwort von Hermann Bahr. Historisches. Philosophie, Medizin, Goldfische, Fries. Wien/Leipzig (J. Eisenstein) 1903.

Donald G. Daviau: Der Mann von Übermorgen. Hermann Bahr 1863-1934. Wien (Österreichischer Bundesverlag) 1984.

Jeanne Benay, Alfred Pfabigan (Hrsg.): Hermann Bahr – für eine andere Moderne. Bern (Peter Lang) 2004.

Gustav Klimt: Das Werk von Gustav Klimt. Einleitende Worte: Hermann Bahr, Peter Altenberg. Wien/Leipzig (Hugo Heller) 1918.

Gustav Klimt: 50 Handzeichnungen. Mit einem Vorwort von Hermann Bahr. Leipzig/Wien (Thyrsos) 1922.

Fritz Novotny, Johannes Dobai: Gustav Klimt. Hrsg. von Friedrich Welz. Salzburg (Galerie Welz) 1967.

Christian M. Nebehay (Hrsg.): Gustav Klimt. Dokumentation. Wien (Galerie Christian M. Nebehay) 1969.

Stephan Koja (Hrsg.): Gustav Klimt. Landschaften. München/Berlin/London/New York (Prestel) 2002.

Alfred Weidinger (Hrsg.): Gustav Klimt. München/Berlin/London/New York (Prestel) 2007.

Tobias G. Natter (Hrsg.): Gustav Klimt. Sämtliche Gemälde. Köln (Taschen) 2012.

Tobias G. Natter: Die Welt von Klimt, Schiele und Kokoschka. Sammler und Mäzene. Köln (DuMont) 2003.

Fritz Novotny: Zu Gustav Klimts „Schubert am Klavier". In: Mitteilungen der österreichischen Galerie, Jahrg. 7 (1963), Nr. 51, S. 90-101.

Hansjörg Krug: Gustav Klimt: „Nuda Veritas" / 1899. In: Nuda Veritas Rediviva, Ein Bild Gustav Klimts und seine Geschichte. Mimundus 8. Wien (Österreichisches TheaterMuseum, Böhlau) 1997, S. 9-27.

André Michel: Puvis de Chavannes. 48 planches hors-texte. L'art de notre temps. Paris (La Renaissance du livre) s. d.

Aimée Brown Price with contributions by Jon Whiteley, Geneviève Lacambre: Pierre Puvis de Chavannes. New York (Rizzoli) 1994.

Aimée Brown Price: Pierre Puvis de Chavannes. Vol. I: The artist and his art. Vol. II: A catalogue raisonné of the painted work. New Haven/London (Yale University Press) 2010.

Karl Muth (Hrsg.): Hochland, Monatsschrift für alle Gebiete des Wissens, der Literatur und Kunst, Kempten/München (Jos. Kösel'schen Buchhandlung).

Erster Jahrg., Zweiter Jahrg. (1903-1905).

Karl Muth: Rundschau. Kunst. In: Hochland, Erster Jahrg., 6. Heft (März 1904), S. 770-773.

Erich Ruprecht, Dieter Bänsch (Hrsg.): Jahrhundertwende. Manifeste und Dokumente zur deutschen Literatur 1890-1910. Stuttgart (J. B. Metzler) 1970/1981.

Richard von Kralik: Die katholische Literaturbewegung der Gegenwart. Ein Beitrag zu ihrer Geschichte. Regensburg (J. Habbel) 1909 (Siebente, abermals vermehrte Auflage).

Hugo von Hofmannsthal: Sämtliche Werke. Kritische Ausgabe. Band XXXVII. Aphoristisches, Autobiographisches, Frühe Romanpläne. Hrsg. von Ellen Ritter. Frankfurt am Main (S. Fischer) 2015.

Fritz Mauthner: Beiträge zu einer Kritik der Sprache. Erster Band: Sprache und Psychologie. Zweiter Band: Zur Sprachwissenschaft. Dritter Band: Zur Grammatik und Logik. Stuttgart (J. G. Cotta'sche Buchhandlung Nachfolger) 1901-1902.

Fritz Mauthner: Wörterbuch der Philosophie. Neue Beiträge zu einer Kritik der Sprache. Band I-II. München/Leipzig (Georg Müller) 1910.

Fritz Mauthner: Das philosophische Werk Band I, 1-3. Wörterbuch der Philosophie. Neue Beiträge zu einer Kritik der Sprache. Wien/Köln/Weimar (Böhlau) 1997.

Fritz Mauthner: Der letzte Tod des Gautama Buddha. München/Leipzig (Georg Müller) 1913.

Fritz Mauthner: Der Atheismus und seine Geschichte im Abendlande. Band I-IV. Stuttgart/Berlin (Deutsche Verlags=Anstalt) 1920-1923.

Fritz Mauthner: Gottlose Mystik. Dresden (Carl Reißner) o. J. [1925].

Fritz Mauthner: (Selbstdarstellung). In: Raymund Schmidt (Hrsg.): Die Philosophie der Gegenwart in Selbstdarstellungen. Band III. Leipzig (Felix Meiner) 1922; 1924 (Zweite, verbesserte Auflage), S. 123-146.

Fritz Mauthner: (Judentaufen). In: Judentaufen von Werner Sombart, […] und namhaften Professoren deutscher Universitäten. Vorwort von A. Landsberger. München (Georg Müller) 1912, S. 74-77.

Der Briefwechsel Hofmannsthal – Fritz Mauthner, eingeleitet und herausgegeben von Martin Stern. In: Hofmannsthal Blätter, Heft 19/20 (1978), S. 21-

38.
Theodor Kappstein: Fritz Mauthner. Der Mann und sein Werk. Berlin/Leipzig (Gebrüder Paetel) 1926.
Joachim Kühn: Gescheiterte Sprachkritik. Fritz Mauthners Leben und Werk. Berlin/New York (Walter de Gruyter) 1975.
Christine M. Kaiser: Fritz Mauthner. Journalist, Philosoph und Schriftsteller. Jüdische Miniaturen, Band 56. Teetz/Berlin (Hentrich & Hentrich) 2006.
Gustav Mahler: Sämtliche Werke. Kritische Gesamtausgabe. Band III. Symphonie Nr. 3. Hrsg. von der Internationalen Gustav Mahler Gesellschaft, Wien. Wien (Universal) 1974.
ウィリアム・ジェイムズ（桝田啓三郎訳）『宗教的経験の諸相（上・下）』、日本教文社、1962 年、1988 年（改装版）
ルートヴィヒ・フォイエルバッハ（船山信一訳）『キリスト教の本質（上・下）』、岩波書店（岩波文庫）、1965 年（改版）
海老沢敏他『モーツァルト全集、第 10 巻（宗教音楽２）』小学館、1992 年
ルドルフ・アンガーミュラー編著（岡本亮子訳）『モーツァルトのフリーメイソン音楽集』、アウマイヤー印刷出版社（オーストリア、ムンダーフィング）、2014 年
ルートヴィヒ・ヴィトゲンシュタイン（黒崎宏・杖下隆英訳）『ウィトゲンシュタイン全集 5、ウィトゲンシュタインとウィーン学団、倫理学講話』、大修館書店、1976 年
ルートヴィヒ・ヴィトゲンシュタイン（丘沢静也訳）『反哲学的断章——文化と価値』、青土社、1999 年
ルートヴィヒ・ヴィトゲンシュタイン（イルゼ・ゾマヴィラ編、鬼界彰夫訳）『ウィトゲンシュタイン哲学宗教日記』、講談社、2005 年
ルートヴィヒ・ヴィトゲンシュタイン（丸山空大訳、星川啓慈・石神郁馬［解説］）『ウィトゲンシュタイン『秘密の日記』——第一次世界大戦と『論理哲学論考』』、春秋社、2016 年
ノーマン・マーコム他（藤本隆志訳）『放浪——回想のヴィトゲンシュタイン』、法政大学出版局、1971 年
山本信、黒崎宏編『ウィトゲンシュタイン小事典』、大修館書店、1987 年

根岸一美、渡辺裕（監修）『ブルックナー/マーラー事典 (Das Bruckner-Mahler-Lexikon)』、東京書籍、1993年
長木誠司『グスタフ・マーラー全作品解説事典』、立風書房、1994年
ヘルムート・キューン、ゲオルク・クヴァンダー（岩下眞好他訳）『グスタフ・マーラー――その人と芸術、そして時代』、泰流社、1989年
コンスタンティン・フローロス（前島良雄・前島真理訳）『マーラー　交響曲のすべて』、藤原書店、2005年
ヘンリー・A・リー（渡辺裕訳）『異邦人マーラー』、音楽之友社、1987年
ブルーノ・ワルター（内垣啓一・渡辺健訳）『主題と変奏――ブルーノ・ワルター回想録』、白水社、1965年
アルマ・マーラー（酒田健一訳）『グスタフ・マーラー――回想と手紙』、白水社、1973年
レナード・バーンスタイン（和田旦訳）『答えのない質問――1973年ハーヴァード大学詩学講座』、みすず書房、1978年
『別れの告げ方――レナード・バーンスタインによるマーラー：交響曲第9番のアナリーゼと解説（レナード・バーンスタインの偉大なる遺産 PART III）』、東芝 EMI (Unitel)、1995年、（ＬＤ）
エリック・ライディング、レベッカ・ペチェフスキー（高橋宣也訳）『ブルーノ・ワルター――音楽に楽園を見た人』、音楽之友社、2015年
ヨハネス・ドバイ（水沢勉訳）『クリムト画集　風景』、リブロポート、1989年
島根県立美術館、Bunkamura ザ・ミュージアム編『水辺のアルカディア――ピュヴィス・ド・シャヴァンヌの神話世界』、島根県立美術館、2014年、Shimane Art Museum, The Bunkamura Museum of Art (eds.): Arcadia by The Shore — The Mythic World of Puvis de Chavannes. Matsue (Shimane Art Museum) 2014.
グスタフ・マーラー『交響曲第３番』、クラウディオ・アバド（指揮）、ウィーン・フィルハーモニー管弦楽団、ジェシー・ノーマン他、ポリドール (Deutsche Grammophon)、〔1985年〕、（ＣＤ）
西村雅樹『言語への懐疑を超えて――近・現代オーストリアの文学と思想』、東洋出版、1995年

図版出典

カバー

世紀転換期ウィーンのグラーベン通り　Reinhard E. Petermann: Wien im Zeitalter Kaiser Franz Josephs I. Wien (R. Lechner) 1908; 1913 (Dritte ergänzte und erweiterte Auflage).

序章　ウィーンでの体験から

聖シュテファン大聖堂　著者撮影

ウィーン大学本部構内　著者撮影

ウィーンの街が描かれた蒔絵　11. Wiener Kunst- und Antiquitätenmesse, Herbst 1979. Wien (Landesgremium Wien für den Handel mit Gemälden, Antiquitäten und Kunstgegenständen sowie Briefmarken) 1979.

E・ツー・レーヴェントローの『日露戦争』第一巻　Graf E. zu Reventlow: Der Russisch=Japanische Krieg. Band I. Berlin=Schöneberg (Internationaler Welt=Verlag) 1905.

ウィーン楽友協会　著者撮影

フランクルの『ある心理学者が強制収容所を体験する』（邦訳書名『夜と霧』）　Viktor E. Frankl: Ein Psycholog erlebt das Konzentrationslager. Wien (Verlag für Jugend und Volk) 1946.

クラウスの『人類最期の日々』（1919年刊）から　Karl Kraus: Die letzten Tage der Menschheit. (‚Die Fackel') 1919.

第一章　夢をはらむ建築家

シュタインホーフの教会　Die Gemeinde Wien (Hrsg.), Martin Gerlach (Aufnahmen und Zusammenstellung): Wien. Eine Auswahl von Stadtbildern. Wien (Gerlach & Wiedling) o. J. [1908]. (Fünfte umgearbeitete und vermehrte Auflage).

シュタインホーフの教会の内部　Reinhard E. Petermann: Wien im Zeitalter Kaiser Franz Josephs I.

オットー・ヴァーグナーの肖像（エーゴン・シーレ作）　Fritz Karpfen (Hrsg.): Das Egon Schiele Buch. Wien/Leipzig (Verlag der Wiener Graphischen Werkstätte) 1921.

郵便貯金局　Die Fremdenverkehrskommission der Bundesländer Wien und Niederösterreich (Hrsg.), redigiert von Ludwig W. Abels: Wien und Niederösterreich. Wien (Gerlach & Wiedling) 1930.

ヨーゼフシュテッター通り駅　Österreichischer Ingenieur- und Architekten-Verein (Hrsg.), redigiert von Paul Kortz: Wien am Anfang des XX. Jahrhunderts. I. Band. Wien (Gerlach & Wiedling) 1905.

ヌスドルフの水門　Wien am Anfang des XX. Jahrhunderts. I. Band.

ヴァーグナーの『大都市』から　Otto Wagner: Die Groszstadt. Eine Studie über diese. Wien (Anton Schroll) o. J. [1911].（京都大学経済学研究科図書室所蔵）

『アルティブス』　Otto Wagner: Einige Skizzen・Projekte und ausgführte Bauwerke. Vollständiger Nachdruck der vier Originalbände von 1889・1897・1906・1922. Tübingen (Ernst Wasmuth) 1987.

「造形芸術アカデミー」新築案完成予想図　Otto Wagner: Einige Skizzen・Projekte und ausgeführte Bauwerke.

「我々の時代の芸術作品のための美術館」完成予想図　Otto Wagner: Einige Skizzen・Projekte und ausgeführte Bauwerke.

「カール広場の駅舎」完成予想図　Otto Wagner: Einige Skizzen・Projekte und ausgeführte Bauwerke.

「ウィーン市博物館」第四次案　Otto Wagner: Einige Skizzen・Projekte und ausgeführte Bauwerke.

ウィーン市庁舎　Reinhard E. Petermann: Wien im Zeitalter Kaiser Franz Josephs I.

リング通り周辺の街並み　Reinhard E. Petermann: Wien im Zeitalter Kaiser Franz Josephs I.

『ヴェル・サクルム』誌に掲載されたアードルフ・ロースの『ポチョムキンの街』（建築図案はヨーゼフ・ホフマン、カットはヨーゼフ・アウヘンタラー作）　Adolf Loos: Die Potemkin'sche Stadt. In: Ver Sacrum, I. Jahrg. (1898), Heft 7.

カフェー・ムゼーウム　Heinrich Kulka (Hrsg.): Adolf Loos. Das Werk des Architekten. Wien (Anton Schroll) 1931. Nachdruck: Wien

(Löcker) 1979.
シュタイナー邸　Heinrich Kulka (Hrsg.): Adolf Loos.
ミュラー邸　Heinrich Kulka (Hrsg.): Adolf Loos.
カフェー・カプア　Heinrich Kulka (Hrsg.): Adolf Loos.
ロースハウス　Heinrich Kulka (Hrsg.): Adolf Loos.
トラークルの詩集『夢の中のセバスティアン』所収の同名の詩（ロースへの献辞が見られる題名と冒頭部）　Georg Trakl: Sebastian im Traum. Leipzig (Kurt Wolff) 1915.
ロースの評論集『にもかかわらず』の表紙　Adolf Loos: Trotzdem, 1900-1930. Innsbruck (Brenner) 1931 (Zweite vermehrte Auflage).

第二章　芸術家たちの日本への関心

マリア・テレジア記念像　Reinhard E. Petermann: Wien im Zeitalter Kaiser Franz Josephs I.
オーストリア芸術工業博物館　Wien am Anfang des XX. Jahrhunderts. II. Band. Wien (Gerlach & Wiedling) 1906.
『ヴェル・サクルム』誌第一巻第七号から（フェルディナント・フォン・ザールの詩『ヴェル・サクルム』とヨーゼフ・アウヘンタラーによるカット）　Ver Sacrum, I. Jahrg. (1898), Heft 7.
クリムトの『アデーレ・ブロッホ゠バウアーの肖像』　XCIX. Ausstellung der Vereinigung bildender Künstler, Wiener Secession. Klimt-Gedächtnis-Ausstellung. Wien (Secession) 1928.
モーザーの『赤と緑の装飾的断片』　Ver Sacrum, I. Jahrg. (1898), Heft 1.
シーレの『ひまわり』　Fritz Karpfen (Hrsg.): Das Egon Schiele Buch.
シューアの評論『日本芸術の精神』とモーザーによるカット　Ver Sacrum, II. Jahrg. (1899), Heft 4.（京都大学文学研究科図書館所蔵）
『ヴェル・サクルム』誌第二巻第九号（日本特集号）の表紙　Ver Sacrum, II. Jahrg. (1899), Heft 9.（京都大学文学研究科図書館所蔵）
ホーエンベルガーの『蓮の花が見ごろの上野の池』　Adolf Fischer: Bilder aus Japan. Illustriert von F. Hohenberger und J. Bahr. Berlin (Georg Bondi) 1897.
バールの批評集『分離派』　Hermann Bahr: Secession. Wien (Wiener Verlag) 1900.

鈴木松年の『春景色』　Adolf Fischer: Bilder aus Japan.
分離派会館のステンドグラスの図案　Ver Sacrum, II. Jahrg. (1899), Heft 4.
オルリクの水彩画『日本の版画彫師』　Emil Orlik: Kleine Aufsätze. Berlin (Propyläen) 1924.
オルリクによるハーンの『心』のドイツ語訳書の装幀　Lafcadio Hearn (Übersetzung von Berta Franzos): Kokoro. Frankfurt am Main (Rütten & Loening) 1905.
フーゴー・フォン・ホフマンスタール　Eduard Castle (Hrsg.): Deutsch=Österreichische Literaturgeschichte. Vierter Band. Wien (Carl Fromme) 1937.（京都大学文学研究科図書館所蔵）
ハーンの独訳一巻本選集の口絵　Lafcadio Hearn (Übertragung von Berta Franzos): Das Japanbuch. Eine Auswahl aus den Werken von Lafcadio Hearn. Frankfurt am Main (Rütten & Loening) 1911; 1923.
ベートゲの『日本の春』の扉　Hans Bethge: Japanischer Frühling. Leipzig (Insel) 1911; 1918 (Die dritte Auflage).
ワインガルトナー作『村の学校』の台本の表紙　Felix Weingartner: Die Dorfschule. Oper in einem Akt nach dem altjapanischen Drama „Terakoya". Wien/Leipzig (Universal) 1919.

第三章　音楽界の不協和音
ウィーン国立歌劇場　著者撮影
『ニーベルングの指環』ウィーン初演についてのハンスリックの批評　Eduard Hanslick: Musikalische Stationen. (Der „Modernen Oper" II. Theil.) Berlin (Allgemeiner Verein für Deutsche Literatur) 1880; 1885.
エーレンフェルスの『リヒャルト・ワーグナーとその離反者たち』の表紙と裏表紙　Christian v. Ehrenfels: Richard Wagner und seine Apostaten. Wien/Leipzig (Hugo Heller) 1913.
モーロルトの『ワーグナーの闘争と勝利』第二巻の口絵と扉　Max Morold: Wagners Kampf und Sieg. Dargestellt in seinen Beziehungen zu Wien. Zweiter Band. Zürich/Leipzig/Wien (Amalthea) 1930.
『歌劇場桟敷席からの眺め』（エマ・フルンチュルツのエッチング）　Moderne Welt. Gustav Mahler-Heft. III. Jahrg., Heft Nr. 7 (1921).
ヴォティーフ教会（奉献教会）とその周辺　Reinhard E. Petermann:

Wien im Zeitalter Kaiser Franz Josephs I.

マーラーの墓を描いた木版画（M・ヴェーラ・フリーベルガー゠ブルンナー作）　Denkschrift zu den Meisteraufführungen Wiener Musik. Veranstaltet von der Gemeinde Wien, 26. Mai/13. Juni 1920. Wien (Österreichische Staatsdruckerei) 1920.

『アンブルッフ』誌シェーンベルク記念号に掲載されたベルクの評論　Alban Berg: Warum ist Schönbergs Musik so schwer verständlich? In: Arnold Schönberg, zum fünfzigsten Geburtstage, 13. September 1924. Sonderheft der Musikblätter des Anbruch, Wien. 6. Jahrg., August–September-Heft 1924.

『サロメ』ウィーン宮廷歌劇場初演時のポスター　Franz Grasberger: Richard Strauss und die Wiener Oper. Tutzing (Hans Schneider) 1969.

ウィーン宮廷歌劇場の内部　Die Wiener Ringstrasse – Bild einer Epoche. Band I. Das Kunstwerk im Bild. Wien/Köln/Graz (Hermann Böhlaus Nachf.) 1969.

『メリー・ウィドウ』初演時のレハールと主役の歌手たち　Ernst Decsey: Franz Lehár. München/Berlin (Drei Masken) 1930 (2. Auflage).

レジデンツビューネの客席図　Theater= und Konzert=Säle, sowie Varieté= und Kinobühnen. o. O. [Wien] u. o. J.

ロイマン・ホーフの一角　Das neue Wien. Städtewerk. Herausgegeben unter offizieller Mitwirkung der Gemeinde Wien. Band III. Wien (»Das neue Wien«, Elbemühl Papierfabriken und Graphische Industrie) 1927.

ダーヴィト・J・バッハの肖像（オスカー・ココシュカ作）　Kunst und Volk. Eine Festgabe der Kunststelle zur 1000. Theateraufführung. Wien (Leopold Heidrich) 1923.

ヴェーベルンがマーラーの交響曲などを指揮した「労働者・交響楽演奏会」のプログラム　Arbeiter=Sinfonie=Konzerte. 21. Juni 1932. Zu Ehren des zehnten internationalen Musikfestes. Orchester=Konzert. Dirigent: Anton Webern. (Programm).

フランツ・シュミット指揮のウィーン・フィルと共演するパウル・ヴィトゲンシュタイン　Andreas Liess: Franz Schmidt. Leben und Schaffen. Graz (Hermann Böhlaus Nachf.) 1951.

『雪だるま』を作曲したころのエーリヒ・W・コルンゴルト

Luzi Korngold: Erich Wolfgang Korngold. Wien (Elisabeth Lafite, Österreichischer Bundesverlag) 1967.

『死の都』の原作が収められているトレービッチュ訳の『ジョルジュ・ロデンバック戯曲集』　Georges Rodenbach (Deutsch von Siegfried Trebitsch): Die dramatischen Werke. München (Georg Müller) 1913.

『七つの封印の書』のスコアを手にするフランツ・シュミット　Carl Nemeth: Franz Schmidt. Ein Meister nach Brahms und Bruckner. Zürich/Leipzig/Wien (Amalthea) 1957.

爆撃を受けて炎上するウィーン国立歌劇場（『（ウィーン）国立歌劇場年鑑 1945-1954 年』の表紙）　Almanach der (Wiener) Staatsoper 1945-1954. Wien (Bergland) 1954.

第四章　ユダヤ系知識人の諸相

『音楽ユダヤ人事典』　Theo Stengel, Herbert Gerigk: Lexikon der Juden in der Musik. Berlin (Bernhard Hahnefeld) 1940.

『グラール（聖杯）』誌に掲載された「聖杯聖堂」の絵（エトヴァルト・フォン・シュタインレ作）　Der Gral, 6. Jahrg., fünftes Heft (1912).

カフェー・グリーンシュタイドル（R・フェルケルの水彩画）　Gustav Gugitz: Das Wiener Kaffeehaus. Ein Stück Kultur= und Lokalgeschichte.Wien (Deutscher Verlag für Jugend und Volk) 1940.

高等教育機関とそれに準ずる教育機関におけるユダヤ人学生数ならびに全学生数に対する比率 (1906/07 年－1913/14 年）　ウィーン市の統計年鑑に基づき著者作成

ウィーン大学　Wien am Anfang des XX. Jahrhunderts. II. Band.

ベッタウアーの『ユダヤ人のいない都市』の表紙　Hugo Bettauer: Die Stadt ohne Juden. Ein Roman von übermorgen. Wien (Gloriette) 1922 (Zweite Auflage).

ケルバーの『帝国国境の砦ウィーンでの人種の勝利』の口絵　Robert Körber: Rassesieg in Wien, der Grenzfeste des Reiches. Wien (Wilhelm Braumüller) 1939.

ゴルトの『ウィーンのユダヤ人の歴史』のカバー　Hugo Gold: Geschichte der Juden in Wien. Ein Gedenkbuch. Tel-Aviv (Olamenu)

1966.

ティーツェの『ウィーンのユダヤ人』の扉　Hans Tietze: Die Juden Wiens. Geschichte – Wirtschaft – Kultur. Leipzig/Wien (E. P. Tal) 1933.

ティーツェが編纂した『ウィーンの聖シュテファン大聖堂の歴史と記録』から　Hans Tietze (Bearbeitung): Geschichte und Beschreibung des St. Stephansdomes in Wien. Wien (Dr. Benno Filser) 1931.

シュタインハルトの『預言者』　Hans Tietze: Jakob Steinhardt. Berlin-Frohnau (J. J. Ottens) o. J. [um 1930].

ブロッホらユダヤ人のオーストリア帝国議会議員　Hugo Gold: Geschichte der Juden in Wien.

フリーデルの『ユダの悲劇』から（第三幕の舞台）　Egon Friedell: Die Judastragödie. In vier Bühnenbildern und einem Epilog. Wien/Prag/Leipzig (Ed. Strache) 1920.

ザルテンの『バンビ』初版本の表紙　Felix Salten: Bambi. Eine Lebensgeschichte aus dem Walde. Berlin (Ullstein) 1923.

エルサレムの「嘆きの壁」（エーフライム・M・リーリエンのエッチング）　Israel Cohen: Jewish Life in Modern Times. London (Methuen) 1914.

アルトゥア・シュニッツラー　Eduard Castle (Hrsg.): Deutsch=Österreichische Literaturgeschichte. Vierter Band.

「バル・コホバ」編集の『ユダヤ年鑑 5670 年』の表紙　Jüdischer Almanach 5670. Herausgegeben von der Vereinigung jüdischer Hochschüler aus Galizien, Bar=Kochba in Wien. Wien (Selbstverlag der Vereinigung. In Kommission: „Jüdischer Verlag“, Köln am Rhein) 1910.

ブルク劇場の『ベルンハルディ教授』公演プログラム　Österreichischer Bundestheaterverband (Hrsg.): Burgtheater, Saison 1980/81, Heft 6: Professor Bernhardi. Komödie in fünf Akten von Arthur Schnitzler.

第五章　平安の喜びを告げるある表現

アンツェングルーバー記念像（ヨーハン（ハンス）・シェルペ作）　Das Anzengruber=Denkmal auf dem Schmerling=Platz in Wien. Rechenschafts-Bericht des geschäftsführenden Ausschusses. Wien (Verlag

des Denkmal=Ausschusses) 1905.

石割り人ハンスの像　Das Anzengruber=Denkmal auf dem Schmerling=Platz in Wien.

アンツェングルーバーの芝居が上演されたドイッチェス・フォルクステアーター　Wien am Anfang des XX. Jahrhunderts. II. Band.

ルートヴィヒ・ヴィトゲンシュタイン　Michael Nedo, Michele Ranchetti (Hrsg.): Ludwig Wittgenstein. Sein Leben in Bildern und Texten. Frankfurt am Main (Suhrkamp) 1983.

グスタフ・マーラー　Die Bildnisse von Gustav Mahler. Ausgewählt von Alfred Roller. Leipzig/Wien (E. P. Tal) 1922.

マーラーの『第十交響曲』手稿、第四楽章の表題ページ　Gustav Mahler: Zehnte Symphonie. Faksimile-Ausgabe der Handschrift. Berlin/Wien/Leipzig (Paul Zsolnay) 1924.

クリムトの『ピアノを弾くシューベルト』　Karl Muth (Hrsg.): Hochland, Erster Jahrg., 6. Heft (März 1904).（京都大学吉田南総合図書館所蔵）

ピュヴィス・ド・シャヴァンヌの『貧しき漁夫』　André Michel: Puvis de Chavannes. 48 planches hors-texte. Paris (La Renaissance du livre) s. d.（京都大学文学研究科図書館所蔵）

グスタフ・クリムト　Das Hermann = Bahr = Buch. Berlin (S. Fischer) 1913.

ヘルマン・バール　Das Hermann = Bahr = Buch.

クリムトの『カッソーネの教会（糸杉のある風景）』　Fritz Novotny, Johannes Dobai: Gustav Klimt. Hrsg. von Friedrich Welz. Salzburg (Galerie Welz) 1967.

フリッツ・マウトナー　Fritz Mauthner: (Selbstdarstellung). In: Raymund Schmidt (Hrsg.): Die Philosophie der Gegenwart in Selbstdarstellungen. Band III. Leipzig (Felix Meiner) 1922; 1924 (Zweite, verbesserte Auflage).

著者紹介

西村雅樹（にしむら・まさき）

1947年京都市生まれ。1972年京都大学大学院文学研究科修士課程修了。1979年秋から2年間、オーストリア政府奨学留学生としてウィーン大学留学。愛媛大学教養部講師、広島大学総合科学部講師、助教授、教授、京都大学大学院文学研究科教授を経て、現在、広島大学名誉教授、京都大学名誉教授。ドイツ文学・オーストリア文化研究専攻。

著書：『言語への懐疑を超えて――近・現代オーストリアの文学と思想』（東洋出版、1995年）

『世紀末ウィーン文化探究――「異」への関わり』（晃洋書房、2009年）

訳書：アルブレヒト・ゲース『泉のほとりのハガル』（日本基督教団出版局、1986年）

ユーリウス・H・シェプス編『ユダヤ小百科』（共訳、水声社、2012年）

世紀末ウィーンの知の光景

二〇一七年一〇月二〇日初版第一刷印刷
二〇一七年一〇月三一日初版第一刷発行

定価（本体二二〇〇円＋税）

著者　西村雅樹
発行者　樋口至宏
発行所　鳥影社・ロゴス企画
長野県諏訪市四賀二二九—一（編集室）
電話　〇二六六—五三—二九〇三
東京都新宿区西新宿三—五—一二—7F
電話　〇三—五九四八—六四七〇
印刷　モリモト印刷
製本　高地製本

乱丁・落丁はお取り替えいたします

ISBN 978-4-86265-644-5 C0098